# 走出至暗

◎贺绪林 著

ZOU CHU  ZHI AN

陕西新华出版

太白文艺出版社·西安

## 图书在版编目（CIP）数据

走出至暗 / 贺绪林著. -- 1版. -- 西安 ： 太白文艺出版社，2024.2

ISBN 978-7-5513-2550-9

Ⅰ. ①走… Ⅱ. ①贺… Ⅲ. ①自传体小说－中国－当代 Ⅳ. ①I247.5

中国国家版本馆CIP数据核字(2023)第248392号

# 走出至暗
**ZOU CHU ZHI AN**

| | |
|---|---|
| 作　　者 | 贺绪林 |
| 责任编辑 | 党晓绒　胡世琳 |
| 封面设计 | 卢亚男 |
| 版式设计 | 建明文化 |
| 出版发行 | 太白文艺出版社 |
| 经　　销 | 新华书店 |
| 印　　刷 | 陕西金德佳印务有限公司 |
| 开　　本 | 787mm×1092mm　1/16 |
| 字　　数 | 270 千字 |
| 印　　张 | 20.75 |
| 版　　次 | 2024 年 2 月第 1 版 |
| 印　　次 | 2024 年 2 月第 1 次印刷 |
| 书　　号 | ISBN 978-7-5513-2550-9 |
| 定　　价 | 69.00 元 |

如有印装质量问题，可寄出版社印制部调换

联系电话：029-81206800

出版社地址：西安市曲江新区登高路 1388 号（邮编：710061）

营销中心电话：029-87277748  029-87217872

就算人生是幕悲剧，我们也要有声有色地去演，不要失掉悲剧的壮丽和快慰。

——［德］尼采

# 目　录

# 楔　子

天麻麻亮，二爷就赶着牛车给地里送粪。地有点儿远，距村子二里多路，老牛走得也慢。二爷抱着鞭杆，将双手笼在衣袖里，缩着脖子跟车小跑。其实是不用跑的，走就能跟上车，小跑是为了驱寒暖脚。天实在是太冷了，呼出的气在二爷的眉毛、胡子上瞬间凝成了霜。

到地头时天色明亮了，二爷的眼睛也是忽地一亮：麦田寒霜一片白茫茫，横七竖八地摆着许多黑乎乎的东西。他低头仔细一瞧，乐得胡子都翘起来了，原来那些黑乎乎的东西竟是死去的大雁！大雁是怎么死的，他顾不上去想，只是急忙卸了车上的粪土，捡起大雁就往车厢里扔。"好家伙，竟然有半车厢！过年都不用割肉了。"二爷这么想着，唱着"乱弹"，赶着牛车凯旋了。这时太阳已经冒头了，凛冽的晨风中有了些许暖气。快到村头时，二爷觉得车厢内有动静，回头一看惊呆了，车厢里的大雁们竟然复活了！原来大雁只是冻僵了，被二爷集合在一起后，相互依偎，加之有了阳光的温暖，逐渐恢复了知觉。就在二爷愣神之际，大雁们纷纷拍着翅膀腾空而翔。二爷急忙去抓，可连一根雁毛也没抓着。

这个故事我是听村里的老人们讲的。那时二爷已过世多年，我也没有去考证，不知是真是假。

父亲给我说的真实情况是：1953年的冬天来得比往年迟一些。冬至的前一天忽然刮起了西北风，很猛，尘土树叶漫天飞扬，遮天蔽日，气温骤降，滴水成冰，家里的水瓮都冻住了。每天早晨做饭，母亲都要用菜刀砍开冰面取水。头场雪来得很猛，也很大，下了三天三夜。多年后父亲回忆说，他活了大半辈子还从没见过那么大的雪。那雪花最初是鹅毛般大小，半天工夫就变成了一团一团的，像刚孵出来的鸡娃，乡亲们把这样的雪称为"鸡娃雪"。天宫中的"鸡娃"似乎炸了营，没头没脑地往下落，不到一顿饭的工夫，地上的积雪就有一尺来厚了。随后是"糁（此处读zhēn）子雪"。雪粒子如同玉米糁子般大小，密而猛，打在脸上如同铁屑子刮人的皮，刮得人生疼。

那天下午，茫茫雪野上有一个黑影在蠕动。近前细看，是个中年汉子。他早已成了雪人，"气死风"帽子上积满了雪，眉毛胡子都变白了。积雪实在太厚，他扛着铁锨一步一步往前挪，实在挪不动了，就用铁锨铲开一条道。正如唐人"张打油"那首写雪景的打油诗中所描绘的情景："江山一笼统，井上黑窟窿。黄狗身上白，白狗身上肿。"此时此刻，原野白茫茫一片，根本看不见哪里是路，好在这条路他走过无数趟，闭着眼睛也不会迷路。当然，他完全是凭着感觉铲雪蹚路。

时已黄昏，雪野上没有其他人。冰天雪地，北风凛冽，大雪漫卷，人们都猫在家中的热炕上取暖，没有谁愿去野外受这个罪。那这个中年男人这是要去哪里，去干什么？

他是去六里外一个叫官村的村子给儿子取羊奶（那年代没几家养奶牛的）。儿子出生不到三个月，娃他娘没有奶水，村里没有养羊的人家，他只好去外村给儿子取奶，每天一趟，雷打不动，就是天上下刀子，顶着锅盖也得去。

此时此刻，襁褓中的儿子嗷嗷待哺，啼哭不止。天气太冷，娃他娘把儿子抱在胸前，用小棉被紧紧裹着，在屋子脚地来回走动，一边拍哄着儿子一边说："我娃甭哭我娃甭哭，你爹就回来了，你爹回来了我娃就有奶吃了。"儿子听不懂娘的话，只是啼哭。娃他娘只好解开衣襟，把干瘪的乳头塞进儿子的嘴里。儿子吮不出奶水，又哇哇啼哭。娃他娘叹息一声，望着窗外漫天纷飞的大雪，自言自语道："都这时辰了还不回来。老天爷也真是的，给人添督乱！"

就在这时，"哗啦"一声屋门开了，一个雪人冲了进来，朔风裹着雪花也挤进屋来。娃他娘赶紧把怀中的儿子往紧裹了裹，埋怨道："咋才回来？你看把娃都饿成啥样儿了。"

中年汉子急忙转身闭住屋门，顾不上拍打身上的冰雪就从怀中掏出奶瓶。娃他娘接在手里，讶然地说："我的天爷咧，都冻成冰坨子了！"

中年汉子从娃他娘怀里抱过儿子，说："赶紧给娃热奶！"

娃他娘赶紧生火烧水热奶，少顷，就把装满热乎乎奶水的奶瓶拿到儿子面前。儿子立刻止住哭声，用一双小手捧住奶瓶，小嘴一张，噙住奶嘴贪婪地吮吸起来。娃他娘笑了。中年汉子圪蹴在脚地，一边抽旱烟一边看着炕上的娘儿俩，他布满沧桑的脸上绽开了笑纹，心中也盛满了甜蜜和温馨，已经完全忘记了一路的寒冷、劳累和辛苦。

这个中年汉子是我的父亲，褓褓中的孩子就是我。我能记事后，母亲就给我说："你是九月初六酉时生的，要记牢，将来娶媳妇打婚单（婚帖）是要生辰八字的。"

岁月婉约了流年，清瘦了季节，苍老了青春。十七年后，父亲离开了这个世界。母亲给我讲述当年的这一幕时，我泪水泫然……

# 第一章　温馨童年

## 一

一位母亲背着一个三岁的男孩，一手揽着男孩的小屁股，一手提着一个玻璃瓶。男孩身体羸弱，因为羸弱便更显得是个奔儿头。母亲裹了脚，走路便显得蹒跚。母亲一边走一边念口歌："梆子梆，卖麻糖；卖不过了打婆娘……"男孩听着母亲的口歌，不高兴地喊："不听这个！不听这个！"母亲说："好，好，不听这个，我另说。咪咪猫，上高窑；高窑一伙呱啦鸡，跑的跑飞的飞……"

路过一户人家，门口坐着一伙大娘大婶，她们边做针线活儿边扯闲话，很是悠闲。见母亲过来，她们停下手中的活儿跟母亲打招呼，其中一位头发花白的大婶问母亲："妹子，干啥去？"

母亲说："给娃取奶去。"

大婶拉着男孩的手问母亲："孩子几岁了？"

未等母亲开口，男孩回答："三岁半。"他脸上显出不高兴，嫌大婶扰了他听母亲念口歌的雅兴。大婶目光转向母亲："这么大了还吃奶？还背着？"

母亲说："娃打小缺奶，身子弱。"

大婶说："让你受作难了。"

母亲说："为娃嘛。"

大婶说："你不容易啊。"

母亲说："人不都是这样嘛。"

告别大婶，母亲继续前行，还是边走边念口歌："咪咪猫，上高窑；高窑一伙呱啦鸡，跑的跑飞的飞……"

这位母亲就是我的母亲，背上的男孩当然是我了。

儿时的我身体很是羸弱，肉少骨头多，额颅便显得很高，也就是大奔儿头。我们这里把大奔儿头叫"梆子"，大伙儿也因此都喊我"梆子"，我的名字反而很少有人喊。直到我上中学，村里许多老人还这么叫我，让我感觉很没面子。

母亲背着我到邻村去给我取羊奶。那时家乡一带没谁家养奶牛，褓襁中的我就缺奶，是喝羊奶长大的，快四岁了还喝，在那个年代很是奢侈。因此，在许多人看来，父母在娇惯我。最初是父亲到六里之外的官村给我取奶，后来邻村有户人家养了奶羊，父亲自然就"弃远求近"，给我取奶的重任也从此落在了母亲的肩上。

邻村是袁家堡，不远，与我们何家堡只是隔着一个大涝池。虽是两个自然村，但属于同一个生产大队。渭北高原上的村庄，村村都有涝池，我的家乡也不例外。涝池在村子东边，有四五亩地大小，长方形，四周白杨翠柳环绕。涝池北头有块馒头石，大如碌碡。听老人们说，那石头是天上掉下来的（可能是陨石吧），是个吉祥物。

路过涝池时，突然，不知从哪儿蹿出一条大黄狗，跃过那块大石头，竖着耳朵吐着血红的舌头迎着我们母子跑了过来，吓得我两只胳膊紧紧搂着母亲的脖子，直喊"妈"。母亲急忙背转过身，自己面对大黄狗，一边吆喝大黄狗一边安慰我："我娃不怕……不怕，有妈哩有妈哩……"大黄狗射箭似的从母亲身边跑过，我感觉到母亲的衣服贴在了背上。

母亲抹了一把额头的冷汗，背着我继续前行。

# 二

不幸是欢乐的近邻。病魔缠住了我，我染上了麻疹。那一年我四岁。

母亲把我紧紧抱在怀里，我浑身上下烧得跟火炭似的，眼睛红肿，嗓子哭哑了，不住地咳嗽，四肢和前胸后背布满了红色斑丘疹，最初是斑斑点点，很快就连成了一大片，看着很是吓人。父亲在一旁不时地伸手摸一摸我的额头，又摸摸他的额头，一张脸皱成了苦瓜。母亲用酒给我擦洗全身，又用湿毛巾捂在我的额头，把能想到的办法都使出来了，可我还是高烧不退。父母亲日夜不眠地守护着他们的心肝宝贝，心里油煎般地难受着急。他们已经请了好几个大夫给我看了，吃药打针却全不见效！

母亲用勺子给我喂水，可喂进嘴里又流了出来。母亲的泪珠成串地滚下来，落在我的脸上、身上……

母亲在屋里柜盖上的观音菩萨像前焚起了香。她抱着我跪在地上叩着头，祈求菩萨显灵救苦救难，给儿子一条生路。从不信神的父亲也屈膝跪倒在地上，不住地给菩萨磕头。菩萨似乎云游去了，迟迟不归。

我的二姐得知她的小弟弟病了，抱着不到一岁的女儿慌忙赶到娘家。二姐年长我十七岁，我出生后的第二年她出嫁了。她踏进娘家门时，看见小弟弟已经奄奄一息，连咳嗽都咳嗽不出来了；父母亲都满含泪水跪在菩萨像前，虔诚地祈祷着。她急忙放下怀中的女儿，从母亲怀里抱过小弟弟。小弟弟双目不睁，呼吸微弱。她问母亲喂过奶吗，母亲眼含泪水摇头，说喂不进去。她摸了一下柜盖上的玻璃奶瓶，已然冰凉，便解开衣襟，掏出乳房，轻轻分开小弟弟的嘴唇，把乳头塞到小弟弟嘴里。她要用自己的乳汁挽留住小弟弟的生命！

小弟弟嗅到了乳香，小嘴无力地吮吸起来，越来越有力了。甘甜的乳汁似温暖的清泉，浇灌着将要干枯的生命。没过多久，小弟弟慢慢地睁开了眼睛。二姐流下了热泪，泪水落到了小弟弟的脸上和嘴里……

奇迹出现了。三天后，我又咧着小嘴发出咯咯的笑声。那笑声如杨柳春风，驱散了笼罩在屋里多日的悲凉沉闷的空气，吹开了父母亲和二姐的笑颜。

可大伙儿的笑容刚刚绽开，却又消失了。他们被另一个小生命揪住了心！为了挽救我，他们忽视了我的外甥女，因为没有照管好她，让她也染上了麻疹。还好，此时菩萨云游归来，保佑了外甥女。她虽说发病又急又重，但很快就痊愈了。

母亲给我讲述这段往事时，我已经上高中了。我竭力地抑制着自己的情感，把热泪吞进肚里。我在想：没有父母的呵护，没有二姐甘甜的乳汁，这个世界也许就不会有我的存在。

# 三

在父母的精心呵护下，我一天天长大。

特别是母亲，她对我的爱让我不知用什么词来形容："溺爱"这个词太无力，"宠爱"也不到位。这么说吧，即使在我最淘气的时候，母亲也舍不得打我一巴掌。

时间倒退到1958年，村子里办起了幼儿园（一年后垮了），也办起了学校。时年我不满六周岁，上幼儿园。幼儿园的老师都是村里的妇女，没有什么文化，就是哄孩子。

一天，父亲回来问我要不要去念书，我正好跟幼儿园的小朋友打了架，就说："去哩。"其实，我根本就不明白念书是干啥。

我是我们村小学第一届学生，这届学生年龄差距很大，最大的十七八岁，最小的就像我一样，还不到六岁。母亲用黑粗布给我缝了一身学生服，又给我做了一个花书包，把我打扮得精精神神的。学校就在村口的关帝庙，母亲却要背我去上学（小时候我身体很瘦弱，五岁时还常常趴在母亲的背上）。我觉得自己马上就成为小学生了，说啥也不要母亲背。其实，我是怕小伙伴们笑话我才不要母亲背。母亲牵着我的手，把我送到学校门口，我如同小马驹似的跑进了学校大门。进教室时我回过头，看见母亲仍伫立在学校门口，恋恋不舍地凝望着我，一只手还保持着松开我时的模样，微风吹动着她额头上散乱的头发。

那一幕至今还深深地镌刻在我的脑海里。多年后我才明白，那时母亲是放飞一只雏燕，也放飞她的希望和未来，带着欣喜，带着期许，还带着担忧和依依不舍。

学校是初级小学（一至四年级），设在村东口的关帝庙（俗称老爷庙）。供奉关老爷的大殿被改造成了教室，没有课桌凳子，就砌两个砖墩子、架上木板作为课桌，凳子是学生自带。大殿灰砖灰瓦，飞檐还带着响铃，都还显示着本色。大殿的窗子没有窗扇，当然也没有玻璃，糊上白粉连纸，夏天好说，到了冬天，粉连纸禁不住朔风吹，破了，哗啦啦地响，既冷又影响同学们上课听讲。老师也冻得慌，不住地搓手跺脚，随后用草帘子代替了粉连纸。这样一来，教室里昏暗如夜，没有电灯，只好点上煤油灯。一堂课下来，师生们的鼻孔都是黑的，吐的痰也是黑的。

小黑板是必备的学习用具。父亲找了块一尺见方的薄木板，用墨汁刷黑，钻两个眼儿，拴上绳子，我便挂在脖子上去上学。晨读时，琅琅的读书声一片，给整个村子带来了无限的生机。

老师上完课就布置作业——一个字写十遍，带上拼音。作业本是奢侈品，只有做正式作业才用，做练习只是在地上写。学校有个操场，那时我觉得操场很大很大，比我家院子大很多很多。长大后我再去学校，突然觉得学校的操场竟如此小，比我家院子大不了多少。老师在操场给每个学生划出一块地，让学生去写，他在一旁看书。粉笔要花钱买，所以大伙儿都用电墨（电池中间的碳棒）写，既节省，写的字又清楚。那时农村用电池的人很少，废电池极不好找。幸好我们村紧邻着西北农学院（现在的西北农林科技大学），西北农学院北门外有个垃圾坑，每到星期天我们就去那里捡废旧电池，同学们用的电墨几乎都是在那个垃圾坑捡来的。一节写字课下来，同学们的手是黑的，脸也是黑的，似乎扒拉了煤堆。好在老师也是本村的，并不计较学生的卫生，他认为，只要完成他布置的作业的学生就是好学生。

算术课比较难。十以内的加减法好说，可以掰手指头算。到学习二十以内的加减法时就出现了问题，因为手指头是不够用的，总不能让学生脱了鞋掰脚指头吧？老师有办法，要求每个学生准备二十根小竹棍，用绳子串起来，以备学习用。于是，不光是我，同学们的脖子上都多了一串近似佛珠的东西。

庄稼人识字的不多，但都对孩子们的读书寄予了无限期望。我父母更是如此。父亲幼年时上过几天私塾，秉承了他的先生的教育方法，每天晚上要我给他背书。背书我倒不怕，就怕父亲那小簸箕似的巴掌。父亲的巴掌老在我的面前晃悠，一晃悠我就走神，一走神我就卡壳，父亲就用巴掌扇我的屁股。父亲对我读书寄托着很大的期望，他并不是盼我读好书去做官，而是希望我将来能当个医生或者教师。

可是我却辜负了父母的期望，学坏了。我开始偷父亲的钱，买零食买连环画。这一恶劣行径很快就被母亲发现了。还有什么比希望破灭更让人难过呢？母亲哭了，哭得十分伤心。

母亲不敢把我偷钱的事讲给父亲，她知道父亲脾气坏、巴掌重。一天，父亲不在家，母亲叫来了邻居三嫂（三嫂是母亲的同龄人，也是母亲的好友），她自己用笤帚疙瘩吓唬着教训儿子，让三嫂在一旁护着我，催我快认错，并让我保证以后再不偷钱。母亲的笤帚疙瘩扬得很高，落得却很轻，加上三嫂在一旁护着我，我的屁股蛋上只是轻轻地挨了几下。

晚上睡觉时，母亲紧紧搂着我，抚摸着我的屁股蛋，问我疼不疼。我故意撒娇说"疼"。

"都是妈不好，心太狠了。"

我觉着脸蛋上有点儿水的冰凉。啊，母亲哭了！

我慌了，急忙说："妈，我不疼，刚才我哄你哩。"

母亲亲着我说："我娃真乖。妈给你讲个故事——很早以前，有两个娃娃，一个叫牛牛，一个叫马马。他俩在一个学堂念书，书都念得很好。有一天，他俩出去玩耍，看见草坡上睡着一个孩子，戴着一对金镯，他俩一人捋了一个拿回了家。牛牛的妈妈问牛牛金镯是哪儿来的。牛牛说了实话。牛牛的妈妈把牛牛打了一顿，让牛牛把金镯还给人家，不许他再拿人家的东西。马马的妈妈却给马马炒了两个鸡蛋，还夸马马本事大……后来，牛牛中了状元，马马偷了一家杂货铺，还伤了人命，被抓住判了死刑。马马被执行死刑那天，马马的妈妈去法场送行。马马早已是大小伙子了，却要吃一口他妈妈的母乳。他妈妈把乳头掏出来让儿子吃。马马一口把他妈妈的乳头咬了下来，哭着说，'都是你害了我！'……林娃，你睡着了？"

"没，我听着哩。"

那一夜，我久久不能入睡，老想着母亲讲的故事。

# 四

母亲和父亲一样，都对我读书寄予了莫大的希望。有件事，我至今不能忘怀。

母亲虽目不识丁，可她却认得出父亲和我的名字，这让我惊奇不已。那时候还是生产队制度，生产队每每分东西，都会在分给各户的东西上用纸条写上户主的姓名并贴在上面。父亲在世时，户主自然是父亲。父亲去世后，我接班成为户主。母亲每次取所分的东西时都能准确无误地找到父亲（后来是我）的名字。

我曾问母亲是怎么认得父亲和我的名字的，母亲笑着说，就那么几个字，看得多了就认下了。当时我除了惊奇，就是不解。一个目不识丁的人，不认得自己的名字，却认下了丈夫和儿子的名字，这个人就是我的母亲。母亲过世后我才有所醒悟。一个女人嫁给了男人，她就把全部的依靠和希望都寄托在这个男人身上；再后有了孩子，她又把全部的依靠和希望寄托在孩子身上。她心中只有丈夫和孩子，唯独没有自己。这是中国妇女的贤淑美德，也是中国妇女的悲哀。

我读书是用功的。每天晚上我在煤油灯下做作业，母亲就坐在我的身边久久地凝望着，看我是怎样写字，又不时地用针为我挑拨灯焰，脸上现出欣喜的微笑。

一次，我在一张纸上写了大大的几个字让母亲看。母亲摇摇头，长长叹了一口气。

"我爱妈妈。"我大声念给母亲听。母亲一下把我搂进怀里，眼里闪着泪花，亲得我都喘不过气来。

那时候我特别喜欢看连环画，我们这里不把连环画叫连环画，也不叫小人书，而是叫"娃娃书"。"娃娃书"图文并茂，是我童年的最爱。

读五年级的时候，我买了一套《岳飞传》娃娃书，钱是偷父亲的。这套娃娃书共十五册，第一册是《岳飞出世》，第十五册是《风波亭》，我记得清清楚楚。可惜的是，这套娃娃书一本也没被保留下来。

我也喜欢看《水浒传》。我那时还没有看到小说本《水浒传》，看的都是娃娃书，不是在街上书摊租着看，就是跟同学借着看。一百零八将的绰号我能背一多半，在村里的同龄伙伴中我可是独占鳌头。

年龄稍长一点，"娃娃书"便满足不了我求知的欲望，我开始读大部头小说，诸如《红日》《红岩》《红旗谱》《创业史》《青春之歌》《山乡巨变》《保卫延安》《林海雪原》，也就是后来说的"三红一创，青山保林"。后来我买了一本《林海雪原》，这也是我的第一本藏书，可惜的是，我把它弄丢了，这件事至今仍是我心里的一个疙瘩。

说来惭愧，那本《林海雪原》也是我偷钱买的。那时我上小学五年级，对于课外读物有点饥不择食。一天，我从同学手中得到一本娃娃书，作业也顾不得做就如饥似渴地翻看起来。那本娃娃书残缺不全，无头无尾，内容却非常地吸引人。我一连看了好几遍都觉着不过瘾，为没弄清书中主人公命运的凶吉祸福而牵肠挂肚。同桌告诉我，那本书书名叫《林海雪原》，镇上的新华书店有卖的，一套十册，好看死了。同桌带有煽动性的广告语言，有着强烈的怂恿味道。我的心痒痒了，打算买一套回来，美美地看他个天昏地暗。

但资金是个严重的问题。上哪儿去解决呢？犯难之中，我想到了父亲的钱夹子。

父亲的钱夹子在衣柜里的一个木匣里放着。木匣没有锁，保密性能很差劲，每每取衣服时我都能看到它。最初，我也想光明磊落地解决没有资金的困难，向父亲要钱去买书，但又想到父亲一定不会批给我这笔款项。父亲虽然很疼我，也很支持我读书，但他向来财政困难，爱莫能助。

思之再三，我决定铤而走险，做一回内贼。我趁父母不在家之际，掀开衣柜打开木匣，取出钱夹子。父亲的钱夹子实在是瘪得羞涩，钱币不超过十元。我不敢拿元以上的纸币，只是扫光了毛票和"分分洋"。

翌日，放了午学我家也没回，直奔镇上的新华书店。当我从营业员手中接过那套十册的《林海雪原》娃娃书时，激动得手都在发抖。可一看定价，心顿时凉了。全套连环画定价两元五角，可我手中的钱仅有一元一角五分，连一半都不够，我翻着那十册书做着抉择，觉得舍弃哪一册都很可惜。营业员是个和蔼的中年妇女，她看出了我的心思，也猜出了我的经济现状，便微微一笑，拿来一册厚厚的书递给我，说道："买这本吧，包你满意。"

我接书在手，仔细一看，是小说本《林海雪原》。再看书价，我不禁大喜过望，因为定价正好是我的囊中所有，我便毫不迟疑地把手中的钱给了那位和蔼可亲的营业员，不等她在书背页上盖"已售"的图章，就拿着书欢天喜地跑出了书店……

后来，父亲发觉钱夹子的钞票不够了数儿，问母亲用过钱没有。母亲觉得莫名其妙，说没用过。父亲怔怔地看着钱夹子，便向我投来怀疑的目光。我做贼心虚，急忙避开父亲质疑的目光，找借口溜出了家门，躲在麦场的草垛背后去读那本来之不易的《林海雪原》。

多年后，一位朋友来家看到此书，开口要借。我本不愿借，却碍于情面借给了他。谁知过了些时日，朋友来跟我说书弄丢了。我的心不禁一沉，忙问怎么会丢。原来朋友把书又借给了他的朋友，他的朋友又将书借给了别的朋友……如此三传五传地就把书弄丢了。我十分生气，却看见朋友一脸的愧疚，无法发出火来。朋友感到对不起我，说改日到书店给我买一本来。

时光也许会老去，可童年的烙印却不会老去。如今，我的书架空着一个位置，我的心里也多了一丝遗憾。对着那空着的位置，有时我也在想，就算当年朋友真能买到书还我，我也会感到遗憾的，毕竟这一本不是那一本。那本《林海雪原》是我书架上的第一册书，它来之不易，记载着一个少年渴求知识的冒险经历，同时也记载着父亲的艰辛和汗水。

# 第二章 六〇年代

## 一

1958年，我们村吃起了大食堂。头一年吃饭不要钱，大伙儿可着肚皮吃，后来有人仿"张打油"写过一首打油诗："在一天晚会上，想起了五八年，吃饭不要钱，端起大老碗，一咥五六碗。"

后来听父亲说，其实1956年、1957年两年粮食大丰收，家家都有余粮。1958年吃起了大食堂，打下的粮食一律交公，大伙儿都以为马上就到了共产主义社会，便放开肚皮吃，不知道节约。秋季掰苞谷棒，满地掉的棒棒都没人捡。照这个胡弄法，不饿肚子才是怪事。遗憾的是，父亲跟绝大多数人一样，都是事后诸葛亮。

不到一年时间，大食堂就把积攒的粮食吃得所剩无几。再后来，"公共食堂"开始定人定量发放饭票，可为时已晚。饥饿之神在四处游荡，使神州大地为之恐慌。一斤苞谷卖到了三元，苞谷芯子磨的淀粉成了主食，萝卜干上升为营养品。向来挑食的我变成了小狼崽子，菜团子、高粱饼子、麸子疙瘩，我抓起来就往嘴里塞。那一年，我六岁。六岁的孩子啥也不懂，只知道没啥吃肚子饿，就跟爹妈要吃的。我是父母亲的宝贝疙瘩，含在嘴里怕化了，捧在手上怕摔了。家里有了吃食，母亲先是尽着我，其次是父亲，最后才是她自个儿。

大食堂还开着，三口之家，每顿只有四两馍，这点儿食物自然是我独吞。每当我大口香甜地吃着馍馍，母亲消瘦的脸上就现出了慈祥的微笑。可是母亲的笑中有一种别样的味道，长大后我才醒悟到，那是笑中含着悲。饭后，母亲给她自己煮野菜吃，不懂事的我却问："妈，你咋那么爱吃野菜？我一点儿也不爱吃。"母亲抚摸着我的头，喃喃地说："妈爱吃，我娃不吃……"

父亲也很疼爱我，却老是对我板着脸，我很怕他。父亲身材高大魁伟，脾气十分暴躁，常常骂母亲，有时还动手打母亲。每逢父亲打骂母亲，我就十分恨他，甚至在心里滋生出长大后为母亲报仇的念头。

一次，母亲去大食堂打饭，排了个头名，回到家中才知道吃了大亏。一斤二两饭票仅买回一小碗面条，剩下的全是面汤！那一碗面条自然填进了我的肚子，干了一晌重活儿的父亲喝了两碗光面汤，雷霆大发，骂母亲饿死鬼掏肠子，吃饭跑那么快。父亲的意思是，母亲晚去一会儿，说不定能多打点儿面条回来。母亲已经吃过一次大亏了，就想着晚点去打饭，结果仅买回半盆子光汤，连一小碗面条都没有。那次母亲挨了父亲一个耳光。父亲骂母亲吃饭都懒得去排队，是个懒虫。

父亲骂得黑天昏地，母亲一声不吭只是流眼泪。我偎进母亲怀里，拭去母亲脸上的泪水，发恨地说："妈，你甭哭，我长大了给你报仇，狠狠打我爹一顿。"

母亲一把堵住了我的嘴："瓜（傻）娃，快甭胡说了，不怨你爹。"

不怨父亲，那怨谁呢？我的小脑袋想不明白这个问题。

食水未进一口的母亲，抹干眼泪，挎着篮子，拐着小脚出了门。不知过了多久，母亲回来了，挎着一篮子野菜。刚进家门，母亲险乎跌倒在地，额头上黄豆大的汗珠直往下滚。好半晌，母亲才喘过气来，煮了一锅野菜，先给父亲盛了一碗，再后她一连吃了三大碗，似乎在吃山珍海味。我吃了一筷头，差点儿吐了出来。那是个啥味哟，苦涩苦涩的，难吃死了！

一天放学回家，我饿得受不了，哭着闹着向母亲要吃食。母亲实在无法给我拿出可吃的东西，只是哄劝我："我娃乖，我娃听话，食堂开了饭妈就给我娃买。"母亲的深眼窝里水蒙蒙的。

无知的我哪里听得进去，哭闹起来，还用土块砸母亲。母亲有点儿火了，起身想拉住我，我撒腿就跑。肚里只有野菜的母亲，且是小脚，哪能追上我？母亲不追我了，我又返回来哭闹，闹得母亲没办法，便藏在院门背后。我以为母亲回了屋，又返回去哭闹。刚一进院门，母亲猛地闭上院门，我吓得哭叫起来："妈，甭打我，我再不要吃了……"母亲先是一愣，随后一把把我搂进怀里，两行泪水从深眼窝滚了出来："妈不打我娃……都怨妈不好，叫我娃挨饿受委屈……"

母亲的泪水滴在我的头上、脸上……

贺绪林童年照

# 二

随着时间的推移，饥饿越来越严重。

1960年初，食堂散了伙，生产队把仅有的粮食分给各家各户。我们家分到的粮食少得可怜，父亲怕维持不到收麦的时候，让母亲把粮食过了秤，每顿绝对不许超过半斤的标准。我的母亲是最会节俭过日子的，每顿给多半锅青菜汤里像撒调料似的撒一两把面糊糊。就这，她还是尽着我和父亲吃，自己只喝点儿青菜汤充饥。

我忍受不了这样的饥饿，整天哭闹着跟母亲要吃的。母亲不忍心看着我这么哭闹，跟邻居三嫂借了点儿玉米面。遗憾的是玉米面太少，无法上蒸锅，母亲便每天做午饭时和一点儿面，拍成狗舌头似的饼子，放在锅灶火边为我烤熟。

我的"偷吃"行径被父亲发现了。父亲饿昏了头，身上完全没了肉，只剩下了一副大骨架，眼窝出奇地大，颧骨又是那么突出，很是吓人。

"好啊，你娘儿俩背着我在家偷吃！"父亲怒吼着，他舍不得打我，扬起手中的旱烟锅在母亲的头上敲了一下。一股殷红的鲜血渗出了母亲的发际，顺着那消瘦蜡黄的脸庞流了下来。母亲动也不动地看着父亲，像尊大理石雕像。我吓傻了，哭叫着一头扑进母亲的怀里，却还紧紧地拿着那烧焦的"狗舌头"。父亲也呆住了，他没想到能把母亲打成这样。

三嫂闻声赶来，一见此景，急忙给母亲包住伤口，埋怨父亲："十一爸（父亲排行十一），你是饿糊涂了还是咋的？你知道不，家里的粮食我十一娘都给你和我兄弟吃了。你看看我十一娘吃的是啥！"

三嫂揭开了后锅盖，只见后锅盛放着一碗为父亲做的玉米面糊糊，前锅煮着半锅野菜，绿汤上漂着能数得清的几片玉米皮皮。父亲看着两样饭食，眼发直了。

母亲想制止三嫂，不让她再说了，三嫂却只管往下说："我兄弟小，耐不住饿。我十一娘跟我借了点儿玉米面，给我兄弟弄点儿吃的，你咋能说我十一娘背着你偷吃？你呀，是饿糊涂了！"

母亲再也忍不住了，泪水小河似的流淌下来，打湿了衣襟。我放声大哭，紧紧抱住母亲。父亲打了自己一拳，双手抱住头蹲在地上。半晌，他把我拉进他的怀中，摸着我的大脑袋和皮包骨头的身子，手在发抖。我抽泣着，不无怨恨地看着他。他高大的身躯紧缩成一团，显得十分疲惫、可怜。

忽然，我发现父亲眼眶涌出了泪水，我问他咋了，他没吭声，双手使劲地搓脸。

这是我第一次看见父亲流泪。


三


那年月，每个生产队都种着苜蓿，是喂牲口的。

苜蓿，古时又名牧宿、木粟，多年生草本植物，原产于亚洲中部、西部及欧洲。我国自汉朝时引种，如今全国各地均有野生苜蓿或栽培苜蓿。苜蓿不仅可作为牧草，嫩芽更是美味可口的蔬菜。对这个草本舶来品，我一直怀着深深的爱意和敬意，因为在那个饥饿的年代，它不仅填饱过我们一家的肚子，而且挽救了不少人的性命。

苜蓿长到两尺左右，被割了一茬又一茬。入春，苜蓿发芽，胖嫩胖嫩的，叶子圆圆的像钱币。头茬苜蓿长到一两寸高，被撅下来蒸麦饭、烙菜馍、拌凉菜，调上蒜辣子，入口鲜香绵软，十分美味。二茬三茬四茬吃起来一茬比一茬柴，不谄口了。粮食太短缺，所以啥时吃苜蓿都觉着香美可口。

夜里偷撅苜蓿的人很多，几乎家家都有，大伙儿戏称"撺月亮"。生产队一晚上派四五个小伙都看不住，头茬二茬没长起就让人撅秃了。因为大伙儿的生活处境和生活水平几近一样，要是有办法，谁半夜三更去夺牲口的口粮？再者说，"撑月亮"的也有看苜蓿的老人、姐妹、嫂子和兄弟。但看苜蓿的不能一点儿也不管事，他们虚张一下声势，把"撑月亮"的吓跑就行了。

我终日在喊饿，母亲的身体完全垮了，只有父亲还挺得住，这应该感谢爷爷奶奶给了父亲一个健壮的身体。

一日，我实在耐不住饥饿的摧残，哭着缠着母亲要吃的。母亲想不出办法，无奈地流着泪，禁不住埋怨父亲："人家都能弄下吃的，你就不能想想办法？"

"我能有啥办法。"父亲吃蹴在脚地吧嗒着旱烟锅，一筹莫展。

母亲说："听他三嫂说，晚上许多人都去生产队里的苜蓿地弄苜蓿菜……"

父亲瞪起了眼睛："你是叫我去偷？！"

父亲的做人准则是：亏死不告状，饿死不做贼。母亲说这话，不由他不发火。母亲不言语了，泪水泉涌而出。

这时，我六爸（叔父）来了。他埋怨父亲："好我的哥哩，都这光景了，你还正派啥呢！村里哪个没去弄苜蓿菜？我都去了好几回呢。把我嫂和娃饿成了这样子你就不心疼吗？"

父亲耷拉下脑袋，双手蒙住脸面，不吭声了。我清楚地看见泪水从他的指缝涌了出来。

晚上下起了牛毛细雨。父亲不知干什么去了，母亲坐在灯下做针线活儿，很是心神不安。起初我陪着母亲，后来我迷迷糊糊地睡着了。不知过了多久，我被开门声惊醒，睁开眼睛，看父亲站在脚地，浑身上下沾满黄泥，手里提着一个沾满泥水的空布袋，像只在泥水里挣扎过的落汤鸡。

"你咋弄成了这样？"母亲大吃一惊。

"我……我弄苜蓿菜去了……"父亲浑身抖得如筛糠一样，牙齿直打架。

母亲急忙拿出干衣服替父亲换上。

"菜呢？"母亲问。

父亲说："我刚走到地边，觉着有人盯着我，我转身就跑，没小心就从土壕跌了下来……"

"伤着哪儿了？"母亲急忙端起油灯查看父亲的身体。

"没伤着。"

"那就好……"母亲喃喃地说，放下油灯，捏着空布袋，背过身去。我看见有两颗晶亮的泪珠落在了她的衣襟上。

父亲落败而归，此后任母亲怎么埋怨，死活都不去了。我决定去"撵月亮"，改善一下家里的困顿生活。

说到"撵月亮"，不能不说说我的三妈。

三妈的娘家在河南，具体在哪个县她说不清。她不识字，七八岁时被人贩子卖到了陕西，几经转手最终嫁给了三伯。

三伯家里穷，父母去世早，为了活命他去当兵。他个头不高，却很精干，说话口无遮拦，说他参加过抗日战争，跟红军的队伍打过仗。三伯说，他要是识字，早都当上连长了。他当兵七八年，还是大兵一个。抗战结束后，他解甲归田，父母已经去世，两间茅屋也倒塌了，他只好住在城门楼上以打更为生。

那年三妈讨要来到村里，三伯在旁人的撮合下娶了三妈。三伯的脾气很臭，动不动就打三妈，三妈身上常常是青一块紫一块的。尽管如此，三妈似乎从没产生过离开三伯的念头。

新中国成立后，搞选民登记，生产队会计问三妈叫啥名，三妈说她叫妮儿。河南人把女孩都叫妮儿。会计又问她姓啥，她说姓宋。会计说："'妮儿'这个名不好听，我给你另起一个，你就叫'宋胜英'吧。"从此，三妈就有了大名：宋胜英。

三妈嗓门洪亮，有时天上一句地上一句，不靠谱，加之她是河南人，村里大人小孩都叫她"河南担"。我从没这样喊过她，一来她是我的长辈，更重要的是我吃过她的奶。我虽然不记得了，但母亲给我说过，襁褓中我缺奶吃，恰好三妈刚生了女儿，奶水很足，母亲常抱我去她家蹭奶吃。母亲说为了让三妈给我喂奶，她给三妈纺线、织布，还给过粮食——三妈不会纺线织布。

那年月家家户户都穷，三妈家尤甚。三妈养了五个儿女，三伯一个人挣工分，加之家底薄，日子很难维系，三妈就出门讨饭。三妈打小就讨饭，所以她并不把讨饭当不光彩的事。每天夕阳下山，她挎着篮子满载而归，篮子里是黑白不一、大小不一的馍块。她碰见村里的娃娃，就从篮子里取出一个馍块递过去，没有哪家娃娃不要的，娃娃们肚子饿呀。因此，三妈屁股后边常常跟着一群娃娃。记得一次母亲说她："三嫂，你讨要也不容易，还是紧着家里的几张嘴巴吧。"谁知她满不在乎地说："明儿还出门呢，饿不着他们。"那时讨饭似乎成了三妈的职业。

三妈天生一双大脚，那时是村里的"贼头"。她那个年龄的女人都是小脚（我母亲就是小脚），她打小就没有妈，因此没有缠脚，也多亏没有缠脚，让她家在那饱受饥饿的年代没受太大的罪。她白天讨饭时就顺便勘察好哪个生产队的苜蓿地在哪里、长势如何，晚上就呼三喊四叫上一伙人去撅苜蓿。撅了也就撅了，要命的是第二天她站在街门口，高喉咙大嗓门地给人说昨晚她撅了哪里的苜蓿，谁谁谁都去了，张扬得似是端了鬼子的炮楼，得意之情溢于言表。她不在乎名声，可其他人在乎呀。为此常有人骂她脑子缺根弦。骂归骂，可还要跟她交往。如果与三妈绝交，晚上撅苜蓿时其他人是不会叫他的，只有三妈没心没肺地不计较个人得失地会叫上他。大伙儿愿意和三妈一起去撅苜蓿，是因为每次都是三妈冲锋在前，撤退在后。

不说我三妈了，还是说我"撵月亮"的经历吧。

为了缓解家里严重的贫穷状况，我决定去"撵月亮"。我去找隔壁的碧秀，她是三妈的大女儿，跟我同岁，但比我生月大。前边说过，褓褓时我跟她同吃过一个母乳。她小学没毕业就辍学了，在三妈的言传身教下，她的生活能力远远超过了同龄人。与她相比，我显得很笨。其实，在生活能力方面我确实很笨。

碧秀几乎每晚都去"撵月亮"，见我来找她，十分高兴，说："晚上我叫你，可不敢睡着。"母亲却不放心，再三叮嘱："碧秀，林娃笨，你让他跟紧你。"又对我说，"你可跟紧你碧秀姐！"

我还没开口，碧秀就说："十一娘，林娃跟着我你就放心吧。"

那夜，天边有一钩新月。月光给夜色蒙上了一层薄雾，四周一片静悄悄，崖畔、土堆、树丛、麦草垛黑魆魆的，似乎藏着人，怪吓人的。"撵月亮"的人很多，都是婆娘、娃娃，一个看不清一个的眉目。我跟在碧秀身后，夹在他们中间，胆子壮了许多。虽然都是婆娘、娃娃，却像受过训练似的，都猫着腰，排成长蛇阵，一个紧跟着一个，脚步行得匆匆，悄声无语，犹如电影里的"土八路"去端鬼子的炮楼子。

不知不觉，我们到了苜蓿地。夜晚凭的是眼睛和耳朵，地里没有黑桩子，周围没动静，说明没人。不知是谁发出一声命令——"走！"大伙儿便一齐拥进苜蓿地。

初次"撵月亮"，我摸不着窍道，幸亏有碧秀在一旁当"导师"。她告诉我，月光下黑黑一团准是好苜蓿，满把撅、手放快。我试着撅，半响，没撅下半篮子。一看她篮子早满了。她侧脸一看我，骂了声："瓜（傻）子！要这么撅！"她给我做示范，中指挨住地，把苜蓿拢在中指和食指缝间，夹紧，往怀里用力一撅。

我依样画葫芦，果然好撅。

突然，有人喊了一声："来人了！"大伙儿顿作鸟兽散。我慌得不知所措，碧秀拉了我一把，说了声："快跑！"我立马跟在她身后像兔子似的跑了起来。不知跑了多久，我俩都跑不动了，便不管不顾了，一屁股坐在地上张大嘴巴喘气，却并不见人追来。喘息半天，定神细看，同伙跑散了，四周不见其他人影，只有我和碧秀。新月钻进了地平线，村庄黑乎乎的一片在我们身边沉睡，我俩都突然害怕起来，手牵着手谁也不吭声，脚步匆匆往家里奔……

第二天早饭时间，母亲蒸了一顿苜蓿麦饭，调上蒜辣子，那个香呀，行笔至此，馋涎都涌到了我的嘴边……

# 四

父亲和母亲都患上了浮肿病。父亲明白老吃苜蓿、野菜是不行的。他跟亲戚借了点玉米，白天要出工，晚上父亲和母亲加班推磨子磨玉米。所幸我家有一盘石磨，不用去别人家。听母亲说，石磨是1949年父亲用两斗麦子换来的。那一年父亲和伯父分居另过，新家建立，吃饭问题是首要问题。父亲用独轮车推着两斗小麦去百里以外的北山，两天后推回了这盘石磨。

20世纪50年代初，家里条件稍微好点儿了。母亲隔三岔五拉牛套磨，一斗麦子磨下来，半斗白面半斗麸皮，人吃白面牛吃麸皮，日子过得滋滋润润、安定祥和。

石磨安置在家里的门房。早晨，似火的朝阳从窗口探进头来，把金光洒满磨坊。整个磨坊笼罩在淡淡的金色雾霭之中，似一个美丽的童话世界。老黄牛拉着磨不紧不慢地走着，母亲瘦弱的身躯跟在黄牛的身后围着石磨转圈，她的手里是一把糜子秸秆做的短把笤帚，不时把溢出来的粮食扫进磨眼儿，有时还哼着曲儿，几只麻雀飞进又飞出……这一切深深地刻印在我童年的记忆里。

这样的日子过了没几年，便到了"瓜菜代"年月，我家的石磨真正派上了用场。粮食紧缺得如同金豆子，幼年的我从来不知道肚子饱是什么滋味。生产队的牲口只喂草不喂料，饿得皮包骨头拉不动磨子，乡亲们只得呼儿唤女推磨子，隔三岔五地磨上半斗八升玉米，连皮带糁子再掺上多半野菜熬上半锅哄哄肚子。

推磨那活儿可真不是人干的。饿着肚子推磨，那感觉似喝醉了酒踩着沼泽地爬坡，所幸的是有一线光明在前头——磨了面就能有饭吃。那时村里流传着这样的顺口溜："何队长（我们生产大队队长）大个子，领导社员推磨子。头遍轻二遍重，三遍四遍把社员的腰杆都挣硬。"

父母推磨子，我也不能闲着，也帮着推。我个头小，力气也小，推了不到一袋烟工夫，我就推不动了，呼哧呼哧直喘气。我家的石磨不算太大，磨扇轻，父亲便让我坐在磨扇上，增加磨扇的重量。半斗玉米磨完，不知父母累不累，我从磨扇上下来头晕得站不住脚。

多年后，我跟当年的何队长（我叫他五哥，这时的他已是八旬老汉了）闲谝，提起推磨的事，他感叹道："怨不得我，牲口饿得一上套就拉稀，人不推磨难不成煮玉米粒吃呀！"

后来情况渐渐好转了，肚子能填饱了，村里也通了电，随后安上了电磨。石磨被人们冷落了，退居二线，家里磨点猪饲料啥的才使唤使唤它。到了20世纪80年代，富民政策深入人心，农民的日子大为改观，磨面的机器也日新月异，连连更新换代。这时，给牲畜粉碎饲料也用上了机器，石磨彻底地退休了。再后来，家里拆了磨坊，把石磨搬到了不碍人眼的墙角。

半个多世纪过去，石磨经历了风风雨雨，几度兴衰，阅尽了我们这个家庭几十年的春秋，也阅尽了共和国半个多世纪的历程。

前些年家里重修猪圈，见石磨闲置无用，便用一扇做了地基，另一扇盖了红薯窖口，石磨仍在发挥余热。没料到大暴雨冲塌了红薯窖，石磨也葬身于地下，令人惋惜不已。细细想来，共和国诞生之时，国家振兴，石磨也有用武之地；后来，国家遭难，石磨兴盛；再后来，国运昌盛，石磨落伍；如今，国运大兴，石磨寿终正寝。石磨若是有灵之物，我想是不应有怨的。

<h1 style="text-align:center">五</h1>

那时加工粮食除了石磨，还有石碾，似乎都是原始工具，但都必不可少。

石碾安置在我们村城门楼旁，三个碌碡竖起来栽成三角形，放上碾盘，再安上石磙子，就这么简单。石碾是"官物"，就是村里的公共财产。我们村没有像邻村那样盖碾坊。可能大伙儿觉得碾子是石头做的，不怕风吹日晒，没必要盖碾坊。

每天放学回来，我们一伙娃娃在碾盘上"扇四角"，那个响声听着像摔炮，用现在的时髦语言形容：倍儿爽！雨后天晴的日子，我们在碾盘上玩泥巴，弄得跟泥猴似的，玩够了就趴在碾盘上写作业。那时我们在学校是以木板当桌子，木板被刀子刻得坑坑洼洼的，而碾盘又光又平，比桌子好得多。

有年冬天，天出奇的冷。一天傍晚，六爷推碾子碾盐，我们几个愣小子捣他的乱。平日里六爷最爱和我们耍笑，弹我们的脑袋瓜，他手劲儿大，一个蹦子弹下去我们的脑袋就起了疙瘩。我们也最爱捣他的蛋，他碾盐我们就抓他的盐，他拿笤帚撵我们，我们撒腿就跑。他不撵了，我们又回来捣乱。有一次回来，我们看见六爷用舌头舔碾盘，很是奇怪，问他舔啥哩，他说碾完了盐又碾白糖，他舔白糖哩。我们一伙当真了，都趴在碾盘上舔，谁知腊月的碾盘冰冷如同吸铁石，一下子就把舌头吸住了。我们傻了眼，哭都没法哭。六爷坏笑道："我就不信治不了你们。快哈气！"我们赶紧哈气，这才拔下了舌头。

碾子是那个年代农家人必备的生活工具，村村寨寨都有。碾米、豆子、碾盐、辣子……甚至碾旱烟，都离不开它。我家有个压门关——加在大门上的木杠，两米半长短，粗如小碗口，榆木材质，十分结实。这家具原本是防土匪用的，后来家家户户都来借，当作碾棍，没想到最后竟成了官物。拉碾子原本是用牲口，可队里的活忙，腾不出牲口，再者，一家一户碾粮食、盐量不是很多，干脆就用推的方式。那时推碾子是我们村的一道风景线。明代状元康海曾写过一首词《秋望农家》：

　　　　闲散步，过村庄，见一妇人碾黄粱；

　　　　玉笋杆头稳，金莲足下忙；

　　　　汗流粉面花含露，尘落蛾眉柳带霜；

　　　　轻着扫，慢簸扬，站立一旁整容妆。

　　这首词把一个农妇推碾子碾米的情景表现得淋漓尽致，栩栩如生，呼之欲出。果然是好文采，真不愧为状元郎！

　　碾子一年四季都在忙，最忙还是秋月。那年月，粮食很是短缺，夏粮接不上秋粮，玉米刚收，剥的玉米粒来不及晒干，大伙儿就想果腹。湿玉米粒上不了磨，便用碾子碾。队里的牲口要耕田，只好人推碾子。每天一大早碾子跟前就摆起了长蛇阵，家家推碾子的都是女人、娃娃（男人要出工），热闹得跟赶集一样。

　　如果谁家碾完了盐又碾辣子碾调料，这可就乐坏了我们一伙愣小子，从家里拿来馍馍，掰成两半，推碾子碾，碾过的馍馍比现在的香辣锅巴味道还要好。

　　碾子闲着的时候，女人们便坐在碾盘上边做针线活儿边拉家常，说到高兴处会甩出一串银铃般的笑声。大多时候是男人们端着饭碗开"老碗"会，谝得天昏地暗，甚至忘了吃饭。月明星稀的夏夜，会有三五个老汉或坐或躺在碾盘上，边吃旱烟边说古经，我们一伙娃娃围在他们身旁，双手支着下巴支棱着耳朵聆听……

几年前村里的一部分土地流转了，现在吃粮食都靠买。时代变了，石碾被冷落了，寂寞得如同垂死的老人。前几年，村子搞规划，安置石碾的地方被规划为宅基地。一户人家在那块地建屋，石碾被埋在地下做了地基，村里的一道风景线永远地消失了。

# 六

饥饿的岁月也有令人难忘的快乐时光，譬如看电影。

现在农村过红白事都讲究放电影，可银幕前的观众少得可怜。说一个笑话，邻村一家给儿子过满月，放电影《喜盈门》。电影内容很喜庆，遗憾的是片子太老。电影放完了，一个老汉走到放映员跟前要他的旱烟锅，放映员恼怒地说老汉老糊涂了。老汉说："我灵醒得很，满场子就你和我，不是你拿了我烟锅还能是谁？"

20世纪50年代末，在乡下根本就看不到电影。我的幸运是来源于家乡紧邻着西北农学院，每逢星期六晚上学院都要放电影，且是公映，但对内不对外。电影的诱惑力十分强大，但校门口的门卫威慑力更强大。乡人们只好"望门兴叹"。

乡下的孩子野惯了，常到学院门口去玩耍。听看过电影的大人们讲，一幅大白布挂在半空，机器一开，那白布上便就有人影出现，跟真的一样，会说话会走路，还有山山水水花草树木啥的，不是真的胜似真。现在那玩意儿就在学院的大操场上演哩，娃们谁不想看！

门卫不让进，还有没有别的啥地方可以进？当然有，可那是秘密，不能公开说。

每到星期六，天刚一擦黑，就会听到阿成哥在街上喊："看电影走咧！"

阿成哥是三妈的大儿子，我们两家相邻。那年他十五岁，个儿高性子野，是村里的娃娃头。听到阿成哥的喊声，娃们都扔下吃了一半的饭碗往门外跑，不管爹妈怎样吼叫，连头都不回。

最初听到阿成哥的喊声，我扔下饭碗也要去看电影，却被母亲一把拉住："甭去，你还小！"那年我只有八岁，母亲对我实在是不放心。可母亲没有想到，八岁的儿子跟她耍起了心眼。

又是一个星期六，天还没黑，我便猫在柴房里，母亲在院里大声喊我吃饭，我就是不作声。母亲出了院门在街上喊，我还是不应声。母亲嘟嘟哝哝地数叨着回了厨房。就在这时，街上响起了阿成哥的喊声："看电影走咧！"我离弦箭似的冲出柴房，窜出了街门……

村里的娃们都尾随着阿成哥，急急地朝学院走去，没有说话声（大伙儿边走边啃馍）。我年龄最小，一溜小跑才能跟上趟。学院虽然距村子不到一里地，可那时我觉得那段路极长。

终于到了学院围墙跟前，阿成哥止住了脚，整个队伍便停了下来。我望着学院灯光通亮的大门，问身边的伙伴："咋不从大门进？"

伙伴说："大门不让进。"

说话间，阿成哥爬上了围墙豁口，抻长脖子往里瞧，墙下的人等不及了，嚷嚷着快进。阿成哥跳下墙压低声骂道："进个屁，里边有人哩！"大伙儿都不吭声了，跟在阿成哥屁股后边朝前走。

阿成哥在另一个墙豁口处站住脚。不等他召唤，便有两个伙伴急忙上前帮他爬上豁口。里边的电影早已开映，机枪嗒嗒直响，大伙儿心里着了火似的，却没谁再吭声，只是眼巴巴地望着阿成哥。

半晌，阿成哥跳下墙，骂了一句："把他家的，还有人！"便不知所措地站在那里。大伙儿也都陪着他站着，干瞪眼。忽然，阿成哥瞧见了我，叫道："你咋也来了！你能爬上墙？"

我不吭声，只是呆呆地看他。听大人们说爬墙是贼人干的勾当，我不知道爬墙看电影算不算贼，只是心怦怦直跳，却不知道害怕。

"跟紧我，甭胡跑！"阿成哥叮咛了一句，转身又去寻找能进去的地方。

最终，阿成哥又爬上了一个豁口，好半天，忽地回过头，压低声音说："上！"

伙伴们蜂拥而上，阿成哥一个一个把大伙儿拉上豁口，爬了进去。最后只剩下了我，阿成哥弯下腰伸手拉我，却怎么也拉不上去，急得我几乎要哭了，他跳下墙来，俯下身让我踩着他的肩膀，然后站起身来，我便爬上了豁口。随后他也爬了上来，抓住我的手，把我提溜到了里边。

我俩一路小跑，到了电影场。电影幕挂在大戏楼里，底下黑压压地坐满了人。我俩跑到最前边，脱下鞋塞在屁股下当板凳，仰起脸朝前看，银幕上许多当兵的举着枪在欢呼。耳边忽地响起一片掌声，我一惊，转脸一看，周围的人都在鼓掌，阿成哥也在拍手，我便也学着阿成哥的样子拍起了手。待转过脸来看银幕，银幕上的人影不见了，显现出了两个斗大的字：再见。我呆呆地看着，心里默念着那两个字（那时我上二年级，认识这两个字）。

阿成哥拉了我一把说："完了，回吧。"

这就完了？我莫名其妙，心有不甘。回过头，只见场子亮起了灯光，人群闹哄哄地渐渐散去，我只好站起身跟着阿成哥回家。走了老远，我还不甘心地回头去看，银幕正被几个人缓缓卸下……

那是我第一次看电影，至今记忆犹新。

# 第三章　少年况味

## 一

父亲一生最大的希望是我能把书念成。他并不是期望他的儿子能做官，只是希望儿子不要再像他那样终生受苦受累，而是能吃上白馍夹肉。父亲常去西北农学院里做副业工，他最羡慕学院里那些教职员工大口吃白馍，大块咥肥肉。

我没有辜负父亲的期望。1965年，我以优异的成绩考入武功县杨陵中学（今杨陵区高级中学）。是时，这所学校也是西北农学院的附中，教学质量在全省都是名列前茅。我们那个班是个尖子班。1965年，杨陵中学高考成绩是全省第一，一班共有五十六名学生，只有两名落榜，据说其中一名还是由于身体不合格而落选的。学校已做出规划蓝图：1966年高考，一个学生都不能落，全部上榜。没有人认为这是吹牛。因为高六六级甲班的学生都是挑选出来的尖子生，学习成绩在高六五级之上。

正当师生们为高考努力之时，“文化大革命”爆发了。

那时我还不满十三岁，心智远没有成熟，完全是个懵懂少年。

2008年10月3日，我们初六八届甲班同学聚会。四十年后再相聚，那个激动的场面很难用语言形容，要说的是，同学尚迎和在聚会之时无限感慨地说：“咱们班有位同学令我敬佩、惊讶，那就是贺绪林。他写了那么多书，并且拍成了电视剧。最初我不相信，后来我在深圳一家书店看到一本抢眼的书《最后的女匪》，翻开书看作者简介，这才信了，赶紧买下了书。另一位是辛立。"

尚迎和同学有一点说错了——我不值得敬佩；一点说对了——辛立同学的确是个另类，确实让我们感到惊讶。2012年，辛立从美国回来探亲，顺便来看望我，我问起他的职业，他说他现在搞历史研究。闲聊中我们都说到了当年的大串联。回首以往，我们都很感慨。

1968年12月，毛泽东主席发出指示："知识青年到农村去，接受贫下中农再教育，很有必要。"他巨手一挥，把数以千万计的学生挥到农村去了。城里学生到农村去，有补贴有照顾，这被称作"知识青年上山下乡"；农村学生回家乡劳动，什么补贴照顾都没有，还把"知识"这个词给省略了，被称作"回乡青年"。

从学校回家那天，我站在村南的黄土坡前仰面望天。

"你的命不好，生不逢时。"父母的感叹犹在耳畔。我真想大吼几声问问苍天，出出胸口的闷气，却最终低下了头，默然无语地走回家。怨天尤人又有何用？

渐渐地，我的生活恢复了平静。日出而作，日落而息；日复一日，月复一月。就连晚上做梦的内容也出奇地相似：我从深厚的黄土层里钻出来，用沾满牛粪的粗糙的双手挥动着老镢头，头上脸上胸膛上滚动着闪着油光的汗珠，摔在地上碎成八瓣；头顶上是蓝天红日，脚下是黄土绿地……

俗话说"七十二行，庄稼汉为王"。然而这"为王"的行当实在是个苦差事。尽管我是庄稼汉的后人，小时候就赤脚下过田，但还是不堪重负。我曾在麦场上干过两天两夜不曾合眼，曾用稚嫩的肩膀扛过数不清的粮袋，曾在寒冷的冬夜赤着脚浇过麦田，曾用青春的身躯堵挡过决了堤的渠水……在那些苦不堪言的日子里，我皮肤黝黑，人瘦了一圈，一到晚上浑身的骨头像散了架，可梦却没累垮。我梦见天漏了，雨下个不停，我一头栽倒在热炕上昏睡了七天七夜；梦见桌上摆满了红烧肉和大白蒸馍，我放开肚皮地咥；梦见公社的放映队驻在我们村，每晚都给我们放电影。那时我们两三个月也难得看上一场电影，一次，邻村放电影，我和伙伴们跑了五六里地，看了六个"新闻简报"。当时社会上流行着几句顺口溜："朝鲜电影哭哭笑笑，越南电影飞机大炮，阿尔巴尼亚电影搂搂抱抱，中国电影新闻简报。"

我毕竟上过中学，能想着法子填补自己的精神生活。我安装了一个矿石收音机。说是收音机，其实很简单，一个小小矿石加一个线圈，还有一个可变电容器，当然了，还需一个耳机，连接在一起，就可以收听到"中央人民广播电台"和"陕西人民广播电台"的声音。最主要的是天线，矿石收音机收台多不多以及音质好不好，完全取决于天线的高低。我先是爬上房顶架天线，结果收听效果不理想，混台，听不清。院子里有棵椿树，七八米高，我架着梯子爬上树，把天线架在了树顶，效果果然很好。

小小的矿石收音机在精神生活贫瘠的年代开阔了我的视野，增长了我的知识，给我的思想插上了翅膀。我渴望着能飞出小屋，到蓝天去翱翔！

二

我的家乡位于西北农林科技大学（以下简称"西农大"）北校区北门外，如今与西农大仅一墙之隔。家乡一带的村名都很特别，如西大寨、东小寨、南营、北营等。相传，这些村子古时都是驻军的营地。我们村名叫杜家寨，亦称杜寨。相传是一位祖籍山东益都的杜姓将军领兵在此安营扎寨，垦荒屯田，形成村落。又传，我们都是这些将士的后裔。如今，杜寨村有几百户人家，两千多人口，却只有十来户杜姓人家，且都是外来户。不知是何原因，没有村志，无从考证，但这一带驻扎过军队毋庸置疑。

杜寨村，那时称杜寨生产大队，由四个自然村组成——何家堡、袁家堡、后堡子、马家沟，原来还有一个靳家堡，所谓的"四个堡子一条沟"。民国十八年（1929）年馑，三年大旱，六料庄稼颗粒未收，其间蝗虫成灾、瘟疫蔓延，靳家堡十室九空，灾后活着的几户人家迁移他乡，仅留下一户唐姓人家。靳家堡名存实亡，并入袁家堡。

我家在何家堡。何姓是何家堡大姓，其次是贺姓。贺氏家族是时有近三十户人家，有三个分支，我们这一支人丁最为兴旺。父亲在我们这个分支他的那一辈排行十一，是老小。

父亲生前给我说过，民国十八年年馑刚过，村里地广人稀，田地没人作务，地里的蒿草长得比人还高。政府征地建学校——西北农林专科学校（以下简称"西农"），一亩地一块银圆，村里几乎家家都卖了地买粮度春荒，再者，还可以去学校打工挣钱。西农三号教学楼用的砖就是蒿草烧的。西农三号教学楼高七层，据说是20世纪30年代西北地区最高的楼。

一座大楼建成需要几千万块砖，烧这么多砖需要多少蒿草？由此可以想到那时的家乡是多么荒凉！

村里老人们都说，西农三号教学楼奠基之日，十分热闹，盛况空前。"筹委会"常委戴传贤，委员王应榆、焦易堂，武功县各机关学校的代表，西安和附近各县的来宾共两千余人参加了奠基典礼。周围的乡亲都来看热闹，主席台两侧的楹柱上写着一副对联，上联是"佳气接终南，百代宏图奠胜基"，下联是"晴光临渭水，千间广厦育英贤"，横批是"人杰地灵"。

俱往矣！

是时，西农有大小两个校门：北门是小门、偏门；南门是大门，也是正门。南门口西侧有一条街，美其名曰"青年街"。青年街说是街，其实只是两旁有二十来户人家的小道，都是当年从河南逃荒来到此地落了脚。西农南门口的早市在20世纪40年代就兴起了，到了60年代已成规模。在早市摆摊点的都是当地农民，卖的都是自家的农副产品：时令蔬菜、生鸡、鸡蛋、油、蒸馍、包子、豆腐脑、麻花、油条……后来还卖粮票、布票以及政府发的各种购物券。

1965年我刚上初中时，母亲养了几只鸡，舍不得吃鸡下的蛋，让我拿到西农南门口早市去卖，以补贴家用。

那年我十二岁，虚荣心作祟，认为贩夫走卒、引车卖浆会被人看不起，不愿去。母亲有点儿生气，问我为啥不去。我们班许多同学都是西农员工子弟，有的父母都是教授，还有当官的，他们经常来早市买菜啥的，如果遇到同学，特别是女同学，我觉得很没面子，因此我不愿去。可我能把这些给母亲说吗？

不过母亲很快就猜出了我的心思，说道："你卖自家的东西，又不是偷的抢的，怕啥！"

我嘴里不说，但就是磨蹭着不去。母亲给我找了个伙伴——对门七婶的三儿子小三子，他比我大三岁，去早市比去他舅家的次数都多。母亲给他说："林娃不戳撑（不大方），你看着帮他把鸡蛋卖了，我家核桃熟了，婶给你核桃吃。"

我家院子里有棵核桃树，水桶般粗壮，核桃繁得像蒜瓣，惹得村里娃娃眼馋。听说有核桃吃，小三子满口应承，让母亲尽管放心。

到了早市，人还真多。我们找了个空地，小三子又找来一张报纸，把鸡蛋摆在报纸上，我依样画葫芦。我忽然发现同班一个女生朝这边走来，急忙给他说："我去小便一下。"没等他说啥，我就赶紧躲到了一旁。

没料到那个女生竟然蹲在了小三子对面，跟他做起了生意。我虽然心急如焚，却不能上前。一直看着那个女生离开早市，我才回到了他身边。他埋怨我："咋这么长时间，你是尿长江还是尿黄河哩？！"

我自知有愧，不吭声，任凭他数落。他递过几张毛票，说："给，一个鸡蛋五分，三十一个鸡蛋，一块五毛五，你数一下钱。"

我接过钱，没有数就直接装进衣兜。虽说受了数落，但我的心里却喜滋滋的。

那是我人生中第一次做生意。

三

三年后的1968年，我初中毕业，但学校停课，我只能回家务农。

家里养了一头猪，半年时光，猪没长多少。这也难怪猪，那年月人都吃不饱肚子，更别提猪了。猪吃的是糠和草，喝的是洗锅水，没有一丁点精饲料，能保住命就不错了。到了冬季，那猪不见长反而缩了，父亲怕它冻死，决定卖了它，多少见俩钱。父亲是生产队的饲养员，走不开，就让我把猪赶到集市上去卖。这回不比上次卖鸡蛋，是个大买卖。我心里没底，问父亲买主给多少钱可以出手，父亲对那头猪很不待见，没好气地说："见钱就卖。"其实父亲心里也没底。

父亲帮我给小猪的一条后腿上绑上绳索，我赶着它出了家门。不知怎么回事，那头小猪不肯往前走，老往回跑。如果是发情的母猪，不用赶就走，因为有欲望在驱使，它会走得很快。前些日子，斜对门二叔的母猪发情，圈门一打开，那头母猪就疯了似的往外跑，二叔跟屁股就撵，等他撵上时，母猪已到了邻村养种猪人家的圈外。两头猪隔着圈门哼哼着，似乎在倾诉相思之情。可我赶的是在生死线上挣扎的小猪！

起初我还有点儿耐心赶它，后来就没了耐心，连打带拖地把它弄到了集市上，还好集市离我们村只有三里来地。它实在不搭眼，集市上人来人往，可没一个人正眼瞧它。太阳斜过头顶，我肚子饿得咕咕直叫，集市也慢慢散了，我又急又气，忍不住又踢了它一脚。它耷拉着脑袋，不吭不叫，似乎知道自己不争气。

就在我焦急不安之时，有人喊我，我抬眼一看，是表叔。表叔精通买卖之道，很快找了个买主。买主起初不想买，经不住表叔三寸不烂之舌的缠磨，最终以四块七角钱成交。

喂了半年，都不够洗锅水的钱！我都不知道回家怎么跟父亲交代。表叔见我一脸的不高兴，把钱塞到我手中，低语道："拿上，它能不能挨过这冬天还难说呢。"

我想想也是，转过头去看那头小猪，它已经被买主提着腿扔进了架子车车厢，抬着头看着我，似乎对我恋恋不舍。我心中顿生愧疚，不该一路踢它拖它；也有点儿释然，来时被我一路拖着，现在坐上了架子车，待遇大有改变，真希望它到了新主人家能有好吃的好喝的。

# 四

冬去春来，万物复苏。

眨眼之间到了初夏。农谚云："四月八，豆角欻啦啦。"这个"四月八"是说农历。所谓豆角，就是豌豆角。

那年月，每个生产队都种豌豆，豌豆不是给人吃的，是用来喂牲口的。当然也可以磨粉做粉条，但主要还是给高脚牲口做精饲料。何谓高脚牲口？就是骡和马。生产队没有拖拉机，骡马就金贵得很，不但使役得力，而且也很有面子。那时评价一个生产队的穷富，一个重要的考量指标，便是看槽头的高脚牲口有多少。因此，高脚牲口被人高看一眼，宝贝得很，可以享受吃豌豆的高级待遇，一般的牛和驴是没有那个口福的。

初夏时节，花园里的花都偃旗息鼓，豌豆花却渐次绽放，那一串串白色、紫色的小花在绿叶的映衬下，开得热烈奔放，像一只只振翅欲飞的小蝴蝶，谁看着都心里美滋滋的，因为马上就可以饱享口福了。

物资匮乏的年代，嫩豌豆角不仅是娃娃们的美味小吃，也是大人们填充饥饿肚子的最好补充食品。生产队当然不会任人去吃，所以特意派专人看豆角。因此，偷吃生产队嫩豌豆角，成为我们这些半大小子富有乐趣的冒险，也是我们最好的享受和最美好的幸福时光。

我们跟看豆角的人斗智斗勇，藏猫猫、声东击西、打游击战。在我们上学的路上有一片豌豆地，豆角成串地挂在枝蔓上，诱惑得我们口水直往嘴角涌。我们一伙学生娃娃按捺不住馋虫的诱惑，蜂拥进了豌豆地，鬼子进村似的"扫荡"起来。看豆角的人赶过来时，我们顿作鸟兽散。看豆角的人气急败坏，跑到学校告了我们一状。校长把我们这一路学生集合起来让看豆角的指认，可人数太多，看豆角的都指认不过来。校长便好言安抚看豆角的，说一定严肃处理，保证以后此类事情不再发生。送走看豆角的，校长板着脸严肃地批评我们："你看看你们，成何体统！让人家追到了学校，传扬出去咱们学校还要不要名声！"我们原本以为校长会狠狠地教训我们一顿，没想到只是轻描淡写地批评了一下。后来回忆起这件事，我觉得是因为校长也是农家出身，小时候一定也干过这事，因而没有小题大做。

嫩豌豆角可以"一豆两吃"：先剥开豆荚吃里面的嫩豆豆，汁味甜香，极为爽口；然后"打掌"吃。何谓打掌？就是将豆角两面豆荚分别从根部轻轻一折，再轻轻顺势一扯，便扯下了外面一层薄如蝉衣的皮，里面的一层嫩瓤吃起来脆生生的甜，同样爽口极了。

从学校回来，队长看我年龄太小，便让我去看豌豆。看豌豆不光能挣工分——虽然一天只给五个工分，还可以大大方方随便吃嫩豆角，完全不用偷偷摸摸。这是个打着灯笼都难找的好差事，简直就是让"弼马温"去看守蟠桃园，乐得我屁颠屁颠的。

工作岗位极好，我理应尽职尽责，但因此得罪了许多人，特别是得罪了我的那些伙伴。对我荣任"看豆角"一职，他们不仅"心怀不满"，甚至"嫉恨"，而且还用那一套战术跟我斗智斗勇，声东击西，敌疲我攻，敌追我跑。因为双方对这套战术都了如指掌，很难分出胜负，只是生产队的豌豆秧遭了祸害。

不到半个月，豆角长得老了一些，这时豆豆不再甜香可口，有了豆腥味，但煮着吃最好。偷摘者不仅仅是娃娃伙了，也有年轻人。饥饿的年月，肚子的问题是最大的问题。我也"监守自盗"，每天摘一点儿拿回家让母亲煮了吃，那种香甜，此时回想起来还令人垂涎三尺。

待豌豆长老了成熟了，收获碾打之后，豌豆蔓垛在麦场上。一场雨过后，我们一伙便在垛底捡拾没有收净的豌豆粒。这时的豌豆粒经雨水一泡，生出一点儿嫩芽，涨乎乎的，我们叫"涨豌豆"。我经常会捡拾两衣兜涨豌豆拿回家让母亲炒了吃，那个香呀，跟嫩豌豆角、煮豌豆又不一样，别有一番滋味，妙不可言。

一夜南风，小麦覆陇黄。收了豌豆，接着收割小麦。

这时候打麦场成为村子里最热闹的地方，白天乡亲们把收割的麦子拉到场上碾打，晚上打麦场便是最好的纳凉场所。我们一伙半大小子夹着被单或薄被在打麦场露宿。晚风习习，吹散了暴晒一天的暑气，驱走了蚊虫，轻轻拂着面颊，使人有说不出的惬意和舒坦。这里没有父母的管束，没有蚊虫的叮咬，没有异性的妨碍，我们脱得一丝不挂，躺在温热的麦草铺上，天南海北地吹牛神侃。侃着吹着，忽觉口渴，便有人提出弄几个西瓜吃吃。这个提议立刻得到一致的赞同。

弄者，偷也。我们这一带的男性公民几乎没有没干过这勾当的。夏夜在打麦场上纳凉，去瓜地弄几个西瓜解渴，没人把这事当做贼看。

天色黑蓝，星辰稀疏，一轮圆月高挂东边，橘黄的月光洒满一地，村庄的轮廓显得十分清晰。金黄色的圆月、碧绿的西瓜地，那景色跟鲁迅的《故乡》中的描述像极了，只是我们一伙脖子上少了银项圈，似乎也没看到猹、獾什么的。

我们一伙如同电影中鬼子进村的模样，猫着腰、蹑手蹑脚进了西瓜地。我们弄瓜的手段很是高明：进了瓜地，脱下裤子，给裤筒里各装一个，搭在脖子上，两个胳肢窝再各夹一个，这才出瓜地。回到打麦场，大伙儿把弄来的西瓜集合在一起，没有刀便用拳头砸，光着屁股蹲在场地，一边大口啃西瓜一边大声说笑。那情那景仿佛人类又回到了远古社会……

漫漫人生路，这段时光最令人难忘啊！

# 五

少年的况味有苦涩，有甜蜜，有快乐，也有说不清道不明的味道。譬如照相，对现在的人们来说，照相是平常得不能再平常的事了，但在20世纪五六十年代，对我这个出生于农家的孩子来说是件大喜事。第一次照相的情景我已经记不得了，然而，第一张照片却深深地镌刻在我的脑海里，清晰得如同就在眼前。

那张照片上的我很是威武：崭新的连衣开裆裤，脖子上挂着一个明光闪闪的大银牌，右手拿着一个硕大的西红柿，一脸惊喜之色，紧挨着面带微笑、正襟危坐的父亲直挺挺地站着。母亲虽不在我身边，但母亲的影子却无处不在。我的那身打扮装饰肯定在村里的小伙伴中是第一流的。

我是父母唯一的儿子，自然是他们的掌上明珠。我想象得出，为我照相的事情，他们肯定很早就商谈过；为我的服饰，他们也一定有过争论；最后把我打扮成照片上这副模样，他们一定认为这是我那时候最帅气的男子汉形象。

那张照片在母亲的镜子正面装着，挂在柜盖上方的墙壁上，一挂就是十多年，因而这一情景永远清晰地刻在我的脑海中。后来，我上了中学，把那张照片从母亲的镜子正面悄悄地挪到了背面。

再后来，母亲的镜子不知怎的被打碎了，那张照片不知被我放到了什么地方。等我意识到那张照片弥足珍贵时，却怎么找也找不见了。痛心啊！

另一张给我留下深刻印象的照片是我和几个少年伙伴初中毕业返乡务

农的合影。迎国、小民、新民和我年龄一般大，我们四人一天到晚形影不离——一人感冒，其他三个就发烧；一个咳嗽，其他三个就打喷嚏。

一日，我们突然起了照相的念头。记不得是谁先提议的，反正当时我们四人都十分兴奋激动。整整一个上午我们都在讨论这件事，以致忘了手中的活儿，让队长狠训了我们一顿。

中午收工，我们四人像脱了缰的马驹，连家都没回，就奔杨陵镇去照相。我们只觉得那天天格外蓝，小草格外绿，路边的野花格外艳。

来到照相馆，恰好没顾客。摄影师是个中年妇女，可能看我们几个年龄小，因而态度不怎么友好，工作有点儿敷衍了事。我们却由于太兴奋太紧张，一点儿也没有计较她的服务态度，加之很少光顾照相馆，对照相一点儿也不懂行，就让她那么敷衍了事地照了一下。

几天后，我们四人又一同去取相片。看到相片的第一眼，我的自尊心便挨了重重一闷棍。我怎么能是那样一个形象？！我原以为我是一个雄健的男子汉，但那张照片上的我竟显得稚气未脱，身躯瘦弱，没有男子汉的气魄。

我们在照相馆都不好意思多看那张照片，便来到一个背僻处仔细瞧。照片在我们手中传来传去，很久很久。我们四人中有三人对自己的形象都感到不太满意，只有一人满意，最后举手表决，宣判了那张照片的"死刑"，由我来执行。我把那张照片连同底片撕得粉碎，"葬"于一棵常青树之下。我们商定来日照张好的，放得大大的，挂在各自屋里最显眼的地方。然而，由于种种原因，这张"好的"照片时至今日也没照成。

一年半后，我被推荐上了高中。冬去春来，两年半时光一晃就过去了（那时我们高中读两年半）。临毕业时，班里拿出剩余的班费为同学们拍毕业合照留念。记得照了三张，一张全班合影、一张全班男生合影、一张全班女生合影。由于班费有限，全班合影照每人一张，男女生各自的合影谁要照片谁付钱。

女生的合影照自然没有我的份儿，全班合影那张我的形象还可以。其实，五十多个人挤在一起，看得清眉目就算可以，根本就谈不上什么形象。而另一张男生合影照里我的形象大大欠佳：我站在中排，双目紧闭，面无表情，似乎已进入了梦乡。同学们取笑我说是我昨夜攻读书本，借此机会补觉，真会抓时机，我只有苦笑而已。因为要自己付钱，我没舍得花几毛钱去买这张本人形象欠佳的照片。

高中毕业后不到一年，我不幸摔伤，久治竟不能痊愈。后来走上文学创作之路，我多次参加笔会和采风活动，首都北京、古城西安、秦都咸阳、杭州西子湖畔、绍兴鲁迅故居、乌镇水乡、北戴河、鸭绿江畔、青海湖边、海南椰林……都留下了我的身影。影集日渐丰富充实，然而都是我坐在轮椅上的形象。每每打开影集，却寻不见我昔日健康时的风采，甚为痛心。前些日子整理影集时，看到高中毕业的全班合影照，我又不由得忆起我的闪光的青春年华，欣慰之后心中也禁不住泛起苦涩的滋味。

我少不更事，让影集留下了无法挽回的遗憾。

# 第四章　我的父亲

## 一

父亲生于清宣统三年（1911）正月十六，属猪。那一年辛亥革命爆发，清亡民国立。但凡有人问父亲是哪年生，他就跟人家说他是宣统三年生，很有清末遗老的味道。他在幼年时上过几天私塾，会背《百家姓》和《三字经》，还会打算盘，但不熟练。

在我的记忆中，父亲不信鬼神，却信命。年轻时他算过命，算命先生说他是鸡儿命，刨一口吃一口。那位算命先生不幸言中了。一生的坎坷经历使父亲成为一个虔诚的宿命论者，他从不对命运抱有幻想。不过在我看来，那位算命先生言过其实了。父亲都不如鸡儿，他有时干刨终日却得不到一点儿吃食。

父亲的身材高大魁伟，村里人都叫他"大个子"。父亲去世后，我在整理他的遗物时，发现了他的一张照片，母亲说那是父亲办什么证件时照的。遗憾的是那张照片已经发黄，而且满是褶皱，但还依稀可辨。那时父亲很年轻，不到三十岁，棱角分明的四方脸，浓眉朗目，绝对不会辱没"英武"这个词的。

父亲是我心目中的英雄，我年幼时，总觉得世界上没有他办不到的事。我家有个大水瓮，能盛六七担水，是父亲用独轮车从六七十里地的北山推回来的。据村里老年人说，那年去北山推瓮的人很多，以粮易物，去时推一口袋粮食，换好水瓮后推回来，但只有父亲真的推回了瓮，其他人的瓮都在半道上摔破了。

我长大成人后，曾想象过父亲当年推瓮的情景。瓮竖起来装就挡住了人的视线，还怎么走道？放倒装就必须要用绳子捆好，稍不留神就会车倒瓮破。我想，没有一头牛的力气是很难推回瓮的。

父亲对我读书寄予厚望，因此对我要求极严，每天晚上都要我背书给他听。背书我倒不怕，就怕父亲那小簸箕似的大巴掌。那巴掌的滋味我领教过，至今回忆起来还有点儿胆寒。那时候乡下没有理发推子，都剃头，我最怕剃头。理发师自然是父亲，他那小簸箕般的大手比剃头刀更让我望而生畏。他的大手抓我的小脑袋如同捏个小皮球，捏得我的脑袋瓜生疼，而且他的剃头技术很糟糕，使我的脑袋瓜遭到双重蹂躏，痛不堪言。我觉得哭能减轻我的痛苦，可他还不许我哭，我只能憋着，憋得脸都变了形。

我嘴里背着书，眼睛却盯着父亲那在我面前晃悠悠的大巴掌，看着看着思想就开了小差，思想一开小差，我就像断电一样，怎么也记不起课文来。这时父亲的大巴掌就毫不留情地扇我的屁股。平日舍不得碰我一指头的母亲也不来劝父亲，我便杀猪似的哭号。

过后，我偎在母亲怀里抽泣。母亲红着眼圈，轻轻地揉着我发红的屁股蛋，埋怨父亲："你心也太狠了，娃娃家指教指教就行了，看你把娃打成啥了。"

父亲却瞪起了眼珠子："你知道个啥！'养不教，父之过'。"念罢他的《三字经》，又说，"你是想还叫娃打牛后半截（吆牛犁地种庄稼）？！"

这时，母亲便训导我："林娃，把气争上，好好念书。念成了书就能吃上大白蒸馍。"

在他们看来，能吃上大白蒸馍便是我的最好前程，也是他们最大的愿望和祝福。

我给母亲点着头，心里却恨父亲，恨他的巴掌太狠。晚上，我早早睡了，迷迷糊糊中感到父亲那粗糙的大巴掌在抚摸我还在发疼的屁股蛋。

"我只说教训他几下，没想到把娃打成了这个样。"父亲自责地说。

"你那巴掌看大人能受得了吗？"母亲埋怨说。

"我这手咋不觉着就使了劲，委屈我娃了。"

父亲的手化刚为柔，如羽毛般在我的屁股蛋上轻抚。白日心中的怨恨烟消云散了，我在一片温暖之中又迷糊了过去……

# 二

有件事，在我记忆里尤为深刻。

我十岁那年秋天，阴雨连绵，家里的老屋塌了一角。为了减少损失，父亲打算翻修老屋。老屋的确太老了。听父亲讲，在我还没出生时就有了老屋。现在老屋破旧不堪、满目疮痍，瓦楞草丛生，檩条凸凹不平，椽子也断了好几根，每逢雨天，外边大下，里边小下。可没等父亲实施翻修计划就出事了。

一天夜晚，雨还是淅淅沥沥下个不停，因不能出去和小伙伴们玩，我便早早地睡了。我睡得正香，"轰隆"一声巨响，把我从睡梦中惊醒。我迷迷糊糊地揉着眼睛，没等明白是怎么回事，母亲就把我紧抱在怀里。这时，我看见父亲光着膀子跳下了炕，双手用力地托起一根垂落的楼椽。原来是山墙坍塌了！

父亲大喊一声："赶紧跑！"

母亲抱着我冲出了屋门，父亲这才松手。"轰隆"一声，楼椽塌了下来。父亲疾退一步，楼椽在父亲的右臂上划出一道血痕，所幸伤不重，有惊无险。事过多年，每每回想起这件事我就很后怕，父亲那时的双臂恐怕有千斤之力，他托举的不是一根楼椽，而是一家人的性命。

父亲的乳名叫铁娃，官名贺志发。我刚上一年级的时候就知道了父亲的乳名和官名。我们家乡一带有个很古怪的习俗，小孩叫某人父母的名字就是对某人最恶毒的辱骂。因此，我刚一入学，就有顽皮的小同学叫我父亲的乳名或官名对我进行"恶毒"的攻击。小同学是从他们父母那里知道了我父亲的名字。我当然也不示弱，从父母那儿问清他们父母的名字，以其人之道还治其人之身。那时的我们年幼无知，殊不知，一个人活在世上，名字没人叫没人喊，甚至被遗弃忘掉，才是莫大的悲哀。

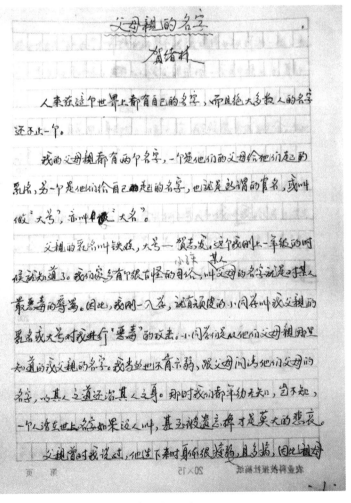

贺绪林手稿

父亲兄弟俩，伯父行九，父亲排行十一，是我们这一支他们那一辈的老小。父亲曾对我说过，他生下来时身体很瘦弱，且多病，因此祖母给他起名"铁娃"，寓意不言而喻，希望他的身体能强壮得跟铁打的一般。祖母的希望没有落空，二十年后，父亲长成一个魁梧大汉，身高一米八五，身强体健，真是一个铁打的汉子。父亲多年来很少生病吃药，但在刚满花甲之年时却生了一场大病，被病魔夺去了性命。为此，我常常感叹生命在病魔面前实在是太脆弱了。

父亲是一个真正的关中汉子，这不仅仅体现在他魁梧的身材上，更体现在他的胆魄上。民国时代，土匪多如牛毛，特别是1948、1949这两年，村子时常遭匪劫。我们家紧挨着城墙和城门楼，是土匪的必经之地。俗语说，贼偷顺手的。按说我们家是土匪打劫的首选对象，可我们家很少遭匪劫，究其原因是土匪惧怕我父亲。为匪者几乎都是附近村寨的，甚至还有本村的，他们自然了解每家的情况。土匪一般都是三五一伙，而两三个土匪根本不是父亲的对手，并且父亲还有一个哥哥，也是血性汉子。因此，土匪不敢招惹我父亲他们兄弟俩。

但事有例外。

一天深夜，父亲听到城墙上有动静，便提着谷杈出了屋，就见城墙上有黑影晃动，知道是土匪，便大声喊道："你下来我就卸了你狗日的腿！"守城的是我本家三伯，他被父亲的喝喊声惊醒，爬起身就敲锣。子夜时分的锣声如同炸雷，那个土匪惊慌失措，赶紧溜了。

第二天父亲去赶集，碰到一个汉子戴着一项旧草帽，草帽压着眉眼。他走到父亲跟前冷着脸说："往后黑天半夜再胡吱哇，当心你吃饭的家伙！"父亲瞪着眼说："我吃饭的家伙在肩膀上扛着哩，就看你娃有没有本事来取。"那汉子肯定是昨夜上城墙的土匪，他见父亲如此顶撞，眼露凶光说："我知道你是个硬核桃，看我不砸着吃了你！"父亲挺直腰板说："就怕你牙口不好，硌了你的牙！"父亲身材魁梧，比那家伙高出多半头，且父亲正当青春年华，膀宽腰圆，十分剽悍，真动起手来，父亲能打他两个。那家伙见父亲如此血性，赶紧溜了。这也是邪不压正。父亲也因此浪得了名声，十村八堡的人都说何家堡城门口大个子铁娃是个硬核桃。

还有一次，土匪盯上了我们家。那一年父亲和伯父因家务事吵了架，分开另过，土匪趁机而入（土匪有眼线）。经过父亲住的门房时，土匪头子对几个匪卒说："这家伙是个冷娃，把他看紧点儿！"随后，他们直奔伯父住的后院，响动声惊醒了伯父，他便让一家人赶紧下了窖子。伯父手执谷杈守在门口，土匪没有火器，舞刀弄梭镖，伯父毫不示弱，几个回合下来撂倒了一个匪卒，随后跳下了窖子。土匪抱来柴火，点着用烟熏。窖子有翻口，也有气眼，伯父盖上翻口木板，烟火不进反而倒灌，把几个土匪呛得鼻滴泪流、咳嗽连天，只得罢手。至今许多老人跟我讲起这段往事，都对父亲兄弟俩赞不绝口，说他们是真汉子。

## 三

20世纪50年代初，父亲正当而立之年，且家境不错，三口之家有二十亩地一头牛，过着小康日子。再后几年，土地归了社，牲口归了大槽，一条壮汉只养活三口人，日子过得也很红火。谁知命运不照顾他。不久，母亲患了子宫肌瘤，在宝鸡大医院住了一个多月，花光了多年的积蓄。值得庆幸的是母亲的病得到了根治。20世纪60年代末，一生处处要强的父亲彻底被饥饿之神打垮了。

前边说过，父亲曾"弄"过一回生产队的苜蓿，却落败而归。此后，任母亲怎么唠叨埋怨，他死活都不愿去"弄"苜蓿。

家里实在没有啥吃的了，父亲实在无法可想，便背着母亲辛辛苦苦织的几匹土布去北山换粮。所谓北山，就是长武、彬县（今彬州市）、旬邑一带。那里地广人稀，好像也不出产棉花，缺布匹。我们家乡距北山有二百多里路，父亲背着几匹土布，徒步而行，去换山里人平日积攒下来的玉米和谷子。我无法想象，二百多里路，往返的路上要翻沟越岭、蹚河过水，在那个交通尚不发达的年代，靠双脚去走完，那是怎样的一种艰难和不易，而父亲只用了不到三天的时间。

北山的路远且不说，他还背着沉甸甸的土布。什么住店什么吃饭，那是绝对不会有的事情。见村借宿，遇庙落脚，逢河饮水，干粮充饥。等到了山里，布换出去了，肩上又是多半口袋的玉米或谷子。要背，要扛，要下山，要翻沟，要蹚河……直至把粮食背回家。

父亲回到家已是子夜时分，我被沉重的敲门声惊醒，母亲披上衣服打开门，只见父亲背着半口袋粮食跟跟跄跄地进了屋。母亲赶紧帮父亲卸下背上的口袋，父亲一屁股坐在地上，半天挣扎不起身，母亲含着泪水把他搀扶起来，可两人脸上都溢满了笑容。

此后，母亲没明没黑地纺线、织布，父亲一月二十天背着土布去北山换粮。虽说受尽了艰辛，但一家人总算度过了饥荒。

## 四

时光悄然流逝，日子还在继续。

眨眼到了1970年。9月份，学校复课了，开始招收高中学生，生产队推荐我去上学。这无疑是件喜事。没有料到的是父亲患了胸膜炎，几经治疗，病情得到了控制，可他那钢似的身体却完全垮了。

这次上学的机会十分难得，让我看到了新的希望。可我看到父亲那被病魔折磨得已经完全衰老的面容，就不想去了。我已经十七岁了，应该也能接过父亲肩上的养家重担。

父亲却高兴得合不拢嘴，精神添了许多，似乎也年轻了十多岁。他要母亲给我准备一套像样的衣服。他向来都觉得读书人应该要有读书人的样子。我看着父亲那早已驼起的腰背，那如霜的华发，那黄里透青的脸色，鼻子直发酸，好半晌，说："爹，我不想念书……"

父亲一愣，脸色陡然一变："你说啥？你不想念书想干啥？你是想跟你爹一样打一辈子牛后半截，啃一辈子粑粑馍？嗯？！"

"你有病……"我怯怯地说。

"我的病早好了！"父亲把胸脯拍得咚咚响。"你怕啥？怕你爹供不起你，还是咋的？就你爹这身体，村里还没谁能比得了……"话未说完，他却咳嗽起来。

我急忙上前为父亲捶背。好半天，父亲才止住了咳嗽，看着我说："书，说啥也要念！"

我看着父亲，心里只想哭。

母亲拿来毛巾，替父亲擦去沾在胡子上的唾液，红着眼圈对我说："听你爹的话，去念书吧。"

"嗯。"我答应一声，急忙走开了。我怕在父母亲面前哭出声来。

我上学了，父亲却带病上工了。

队里照顾父亲，给他安排了一个轻省活儿——吆鸡。那时穷，家家户户都养鸡，油盐酱醋指靠"鸡屁股银行"。鸡都是散养，村口有一片麦田，靠路边的麦苗几乎被鸡鸹光了，还大有往里发展的趋势。父亲原本是生产队的饲养员，由于身体原因不能再干重活儿了，队长照顾他，安排他去吆鸡。

其实，吆鸡并不是大伙儿想象中的轻省活儿。我常在星期天替父亲去吆鸡。那年月，鸡也缺食，它们也很有智慧，组成几个作战群，分头行动。吆鸡时你赶东头的鸡群，西头的鸡群就迅速出击；你回师去赶西头的鸡群，东头的鸡群又向麦田进攻。你又不能下手往死里打鸡，鸡为了活命也不容易呀。再说了，你打死了鸡，鸡的主人会跟你拼命的。因为有过这样的先例。在父亲之前，负责吆鸡的是个倔老汉，打死过一只鸡，被鸡的主人骂了个一佛出世二佛升天，两人差点干起架来。因此，父亲交代我："把鸡撵走就行了，千万不敢往死打！"我谨遵父言，不敢对鸡动真格的。东奔西走，一天下来我嗓子都喊哑了，腿都跑肿了。我这才明白父亲干的那活儿并不轻省，可他为了养家还得干。

我和母亲都没有想到死神正在跟踪着父亲。父亲的胸膜炎并没有好转，控制只是一种假象。他的病情迅速恶化了，而且引发了心脏病。

父亲再也支撑不住了，躺倒在炕上。我不得不辍了学。尽管父亲十万分不乐意，可他已经再没力气指责我了。父亲看着我，目光发直，嘴唇哆嗦着想给我说点啥，可最终啥也没说，目光转了过去。

用母亲的话说，我已经十七岁了，吃十八的饭。我虽然还不能完全懂得人生和生活的艰辛，可我已经尝到了苦涩。事过多年，我完全理解父亲那时候的心情，行笔至此，泪水模糊了我的眼睛……

那时缺医少药，医疗技术也很落后，父亲的病没有好的治疗办法和特效药物。大夫说，要想延续父亲的生命，一要静养，二要补充营养。家里虽不像前些年那样困难，但还是无力给父亲补充营养。每每看见父亲强咽碜牙的玉米糁子和玉米面搅团，母亲的眼圈就发红，我心里也很不是滋味。

一天，母亲不知从哪里借来了些白面，单另给父亲蒸了些馍馍。父亲却发了火："你是不想过日子了？这么吃，王十万（民国时期当地的一个大财主）也会吃穷的！"

父亲的秉性母亲最清楚。她什么也没说，只是暗暗垂泪。

到了冬天，父亲的病情更加严重了。家里实在拿不出钱让父亲去住院治疗。父亲终日躺在炕上，用生命的全部力量在应付困难的呼吸。他出气像拉风箱，整个面部肿得很是吓人。一到晚上，父亲就浑身疼痛，无法入睡，从炕的这头折腾到那头，呻吟声不绝。

看着父亲如此受罪，母亲决定哪怕是砸锅卖铁，也要送父亲去住院治疗！

母亲把决定给父亲说了。父亲闭上眼睛，什么也没说。我虽然还懂不了人世间许多事情，但看得出父亲不愿等死。父亲是不怕死的，但却不想死。谁想死呢？我的父亲只有六十岁啊！

村里的何七叔在杨陵地段医院当院长，恰好那天回家休假。母亲去找何七叔，何七叔让父亲明天去医院，他来安排住院事宜。

次日清晨，我和叔伯兄长用架子车拉父亲去医院。我们要搀扶父亲上车，他却说啥也不要我们搀扶。希望之光驱散了他的病痛，他竟像健康时那样迈着大步走出街门，上了架子车。他不愿意让村里人看到他病恹恹的模样，如果他还有一丝气力肯定不愿意坐架子车，他要强了一辈子啊。可病魔打倒了他，他力不从心，坐架子车是他无法拒绝的选择。

母亲和我都万万没有想到父亲没能再走回来。

到了医院，父亲让我去找何七叔。我找到何七叔，他说住院的事已经说好了，让我送父亲到住院部。这时父亲已经十分疲惫，没力气登上医院门口的台阶了，他不再拒绝我和兄长的搀扶。我和兄长搀着他上了台阶，走了十多米远，父亲突然身子往下溜。

"爹！"我惊叫起来，和兄长竭尽全力搀扶住父亲，父亲闭住了眼睛，口不能语。

我和兄长的哭喊声惊动了大夫。大夫们急忙把父亲抬进了急救室，打了几针，插上了氧气。兄长到街上找村里人去给母亲报信，我守在父亲身边默默流泪。

不知过了多久，抢救父亲的一位中年女大夫翻开父亲的眼皮，用手电筒照了照，半天，声音低沉地对我说："你父亲不行了。"

"大夫，求求您……"我痛哭失声，几乎要给她下跪了。

"别这样，别这样……"女大夫急忙拦住我，"我们已尽了最大努力……你兄弟几个？"

我哽咽着说："就我一个……"

女大夫态度十分和善地对我说："那你可得拿主意。我家也在农村，知道乡下的迷信规矩很多，人死了是不许进村的。"

我惊愕得不会哭了。还有这样的规矩？！

女大夫给我出主意："你现在拿定主意，用被子把你父亲蒙住拉回家去，不要对人说你父亲殁了。要不，就把你父亲放在太平间？"

"不、不……"我泪流满面，连连摇头。

怎么能让父亲安息在太平间？劳累一生的父亲死后为什么不能进村？为什么不能回家？

兄长回来了，我哽咽着对兄长说："咱爸不行了，咱们回家吧。"兄长看了父亲半天，红了眼圈，什么也没说，便和我把父亲拉进了村，拉回了家……

时在1970年农历十一月十八。

四年后，我不幸受伤致残。村里许多人说这是因为我把父亲的尸体搬回了家。如果真的是这样，我永远也不后悔！

我是父亲的儿子啊！

# 五

父亲的葬礼在当时很隆重，虽然没有送葬的唢呐声（那年月，埋葬不许吹唢呐），但全村的男女老少都来为父亲送葬，这是我始料不及的。

父亲脾气不好，生性耿直，爱打抱不平。老辈人给我说过一件事，父亲的一位发小娶了个河南女人，身材高挑、模样俊俏，而且比他小七八岁。这位老叔怀疑村里一个小伙与他年轻的妻子私通，一天，这个小伙打他门前经过，他手持一把镰刀扑过去，大骂着要送那小伙的丧，吓得小伙急忙逃窜。老叔紧追不舍，一街人无人敢拦。小伙跑进我家，大呼："十一叔救我！"父亲恰巧出门，见此情景，急忙把小伙掩在身后，疾步上前，喝喊老叔放下镰刀，有话好好说。老叔此时红了眼，哪里肯听。父亲一把揪住老叔的衣领，把他推出门外，怒斥道："要杀人你到街上去，我屋不是你撒歪的地方！"父亲身材魁梧，力大无比，老叔被他搡得动弹不得。因此，这位老叔好多年跟父亲不招嘴。

还有一次，一家兄弟俩因家里事闹得反目为仇，弟弟当街持刀追杀哥哥，村里竟无人敢拦。那天中午，我去饲养室喊父亲吃饭（父亲是生产队饲养员），恰好走到村口时，看见兄弟俩打斗，哥哥的背部挨了一刀，鲜血染红了白汗衫。眼看弟弟还要追杀哥哥，父亲抢前一步，一把抱住了那个弟弟，夺下了他手中的刀。事后母亲埋怨父亲，说那是个二杆子，你就不怕他戳你一刀。父亲笑着说："我是二杆子他叔，他不会戳我的。"我没想到父亲能这么说，扑哧一声笑了，母亲也笑了。

我亲眼见过父亲训斥一位他的同龄人。那位老叔的女娃相中了我堂嫂的弟弟，依乡俗需要一个媒人。嫂子找了村子好几个能人，希望能成全这桩婚事，可他们都不愿做媒，因为那位老叔太难缠，他们还一致推荐父亲做媒人。父亲没说过媒，但侄媳妇来求他，他不得不应承。那位老叔果然难缠，彩礼一加再加，父亲火了，骂那位老叔爱钱不要脸。当时我在跟前，那位老叔被父亲骂得脸上红一阵白一阵，可他不敢还言。父亲骂他时，将手中一尺多长的烟袋杆不住地挥舞着。他知道父亲的脾气，生怕一句话说不合适，父亲的烟袋杆就落在他的瞳（脑袋）上。

这桩婚姻最终被父亲说成了，小两口日子过得和和美美。

还有件事，生产队有三位饲养员，父亲是饲养组长。一天，饲养员何十叔值班，父亲和另一位饲养员轮休。傍晚时分，我们一家正在吃晚饭，何十叔慌慌忙忙跑来，哭丧着脸说："哥，我把麻达捅下（闯祸）了！"父亲忙问咋回事。原来何十叔铲圈（铲除牲口的粪便），一匹骡子尥蹶子，蹄腕踢在了铁锨上，伤了筋。这是意外事故，虽然后来兽医治好了骡子的伤，但还是使骡子落下来残疾，干不了太重的活儿。何十叔在村里人缘不好，社员们都说，是何十叔铲断了骡子的后懒筋。许多人还说他是故意的，要他赔生产队的骡子。何十叔哪里赔得起！

一次开社员大会，有人拿这事说事，父亲站起来说："骡子受伤，我有责任。何十是不小心，绝对不是故意的。他跟牲口有啥仇？把骡子铲伤对他能有啥好处？对他啥好处都没有嘛，还让人戳脊背说闲话。他也是社员，也指望生产队吃饭。大伙儿说是不是这个理？"

父亲的话在情在理，打那以后，再没人说这件事了。事后，何十叔感激万分地对父亲说："哥，多亏你替我说话！"

父亲说："我不是替你说话，我是实话实说。我再说句实话，往后多积点德，少得罪些人。"

据我所知，父亲也得罪过不少人。令我没想到的是，父亲去世后，全村的人都来吊唁，当然包括那些他得罪的人。

生产队送了一个大花圈，花圈不是纸糊的，而是用野花和松柏枝叶编制而成，这在当时是绝无仅有的。花圈的缎带上写着：红色饲养员贺志发千古。这是村里一位有文化的老先生写的，他上过高等职业学院，写得一手好字。那个年月用"红色"一词，应该是对父亲最高的褒奖。

半个世纪过去了，父亲早已和脚下的大地融为一体了。我常常这样想：如果父亲能活到现在，恐怕不再只是希望他的儿子能吃上白馍吧。

# 第五章　苍凉青春

## 一

父亲去世后，我辍学回了家。我要撑起家里这一片天。

第二年春天，我去了宝鸡峡水利工地。早在1958年，由苏联工程师设计的宝鸡峡引渭工程开工，但两年后工程却因为苏联撤走专家而中止。1968年，该项工程再次开工，水利工地的民工都是来自宝鸡、咸阳两地各县的农民。

那一年我不满十八岁，生产队把我由七分劳晋升为十分劳，提前把我转为正式劳力，随后我便被派到宝鸡峡水利工地去做民工。生产队这样做也是出于无奈。队里三分之二的劳动力已经去了工地，可工地还是连连告急，让火速派人上工地。我便被破格录用了。

父亲刚去世，母亲爱子心切，不让我去工地，说工地活儿太重，怕挣坏了我的嫩身子。再者，水利工地距家有近二百里地，需坐火车去。火车票钱由队里补贴，大伙儿为了省点钱都扒货车，因此母亲很不放心。

我却十分乐意去工地，不肯听母亲的劝告。一则村里几个同龄伙伴都去，我自然不肯落下；二则工地上几乎全是年轻人，热闹；更重要的是，上工地，生产队和国家都会给我们粮钱补贴。听那些老民工说，逢年过节民工都端大老碗咥肉，就连五一、十一、元旦这些乡下人从不过的节也照咥不误。我可不愿把这么多的好事都耽搁了。到了水利工地我才知道传言有误，端大老碗咥肉的好事我一次也没遇上过。倒是吃了几次肉，可碗里只有指头肚大几块肉，其余的都是冬瓜汤。

整个水利工地实行军事化管理，县上领导办公的地方门口挂着"工区指挥部"的白底红字大牌子，公社一级叫营，营辖四个民工连，我们大队的民工分在二连一排。驻地在当时的宝鸡县阳平公社龙湾村的一所学校，学校放了长假，教室就是民工的宿舍，没有床板，在脚地铺上麦草便是床了。

龙湾村有很多泉眼，西边的自然村叫西高泉，东边的自然村叫东高泉。有一股泉水从学校流过，早晨起来洗脸、三顿饭洗碗都用泉水，这倒十分省事。天麻麻亮，军号声就闯进了大伙儿疲惫的梦乡。司号员可能是个新手，调子吹得声嘶力竭，但很嘹亮，听得出司号员是在竭尽全力地工作着。

一排人揉着惺忪的睡眼，无精打采地打着哈欠，扛上镢头拿上锨，拉着架子车，踏上弯弯曲曲的坡路，迷迷怔怔中一个人踩着了另一个人的脚后跟，脚下一绊，一个跌倒在地，身后倒下了一串子，便起了骂声："眼睛叫尿戳啦，往人身上走！"绊倒的人爬起来胡乱拍几下身上的土，又往前走。走着走着，又有人绊倒，这下绊得重了，半晌爬不起，就有人伸出手去拉。爱开玩笑的便在一旁说："揪驴不是这揪法，提紧笼头揭尾巴。"话音刚落，就是一阵哈哈大笑。

走二里坡路，来到连里的伙房。伙房设在一住户家里，院子很宽敞，房屋很气派。听村里人说这家住户因一些事情被扫地出门，这宅院便支援了水利建设。

其他各排的民工陆续到了，开饭的号声这时吹响了。早饭是一碗稀饭，一个粗细粮相掺的四两杠子馍，还有一筷头咸萝卜丝。不到五分钟这餐伙食就进了大伙儿的肚子。吃罢饭，大伙儿都抹抹嘴巴，咂巴咂巴嘴便去洗碗。

刚刚放好碗筷，各排排长就大声催促："出工了！出工了！"

又爬了二里坡，到了工地，天刚大亮。抢镢头的抢镢头，捉锨的捉锨，驾辕的驾辕，各司其职，井然有序。不大会儿工夫，民工们就浑身冒汗，甩掉破衣烂袄。这时，东方升起一轮红日，点燃一天彩霞，映照着这一群活生生的精壮汉子、水灵灵的大姑娘。

太阳像一个大红灯笼高高挂上了树梢。工地上呈现出一片热闹非凡的景象：黄尘飞扬，红旗招展，架子车穿梭如流，架在电线杆上的高音喇叭唱着革命样板戏《龙江颂》。

太阳升到了头顶，民工们干活儿的热情渐渐低落下来，皆因肚子越来越瘪。我把裤带紧了两扣，还是感到肚子空得慌，力不从心，浑身直冒虚汗，老镢头在手中变得死沉死沉的。

收工号终于在难熬的等待中吹响了。大伙儿扔了手中的工具，欢叫一声："吃饭咧！"便争先恐后地往食堂跑，唯恐落了后，全然没了出工时的疲沓和怠慢。

民工们拉一天架子车下来，浑身的骨头都散了架，晚上躺在麦草铺上，任耳边打雷也醒不过来。

这是我第二次上水利工地，也是我身体健康时最难忘的一段经历。第一次上水利工地，我是在邻村渭河滩修河堤大坝。那次我从水利工地回来，用补贴费给父亲买了两包"工字"牌卷烟，这是我在父亲生前唯一一次孝敬他老人家。父亲抽着卷烟，笑得眼睛眯成了两条缝。后来我根据这段生活写了一部两万多字的小说——《北山狼之死》，刊发在2010年第12期《延河》杂志上，随后被收入《陕西文学六十年作品选（1954—2014）·短篇小说卷》。

# 二

夏收时节，工地暂时停工，民工们都回家收麦子。收罢麦子我打算再上工地，可跟人吵了一架，我放弃了去工地的想法。对方是生产队长，他比我大十几岁，可按辈分他是我的晚辈。记不起我们为啥吵架，只记得他很凶，而且出言甚是不逊，语速极快，我几乎还不了口，一败涂地。那时候在农村挨生产队长的训斥是很平常的事，搁别人也许不当回事，可我受不了，我的自尊心和虚荣心都受到了前所未有的打击。我想着不能在农村待了，想重回学校去读书。

也许是天意，那个星期六西农放电影，看电影时我见到先前那个班级的两位同学，他们问我为啥辍学，还说班主任几次问到我。我说我想重回学校读书，不知行不行。他们让我赶紧去找班主任说。

到了星期一，我去学校找班主任，班主任说他这里没问题，可以接纳我，但他说了不算，让我去找学校领导。我一个学生哪能跟学校领导说上话，可我上学心切，着急之时我想到了我们大队支书何三哥。他曾跟我说过他跟我们学校领导很熟络。我找到何三哥，请他帮我说说话。他二话没说，陪着我去找学校领导。学校领导很给何三哥面子，答应让我复学，但让我跟下一级上。我本想跟原班级上，可此时哪还能跟学校领导讨价还价。

几经周折，我重新回到了学校。亲友们不理解，纷纷劝母亲不要再让我去上学，连两个姐姐也劝母亲："妈，叫我兄弟甭念书了，念书能顶啥用？你都快六十的人了，叫他回来挣工分吧。"母亲生气地训斥两个姐姐："你俩知道个啥！不识字是睁眼瞎，念书能出息人哩，只要我的胳膊腿能动弹，就要让你兄弟念书！"

在我读高中的两年半里，吃苦受累最多的是母亲。母亲年过花甲，体弱多病，又是小脚，不能参加队里的劳动。母亲便养猪养鸡，省吃俭用，一分一分地攒钱，供我读书。两年半里，母亲没有给自己添一件新衣，却给我做了两身新衣服，她怕同学们笑话我穿得窝囊。

邻居三嫂来我家串门，时常对我说："你妈待你好尽了，成人了千万甭忘了你妈。"

这话还用三嫂说吗！

## 三

读高一那年，母亲养了头猪，到了年底猪养肥了，交了肥猪不仅可以过个好年，明年家里的开支也有着落了。

那是一个清冷的早晨，迷迷糊糊中我被母亲的呼叫喊醒，一骨碌翻身坐起，揉着惺忪的睡眼，好半天才灵醒过来。猛地想起，今儿个要去收购站交猪，我便赶紧穿好衣服，跳下炕就找鞋。

来到院子，天蒙蒙亮，青蓝的天空上几颗残星眨巴着眼睛；地上一片寒霜，脚一踩一个脚印；黎明时分的朔风很是劲猛，像刀子一样刮着人的皮肉。母亲手提着猪食桶站在猪圈跟前。我走了过去，那头喂了近一年的黑猪正在吃食。我发现今天的猪食格外好，是煮熟的玉米糁子，没掺一点儿糠，反而加了些煮熟的白菜帮子。我嘟哝说："要出槽了，瞎好喂一顿就行了，您也不嫌费劲。"

半天，母亲说："猪可怜呵，就这一顿了，给吃好点。"

猪不知道听没听懂我们母子的对话，埋头吃食，呼呼噜噜，不时地抬起头，大耳朵一扇一扇的，显然对今天的伙食十分满意。片刻工夫，食槽就见底了。

我打开圈门，想用绳子拴住猪的后腿。猪看到我手中的绳，警惕地看着我，绕着我转圈圈，不肯就范。这时母亲上前用手轻轻地挠猪的后背和脖根，猪安静下来，放松了警惕。我悄悄走过去，拴住了猪的后腿。

在母亲的帮助下，我把猪装上了架子车。母亲掀（推）着架子车送我出门，我让母亲回去。母亲迟疑了一下，又在猪的脖根挠了挠，猪转过头来看母亲，哼哼着，似乎在给母亲说啥。

母亲在猪头上拍了拍，朝我摆摆手，转过身去。我看见母亲在抹泪。

这时东方泛白，我把襻绳搭在肩上，拉着猪直奔镇上。

生猪收购站在镇上的食品公司，离我家有五六里地，我赶到时已天光大亮。腊月时分，交售生猪的人很多，食品公司门口拉猪的架子车已排起了长龙。到了年底，大伙儿都想着能交售养了一年的猪过个好年。我是头回交猪，心中没一点儿底。听说先要过验猪这一关，膘色差的不收。排在我前边的是个中年汉子，我上前看了看他的猪，大耳朵、黄瓜嘴、膘色也差。我心里自忖，他的猪能验上，我的猪就没麻达。

太阳冒花了，"长龙"有了生气。大伙儿搓着手，跺着冻得发麻的双脚，伸长脖子往前看。大铁门上边的木牌上写着"八点半上班"，可快九点了，大铁门还不见打开。中年汉子抄着手嘟哝着骂食品公司养了一伙懒怂。排在我后边的是个一头白发的老汉，他笑着说："吃公家饭的跟咱下苦力的不一样咯。"

忽然，中年汉子又骂了起来，原来是他的猪在拉屎屎尿，明明是猪，他却骂："狗×的，就不能忍着点？你当你是拉屎屎尿呢，你拉的都是老子的票子！"猪却不管主人怎样辱骂它，只管拉只管尿。中年汉子气急败坏地在猪屁股上踢了一脚，看着拉出来的屎尿，牙疼似的直吸气。

还好，我的猪没拉，也没尿。我心中窃喜。

在难熬的等待中，大铁门终于开了，走出一个长着串脸胡的壮汉，有人认得，说是验猪的。只见他逐个在排队的架子车厢的猪背上用大拇指按按，过关的他用剪刀剪一绺猪鬃，叮嘱去左边过磅，不过关的他挥手让拉回去。有人给他递烟，他看是熟人就会接住，若他不认得对方，就把对方递烟的手拨到一边去。

很快，验猪的到了我们跟前。中年汉子赔着笑脸，掏出一包烟，笨笨磕磕地撕开，抽出一根递上去，验猪的把他的手拨到一边去，只瞥了一眼架子车上的"黄瓜嘴"，就摆手让拉回去。中年汉子的脸色一下变得很难看，但还是强笑着说："你还没验呢。"

串脸胡阴着脸说："还用验吗？你看看你的货，脊梁杆子都跟刀棱一样，拉回去好好喂，别舍不得料。"

中年汉子哭丧着脸说："没料喂咧，这才来交的。"

白头发老汉在一旁笑着脸帮腔："你不知道，难肠得很，好赖你就给收了吧。"

围着的人都说"收了吧，收了吧"。串脸胡瞪着眼说："收了我就坐了蜡，饭碗也就靠不住了！"他说完便不再理睬大伙儿，抬脚来到我的架子车跟前。我的心忽地一下提到了嗓子眼。

串脸胡用大拇指在猪背上按了按，剪刀便伸向猪鬃。我长吁了口气，心落回肚里。

这都是母亲的功劳啊！

时辰不大，轮到我的猪过磅了。过罢磅，两个小伙上前抓耳朵提尾巴把猪放翻在一个钢筋焊的槽形架子里。那个验猪的串脸胡提着开口器过来，猪号叫着，正好给了串脸胡机会，他顺势把开口器塞进猪嘴里。猪嘴大张着，却叫不出声。串脸胡抓住猪舌头看了看，随后用剪刀在猪身上又剪了个记号。我不明就里，茫然地看着那记号。那个白头发的老汉叔在一旁说："娃，瞎（此处读hā）了，是米星猪（有绦虫的猪），一半钱没了。"

我明白了问题的严重性，禁不住打了个寒战。米星猪食品公司只给一半的价，这比猪拉屎尿尿损失大得多得多。可有啥办法，谁让咱这么倒霉呢？！母亲劳累了一年，费心费力地把猪喂肥了，原指望交了猪过个好年，余下的钱给我交下学期的学费，这下一切计划都要减半了。

唉！我在心底长叹一声。

我拉着架子车走在归途上，感到空车竟然比实车还沉重。我忽然想起，我还没吃早饭呢。我知道母亲在倚门盼儿归，便把裤带往紧勒了勒。正午的太阳照在头顶，暖洋洋的。脚下的路还很长，弯弯曲曲，我抖擞起精神，挺直身板，奋力朝前走去。

# 四

1972年暑假，公社在我们村北边修水库。水利工地活儿很重，没人愿去，我自告奋勇去。不是我思想先进，是在水利工地干一天可以多挣二工分。

来到水利工地，只见到处都刷着"水利是农业的命脉"的大幅标语，架在工地的大喇叭正唱着样板戏《龙江颂》。在工地，我遇到了同班同学蒲致龙。他外爷外婆没儿子，他给外爷家顶门，从小在外爷外婆家长大，外爷外婆去世后他孤身一人生活。他很要强，自食其力，跟我一样想多挣点儿工分。高中毕业后他参军入伍，官至大校。这是后话。

水利工地的活儿是拉土修坝，一人一辆架子车，一天拉四十趟，记十二工分。盛夏的太阳像个大火盆，在头顶上悬着，无遮无挡。我和蒲致龙都是短裤背心，架子车的襻绳勒进肩膀的肉里，我们弓着身子奋力前行。我们都在为生活拼搏。

一个暑假下来我挣了七百多工分。开学后同学们见到我都讶然地问我暑假干啥了，是不是去了一趟非洲。我只是笑，牙齿没有背叛我。

白天要去学校读书，晚上我就加班干活儿。那时化肥十分紧缺，而地里的庄稼少了肥料又不肯长。俗话说："庄稼一枝花，全靠肥当家。"因此，生产队对肥料抓得很紧，并制订了解决肥料不足问题的具体措施。1968年，我初中毕业，那年我十五岁，出一天工生产队只给记五工分（两年后升为七工分），当时生产队有规定：拾一笼粪交给队里记两工分（一个强劳力每天挣十工分）。我们一伙十五六岁的准男子汉对这一决策非常拥护，并热烈响应。可是，路上过往的牲口有限，拾粪的人却有增无减。狼多肉少，拾一笼粪也并非易事。

尽管如此，我们一伙每天的收入也可与强劳力相比。前边说过，我的故乡紧邻着西北农学院，农学院有个配种站，站里聚集着周围各县市前来配种的母畜。因此，站里有个如同小山般的粪堆，那粪堆便是我们一伙挣工分的源泉。当然，配种站的粪不是随便谁都可以拉的，我们常悄悄地进去，趁无人之际飞快地偷上一笼粪，两工分便进账了。

最初，站里的人没有发现我们的偷盗行径。后来他们觉察了，便对粪堆进行了严密的看管。农学院也有不少试验田，需要有机肥。可他们只有四五双眼睛，且又要忙于配种和其他工作。我们却有十多双眼睛，不难找到他们疏忽的时候。胜利自然属于我们。

我们也有落入"魔掌"的时候，但胜利者对我们落网者又无可奈何。我们的手上和身上沾满了牛粪，作案工具——粪笼更是脏不忍睹，里里外外都是牛粪。他们抓也不是，关也不是。毕竟不是盗窃国库，他们把我们训斥一顿，不了了之。

我读高中时，队里包了农学院的两处厕所（生产队负责厕所的卫生工作，厕所的粪便归生产队所有）。拉大粪说到底不是个好差事，没人愿意去干，队长便让十分男劳力轮流去干这活儿。三人一组，每组拉粪三天，每天拉粪三趟。

与此同时，邻近农学院的各生产队都包了农学院的厕所。各队包的厕所有多有少，以我们生产队而言，包了两个厕所，而两个厕所每天只能生产出一桶半粪便，剩下的一桶半只好到别的厕所去装。可别的厕所的粪便又归其他生产队所有，那就只有去偷了。其实我们也可用污水去填补空缺，但那时我们都很敬业，宁愿去做贼也不愿糊弄生产队。偷粪说破天也不是正大光明的事，于是，这活儿只好晚上去干。正由于此，我也能挣这个工分。

仔细想来，我们生产队的十分男劳力人人都是偷粪贼。不仅我们生产队是这种情况，其他生产队也是如此。你偷我，我偷你，都是为了集体，为了工分。

一天，轮到我拉大粪，另外两个搭档是二叔和七哥。那天夜晚十点半（这活儿我们都是晚上干），我们就出发了。队里承包的两个茅厕已被我们的上一拨人掏干了。我们只有去偷。我虽是初次出道，可二叔和七哥都是偷粪老手。我们把粪车停在围墙外，二叔说我身子灵活让我骑在墙头。他俩一个在墙里用铁桶在粪池舀粪，另一个在外边往粪车倒。我的工作则是接过七哥舀来的粪，再递给墙外的二叔。我们配合得很默契，顺利地装满了两桶粪，第三桶也很快就装满了，但在归途上却出了麻烦。

是时，天色大亮，旭日东升，我们三人拉着粪车满载而归。在爬坡时，塞粪桶的木塞突然掉了，粪尿"哗哗"地往外喷淌。坡下面住着一户人家，正升起袅袅炊烟。那粪尿很不合时宜地淌到那家人的院中。二叔和七哥都慌了神，奋不顾身地去抢险。我架着车辕干瞪眼不敢撒手。

当二叔和七哥抢完险后，一大桶粪尿已经所剩不多。那家主人奔出家门寻找肇事者，满脸的仇恨。当看见二叔和七哥满身脏污，那人竟不敢上前，只是远远地用和粪尿差不多的语言攻击着我们。我们自知理亏，装聋作哑，拉着粪车慌忙撤退……

五

父亲去世那年，我十七岁。家里的炕塌了，母亲看着塌陷的炕坯一脸愁容，叹息说："这可咋办呀？"父亲在世时，这活儿不用母亲操心，虽说父亲盘炕的技术不怎么样。母亲用商量的口气跟我说："要不叫你六爸来帮忙？"六爸是我的远房叔父，他盘炕的技术在村里堪称一流，他盘的炕结实耐用，烟道通畅，省柴且炕热得快。不会盘炕的人就去请他来家盘炕，好酒好饭伺候着。可我摇了头，我不是舍不得一顿酒饭，我是不愿麻烦别人。再者，我想一试身手。

盘炕是个技术活儿，我虽从没干过，可没吃过猪肉却见过猪走。也是年少气盛，我说动手就动手，先是和泥打炕坯，再后扛着石锤打胡基。

打胡基是个技术活儿，更是个力气活儿。有个谜语："四四方方一垛城，城上立个龟子怂，不跳不蹩不得行。"谜底是"胡基客"。

胡基客是指打胡基的人。打胡基的几乎都是本地人，称"客"是打胡基的自个儿标榜自个儿，有几分诙谐，但自嘲的成分居多。那年月砖少，也很贵。农家盖房、盘炕都用胡基。也有一砖到顶的房屋，一个村子也就那么一两家，都是家底十分殷实的人家。一般人家只能在地基砌上三五层砖，防水防潮。

家家户户都要盖房、盘炕、砌灶，因此胡基用量特别大，也因此每个村子都有许多胡基客。他们不仅在自己村揽活儿，也出门去揽活儿。关中平原的每个村子都有他们洒下的汗水。胡基客是卑贱的，可也被人高看一眼。因为打胡基是一个重体力活儿，几十斤重的石头锤子提一天，铁打的汉子也累得腰酸腿疼；也是一项技术活儿，不是任何人都能干得了的。

那时我血气方刚，觉得自己还是有点儿力气的。打胡基我是大姑娘上轿——头一回。胡基客在土壕打胡基我观摩过无数次，感觉不是难事，只要有力气就行。我就用架子车拉上生产队的胡基模子和石头锤子，以及磨扇、铁锹、镢头、灰笼等家伙去了土壕。可一旦上手，却完全不是那么回事。我先是感觉锤子有点儿沉，而且完全不听使唤，有力也用不到地方，甚至让锤子砸了脚指头。再后，打好的胡基搬不起来，一连几块都弄得没角没棱。好不容易搬了起来，却不知该怎么摞。有道是："会打不会摞，不如家中坐。"胡基摞不好，倒塌了就成了一堆土，白忙活了。我忙活了一大晌，打了不到一百块胡基，还有不少缺角没棱的残次品，我早已是精疲力竭，腰酸腿疼。此时，方知打胡基靠的不仅仅是力气。

村里有几个打胡基的把式，用现在的时兴话说，就是"胡基达人"。胡基达人首推何五哥，他和他本家的一个兄弟搭档（一个提锤子，一个供模子），一天可打两摞胡基（一摞五百块）。干活儿时他们光着膀子，胳膊上的腱子肉一疙瘩一疙瘩地凸起，汗珠子在上面反射着太阳的光辉。他们配合得相当默契，可以说天衣无缝，安放模子、撒灰、装土、踩土、捶打到胡基上摞，也就三四十秒。他们动作娴熟，一气呵成，锤子的响声很有韵律："咚咚！咚咚咚！"而创造韵律者随着韵律的节奏提锤击打、闪转腾挪、左右蹦跶，如同舞蹈一般，简直就是力与美的展示。

何五哥爱吼秦腔，我们一伙半大小子在一旁观摩，就起哄，让他吼几句。他便扶着锤子把吼了起来，悲愤却充满着粗犷豪放的唱腔在土壕回荡，挣脱束缚，飞出天外……

哭先行哭得王如醉倒，
不由我乾德王五内如焦。
王好比凤凰离了梧桐岛，
又好比沙滩困住浪中蛟。
……

打胡基最好的季节是春季，天长日头暖，最能出活儿，就是害肚子饥。胡基客都是好饭量，橡头大的馍馍，一顿吃三个还嫌不够，还要来碗黏（此处读rán）面。也是的，几十斤重的石头锤子提一天，没有好饭量怎么行？可那年月少吃没喝，玉米糁子、搅团，加上玉米面粑粑，尿泡尿肚子就空了。胡基客就把裤带紧了又紧，把腰勒得跟撵兔的细狗一样，不然就提不起劲。

村里一家人盖房子，请人打胡基。村里有个不成文的规定：打胡基不出干工，必须管饭，每摞工价两块五。那家人过日子啬细，不愿管饭，觉得胡基客都是大饭量，管饭划不来，工钱可以提高到五块。此前他找过好几个胡基客，但没人接这个活儿，说臭行有个臭理情，不能坏了规矩。最终是何五哥破了规矩，接了这个活儿。那时何五哥有六个孩子，嗷嗷待哺，等米下锅。他说自个儿少吃一口，可以多挣几个。事后他挨了许多人的砸刮（嘲讽），骂那家人抠门的更多。其实谁也怨不得，都是饿肚子闹的。

扯远了，说我的炕。

接下来和泥盘炕，母亲给我打下手，铲泥端胡基。一晌工夫炕盘好了，我用铁抹子把炕面仔细地再三地抹平，防止漏烟。完事后我让母亲点火，目的是看盘的炕漏不漏烟、好不好烧，也是为了把刚盘的湿炕烘干。

母亲点着火，柴火呼呼地烧，炕面不漏烟，烟道也不倒烟，很畅通。母亲一张脸笑成了菊花，夸我："我娃本事大，盘的炕比你爹强，一点儿烟都不漏。"

那盘炕是我这一生中盘的唯一的一盘炕。此后不久，我受伤致残，而且因身体原因也再没有睡过火炕。

# 六

苍凉的青春也有亮丽的风景。

那个年代，烤玉米棒是我贫乏的食物中最美味的东西。每到秋收季节，母亲做饭时都会在灶膛里烧几个玉米棒让我解馋。那个香味至今还会在我嘴里缭绕。

1973年秋季，玉米大丰收，生产队的玉米棒在地头堆成了小山。玉米棒不似小麦，一时半会儿不怕雨淋。忙了秋收忙秋播，队里顾不上把玉棒分给社员，只好暂且堆在地头，每晚男社员轮流看守。那一夜轮我和好伙伴迎国看秋。晚饭我俩相约都没吃，天一擦黑就在场上捆了两捆麦草去看秋。

那片玉米地距村子有一里多地，很是偏僻。来到地头，一轮明月已经挂上了树梢。在地头看秋的社员何老二埋怨我们来得太迟。他是收工时留下看守玉米的，平时最爱叨叨。我刚想说啥，迎国抢了先，说："我们饭都没顾上吃就来了，你还嫌来迟了。"何老二瞥了一眼麦草捆，嘟哝了一句，扭屁股就走。迎国没听清，问我何老二嘟囔啥哩。我说，他说想评先进没向，说咱俩是想多啃几个棒棒。迎国就笑，说他就没想着当先进，就是想吃棒棒。我也跟着笑。

我俩放下被子，准备野餐。忽然从玉米地钻出一个人来，吓了我俩一大跳，仔细一看，是小民。他是跟着我们屁股后头来的，怕人发现，就钻在玉米地里。

我们三个年龄一般大，十七八岁，又能诌得来——还有一个新民，村里人说我们四个一天天形影不离，一个发烧，其他三个就打喷嚏。小民弟兄们多，在家里不被父母待见。估计他也没吃晚饭，蹭吃来了。一问，果然如此。

片刻工夫，地头生起一堆篝火。我从玉米棒堆中拣来一大抱青玉米就要往火堆中扔，小民赶紧拦住。他撕开几穗玉米，说这些不好吃，吃烧棒棒就要吃"满天星"。何谓"满天星"？就是授粉不好的玉米，颗粒不扎实但很饱满，烧着吃最好。

小民很快找来一大抱"满天星"，连皮煨进火堆。我们闲诌着等待棒棒烧熟。时辰不大，一股清香从火堆中飘散出来，迎国迫不及待地拿着用玉米秆做的火棍在火堆中扒拉，小民急忙阻拦，说还不到火候，甭急。他打小就匪就野，常常偷偷带我们去野餐，因此他是这方面的专家。

小民用火棍翻着棒棒，把香味搅拌得更加浓烈，诱惑得人一股口水直涌嘴边，又赶紧吞咽回去。我们肚里的馋虫已经迫不及待了。就在这时，小民喊了一声："熟了，开吃！"我们三个便拿火棍在火堆中扒拉。扒拉出的棒棒，青皮几乎烧尽，黄中带着微焦，香气四溢，我们肚里的馋虫立马就被勾引了出来。我们顾不得烫嘴，张口就啃，边啃边哈气，吃得满嘴墨黑，脸也成了包公脸。两个棒棒下肚，馋劲减缓，我们都放慢了进食的速度，边吃边谝闲传，畅聊天地。

此时月亮升到头顶，四周是一片秋虫的唧唧声，一片薄雾在周围轻轻飘荡，似纱似幔，如梦如幻。忽然，有脚步声朝这边来了。我们循声去看，顿时毛骨悚然，只见月光下薄雾里一个白衣白帽之人飘飘而来，身影忽长忽短。

鬼的故事我听得太多了，最经典的是——鬼会变成穿一身白衣的俊俏小媳妇去勾引男人，如果你没有足够的定力，去跟小媳妇打招呼，你的魂就会被勾走，命也就丢了。难道我们遇见了鬼？！我们三个都是一脸的惊恐，泥胎似的杵在那里动弹不得。

倏忽间，白衣人到了近前，感叹地说："香得很嘛，给我也吃点。"

听着声音不像是鬼。我闪目细看，原来是邻队的何老十。前天他母亲去世，他晚上是来给母亲守墓的。迎国和小民都醒过神来，笑骂何老十把人吓坏了，以为遇到了鬼。何老十只是笑，蹲下身子就在火堆里扒拉。他是闻到了香味，寻味而来的。

那一夜，我们四人围着火堆边啃棒棒边谝闲传，到底吃了多少，我们也没有去数，只是每人身边都有一堆玉米芯芯……

往事不堪回首，但我时常会忆起那个看秋的不眠之夜，那夜烧玉米棒棒的清香也时不时地会飘进我的梦里，我常会在梦醒时发现自己的嘴角流着涎水。我想，这辈子再也吃不到那样清香的玉米棒了。

那段时光也是我这一生最美好的时光。可再美的时光，都一样要成为这岁月里的烟云。

# 第六章　希望破灭

## 一

我们那一级入学在秋季，毕业却改在春季，让我们多读了半年书，算下来我高中读了两年半，应该算是好事吧。其实，我们两年半并没学到多少知识，虽说上的是高中，可学的还是初中的知识。一位教数学的女老师很爱讲政治，每堂课结束时都要念一句语录，比如："林副主席教导我们：多讲不如多练"，然后布置完作业才下课。

很多时候我们在学工学农。所谓学工就是在社办工厂帮着干点儿杂活儿，学农则是去农村帮生产队干活儿。因此学农时许多农村同学就请假，学校发现这个情况就不许班主任批假，不批假学生就逃课。我不是个好学生，常常逃课，为此多次挨老师的批评。

那年月靠工分吃饭，两年半高中，母亲和我竟然没有欠款，还多少分了点儿红。一到四个假期（寒假、夏忙假、暑假、秋收假）我就拼命干活儿，星期天更不用说，学工学农我就不去学校，在家挣工分。记得我们生产队搞副业烧砖，将烧好的砖卖给外地，用火车运。生产队给火车站送砖用架子车拉，运送一百块砖记五工分。那几天我没去学校，一车拉两百块砖，一个往返是十里地，一天拉五趟，挣五十工分，一天顶平日五天！

白天干活儿太累，晚上头一挨枕头就打呼噜，把老师布置的作业早就丢到爪哇国去了。当时，我是班上的语文课代表。我不知道自己是怎么当上语文课代表的，我的语文学得并不好呀，倒是物理、化学自我感觉还学得可以，可偏偏就被选为语文课代表。我至今回忆起来，都觉得不可思议，甚至觉得有点儿阴差阳错。

我们的语文老师姓樊，一头黄色鬈发，面孔白皙，鼻梁上架着一副镜片如瓶底般的眼镜，酷似欧洲人，只是身材不够高大。樊老师毕业于陕西师范大学中文系，多才多艺，会各种乐器，是校文艺队的领导兼指导，深得同学们的爱戴。然而，他最擅长的还是中文，在语文教研组坐头把交椅（教研组组长）。

我清楚地记得樊老师给我们讲的第一堂课是《鸿门宴》。他让一位同学朗读课文，那位同学读得结结巴巴，连连"吃栗子"。他又让另一位同学朗读，也是如此。如此者三，他便自己朗读。他在讲台上缓缓地来回走动着，手拿着课本，眼睛却不看。他的普通话发音不怎么标准，可嗓音洪亮，有一种金属声，很有感染力。他几乎是背诵完了课文，往日乱哄哄的课堂此时寂然无声，同学们都被他震服了。

接着樊老师开始讲解课文，声音时高时低，时缓时急，抑扬顿挫。同学们的思绪被他带回到两千多年前隐藏着刀光剑影的鸿门宴上……

一次，我没有完成两周一次的作文。上作文课时，樊老师一进教室就十分严厉地说："没完成作业的同学——站起来！"我满脸通红地站了起来，偷眼环顾，看到左右还竖起几根"木桩子"，心里暗暗庆幸自己不是孤家寡人。

不料，樊老师咄咄逼人的目光透过瓶底镜片，直直刺向我："两周完不成一篇作文，你是怎么搞的？你这个课代表是怎么当的？太不称职了！"

我的头几乎挨上了课桌，面孔烧得能烙锅盔，只恨脚下没有个老鼠洞。樊老师示意其他人坐下，独独让我继续站着示众。他开始讲评作文，罢了，又布置了两道作文题。其中一题为"为什么两周完成不了一篇作文",并言明此题只有没有完成作业的同学才有资格写。我的面颊再一次燃起了烈火。樊老师把一摞作文本拿到我面前,说:"发给大伙儿。"我这才如蒙大赦。

第二天下午放学时分,我抱着同学们的作文本去交作业。来到樊老师宿舍门口,他正背着身在拉小提琴。我不懂音乐,只觉得那琴声很凄苦,充满着一种无可奈何。我悄悄放下作业本,默然离去。没走几步,樊老师蓦地发现了我,大声喊我。我装作没听见,匆匆离去。

我有些恨他。

后来,我从一位和樊老师关系密切的同学口中知道,樊老师夫妻不和,批评我的那天早晨他们夫妻吵了一架。那位同学还说,樊老师让我有空去他宿舍玩。

后来的后来,听说樊老师调到外地一所中学去任教。

再后来,没有了樊老师的消息。

一天,我整理旧书本,翻出了高中时的作文本,随手翻看,看到了那篇《为什么两周完成不了一篇作文》。樊老师给我了个"优",并有评语:"认识深刻,决心很大。如能付诸行动,将令人欣慰。"笔迹刚劲,十分醒目。我的心潮顿时涌起千层浪,往事浮现于脑海……

## 二

受伤致残后,我回了一次母校。那天是个星期天,同学们都回家了,辛劳了一个星期的老师们可能都在休息,校园里空荡荡的,竟无一人。

我摇着轮椅径直去看我住过的宿舍和教室,却已无法辨认。梦里的校园已变得面目全非了,门口的冬青绿篱及会议室被一座气派的四层楼取代,两边的石子路已变成了水泥板路,宽敞清洁,两排法桐雄赳赳地昂首在路边;低矮窄小的学生食堂已翻修一新,门前是一排玻璃窗阅览栏,里边全是同学们的大作；校园后边原是猪圈的地方现在耸立着一座气势雄伟的教学大楼，楼前一排常青树、几株万年松点缀得恰到好处，给校园平添了许多色彩、生气。

终于找到了我过去的教室。我想进去在过去的座位上坐坐，重温一下学生时代的美好时光。然而已经不可能了。教室东半边已经被拆掉了，剩下的半边塞满了杂物，但那块硕大的黑板却完好无损。

"Long long ago……（很久很久以前……）"这是教英语的周老师在用英语给我们讲故事。他毕业于北京外贸学院，知识渊博，说话机智幽默，同学们都讨厌英语课，却又都喜欢上他的课。

"大伙儿注意看，我要耍魔术了……"这是教数学的杨老师。他的眼睛有点斜视，看上去像是在瞅人。他的课讲得好是同学们公认的。他不喜欢讲课时有人打扰，学生若迟到了可以不喊报告，大胆放心地坐到座位上去。

"有些同学是马大哈，作业上只写得数，不写名数，是50牛顿，还是50老碗？！"教物理的李老师最严厉，常常瞪着眼睛这么训人。可他的心很软，从来不忍心给同学们打不及格。

教化学的马老师讲课时家乡口音很重，"保险丝"由他嘴里出来成了"宝鸡市"。但他教书十分认真，一丝不苟。一次做化学实验时出了意外事故，他的手指被炸去了一截，耳朵也有些背了。他现在是省级优秀教师。

教语文的樊老师，现在他要是能知道我会写文章，肯定会感到欣慰的。

还有教数学的唐老师，听说他已经辞世了……

面对给了我无数知识的黑板，我脑海里浮现出老师们当年的形象和风采，心里不禁涌出淡淡的惆怅和无限感慨……

忽然，从远处飘来了歌声：

每当来到亲爱的母校

　　总觉得老师还在向我微笑

　　那微笑曾催我打开智慧门窗

　　那微笑曾送我走上人生大道

　　微笑微笑，老师的微笑

　　像不陨的星辰永远闪耀

　　……


　　呵，多么动情的歌！我的心潮禁不住澎湃起来……老师们也许不记得我了，这不怨他们。他们教过的学生数以千计，不可能把每个学生都记在心里。但我不能忘记他们！

　　离开教室，我徜徉在校园的小路上，同学们的身影历历在目。凭着记忆，我辨认着过去的一草一木、一沙一石。

　　那棵法桐树下，我曾和同学们一起晨读；那片空场，我曾和同学们一起打过排球；哦，在那排冬青篱笆旁，同学们常聚在一起谈论争辩，指点江山，激扬文字……

　　时光流逝，只在弹指间。"恰同学少年，风华正茂。"一切都成了遥远的过去，但校园这块土地我依然眷恋。这里留下了我一段青春的岁月，一行求索的足迹，一串难忘的回忆。

　　出了母校大门，没有遇见一个我认识的人，不免有点儿遗憾。回望母校，我的心里顿时涌起一股难舍难离之情，收录机里那令人动情的歌声不绝于耳：


　　每当来到亲爱的母校

　　总觉得老师还在向我微笑

　　那微笑曾伴我告别蹉跎岁月

那微笑曾引我踏遍天涯海角

微笑微笑，老师的微笑

像不陨的星辰永远闪耀

……


亲爱的同学们，你们现在身在何方？我永远想念你们！尊敬的老师，虽然没有见到你们，但你们给我的教诲和启迪却时刻铭记在我心。不管过去多少岁月，我绝不敢忘却！


# 三


1974年1月15日，我高中毕业了，哪儿来的又回哪儿去。当初推荐上高中，填的推荐表上就清楚地写着这一条：毕业后社来社去。何谓"社来社去"？就是说哪里来的毕业后又回哪儿去，农村来的回农村去，工厂来的回工厂去，部队来的回部队去。我是农村来的，当然得回到农村去。没工作的城镇户口学生，要"上山下乡"去接受贫下中农的再教育。

我的理想是上大学，可是当时的大学只招收工农兵学员，而且分配名额少得可怜，争得人能挤破头。时势如此，奈何！这是我们那一代人的悲哀，更是我的悲哀！

我好歹多念了两年半书，这学历在我们村当时算是最高的，是同龄人中的"知识分子"。可能就是因为这，1974年春节之后，我荣任了我们生产大队团支书，还兼任了生产队会计、棉花技术员的职务。虽然我没有像母亲期望的那样，成为一个有出息的人，可我还是有一点儿小小的自豪感，毕竟身兼三职，不一般啊。在乡亲们眼里，我的前程似乎不可估量。那时我并没有什么远大的理想和抱负，只是凭借着一腔青年人的热血，行进在乡间的小路上。我感觉得到，也看到乡间小路两旁的花草都对着我微笑。闲暇时我也会想：未来的路在何方？可我并不担忧脚下没有我能走的路，我也坚定地认为：我未来的路一定是宽阔平坦的。

其实在骨子里，我还是渴望能上学，上大学！

不久后，我有了一次机会。

1974年7月，上面发来文件，大学重新招生，学员（那时把学生称为学员）必须由所在部队、工厂、公社推荐，对农村知识青年要求的条件是必须在农村劳动锻炼累计两年，而且特别注明：学员毕业后，从哪里来回哪里去。

我是1968年的初中毕业生，1971年9月才上的高中，1974年1月15日毕业，虽说是应届毕业生，但在农村劳动锻炼累计长达三年，符合报名条件。最初我还犹豫报不报名，心想：读上几年大学再回来务农，还不如不读。我跟几个同学说这事，他们都说我符合条件，就该去报名争取，几年后的事谁知道呢，万一给分配工作，不就把嘴塞到了洋面口袋里（吃商品粮拿工资），可不敢把这机会错失了。

听了他们的话，我坚定了报名的信心。回乡劳动的这几年，我每天都浑浑噩噩，看不清未来，也不敢想象。个性、理想，甚至追求，在风华正茂的年龄都泯灭了。此时此刻，我忽然觉得这可能是一次机会，青春的热血在我的心底里奔涌，驱使着我去追求，去憧憬。

希望常常与恐慌相伴而生。报名之后，我心里充满着惶恐和不安，唯恐自己落选。全公社有33个生产大队，符合条件的人有很多，即使每个生产大队只有一个人合格，也要33人，可县里给公社分的名额只有20个，各大队及社办单位报名的就有好几百人。海选后只留下100名，我有幸在其中。五选一，竞争还是很激烈——当时我还没想到"残酷"这个词。

先是面试；随后是文化课考试——语文、数学、理化，没有考外语。考试结束，自我感觉良好，不敢说我能进前五名，但进前十名我还是有把握的。但我一点儿也不乐观，因为我知道文化课考试只是一个形式。推荐上来的考生几乎人人都有"腿"（后台、背景），考完试大伙儿都在"角力"，我也想参加"角力"赛，可我没"腿"，只能选择"躺平"。

落选是必然的，那段日子我很是沮丧。我曾经无数次地想象着读大学的情景——绿树夹道，鲜花芬芳，我坐在明亮的教室里，戴一副黑边眼镜，翻看着厚厚的书，翻动时飘浮起油墨的暗香。也曾幻想着，课余时间与一个心仪的她并肩携手，漫步在校园的幽静小道……

现在希望化为泡影，想象成为幻想。虽然很沮丧，但我没有沉沦，很快就想开了。拿得起放得下，这是我最大的优点。

古往今来，在这块土地上亘古不变的职业是农民，铁饭碗，最稳定，破不了。我的祖祖辈辈都是农民，子承父业，这也许就是我的命运。既然命运如此，我就端好这个铁饭碗吧。

万万没有想到，仅仅一个月后，飞来的横祸就让我连这个铁饭碗也端不起了。

# 第七章　飞来横祸

## 一

关中地区的秋季多雨，1974年的秋天尤甚。老天爷似一个怨妇，阴着脸淅淅沥沥、断断续续地下了十多天，下得人心里都要长毛了。我不住嘟嘟囔囔地埋怨老天，母亲说："老天爷的事谁都管不了。"母亲说得对，老天爷的事人怎么管得了？

9月11日那天早饭后，潇潇雨歇，云也薄了，泛着白色，太阳似乎有露脸的意思。同学兼乡友新科约我去逛杨陵镇，我二话没说拔腿就走。母亲大声说："早点回来！"我答应了一声就跟着新科出了村，村口还有好几个伙伴在等着我们。我是我们杜寨生产大队的团支书，还兼着生产队会计，身边围着一大群青年伙伴。我们一伙人说说笑笑直奔杨陵镇。我穿着海魂衫，欢快得像一匹青口马驹，可以毫不谦虚地说我是我们一群伙伴中的亮点。

我们村有两大姓——何和贺，外村人常常搞不清楚。新科姓何，比我年长一岁，按乡俗辈分他得叫我一声叔，可他从没叫过我叔。不是他不懂礼数，也不是他对我不尊重。我俩是一起和尿泥长大的玩伴，一同上学，先在村里读初小，后在张家岗小学（西农附小）读高小，再后在杨陵中学读初中。1968年我们毕业回家务农。1970年学校复课，杨陵公社给我们杜寨大队分了三个推荐名额，那时新科已在水利工地谋了个差事，虽说户口还在农村，但每月有20多元的工资，让我很是羡慕。我约他一同去找大队支书，希望能被推荐上高中。他说他找人问过，上高中是"社来社去"，念两年书毕业后还要回农村，他不想再读书了。我明白他是不愿放弃好不容易才弄到手的工作。如果他愿意读高中，三个名额肯定会有他一个，因为大队支书是他的远房叔父。后来我们生产大队推荐了三人，其中一人因一些原因未能推荐成功，我和另一个青年上了高中。后来一次闲聊，新科说很是后悔放弃了那次读书机会。可是，世上没有卖后悔药的。

我受伤致残后，水利工程结束了，新科回到了村子。他先是代替我当了团支书，后来当上村支书，再后来晋级乡政府公干。一日，他觉得头疼头晕，便去医院就医，各种检查出来，竟然是脑瘤！只能去西安大医院治疗。他费了九牛二虎之力，终于住上了院。头疼头晕是间歇性的，并不妨碍饮食起居和行动自由。手术安排还需几日，他便让陪他的家人回家安排家里的事，可刚离开就出事了。晚饭后，他独自出去散步，再没有回来，至今不知所终，想起来就令人伤心悲痛不已。

那时，新科已结婚，每个星期天都会回家，逛街忘不了叫上我。

当时，杨陵镇的街道长不足二里，从东走到西也不过一支烟的工夫，两家食堂、一家旅社、几家商店、一家医院、一座火车站散落在街道两边。尽管如此，却是方圆几十里地最繁华的乡镇。还有一个更重要的原因，以西北农学院为首的八大单位（西北农学院、陕西省农业科学院、中国科学院西北植物研究所、中国科学院水利部水土保持研究所、西北水利科学研究所、陕西省农业学校、陕西省水利学校、陕西省化工安装工程三处）齐聚杨陵镇，使这座小乡镇尽显繁华。

那天杨陵镇很是热闹，人特别多。绵绵秋雨下得人心里都长了毛，雨停歇了，谁都想出来散散心，首选地自然是杨陵镇。我们逛得很开心，出了这个商店又进那个商店，不为买东西，就为闲逛散心。当时我根本不知道那是我最后一次自由行走。

我们一伙有说有笑逛着大街，迎面走来一群姑娘，如一道亮丽的风景线。走在前面的新科跟我开玩笑，说我媳妇在这些姑娘中间。新科已经结了婚，据他说年底就要当爹了。对此我并不羡慕，我觉得他婚结早了。我俩是一起和尿泥长大的发小，又是无话不说的好友、同学，可谓狗皮袜子没反正。我知道他是开玩笑，可还是下意识地往那些姑娘堆里瞅了瞅。父母在我十二岁刚上中学那年就给我定了亲，父亲在世时就想给我把婚结了，但又因种种因素没成，一则我年龄太小，二来也是家里经济太拮据，力不从心。父亲去世后，母亲想尽快完成父亲的遗愿，可还是力不从心。再者，我也不愿意结婚。我心怀着一个梦幻般的憧憬。

正午时分，我们虽然游兴未尽，可也该回家了，肚子已经咕咕叫了。下馆子我们都没有那个经济实力。返回途中，我在西农南门口的商店买了个尼龙网兜。那时穷，也不兴出门背包，提个尼龙网兜很是时髦。我早就想买了，可穷忙，没时间上街。

这里很有必要说一说西农。

我一直认为，没有西农就没有今天辉煌的杨陵。如果说杨陵是一块圣地，那么西农就是这块圣地上的一颗璀璨明珠。

西农是家乡的骄傲。它的前身是国立西北农林专科学校，筹建于1932年。西北农林专科学校落址于杨陵，不仅改变了杨陵的面貌，也改变了杨陵人的命运。这些都是后话。

我的许多中小学同学都是西农子弟，那时我们农村学生叫他们"员工娃"。与员工娃同学相比，我们农村娃处于劣势，用现在的话说是"弱势群体"。别的不说，他们到学校带的干粮都是白面馍馍，而我们吃的是玉米面粑粑。因此，我心中一直有个梦想，一定要考上大学，不为别的，就为能吃上大白蒸馍。而我这个梦想也是父母对我的期望和祝福。

杨陵的地势是台阶状，由北向南分为三个台阶。西农大老校区（即北校区）地处头道塬，杨陵老街道地处二道塬，渭河滩地是三道塬。西农路由北向南是一面大坡，似一把宝剑直插渭河岸边，其势其状雄浑壮观。大道两边依次是西北农学院、陕西省农业学校、中国科学院西北植物研究所、中国科学院水利部水土保持研究所、陕西省化工安装工程三处、西北水利科学研究所、陕西省水利学校、陕西省农业科学院等单位。

从杨陵镇回家走西农，"五台山"是必经之地。这个"五台山"不是山西的五台山，也不是山。西农在头道塬上，杨陵镇在二道塬，中间有个大坡，落差有几十米。所谓"五台山"，其实是由五组台阶组合，每组台阶有二三十级踏步。站在"五台山"顶，放眼远望，一条宽敞笔直的大道直通渭河岸，大道两旁是一溜两行的毛白杨，若在夏秋季，郁郁葱葱，蔚为壮观。西农路在杨陵，犹如北京的王府井、上海的外滩、西安的东大街。

20世纪70年代以前，杨陵只有这么一条像样的路。那时这条路没有被命名，由青石子铺就，由北向南，穿越陇海线，直达渭河岸边。关中平原多杨树，因此，西农路栽植了一溜两行毛白杨，这成为杨陵街道一道亮丽的风景线。

在小城住久了，人对季节更替的感觉颇显迟钝。冬天过去，春天几时来？只要看看西农路的毛白杨吐没吐穗子，如吐穗子了，那就是春天到了。一阵阵轻风吹过，白杨枝头吐出淡黄色有黏性的芽孢，一天天变大，最后钻出了有绒毛的红色绒花，像一条条胖乎乎的毛毛虫。不几天，"毛毛虫"脱落了，一片片叶子挂在树枝上，如同用油纸刻镂出来的，在阳光下闪闪发光。

随着时间的推移，白杨挂满了叶子，叶片越来越大，也越来越密，最终织出一条林荫大道。

夏天到了，树叶渐渐地变成墨绿，有蝉在枝头鸣叫，先是一点点，随后是一片，鸣叫得令人心烦。有人循着树干在找蝉蜕，没想到收获颇丰，没一会儿手提袋就鼓起来了。说来也怪，杨树叶有风无风都哗哗响，却响得令人烦躁的心里泛起一片清凉。

伏天过去，秋天到了。骄阳的余威还未退去，绿荫下清风徐徐，给人平添了许多凉爽。学院的师生三五成群在树荫下漫步，笑语盈盈。

一伙农家半大小子拉着架子车去杨陵镇给生产队拉化肥。他们来到"五台山"前开始坐"滴滴车"。两辆架子车车辕交叉，一前一后地跑着。一人坐在中间把辕驾驶，其他人分坐在车厢或跨厢。其中一人猛推一把架子车，架子车便可以自动行驶。因坡长且陡，车子便越来越快，如飞驰一般。路上的行人见此情景纷纷让道，车上的小子们洒下一片笑声。

那个驾驶员就是在下。

当然，也有失手的时候，如"滴滴车"翻倒在路沟，便会引起一片惊呼声。驾驶员和车上的"乘客"免不了擦伤胳膊碰破皮，他们爬起身，收拾好架子车，咧着嘴自嘲着……

这是几十年前的事了。那时，我和伙伴们常常会坐在"五台山"最高点极目远眺，那里空气清新，能见度极高；终南山如黛，山下缠绕着一条玉带，那就是渭河，从遥远的西山飘出来，又飘进东边的天边，令人浮想联翩。如今"五台山"依然存在，但台阶上的青砖已被换成了大理石，更美观了。可站在"五台山"朝南远眺，山不再青，天不再蓝，渭河似乎也消失了。唉，不说这些了，说我。

# 二

回到家通常都快下午两点了，母亲把饭给我在锅里热着。吃罢饭，母亲说缸里没面了，要我收拾粮食去磨面。

从学校回来，我担任了生产队的会计，会计不脱产，白天干活儿，算账在晚上。我家门房前两年住过一个插队知青，去年插队知青返城了，门房就一直闲着。我收拾了一下，住了进去。晚上做账我不愿也不能打扰母亲的休息，可屋子的电灯线被老鼠咬断了，我想趁着下雨不出工，接上电灯线。我给母亲说，接好电灯线就去磨面，误不了明天做饭。

我家院子里有棵桶一般粗的核桃树，这棵核桃树是父亲栽的。前面说过，1934年修建西北农林专科学校，校园大多是征购我们村子的土地，用现在的话说，我们村的父老乡亲是失地农民。父亲那年二十三岁，正值人生的大好年华。学校搞基建，需要工人，村里一伙青年人便去建筑工地打工。父亲后来给我说，一天，他们去西农栽树，剩了几棵树苗，工头让他们拿回家去栽，他便带回来一棵手指粗的核桃树苗栽在院子。有道是："桃三杏四梨五年，想吃核桃得九年。"父亲栽树是为了儿孙，没想到这棵核桃树害了我。在这里我丝毫没有责怪父亲的意思，我的不幸完全是我的任性造成的。这也许是冥冥之中我今生今世的命运。

连天的阴雨使树干长起了绿苔，又经雨水一浇，摸上去黏糊糊的，就像抹上了鼻涕一般，滑得像泥鳅。母亲说下雨树滑，等天晴了再接。我没有听母亲的话，搬来梯子上了树。这是我这辈子干得最愚蠢的一件事。

我的愚蠢来源于我的倔强脾气，也来源于我的盲目自信。那年我十五岁，回乡务农。十五岁的我是队里的五分劳（青壮男子劳动一天记十工分），与同龄的几个伙伴比，我不是个庄稼汉好苗子，可比摔跤、打架，他们都不是我的对手。不是我的身体比他们壮实，而是我身体灵活、出手迅捷，有点"动如脱兔"的意思。不是我自吹自擂，一次我们摔跤比赛，他们几个轮番上，都没赢过我。还有，他们没有我学历高，他们是小学学历，我是初中毕业，尽管初中我只上了一年。因此，我是娃娃头。说一件事，父亲那时是生产队的饲养员，一天，队里的黑马患了胀气，兽医交代要牵马溜达溜达。父亲牵着黑马溜达了一上午，马的胀气还未解。午饭时我喊父亲吃饭，父亲把溜达黑马的任务临时交给了我。父亲回家去吃饭，我把黑马牵到一个碌碡跟前，站在碌碡上骑上了马背，连连加鞭，黑马便奔驰起来。跑了三四里地，黑马累得连拉带尿，竟然消了胀气。还有一次夏收碾场，一匹骡子突然受惊了，连连尥蹶子，吓得一场人乱叫。我也是有点儿傻，扑过去抱住骡子的脖子使劲地按。骡子又是尥蹶子又是甩头，我死活不松手。最终骡子尿了，乖乖地垂下了头。我不是自夸本事大，是说我那时有多么顽皮，身手有多么麻利。我自认为上树接个电线是小菜一碟。

俗话说"淹死的都是会水的"，我怎么也没想到我能从树上摔下来，而且仅从三米多高处摔下来，就永远地不能自由行走了！

因为我的愚蠢和倔强，我的命运从此来了个大转弯。

我搬来梯子就往上爬。母亲哪里能放心，她急忙过来扶住梯子，仰着脸再三叮咛："千万当心，树滑！"我满不在乎地说："不怕，妈你回屋吧。"说话间我就爬上了树。

母亲双手还是紧紧地扶着梯子，仰脸朝上望着。尽管儿子已经不在梯子上了，可她觉得只有这样才能放心。这时又下起了雨，蒙蒙细雨如同喷壶一样浇洒在她的头上、脸上，浇湿了她灰白的头发，又顺着她的脸颊流进了脖子。

电线很快接好了，要命的是一根树枝挡在了两根电线之间，风稍吹动电线就被树枝打得直摆晃。我让母亲把锯子给我拿来锯掉树枝。母亲说："天晴了再锯吧，赶紧下来，树滑。"

我却不肯听母亲的话。母亲拗不过我，拿来了锯子。我一手握锯，一只手抓住另一根树枝，万万没料到我抓的是个枯枝，一使劲儿，就听见"咔嚓嚓"的断裂声，似乎天崩地裂，我连同手中的枯枝一起掉了下去，着地的一刹那，一阵钻心的疼在我全身爆炸了，我的知觉瞬间全无。

只是一瞬，那一瞬很短很短，恐怕只有0.01秒，也许更短，此生我的命运来了个一百八十度的逆转！

苏醒过来时，我发现自己躺在炕上，身边围满了人，母亲大声呼喊着我的名字。何忠义大哥在掐我的人中，我感到了疼痛，拨开他的手。后来我知道是他把我抱进屋的。我看到母亲一脸的惊恐，很是疑惑，我这是怎么了？我想挣扎起身，但只动了一下，就觉得腰疼得要命。疼痛让我明白了是怎么回事。这时，我看见村里的"赤脚医生"何八叔过来翻着我的眼皮，问我感觉怎么样。我感觉了一下，说："腰疼，好像腿不在了。"这时就听有人说，腿好着哩。何八叔说："不要紧，岔住气了，赶紧送到杨陵医院看看。"又说，"用门板抬，人不要离门板。"说罢他就走了。后来我猜想，当时何八叔应该已经知道我伤情的严重性，只是不说而已。

母亲让人卸下厨房的门扇，大伙儿把我往门扇上抬时，我喊腰疼。那不是一般的疼，打我记事起从没有那样疼过。可不管有多疼，大伙儿还是把我抬上了门扇，准备送往医院。

此时蒙蒙细雨愈来愈密，母亲站在我跟前，脸上挂满了水珠，不知是雨水还是眼泪。同院住的桂芳嫂和几个女人不住地安慰母亲。我这时完全清醒过来，做个笑脸对母亲说："妈，我不要紧，你放心……"母亲冲我点着头，口张了一下，想说点啥，最终啥也没说。

## 三

我们村那个时候没有汽车，连手扶拖拉机也没有。下着雨，道路十分泥泞，架子车也拉不了。大伙儿抬着我去医院。刚出村，雨下得更大了，似乎老天在为我落泪。保管员杨六哥将塑料纸蒙在我的身上，雨水打得塑料纸沙沙响。

村子紧邻着西农。道路实在太泥泞，那时人都穷，买不起雨鞋，大伙儿都光着脚，一步一滑。有人提议从西农走，西农里边是柏油路。平日门卫是不让外边的人进去的，那天门卫看见大伙儿是抬着门扇过来，问都没问就放行了。世上还是好人多啊。

尽管苫着塑料纸，雨水还是不时地打在我脸上。我完全清醒了。这所高校打小就在我心中扎了根，我的梦想是考上大学，这也是父母亲的愿望。可种种现实原因使我的梦想化为泡影，但我上大学的心却一直没死。大伙儿抬着我进了西农北门，走过三号楼（这座大楼有七层，据说是1949年以前西北地区最高的楼）时，我忽然感到这辈子可能永远上不了大学了，那一瞬间，我觉得我的梦和未来的一切都被摔得支离破碎。我一阵心痛，泪水从眼角滚出。

雨下得越来越大，雨水和着泪水流进我的脖子。我抹了一把眼睛，这个动作让我的腰痛了一下。我强忍着没让自己喊出声。

这时担架忽然停了下来，只听有人问："是谁，咋了？"

杨六哥说："是绪林，从核桃树上摔下来了，伤了腰。"

问者是我们生产大队的出纳员，他是与我定亲的女子的舅舅，我一直喊他"四哥"（他的父亲和我父亲称兄道弟）。他听说是我，急忙上前问我感觉怎么样，我不知怎么回答才好，只是点点头，也许是摇头吧。他说他的小儿子患了小儿麻痹症，他刚从西安医院回来取些东西。我们简单聊了几句就分开了。

说来很是奇怪，那一刻我心中忽然涌出一个奇怪的想法：治好伤回来立马结婚。后来我仔细回忆过，这个想法也不奇怪。我们这地方有定娃娃亲的习俗。我十二岁那年，父亲给我定了娃娃亲，女方的舅家在我们大队，是她外爷相中我的。她外爷识文断字，是村里的能人，且与我父亲十分要好。她外爷托人提亲，我父亲一口就答应了。父亲那年患了心脏病，他可能意识到自己不久就会离开人世，想给我把婚结了，可上苍没有给他时间来完成这个重任。

就在4月份，我和那个"她"一同乘车去大荔县参观学习移栽棉花技术。是时，我不仅是大队的团支书、会计，还是棉花技术员。那个"她"比我更优秀，勤快能干，是她们大队的妇女队长，还入了党。她比我有出息，村里人都说我找了个好媳妇。我们是"父母之命，媒妁之言"的那种婚约。父亲去世后，我们曾有过一次约会，是晚上，在我家。我们都没有坐，我靠在炕边，她倚着衣柜，我们相距也就一米左右吧。油灯暗淡，她又低着头，我几乎看不清她的脸庞。那天晚上不知怎的我有点心不在焉，似乎无话可说。她的话比我多，可都说了些啥我也没记住。

4月份时，我们乘坐的是"解放"牌卡车，敞篷的，公社西北片区的干部、棉花技术员等五十几号人挤在这辆车上。我在车厢前站着，她距我不到一米，比上次在我家见面时更近，但中间加楔子似的插着三四个男女。一路上我们没说过一句话，就是想说话那也不是地方，再者，那时我很懵懂，也不知该咋说。尽管那时我已二十一岁了，可我真的很晚熟。她的几个同伴不时地嬉笑着用言语挑逗她，她也很害羞，红着脸低下头不搭理。

到了大荔县，参观、吃饭，我们都在一起，然而还是没有说一句话。我只是偷眼看过她几次，这下看清楚了，身材苗条，短辫垂肩，五官清秀。她没有我想象中那样漂亮，但在那一车女人中绝对出类拔萃。不知道她偷眼看没看过我，想来她一定也偷眼看过我。两天时间，我竟然跟她连一句话都没说，我真是个木头！

在大伙儿送我去医院的路上，我躺在门板上不知怎的想到了她，想立马让她做我的新娘。我忽然觉得自己以前的所谓的"理想""前途"都很虚无缥缈，我现在只想把伤治好立刻就结婚，生儿育女，孝敬母亲，平平安安、健健康康过一辈子，哪怕永远都待在农村。

后来她得知我的腿残了，还来看望过我一次。一个农村女子能做到这样已经很够意思了。不久，我们解除了婚约，自然是她家提出来的。我没有谴责过她，甚至都没埋怨过她。我很清楚这不是她的错，是老天爷的安排。

在我幻想娶媳妇之时，我们到了医院。在医院挂了急诊号，立马拍片子。接诊大夫看着片子说："送西安吧，咱们医院看不了。"随即又关照，"不要让病人离开门扇！"

我想到临离开家时何八叔曾说过同样的话，就突然意识到自己的伤很严重。路上我也想过要去西安大医院，毕竟杨陵医院只是公社级地段医院，但我还是没有想到我从此再也站不起来了，再也不能自由行走了。我寄希望于西安的大医院，我觉得自己很快就会康复如初，活蹦乱跳。

医院距火车站很近，不过二百多米。大伙儿把我抬到火车站。

时辰不大，火车喘着气进了站。大伙儿七手八脚把我抬上了车厢。一声汽笛长鸣，火车徐徐开动了，越来越快，载着我的满心希望驰向西安。家里，母亲倚门盼着儿子健康归来。

那时谁都没想到，我从此再也不能自由地行走了。

我一直不愿回首那一天，可每年的这一天我又忍不住去回首。几十年来，我经受的磨难太多太多，有的都已经淡忘了，但那一天那一刻的情景却永远刻在我的脑海里。

夜深人静不能成寐时，我常常回首以往，舔舐着伤痕，我在想：这也许就是我的命，谁也改变不了，不管你信不信。

# 第八章　住院日子

## 一

当天下午5时许，我们到了西安红十字会医院（据说这是西北地区最好的骨科医院）。我的伤情是急需住院治疗的，但医院却没有床位。按照急诊科大夫的指示，大伙儿把我抬进了急救室。说是急救室，其实就是个大房子，一张床，躺着病人；还有几张排椅，坐满了病人，一边打吊针一边等床位。门板只能搁在水磨石地板上。

我睁开眼睛，房间的墙壁和天花板闪烁着白光，制造着医院特有的肃穆气氛。水磨石地板弥漫着来苏水的气味，还有那种令人窒息的带脓血的绷带、发炎伤口以及腐烂的人肉所散发出来的气味。此时此刻，我躺在门板上，只希望能尽快得到医治，哪还管他难闻不难闻。我觉得这里就是我求生的天堂。

急诊大夫走过来，询问了一下我受伤的经过，就让我去拍片子。来回折腾，疼得我咬牙切齿，直吸冷气，只差哭喊了。时辰不大，大夫拿着片子过来，说是脊椎骨骨折，先给我包扎固定一下，以免骨折加重伤情，又让我脱掉衣服。我哪里敢动呀，动一下就疼得要命！可包扎是必须的。摔伤前我穿着海魂衫，那是我最喜欢的衣服，为了减轻疼痛，也顾不了那么多了，让大夫一把剪刀把我心爱的海魂衫铰成碎片。

包扎又让我痛出了一身的冷汗，随后大夫给我挂上吊针。时辰不大，我感到小腹憋胀且胸闷，呼吸都急促起来，陪我的杨六哥赶紧叫来大夫。大夫检查了一下，说是小便憋的，可我尿不出来。大夫说能尿出来就好了，必须插尿管导尿。

到了医院，医生就是上帝，医生说的话就是圣旨，不容置疑。

插上尿管，导了小便，小腹憋胀感消失，胸闷减轻，呼吸也正常了，只是背部仍在作痛。大夫说："最好马上手术。"可连院都住不上，何谈手术！大夫明白自己说了句废话，又告诫我："两个小时必须翻一次身。"我不愿翻身，咬牙说："疼！"大夫板着脸说："再疼也得翻，压下褥疮麻烦可就大了！"

大夫的话不能不听，于是我就翻身。尽管做了包扎固定，可翻身那个疼呀，现在回想起来我的额头都直冒冷汗。一旁有人给我传授经验，说是翻身时要上下身同时翻，一起用力。这里的病人都需要陪护，翻身时大伙儿能相互帮忙，几人同时发力，果然疼痛减轻了许多。

大夫开了诊断书。我很想知道自己的伤情，杨六哥便把诊断书递到我面前，只见诊断书上写着：胸椎8—胸椎9压缩粉碎性骨折合并截瘫。我的医学知识十分欠缺，对这个诊断我很是茫然，可下意识感到问题有点严重，但还是没想到已经严重到我再也不能自由行走了。

送我来医院的几位兄长可能都知道了问题的严重性，都说待在急救室不是个事，得住院治疗呀。可大伙儿在这里都是两眼一抹黑，谁都不认识。最后大伙儿商量决定：留下两人陪我，其他几人回家想办法。

还好，我家族中一位远房兄长在青海当过兵，他的一位战友转业后在这家医院工作。通过这层关系，我在三天后住上了院，实际上是加床，在走廊上。"加七床"的小白牌醒目地挂在床头。

我虽说住上了院，可还不能立即手术，因为需要手术的患者太多，我还得排队等候。人在身体健康时根本就想不到医院有这么多伤病者，只有到了医院才知道世间不幸的人太多了，自己只是其中之一。

挨到第七天，终于有了好消息：医院马上给我做脊髓减压手术。

后来我在一本医学书上了解到，脊髓受压后必须尽快减压，越早越好，否则很难恢复。我一直觉得我的伤病被耽搁了，如果受伤当天就手术，即使不能完全治愈，起码也会比现在的情况好许多吧？

世间万事不由人啊！

那天医生通知不让吃早饭，大约八点钟我被推进了手术室。我趴在手术床上，环视着手术室，只看到四五位医生护士都穿戴着蓝色的衣帽，口罩戴得只能看到一双眼睛。一辆小车推到手术床前，几个不锈钢盘子里放的都是做手术所用的工具。我心中竟然没一丝的恐惧，而是觉得自己看到了希望与曙光。我想象着自己手术后马上就可以像以前一样活蹦乱跳，甚至可以像小鸟一样在蓝天上自由飞翔，脸上便情不自禁地流露出一丝微笑来。

这时，一个女医生过来，给我扎上吊针，又在我耳朵等处扎上银针，不住地搓捻。我咬牙忍着疼，片刻工夫就不怎么痛了。

随后一伙人围在手术台前，用白布蒙住了我的上半身。我的下半身麻痹着，我看不见，估计也蒙住了。少顷，一阵刺痛穿透了我的身体，我忍不住叫出了声。一位护士在我耳边安慰说："手术开始了，忍着点。"

后来我才知道，给我实施的是针刺麻醉。实在是太痛了，可我一直咬牙挺着。一个声音在告诉我："手术做了，你就能站起来了！"

疼痛越来越剧烈，我额头冒出了冷汗，张着嘴吹气，以此抵抗难忍的疼痛。这时一位护士说："这个时候你还有心吹口哨！"这话明显有训斥我的意思。她身边的医生说："他不是吹口哨，是疼！"说完便朝身边另一位护士点了一下头，那位护士给我注射了一管针剂，少顷，我不再"吹口哨"了，也啥都不知道了。

# 二

噩梦醒时，四周一片洁白素净，窗口泻进一抹阳光，温暖柔和；窗外蓝天如洗，树木翠绿。我生性喜闹不喜静，不愿躺着，想出去走走，但一双腿全然不听使唤，似乎已不是自己的了。

我呆呆地看着竖在病床边输液架上的输液瓶，输液管滴答着液体，我知道我活了过来。陪我的二姐夫说我睡了一天两晚上，问我要不要吃点啥。我说啥都不想吃，就想起来走走。姐夫问我感觉怎么样，我说还是感觉腿不是我的。姐夫说，刚做了手术就想走，你也太心急了。这话说得是呀！

相信没人会喜欢医院这个地方，包括医生和护士。医生和护士因为职业不得不去医院上班，人生了病或是受了伤也不得不去医院医治。此前我就很少去医院，谁没事去医院干啥？可我现在不得不住进医院了！

最初，我并不知道自己病情的严重性，以为很快就会康复出院，实在严重也就顶多住上三个月院。俗话说："伤筋动骨一百天。"我以为我熬上一百天，就可以活蹦乱跳了。没手术时，我期盼着做手术；手术做了，我期盼着能下床走路，能像身体健康时一样自由地行走。

手术后一周的一个上午，我忽然发现自己尿床了！受伤后一直是插着导尿管的，定期排尿。可这会儿还没到排尿时间，小便就流了出来。我大吃一惊，急忙喊陪护我的姐夫，他叫来主治大夫。大夫笑着说："这是好现象，能自主小便了，恢复得不错。"

我悬着的心放下了。

几天后的中午，我睡着了，忽然觉得有人在使劲拽我的腿，把我往下拉。睁眼一看，姐夫就在病床跟前。我埋怨他："你拽我的腿干啥？我差点滚下床。"

姐夫一脸的茫然，说他没有拽我的腿。我感到很诧异，忽然腿又动了，原来是抽筋。这时主治大夫过来，我忙问是怎么回事。他说："你这是痉挛，恢复得有个过程。你恢复得很快。"

我又惊又喜，急忙问啥时候能下床走路。主治大夫说："不要急，慢慢来。"常听人说，紧病慢大夫。还真是的，唉！

时间一天天过去，打针、吃药，却不见伤病有什么好转，麻痹面似乎定在了那里。我渴望奇迹出现，然而奇迹一直没有出现。我焦虑起来，也心生疑窦，问主治大夫怎么一点儿也不见好，主治大夫问我："伤口还疼吗？"我说不疼了。主治大夫说："这就很好嘛。"我问我几时能下床走路，主治大夫答非所问，还是那句："不要急，慢慢来。"

我趴在病床上（摔伤了腰，只能趴着）看着诊断书。这是手术后的诊断书，一位病友从护士办公室偷偷拿给我看。我急于知道自己的伤病情况，只见诊断书上赫然写着：胸椎8—胸椎9压缩粉碎性骨折合并截瘫。这跟术前的诊断书一样。我看着诊断书痴痴发愣。骨折我懂，截瘫是怎么回事？难道是瘫痪？这怎么可能！我的双腿是不能动了，可怎么能是瘫痪？！

我蒙了。

忽然，有脚步声愈来愈近，抬头一看，是我的主治医生。我急忙藏了诊断书，问主治医生："大夫，我的腿还能动不？"

"别心急，这是慢性病。"主治医生含糊其词地回答我。

怎么能不急！如果双腿真的瘫痪了……我不敢去想这个问题。

我急忙换了个问法："那我几时能出院？"

"到了出院的时候自然就会让你出院。"主治医生留下一句话，转身匆匆离去。

与我头对头的病友说："咳，伙计，你还想着出院？咱这号病人进了医院就出不去了。"

我一惊，愕然地望着他，不知他这话是啥意思。

"唉！你刚受伤，也难怪你啥也不知道。咱们这伤病叫截瘫，就是脊髓神经受了损伤，引起下肢瘫痪。你受伤的部位还低点，上半身全能动。那个伙计……"病友指了一下走廊尽头的病床，"是个高位，手都动不了，吃饭都要人喂。他躺在床上都六年了，吃的中药渣都能拉一卡车，可还是那个样子，唉！"

我抬头看着那位病友，他的母亲正在给他喂饭。一股凉气顿时从心底升起，我不禁出了一身的鸡皮疙瘩。

病友说："咱们这辈子就别想下床走路了，这种伤病目前还没法治。"他是淘井时井绳断了，摔坏了脊椎骨，已经住院三个多月了，还没有恢复的迹象。

这时另一位病友小高在走廊活动双腿。他双腿绑着支架，站在一个圆形的扶手处，靠着双臂力量的支撑，蹒跚地、艰难地往前迈步。他的那副模样任谁看着都难受。病友朝我努了一下嘴，说："小高已经受伤三年了，还是那个样子。"又说，"他是工伤，一直住在医院。"

一道黑色闪电如同利刃刺破我的胸膛，一声闷雷在耳边炸响，我被震蒙了，这怎么可能？！望着挪动双腿如同移动泰山似的小高，我禁不住打了个哆嗦。我在心里大喊："不！不！我不信！"可小高就在眼前，不相信又能怎么样？！

医院推荐的一本书叫《外伤性截瘫治疗手册》，我买了一本。书的前言说：外伤性截瘫一直被医学界认为是不治之症，但在医疗实践中，有许多患者恢复了健康。虽然我不懂医学，但听话听声，锣鼓听音，我的心顿时拔凉拔凉的，不听话的泪水流了一脸……

那天晚上，我做了个噩梦，梦见我从山崖上掉了下去，双腿再怎么用力也站不起来，我拼命挣扎，爬起来又跌倒，跌倒又挣扎爬起来，如此反反复复。惊醒后，我冷汗淋漓，再也无法入睡……

# 三

手术后，二姐陪着母亲来医院看望我。

我的病床在走廊过道，由于背部做了手术，我一直在病床上趴着。那天上午打完点滴，我抬起头来，忽然看见母亲和二姐从走廊那端走了过来，母亲是小脚，拄着拐拐（长短大约一米的小拐杖），步履有些蹒跚，那一刻我的眼泪一下子涌了出来。我赶紧擦掉眼泪，生怕母亲看见。母亲来到我的病床前，我叫了声："妈！"只觉得嗓子眼发涩。

陪护我的二姐夫给母亲搬来凳子，母亲把手伸进被窝，抚摸着我麻痹的双腿，问我有没有感觉。我笑着脸，点头说"有"。我安慰母亲，也是安慰自己。母亲脸上挂着慈祥的笑容，可我看见母亲额头和眼角的皱纹更密更深了，原来灰白的头发如今变得更白了。我知道，也明白母亲把悲伤深深地埋藏在心底。她脸上露出笑容是希望能给儿子勇气和信心。

母亲给我说了家里的情况：队里分了玉米棒，是大哥大嫂帮忙掰了，架在了核桃树上；还说谁谁谁都来帮忙，让我记着人家的好处，腿好了好还人家的人情。我点着头，强忍着心头的痛。

到了午饭时间，姐夫打来饭菜，母亲和二姐都没怎么吃，却不住地让我吃。那天午饭是米饭，荤菜很贵，买不起，姐夫买的是素三样（白菜、萝卜、粉条大杂烩）。尽管如此，菜还是买少了，我们便用咸菜下饭。

吃罢饭，母亲坐在病床前给我按摩麻痹的双腿，二姐提醒母亲该走了，晚了怕赶不上火车了。母亲掏出二十块钱塞到我的枕头下，叮嘱我要听大夫的话，按时吃药，想吃啥了就让我跟我哥（姐夫）说，不要怕花钱。我点着头，让母亲放心。家里的情况我一清二楚，住院已经交了几百块钱，这二十块钱肯定是母亲借的。

母亲一步一回头地走了。我看着母亲和二姐的身影消失在走廊尽头，突然感到我的心一下子被什么掏空了，无依无靠。我再也忍不住了，趴在枕头上，攥着母亲留下的二十块钱，失声痛哭……

# 四

熬了一个月，主治大夫说："可以下床活动了，不能老躺着，腿部肌肉会萎缩的，恢复会更困难。"他的话没毛病，可我的腿半点都动不了，怎么下床活动？主治大夫说："先从练习坐开始吧。"

姐夫慢慢扶我坐起身，给我背部垫上被子，可没坐下五分钟我就感到眼前发黑，两只手冰凉，嘴唇发紫。姐夫赶紧又把我放倒。躺了一个多月后，连坐起来都成了问题。可不管怎么样，也得练呀！

休息一会儿，我挣扎着又坐起，我让姐夫给我看表（护士室有挂钟），这次坐够了五分钟。我有了信心，休息一下，再往起坐。就这样，一次比一次坐的时间长。三天下来，我一次可以在床上坐多半个小时。最初坐时我还要人扶，再后就不用人扶了。

一周后，我想下床走走，可两个膝盖痿软无力，根本就站不起来。主治大夫说："练习走路，需要支架，就是小高腿上绑的那个，可以买一个。"我问多少钱。他说："五六百吧，你们去药房问一下。"

姐夫去药房，很快就回来了，脸色很不好。他说："一个支架五百六十块钱，还是最便宜的。"

我吸了一口凉气，在心里叫了声："我的爷，这么贵！"要知道那时我们生产队一个劳动日值四毛六分钱（我当时是生产队会计），我算了一下，我就是三年一天不歇，不吃不喝，也挣不下五百六十块钱！小高是工伤，单位出钱给他买的支架，那谁给我买支架？

那天我晚饭都没吃，也失眠了，想了很多很多……

日子一天挨着一天，熬过两个多月，可伤病还是老样子，腿一点儿也动不了。针停了，每天只给几片维生素。我问主治大夫为什么，主治大夫沉默半晌，说："给你实话实说吧，这伤病吃药打针不管用。"他顿了一下又说："我家也在农村，知道农民挣点钱不容易。"

手术做过了，吃药打针不管用，那什么管用？

主治大夫又说："出院回家找中医看看，再配合针灸试试。还有，要下床锻炼，这是最好的治疗，可以防止肌肉萎缩，可以让血液流通，还可以增加食欲。"

我又失眠了，想了很多也想了很久。我是给自己家拉电灯线摔伤的，医药费得自己掏，住在医院就是耗钱。我不能动了，钱从哪儿来？

我得接受残酷的命运，但，我还心存希望。

七十天后，我出院了。

我是从家里被抬进医院的，又从医院被抬回家里。

# 第九章　困顿岁月

## 一

回到家已是初冬季节，天气一天天冷了。亲朋好友来看望我，都说炕太凉，让母亲给我把炕烧热，也利于我腿康复。母亲何尝不如此想，可她怕烧热炕烙着了我。我肚脐以下麻痹，有感觉障碍。为此，母亲想办法把褥子给我加厚，再烧热炕，还时不时地过来把手伸到褥子下摸摸。尽管如此，我的屁股还是烙了茶杯口大个水疱。因不能翻身，水疱被压破了，也因此引发了褥疮。这个烙伤大半年才治好，为此母亲也时常自责。打那以后，我再也没睡过热炕。

伤病完全把一个家庭打垮了。有个词叫"穷得叮当响"，可我的家都没有能"叮当响"的东西了。家里几乎没有什么经济来源，只能靠母亲养的几只鸡下蛋来解决菜和盐的问题，油是生产队分的，一人两斤棉籽油（棉花籽榨的油），醋是母亲自己做的。打我记事起，每年入冬母亲都要做冬醋（好的冬醋不加任何防腐剂，可以贮存一年之久）。母亲做醋的手艺在村里无人能比，对门四婆、邻居二婶、本家三嫂……她们常来找母亲帮她们做醋。为了确保万无一失，母亲做醋时，常让我给她写醋帖，贴在做醋用的笸篮上。醋帖曰："太公本姓姜，每日游四方，有人敬奉咱，包管他醋香。"若是糟粕，迟迟不发酵不上味，就得再加一道符："姜太公在此，醋速速上味。"醋帖和符不是我的原创，是从父亲那里传承来的。

醋帖和符为何都提到姜子牙？这是有缘由的。民间传统，酿醋也要供奉神明，这负责酿醋的神，不是别人，就是《封神榜》里的姜子牙的夫人马大小姐。

民间敬醋神时不敬"醋瓜婆"马大小姐而敬姜子牙是有原因的。一来马大小姐与姜子牙离了婚为世人不齿，二来姜子牙统管诸神，加之又是"醋瓜婆"的前夫，顶头上司加前夫的命令，"醋瓜婆"不敢不服从。与其敬"醋瓜婆"还不如敬姜子牙。酿醋的农家都供奉着姜子牙的神像，香烟袅袅一直伴着晶莹红亮的醋酿造出来。醋做好了，还要谢醋神。母亲会做一顿辣子面，头一碗毕恭毕敬地献在醋神牌位面前。

那年冬天，母亲又做了几瓦瓮醋，送给左邻右舍和我受伤后对我家有帮助的乡亲们。大伙儿又给母亲送来菜蔬，甚至鸡蛋和白糖。

不管怎么苦，日子还得往下过。

母亲每天给我活动麻痹的双腿。怕冻着我，她把心爱的棉衣拆了——那件棉衣是外婆留给她的，里子是用毛线织的，她把拆下的毛线织成长围巾给我裹腿，怕我的腿受凉。

天气寒冷，我睡的炕不能烧，母亲把被单缝成一个大口袋，给里边塞满麦秸秆，铺在炕上，松松软软的，还真的暖和了许多。母亲还是怕冻着我，找来一个破铁桶，用头发和泥，硬是自制了一个煤炉子。

那年月还没有蜂窝煤，母亲托朋友帮忙买来无烟煤末子（买好的无烟煤要票证），打成煤饼。由于加的土太多，煤饼很不耐烧，夜里我睡得太沉，常常黎明时分炉子就灭了。我为此埋怨自己睡得太沉。母亲笑着说："没啥，灭了我再生，要么我还不放心。"她是怕我煤气中毒。

母亲生炉子时，怕烟呛着我，便把炉子搬到屋外去生。每每被母亲的咳嗽声惊醒，我就知道母亲在生炉子。往院子看去，寒霜一片白茫茫，母亲佝偻着腰用扇子扇火，背上落满了寒霜。

我突然发现母亲老了许多，头发虽然没有全白，却是一片灰白，脸上锁满了皱纹。她弯着腰抓炉子的炭灰，手似乎只剩下了一把骨头和几条青筋，皮肤皲裂着，布满密密麻麻的小口子，小口子里黑乎乎的，那都是炭灰。母亲曾看着自己的手，不无自嘲地说："看我这手都不如鸡爪子。"每次听到母亲这种令人辛酸的话语，我心中就会涌出难言的悲痛。这都是我造的孽啊！

热炕不能睡是小事，关键是烙伤发展成了褥疮，必须两小时翻一次身，不然的话褥疮不仅不能好，反而会加重。我的下身不能动，翻身便成为一件困难事。我一个大小伙子，尽管很瘦，也有一百多斤，母亲根本就翻不动我，而且一个姿势躺着我也难受。白天还好说，不时有亲友来家看望我，帮着母亲给我翻身。晚上咋办？母亲很是犯难。

截瘫患者最怕的是褥疮，我非常清楚，而且住院时我亲眼看到几位年纪轻轻的病友死于褥疮。我的心情坏到了极点。就在我们母子犯愁之时，乡友何迎国来看望我，知道了我的难处，拍着胸脯说："碎碎个事，晚上我来陪你，帮你翻身。"

果然吃罢晚饭，迎国就夹着被子来了。那时，他是我们生产队的队长，与我同岁，二十岁刚出头，庄稼活儿没有一样能难住他的，俨然一个庄稼把式。可惜他只上了三年学，倘若他有文化，一定会有很大的出息。

迎国白天出工，晚上来陪我，跟我睡一个土炕，给我翻身，跟我谝闲传，天南海北地谝，谝村里村外发生的事，也谝一些是是非非，当然也谝男女方面的事。我们都是血气方刚的小伙子了，激素过剩嘛。

我的这间小屋不足九平方米，一炕一桌一椅一书柜。人站在炕上伸不直腰，头往往会撞上楼顶。楼是土楼，是由半截椽子、苇箔、黄泥巴抹成的，烟熏火燎，破烂不堪，惨不忍睹。环顾四壁，报纸糊满了墙壁，倒还真有点文化气息。门窗自然也不起眼。窗子之小，用"鸡眼睛"形容并不过分，冬日钉上塑料薄膜遮风挡寒，春夏秋三季洞开，倒也豁亮。门与窗比，毫不逊色，夏日的夜晚敞着门，阵阵晚风扑进屋，颇觉惬意。冬日的夜晚，却怎么也关不严实，寒风从缝隙侵入，使人有点难以入眠。

尽管如此，却有一些生物非常愿意光顾这间小屋。春天一到，屋顶墙角便结满了蜘蛛网，使人感到这间小屋从来没有人住过。其实，母亲几乎每天都要用扫帚扫除这些蜘蛛网，但刚扫过不到一个时辰，便会发现又有新的蜘蛛网出现，使你不能不惊叹蜘蛛的工作效率。到了夏日，蚊子和苍蝇成群结队昼夜交替向屋里突袭，不管你用蚊香熏还是用蝇拍打，都无法阻止它们的猖狂进攻。老鼠则是一年四季都有。鼠们独来独往，如入无人之境，常常在电线上玩走钢丝的把戏。屋里没有什么吃食，鼠们便以书柜的书充饥，如此一来，我许多心爱的书籍就变得残缺不全。为此，母亲和我曾多次开展灭鼠运动，毒饵、捕鼠夹等诸般武器一齐使用。谁知老鼠的智商远远出乎人类的意料，上过一两次当后，再没有重蹈覆辙者。尽管我绞尽脑汁，使出百般招数，但老鼠终没有在小屋绝迹。也常有麻雀飞入，可能是找不到栖息地，翱翔几圈，便又飞走了……

当然，小屋还有更多的可爱之处。朋友送的一幅郑板桥《难得糊涂》的书法作品高挂在墙壁上，我不是以此做座右铭，只是觉得郑老夫子的这句话颇能给人以启迪和深思。几十张照片装在墙壁上挂的相框里，使我常常沉浸在对往事的美好回忆之中。书柜里有我享用不尽的精神食粮，一张书桌为我提供了写作的天地。无聊时，我看看蜘蛛在屋角织网，瞧瞧老鼠"走钢丝"，饶有兴味。我也常常会读糊在四壁上的报纸，一篇文章的构思会油然而生。心烦之时，躺在床上，呆望着屋顶，数着那至今我也不知道有多少根的半截椽子，心境渐渐地变得宁静、开阔……

小屋好比是寒冬里的一盆炉火，荒漠中的一片绿洲，喧嚣大海中的一个岛屿，给了我温暖、希望和宁静。小屋虽小虽简陋，但在我的眼里永远是一片温馨的乐土。

就是在这间小屋里，迎国一陪就是两年，直到他结婚，才离开我的小屋。那段时间，他给我受伤的身体和心灵带来了极大的慰藉，也给我寂寞的小屋带来了欢声笑语。对他，我一直都怀着深深的感激之情！但我一直没有对他说过感激的话，在此，我想大声地对他说："谢谢你迎国，在我最困难时给予我最大的帮助！"

20世纪90年代，家里要盖新屋，便拆掉了小屋。拆小屋的那一刻我心里五味杂陈，如梦的往事、遥远的回忆一齐涌上心头……

## 二

俗话说："伤筋动骨一百天。"这意思是说摔坏了骨头伤了筋，得躺一百天。在医院时，手术刚做完一个月，主治大夫就让我下床锻炼，从练习坐开始，但回到家我不小心烙伤了屁股，直到三个月后我才开始练习走路。

迎国手巧，也会点儿木匠手艺，便帮我做了一副拐杖。看着拐杖，我心中五味杂陈，说不出是什么味道。那时我还是不愿相信，今生今世我得靠它才能站立起来。

我架着双拐试图站起来，可麻痹的双腿不但不听从大脑的指挥，反而软得像面条，似乎被剔走了骨头抽走了筋。母亲急忙上前搀我，可哪里搀得动。可不活动不仅不能再走路，甚至还会肌肉萎缩，永远不能站起来。

在医院时，我看到一位病友行走时不仅拄着双拐，腿上还有支架支撑着，一副要五六百元。那位病友是工伤，钱不是问题，可钱对我来说是最大的问题。"凡是钱能解决的问题，都不是问题。"这是有钱人的豪言壮语。有道是："一分钱难倒英雄汉。"有困难得想办法克服，这是正道。几位发小给我用木板做了个支架，但我的病腿时不时地抽筋，还未站起，伤腿一阵抽搐，木板"咔"地就折了。

那时，生产队拆除茅棚搭建的饲养室，改建大瓦房饲养室，拆除下来的小碗口粗的毛竹堆放了一堆。迎国拿来半截毛竹，用锯子锯成竹片，竹板的韧性远远胜于木板，用布条串起来，扎在我的膝盖上。我架起双拐颤巍巍地往起站，终于，我站起来了！

一位爱开玩笑的发小说："小伙子从此又站起来了！"惹得大伙儿哈哈大笑。我也笑了，笑中有泪啊！

久卧病床，乍一站起来我觉得头有点眩晕，闭目小憩。随后我试图往前走，便挪了一下拐杖，还没迈步，身子就打了个趔趄，要不是母亲在一旁搀住，我险乎摔倒。

这样不行，欲速则不达，得慢慢来。

我请乡友小民帮忙在院子里安装了一副木双杠，这样，我双手握住木杠来回走动，锻炼行走的能力。

在我最艰难的那段时间里，小民几乎每天都来我家陪我谝闲传，帮母亲干活。他和我是发小，一起玩尿泥长大的。他在他们家族排行老七，上有兄姐，下有弟妹，是个猪嫌狗不爱的角色；加之个头不高，鼻梁有点塌，大伙儿都叫他小七，有点轻视的意思。

小学毕业了，连锅端上中学，小民的聪明潜质显露出来，他的语文成绩一般，数学物理在班上数一数二。可那时不看学习成绩，只注重家庭出身，因此，初中毕业后，小民因家庭成分问题，没有被推荐上高中，回家务农。这在小民意料之中，他并没有气馁，该吃就吃该喝就喝。

那年月，最吃香的便是人民解放军。别的不说，光是那一身绿军装就令人羡慕至极。不用说，一身绿军装、一顶绿军帽、一双黄胶鞋，再配上红色的领章、帽徽，再不济的小伙子穿上也显得威武潇洒，惹得多少姑娘青睐、爱慕和追求。小民生性尚武，可他是地主"狗崽子"，参不了军。

西北农学院有个校办工厂，里边有许多废铜烂铁，还有一座炼钢炉。那时学院停课，没有学生，只有教师和校工，学院的大操场长满了荒草，常有野兔出没。从学校回来，我们一伙无所事事，便提着竹笼翻过学院的围墙，打猪草拾柴火。不知是谁发现了校办工厂的废铜烂铁，说那东西可值钱了。同去的伙伴黑球当时就怂恿我们倒腾出去卖钱。小民拿眼睛看我，我说我胆小。黑球瞥了我一眼："没见过啥！哪天我倒腾出去卖了钱，请你们咥羊肉泡。"我用敬佩期待的目光看着黑球。黑球又瞥了我一眼，说："你等着！"我咽了口脱口欲出的垂涎。

没等咥上黑球的羊肉泡，小民出了事。

一个月黑风高夜，小民独自溜进学院的工厂去倒腾那些废铜烂铁，没料到他被抓住了，在工厂关了一夜。

虽是如此，小民渴望穿军装的心不但不死，反而更加强烈。没过多久，他不知从哪儿搞到了钱，扯来布料，让他姐姐给他做了一套绿军装。小民姐姐手很巧，当天就给他做了一身。小民穿在身上，显得威风凛凛，个头似乎都高了。我看着他，羡慕嫉妒恨地说："没有领章、帽徽，也缺鞋少帽子。"领章、帽徽他搞不来，可他很快买了一双黄胶鞋。我说："还差一顶军帽呢。"

第二天我俩去杨陵镇闲逛，小民想买顶军帽，转遍镇上的商店却没有买到。看着小民一脸的沮丧，我都替他着急。

太阳斜过头顶，肚子咕咕叫了，我们打道回府。途经西农南门口时，有家商店，小民说啥也要进去看看。军帽倒是有一顶，可有一个洞，恰在正中央，我俩都怀疑是老鼠咬的。售货员说如果要，可以便宜五毛钱。小民牙一咬，买下了。回家后小民让他姐补一下。小民的姐姐手果真是巧，在那个洞上缀了一颗红五星，远远看去跟真的一样。

至此，小民圆了他的当兵梦，不分四季地穿着那套行头行走在街头田间。时光流淌到20世纪80年代某一年除夕下午，小民来找我写春联，那时我是我们村唯一读过高中的，在乡亲们的眼里我就是个文化人，可我的毛笔字写得一塌糊涂，像猫爪子划拉的。可大伙儿不这么认为，都来找我写春联，给神龛写对子。如果婉拒就会说我拿架子，我可从不拿架子，也没架子可拿。敬土地，我写"进门一老仙，四季保平安"；敬灶神，我写"上天言好事，回宫降吉祥"；敬财神，我写"财源通四海，富路达三江"。这都是老话，我也时不时地编几副。

我在院子里支了一张桌子，手捉毛笔挽起袖子，四周围了一圈人，就在这时，小民拿着一卷红纸来了。那时小民无师自通学会了木匠手艺，且手艺不凡，有了大工匠的声誉。大伙儿让我先给小民写，小民也就没推辞。我问他："写啥？"

小民铺开纸笑道："你知道我的学问是蚊蠓的尻子——不深。你看着写吧。"

我略一思忖，提笔信手写来，上联：一二三四五斤酒；下联：六七八九十斤肉；横批：看我过年。

小民看着对联，满脸绽放着笑容，原本不大的一双眼睛此时眯成了两条缝。围观者也都齐声叫好。小民掏出烟来，递给我一支。他知道我不抽烟，这是啥意思，不满意？我狐疑地看着他说："怎的，不满意？我另写。"说着，我伸手要揉那副对联。

小民急忙拦着我："别别别，嫽得很！这对联写到我的心坎上了，还是你了解我。"

这副对联是我抄袭来的，虽有点张扬艳乍（炫耀）之嫌，可那时正合小民的心境。他多年来忍气吞声夹着尾巴做人，现在终于卸了重负，挺起腰杆子做人，心情格外欢畅舒坦。

1993年农历腊月二十，小民用电锯锯硬柴，不幸被硬柴打中了腹部，不治而亡，年仅三十九岁。

好友英年而亡，实在令人悲痛哀伤。在此写下他的生活点滴，做永远的怀念！

# 三

一个多月过去，我想脱离双杠自由行走。母亲怕我摔倒，步步跟随在我身后，猫着腰，两只手夆着，眼睛盯着我的脚下，嘴里不住地说："甭怕，朝前走，妈在后边扶着你。"

有母亲护着，我的胆壮了，架着双拐，拖着灌了铅似的双腿朝前走去。时辰不大，母亲的额头就沁出了汗珠，一绺灰白的散发贴在了额上，但她仍然像老鸡保护小鸡那样保护着儿子。

一天，我拄着拐杖在院子里练习走路，母亲怕我摔倒，牵着我的衣襟，紧紧地跟在我的身后。麻痹的双腿好像不是我身上长的，一点儿也不听使唤，每挪动一步都十分艰难。母亲用她的小脚踢拨着我的脚后跟，帮我前行。一不小心，拐杖滑了一下，我打了个趔趄，母亲一把没能拉住我，反而把我拽倒在地。我却恼火起来："都是你，拽我干啥，看把我弄倒了！"我自打受伤致残后，脾气变得十分暴躁，常常会发一些无名火。

母亲一声未吭，扶起我，拍打着我身上的尘土。我却还嘟嘟哝哝埋怨个不住嘴。同住一院的桂芳大嫂（她是我的堂嫂）在一旁看不过眼，数说我："兄弟，你的脾气得好好改改，对咱娘说话咋能是这声气！你摔倒了咱娘心好受吗？"

我进了屋子，听见母亲对大嫂说："你甭数说他了，他心里不好受，不到我跟前发火，到谁跟前去发火？"

我再也忍不住了，趴在枕头上失声痛哭……

每天看着母亲为我忙忙碌碌，哀愁和无奈深深藏在她的白发和皱纹里，我的心都要碎了。我想到了死！可我才二十一岁，生命正值蓬勃兴旺时期，但现在连路都走不了，生活更是不能自理，活着还有啥意思？！

死亡并不可怕，真正可怕的，是没有希望地活着。我的希望在哪里？我常常在夜晚呆望着点缀在夜幕中的星星。安徒生的童话里讲，人死了后就升到天上，变成一颗星星。我想，我死了一定也会变成一颗星星，不会再有这么多痛苦。忽然，我发现母亲在一旁一直看着我，目光里饱含着怜爱和担忧。我全身一颤，突然明白了，我是母亲全部的希望和精神寄托，有我在，母亲的寄托和希望就在；倘若没有我，母亲还怎么活？只要我活着，就是对母亲的最大安慰。为了母亲，再苦再难我也得活下去。

我打消了死的念头。

屁股上的褥疮时不时地发炎，让我十分沮丧。家里没有经济来源，住不起医院。最初是村里的赤脚医生来给我换药，时间久了，赤脚医生就不耐烦了，不好请了，母亲就自己动手给我换药。春季还好说，到了夏季，伤口化了脓，每逢换药就有一股浓烈的异味，可母亲像什么都没闻到似的。每每这时，我就趴在枕头上，把涌到眼边的泪水强咽进肚里……

在那艰难困苦绝望的岁月，我们母子相依为命。换药是我们主要的生活内容。我看不到希望的曙光在哪里，但，我一直沐浴在母爱中，这使我有了活下去的力量和勇气。

行笔至此，我又想起了母亲，泪水再次模糊了我的眼睛……

# 第十章　捉笔涂鸦

## 一

残腿限制了我的自由，使我生活的天地局限在小院之中。拐杖与我为伴，我的视野之内仅有一方蓝天、几株椿树、泡桐、刺槐，还有一棵歪脖子柿树。太阳只有在中午才肯落脚，小鸟不时飞来，却又飞走，不肯和我做伴。这样的生活能比囚犯好到哪里去？

我终日郁郁寡欢，心情苦闷，夜不能眠，噩梦不断。我不懂哲学，对哲学也不感兴趣，可我终日躺在土炕上还是思考着"死还是活"这个命题。我无数次问自己：人活着有什么意义？我现在这个样子，生活都不能自理，活着且不说什么意义，还有什么意思？这个问题还有一种问法：我为什么不去死？这样问也是太锥心了！

西方有终极三问：我是谁？我从哪里来？我到哪里去？没人能回答得了。

人生的意义到底是什么？不光我这么问，可能地球人都在追问。有多少人，就会有多少答案，最终谁都可能实现不了自己理想化的目标。

不要追求什么意义，也不要问为什么活着。活着，就是意义。可活着真是太难太难了，难道死就容易吗？

我有过很多次寻死的想法，可我深深地明白，我是母亲唯一的精神寄托和希望，有我在，母亲的寄托和希望就在；倘若没有我，母亲就没了一切。为了母亲，再苦再难我也得活下去。

可问题又来了，该怎么样活着？

我在想，上苍没有让我摔死，那就是不让我死，既然这样，为什么要去死呢？尼采说过："就算人生是幕悲剧，我们也要有声有色地去演，不要失掉悲剧的壮丽和快慰。"哲学家的话很有道理，那就活吧，不但要活下去，还得想法好好活下去，最好能努力地给生命涂抹上亮丽的颜色。

怎么个活法？总不能饱食终日，无所事事吧？

我靠着被子坐在窗前翻看一本书，打发难熬的病床生活，也只有看看书才能使我寂寞苦痛的心得到一些慰藉。眼睛累了，我便会把目光投向窗外。院子的角落有棵歪脖子柿树，身体健康时我从没有注意到它的存在，如今，它一览无余地扑进我的眼帘。它的躯干疙疙瘩瘩、千疮百孔，只留下半边粗糙龟裂的皮，支撑着歪歪扭扭的树枝，一副丑陋不堪的模样。一阵萧瑟的秋风刮起，不多的几片枯叶便飘飘落下。我呆呆地凝望着枝头的最后一片黄叶，它顽强地挂在枝头，却又可怜地、瑟瑟地抖着。最终，还是无可奈何地落下了……

我的心猛地一寒，眼眶竟然滚出冰冷的泪珠。我可怜小歪树，但更多是在为自己哭泣。

秋后是冬。寒流接踵而来，凛冽的朔风像无数根皮鞭抽打着大地，大地在颤抖，院里飞起一片黄尘，小歪树光秃秃的树枝求援似的伸向天穹，在寒风中发出痛苦的哀号。

我的心缩成了一团，真担心小歪树会被寒风折断。然而，它并没有倒下。

下雪了，院里披上了银装。小歪树的树枝被积雪压成了一张弯弓，随时都有折断的可能。我的心不禁又悬了起来，真怕它会冻死。整整一个冬季，我都在为小歪树担惊受怕。我已经完全把它的命运和我的命运联系在一起了。

初春的阳光洒进小院，压在小歪树上的积雪和冰凌融化了，悄悄滴入春泥。一阵春风吹来，轻轻地拂动着小歪树，它欢快地摇曳着，抖动着一身的轻松。我提着的心放下了，长长地吁了一口气。

一场春雨过后，小歪树歪歪扭扭的树枝迎来了早晨的第一束阳光。我惊喜地发现枝头有一抹绿色。

"呵，它活着！"我情不自禁地呼喊起来，只觉得眼睛发潮，但这是欣喜激动的珍珠！

再后来，小歪树枝头的那抹绿色愈来愈浓，愈来愈大，终于充满了我整个视野。

坦白说，小歪树的这点绿色是微不足道的，但它以它渺小却又顽强的生命点缀了我荒凉寂寞没有生机的窗口，给了我一个绿的追求、绿的希望。

小歪树的生命燃烧起来了，燃成了绿色的烈焰，燃成了一片执着的追求，燃成了一篇赞美生命的辉煌诗章！

我眼前的蓝天又出现了，还有那绿色的希冀、追求和向往。

再往后，我能拄着拐杖下床在院子里走动了。我蹒跚地来到小歪树跟前，抚摸着它那饱经磨难的躯干，仰望着它那歪歪扭扭却郁郁葱葱的树枝，感慨万千，心潮难平……

我终于明白了，不要把生命轻易地交给命运之神，即使已遭不幸，也要有一副硬铮铮的脊梁，也要保持复活的希望！

二

病床生活是难熬的，最大的痛苦是寂寞。所幸那时公社（乡镇）的有线广播进了户，一天播放三次，或报道时事新闻，或唱歌唱戏，或讲故事，还放音乐，使我寂寞的小屋一下子变得热闹起来。炕头上方的小喇叭一响起，我便迎来了一天最开心的时刻。我想，我可能是公社广播站最忠实的听众。也是在这个时候，我觉得自己不能再虚度光阴了，我不想也不愿苟延残喘地活着，我应该做点什么事，可现在我这个样子又能做什么呢？

对门的发小放学回来和我谝闲传，他读高中，说学校现在分文理科班，他数理化不行，报了文科班，说着便拿出作文本让我看，说是他写的小说。我很快就看完了，我不知道他写的是不是小说，其实我也弄不明白什么是小说。我暗自思忖，这么写的话我也能写，也许比他写得还好。

我动了涂鸦的念头，开始在纸上涂起鸦来。

少年时代我从没想过将来去当作家。当然我也有理想，也可以称为梦想。上小学时，"理想"这个概念很模糊，我只有在老师布置的作文《我的理想》中瞎写一通，什么长大后当解放军、工程师、运动员，甚至教授、专家等。上中学时，我的理想日渐清晰，但很不专一。譬如学校开运动会，我的高中同学在运动场上大显身手，且赢得众多女生的青睐，我便在心里暗暗下决心：将来做一名运动健将。晚上看电影《英雄虎胆》时，我便立即换了理想：将来争取做个电影明星。第二天梦醒，自思"做电影明星"这个理想简直就是痴人说梦，比登天还难，遂又放弃。

其实，父母也给我想好了前程——做公家的事，吃大白蒸馍，咥肥肉片片。父母是从饥荒年代走过来的，他们的理想就是能吃饱肚子，但一生都未能实现，遂把希望都寄托到孩子身上。确切地讲，父亲是想让我当个医生，或者去教书。父亲为我规划这样的前程是有原因的。儿时我体弱多病，父亲抱着我四处求医，一来他看够了人的眉高眼低，二来也看到了医生这个职业很受人尊敬，三来认为医生干的是积德行善的事，因此，他希望儿子最好能做个医生。父亲之所以看中教师这个职业，是因为他的一位表弟是个教书先生，很受人尊敬；再者，那时农村的文化人很少，稍通文墨的人都被乡亲们高看一眼，教书先生自然更是人上人了。

医生悬壶济世、救死扶伤，教师开蒙启智、答疑解惑，从古到今这两个职业都是崇高的职业，可如今，医德和师德都丧失得不成样子，此处不说也罢。应该说父亲是很有眼光的，但我却不看好这两个职业，也是有原因的。我幼年多病，常去医院，不是吃药就是打针，闹得我看见穿白大褂的就躲，对医生一直是敬而远之；乡村教师对学生要求很严，一天到晚板着脸，动不动就用教鞭敲头打手，我不喜欢这个职业。高中毕业后，我们大队支书曾说村里小学缺一位教师，问我愿不愿意去教书，我婉拒了。后来回想起来，这是我人生选择中的一个重大失误，倘若我去当民办教师，我的命运肯定会被改写。

我还有个理想是当兵，这可能是那个年代所有男性青少年都有过的理想。可我是独子，那时国家的政策是征兵不征独子，我今生注定与当兵无缘。我只有好好读书，争取上大学，跳出农门。然而，世间之事十之八九难遂心愿。我的心胸还是比较开阔的，也想得开，觉得当农民也无所谓，我家祖祖辈辈都是农民，下地种田我也是子承父业。如今，命运之神把我打进了地狱，连下地种田都成了妄想。可我得活下去呀，哪怕是爬，也要爬出地狱！

三

多年后，我出版了几部长篇小说，且有作品被搬上荧屏。常有记者和朋友问我是怎样走上文学之路的，启蒙之师是谁，我的答复是：被命运逼上梁山。其实，我骨子里还是有文学情结的，譬如，我打小就爱听说书，逛会赶集时，我时常站在摇麻糖会摊子前就不肯挪步，皆因摇麻糖会那人的那张嘴太能说。一次我去赶集，母亲让我顺便打点煤油。我听了一上午摇麻糖会，竟然提着空瓶子回家，挨了母亲一顿骂。

在这里很有必要说说家乡的摇麻糖会，这是一个十分热闹的游戏，老少皆宜。所谓摇麻糖会，就是卖麻糖的想出的一种推销麻糖的办法。卖主（大伙儿称为"摇会的"）站在凳子上，一手拿着十二支竹签，一手拿着骰子碗，先把十二支签都卖出去，十一支签每支卖一根麻糖钱，另一支签称"状元签"，卖两根麻糖钱。把买签叫"抽签"，买到签就取得"摇碗碗"的资格。买"状元签"者，摇碗碗时，骰子的底面和上面哪一面点数大，算哪一面有效，最后十二人中谁摇的点数最大，十二根麻糖就归谁所得。大伙儿都想撞运气吃麻糖，所以卖麻糖的生意很红火。不过搞这种营生的人要伶牙俐齿能说会道，善于在耍笑中做买卖。摇麻糖会已成为集会的一道亮丽风景线，逢集必有，引得赶集的乡亲团团围住，常常把街道堵得水泄不通。摇会的一边摇着手中的骰子碗，一边说唱，插科打诨，现场发挥，一番说唱词十分有趣。摇会的说唱词究竟有多大魅力，其实用言语难说清，我凭记忆抄录了其中一段：

大街十字当中站，

麻糖（麻花）像椽摞成山。

各位乡亲快来看，

要吃麻糖请抽签。

要抽签，快抽签，

我把抽签表一翻。

一毛钱，值狗屁，

置不了庄子买不了地，

不如来摇麻糖会，

吃上一饱好看戏。

抽签本是为了耍，

输输赢赢没有啥。

你若抽了我的签，

一辈子是个福蛋蛋。
你若不抽我的签，
枉在人世转一圈。


麻糖香，麻糖甜，
想吃就来抽支签。
麻糖油，麻糖脆，
你不要嫌我麻糖贵。
自从盘古开天地，
谁来抽签我都给。
老汉抽了我的签，
乐得胡子翘上天。
老婆子抽了我的签，
媳妇孝顺听使唤。
小伙抽了我的签，
娶下媳妇赛貂蝉。
姑娘娃抽了我的签，
荷花出水没弹嫌。
媳妇子抽了我的签，
两口子好得比胶黏。
娃娃抽了我的签，
灵醒勤快乖蛋蛋。
先生抽了我的签，
教出的学生能做官。
秀才抽了我的签，
上京赶考中状元。

当官的抽了我的签，

连升三级往上蹿。

大夫抽了我的签，

药到病除活神仙。

庄稼汉抽了我的签，

一亩地里打八石。

商人抽了我的签，

一日能挣三千三。

脚户抽了我的签，

一夜能翻十架山。

放羊娃抽了我的签，

羊羔下得挤破圈。

养猪的抽了我的签，

猪脊背长成案板板。

养鸡的抽了我的签，

鸡蛋下得拿笼担。

看牛的抽了我的签，

牛如猛虎下了山。

说了这边说那边，

你走北，他走南，

见了麻糖嘴发馋。

你东来，他西往，

见了麻糖涎水淌。

陈世美没抽我的签，

铜铡之下把命断。

秦香莲摇了十八点，

敢把公主下眼观。

包拯抽了一支签，

为民除害有肝胆。

梁山伯，祝英台，

七仙女抽签下凡来。

白娘子为抽我的签，

千难万险寻许仙。

前朝古代暂莫谝，

各位还是快抽签。

就看谁的运气好，

来抽这支状元签。

……

村里有个小伙，他爹托人给他说了门亲，与女方约好在集市上见面，可这位老兄听摇麻糖会的说唱入了迷，竟然把约会的事忘到了爪哇国，回到家被他爹拿着棍子追得满街跑，传为笑话。

又扯远了，还是说我吧。

我的文学启蒙之师是谁？我仔细回忆，我最初得到的文学熏陶来自饲养室的土炕。20世纪60年代，父亲是生产队的饲养员，每到冬季我都去饲养室跟父亲睡。那年月不仅粮食短缺，柴火也短缺，家里的炕因缺少柴火烧，每到后半夜就冰冷如铁。母亲为了不让我挨冻，每晚让父亲带着我去睡饲养室的炕。

我们这里有句俗话："饲养室的炕，热不到背墙（炕栏墙，有一尺多高）上不算炕。"生产队的饲养室不缺柴烧，槽底牲口吃剩的麦草秸就是取之不尽的烧炕柴火，而牛粪更是烧炕的燃料。炕烧得太热需降降温，于是就铲一锨湿牛粪压压火，可火大无湿柴，不大会儿工夫湿牛粪就被烘干了，点燃了，更大的火又在烧炕，炕烧得烙屁股，只好另想办法。给席子下支木板，还是烙得坐不住，只好挪屁股坐在背墙上。我清楚地记得，有一次斜对门的何大哥晚上来饲养室蹭热炕，他上了年纪，怕冷，父亲让他睡在火道口，他睡得舒服，也睡得太死，第二天早上起来，发现屁股上烙了个指头肚大的水泡。

每到冬季，村里的男性社员都到饲养室去蹭热炕，还有娱乐活动——听说书。那年月没有什么娱乐活动，公社的放映队每两个月才来一次，冬季的夜晚又那么长，怎么熬过？于是，生产队的饲养室就成了大伙儿的"精神家园"。说是"精神家园"，其实就是听说书。老一辈的父老乡亲几乎都没读过书，这并不等于他们没有文化。打小受秦腔的熏陶，他们中很多人都能把秦汉隋唐的演义故事讲得头头是道。我的本家六哥、七哥都有说书的本领。最受欢迎的要数五老汉，听他说书比吃肉喝酒还要解馋。五老汉长着络腮胡，他的络腮胡特别葳蕤茂密，吃饭总是在胡子中找嘴，人送外号——毛老五。别看毛老五长得五大三粗，他可是我们村的知识分子，能说全本的《三国演义》《隋唐演义》《七侠五义》《岳飞传》《杨家将》。年少的我曾经有个理想——长大做个说书人。我有这个理想是有原因的。每晚，炕中央最热乎的地方得给毛老五留着，说到紧要关头毛老五就会站起身来，边说边比画，唾沫星子从毛胡子中飞出来，四处乱溅："上打天花盖顶，下打古树盘根，左打青龙摆尾，右打怪蟒翻身，前打黑虎掏心……"更多的时候他要卖个关子，不往下说，这时就有人递烟倒茶。吃上一锅烟喝过一壶茶，他才接着往下说。何七哥最爱听说书，每每毛老五卖关子，何七哥就赶紧献殷勤，递烟倒茶。背地里他给人说，他老丈人来他家他也没这么献过殷勤。

父亲是饲养员时，我几乎天天晚上蹭热炕，也就有了更多的听别人说书的机会。天长日久，也许就在我心底埋下了一颗种子，一旦有时机，就可能发芽。

这世上没有白走的路，走的路多了阅历就多了。有句话说得好："读万卷书，不如行万里路。"在你想不到未来的时候，在你看不见的方向，走着走着就会看到一丝光明，其实是你播下的种子在悄悄生根发芽，也许有一天，它们会长成一片森林的。

# 四

我不自量力地拿起了笔。原以为这条路不怎么难走，可动起笔来才知山有虎，且是步步有"虎"。投出去的稿件被退了回来，这在我的意料之中，我也知道不可能一下水就捉住鱼。可退的次数多了，我就有些沮丧。我明白自己的短板，读书太少；拿起笔来，更知书到用时方恨少。我一直生活在农村，视野狭窄，读的书太少太少；且孤陋寡闻，上中学时荒废了学业，刚刚步入社会又惨遭不幸。有语云："多读书，方能举目千里；常读书，才能洗涤灵魂。"这话说得实在，我得从头做起，补上读书少的短板。

于是，我托同学和朋友给我找些书来读。时间充裕，而朋友找来的书有限，我就翻来覆去地读。我逮着什么书就读什么书，把地理、历史课本和《动物学》都翻烂了，连一本《电工作法》也不放过。在那个年代，真正能让人感兴趣的书，说实在话，还是浩然的《艳阳天》，尽管现在有人把它说得一无是处。

渐渐地，我读出了味道，读出了意境，读上了瘾，自觉胸中天地小，书中乾坤大。待到后来，我觉得读书乃人生一大快事，可以使人在做事和做人方面获得启迪，可以让人活得通透，不再空虚。人生苦短，幸亏有了书，人类的认知才有所提高，见闻才有所增长。没有书籍的人生，如同没有窗户的房舍。倘若世间没有书，倘若我不识字，我真不知道该怎样活下去。我不敢去深想这个问题，只是庆幸我识得字，更庆幸世间有读不完的书。

有人曾多次劝我学佛信教，还有人送给我一本《圣经》，希望我能成为上帝的门徒。我背诵过《寿生经》，读过《金刚经》，也断断续续读了《圣经》，也曾去教堂听过神父布道。但我终究是个俗人，悟性也不够，最终没有成为佛门弟子，也没有成为上帝的门徒。可我在读经中明白了一个道理：人生在世应常怀感恩之心，有悲悯情怀；应该宽人律己，不做恶事，不恶言伤人，当与人为善。开卷有益由此也可见一斑。

我自知山高水远的生活不再属于我，因此更想以读书的方式来弥补自己脚力的不足。一次偶然的机会，我得到了一本残缺不全的《钢铁是怎样炼成的》。书的封皮没了，后边缺了不知多少页，纸质发黄，两个角都卷了起来，还好扉页残存，留着书名。

我最早读这本书是上初中一年级时。记得是同桌拿来了这本书，我一看书名就讥笑同桌："咋的，想当炼钢工人？"同桌说："炼啥钢，是本小说，你看看，挺吸引人的。"我便仔细读了，果然吸引人，记住了保尔·柯察金，这个苏联乌克兰人的名字。我后来还看过连环画版，不过也是看热闹。此时此刻我躺在病床上重读这本书，有种别样滋味在心头。一口气读完这本书，书未掩卷，我早已热泪盈眶。

"人最宝贵的东西是生命，生命对于每个人来说只有一次。人的一生应当这样度过：当他回首往事的时候，不因虚度年华而悔恨，也不因碌碌无为而羞耻。"我把保尔这句名言郑重地写在笔记本上，作为自己的座右铭。

再后来，一位朋友在西北农学院图书馆给我借了一本《真正的人》（又译《无脚飞行员》），作者是鲍里斯·波列伏依。这本书描写了苏联卫国战争初期，歼击机驾驶员阿列克谢·梅列西耶夫在空战中双腿受伤，十八天后他爬行回到自己的营地，但从此失去了双足。失去了双足，意味着酷爱飞行事业的阿列克谢将永远告别蓝天，因而他对生活失去了信心。

后来在同病室的一个老布尔什维克的鼓励下，阿列克谢立志成为一个真正的苏维埃人。他以钢铁般的意志，经过长期艰苦训练，终于灵活运用假腿，重返歼击机队，在卫国战争中立下卓绝功勋。

保尔和阿列克谢无疑都是英雄，我怎么能和他们相比，也不敢与他们相比。但我可以以他们为楷模，他们的精神我可以学习啊！我虽然身体残疾了，可与他们相比我还是很幸运的，他们能干的事我也可以学着干呀，为什么不呢？

我的生命走入了黑夜，黑夜里没有火炬，我只有点燃自己，才有可能走出至暗。毛毛虫可以破茧为蝶，我觉得我自己就是一只毛毛虫。

梦想还是要有的，万一实现了呢！

# 五

我拿起笔来，又一次冲锋。

迎接我的依然是失败！

困难又接踵而来，"鸡屁股银行"远远支付不起我养伤的花费和我们母子的生活费。为了生活下去，我学会了玉米皮编织手艺。我编，母亲用针缝制。一个茶杯垫两毛钱，一个椅垫一块五毛钱，供销社大量收购，说是出口赚外汇。我们母子没黑没明地干，总算有点收入可以糊口。

有朋友建议我学家电修理技术，说是收入会更高一些。可叹的是家里拿不出买一套修理工具的钱，也无师可拜。还有好心人让我学习裁缝或修鞋手艺，可我的腿动不了，就是手艺高超，谁会来我家修鞋、做衣服？如今虽然时过境迁，但昔日艰苦的生活，至今回忆起来还让我心酸。值得庆幸的是，我始终没有放弃坚守的信念，我被自己最初的选择诱惑着。冥冥之中我似乎看到遥远的地方有一点希望之光在闪烁，我便奋力朝那个方向跋涉。

起初，母亲不知道我要干什么，我也没有告诉她我要干什么。我知道文路极其艰难，成功的希望十分渺茫，我不愿让母亲再一次失望。

渐渐地，母亲从我和一些同学、朋友的谈话中知道了我所要干的事情。写东西仅需要笔墨纸张，可家里困难得连这些东西都买不起。母亲为此很难过。后来，不知母亲向谁借了点儿钱，买了廉价的包装纸，裁得整整齐齐，默默地放在我面前，眼里流露出不安和歉意。

我想对母亲说些什么，却喉咙哽塞，鼻子发酸，什么也说不出来。

文路崎岖，而我涉世不深、阅历浅，加之水平太低，迎接我的自然是失败。我寄出的稿子接二连三地被退了回来。每当乡邮递员送来我的信件，母亲总是眼巴巴地望着我，问道："信上咋说的？还要你写吗？"

我对母亲做着笑脸，说："信上说我还行，还要我写。"

这话是安慰母亲，也是安慰我自己。

时间长了，母亲不再问我了，从我的情绪上她就知道了稿子的结局。每当我收到一封退稿信，母亲就默不作声地给我做点儿可口的饭菜。

母亲的鼓励尽在无言之中！

1980年8月的一天，我突然收到一本第8期《陕西青年》杂志。我很是纳闷，是不是我的文章发表了？我打开杂志就看目录，却怎么也找不见我的名字，仔细翻看杂志，终于在补白处找到了我的这篇文章《香瓜》，这篇寓言不足四百字。我很清楚这算不上真正意义上的作品，况且只有区区四百字。尽管如此，我还是十分激动兴奋，我写的东西终于变成了铅字，印在了杂志上！

随后，我收到了四块钱的稿酬。这也是母亲在世时唯一一次看到我的劳动成果。区区四块钱，现在有谁会把它放在眼里？可当时我兴奋异常，似乎在黑夜中看到了远处的亮光，其实母亲比我更高兴。这四块钱如同给我打了一针强心剂，我力量倍增，夜以继日地写！写！写！

母亲省吃俭用，给我买了台"葵花"牌收音机。收音机把我带进了更广阔的天地，给我寂寞的病床生活带来了极大的乐趣。家事、国事、天下事，歌声、戏声、音乐声，尽在一只巴掌大的小匣子里。收音机不仅给了我乐趣，更是开阔了我的视野，增长了我的知识。俗话说"秀才不出门，全知天下事"。我现在是躺在病床上，也知天下事。听收音机经常使我忘了吃饭和睡觉。人生在世，不管潦倒到了什么地步，都应该尽可能干点力所能及的事。这应该是一种精神吧。

有道是："鸡有鸡路，鸭有鸭路，螺丝没路，只有拧着往前走。"我就是一枚螺丝，只能拧着往前走。此时此刻，我似乎从地狱之门的缝隙中看到了一线希望。希望是世界上最美好的东西，能使你调动起生命的全部力量而为之奋斗。

遵照医嘱，我每天拄着双拐在小院里坚持六到八个小时的功能锻炼，读书写作只能在晚上和雨天。夏日的夜晚天气闷热，蚊子成群，我趴在小木柜支成的桌上爬格子，用书本当扇子轰赶蚊子。房子已经老旧，墙皮斑驳，单薄的木板门上挂着一块百衲衣一般的门帘，冬季朔风凛冽，我裹着被子蜷缩在土炕上挑灯夜读。每年冬季电力供应不足，我们这里经常停电，一盏用墨水瓶改装的煤油灯挂在墙壁，灯苗如豆，闪闪烁烁，照亮巴掌大的一块地方。煤油灯熏黑了我的鼻孔，烧焦了我的头发。真是夜夜桌前灯如昼，谁怜书生白发生。

我用残疾之躯抖动着生命的旗帜，腿不能走路就用手和脑去追。

自我们出生的那一刻起，死神就同我们签约，没人可以违约。每个人的最终结局相同，但生命的过程却截然不同。我明白了一个道理，一个人肢体残障了并不可悲，最可悲的是精神残废。人生在世，是要有一点精神的，我希望自己不是一个可悲的人。

我是我们村乃至全公社邮件最多的人。虽说乡邮递员换了好几茬，可他们无一例外地都记住了我。我的邮件遍布全国各地，如果月球或者火星有编辑部，那肯定就会有我的邮件。寄出去的稿子旅行了一圈又回到了我的陋室。屡战屡败，屡败屡战。习作几载，废稿纸塞了几麻袋，退稿单积了一大沓，却没有一个字变成铅字，我只是成了名副其实的退稿单收藏家，我坚强的心也开始脆弱了。把失败焊接成梯子并不难，可这个梯子能否伸到成功的高地？我开始怀疑自己这条路是否走对了。可我如今这个身体状况又能干什么呢？还是硬着头皮往下走吧。生活很苦很艰辛，但只有走下去、活下去，才会有转机。生活艰苦，除了坚强，别无选择。"人应该有力量，揪着自己的头发把自己从泥地里拔起来。"这话说得好，我得有勇气和信心！

失败和挫折教训了我，使我发热的头脑冷静下来。我知道欲速则不达，便开始认真读书，苦苦思索，寻找失败的原因。残腿把我限制得太死，让我无法和外界接触，我必须扬长避短，写自己熟悉的生活。我熟悉什么呢？医院、病榻，这就是我这几年的全部生活。

彷徨中我又鼓起余勇，做再次的拼搏。

# 第十一章　骨肉情深

## 一

　　一缕阳光从窗口射进来，给小屋带来些许温暖。我靠在被子上翻看一本杂志，母亲进屋来喜滋滋地对我说："林娃，你妈来了。"

　　我抬眼一看，母亲身后跟随着我的生母，心里顿时就是一颤，一时不知说啥才好，只是呆呆地看着她们。后来我才知道，生母是母亲特意请来的。那段时光母亲千方百计为我寻找精神力量，安抚我萎靡灰暗的情绪，希望我能挺起来，好好地活下去。

　　家族中六嫂的娘家在生母那个村子，母亲让她带话给我的生母，请生母来劝慰劝慰我。生母生了九个男孩，在乡人们眼里是个福命人。母亲现在完全成了虔诚的佛教徒，她想依靠我生母的"福命"来拯救我。此前，母亲从不在我面前提及生母那边的人和事。我完全能理解她，她一把屎一把尿把儿子抚养成人，怎愿意把儿子送进另一个女人的怀抱？尽管那个女人是儿子的生母。可在儿子危难之时，我的母亲却做出了常人做不到的事。母亲让我的六嫂去请我的生母，一定是做过痛苦的思想斗争，也一定受到了炼狱般的煎熬，最终做出了选择。在母亲的心中，儿子就是她的"命"，为了儿子她愿意奉献出一切。

　　我的生母生下我三天便把我送人，但这不能怨她，我也从没怨恨过她。她生养了十一个儿女，九男两女，把五个男孩都送人了。20世纪40年代到70年代是中国最贫穷的时期，我是她老人家的第六个孩子，此前由生父做主，把老三和老四都过继给同村同族的他的两个兄弟。我出生了，又是个男孩，我的父母（我不愿说他们是我的养父养母）抱养了我。我曾多次想过，十一个儿女如果都挤在生母身边，她拿什么养活？那个年代缺医少药，如果染上什么不好的病，能不能存活都很难说。送人还可以让儿子有条生路，有个好归宿，事实也是如此。再说了，把儿子送不送人她也做不了主，还有公婆和丈夫。

迄今我写了好几百万字的作品，只有一次在文章中提到了她，也是匆匆带过。是怨恨她吗？我说过了，我从没怨恨过她，真的，从没怨恨过，而且非常理解她那时的难处。那何以吝啬笔墨？生下三天就离开了她，对我来说她完全是一个陌生人，我不知该写她点儿啥，如此而已。

记得第一次见到她是在20世纪70年代初，那时我上高中，一天放学回到家，见一位与母亲年龄相仿的"大姨"坐在炕边正和母亲说话，母亲给我说："这是你妈。"我当时心里猛地一震，看了一眼那位"大姨"，她正在用目光上上下下打量我，我脸红了一下，就垂下了头。我至今不明白我为啥要脸红，虽然我自小怕见生人，可她是生人吗？她是，我从没见过她。此前我已经从别人口里知道我是母亲抱养的，但我从没问过母亲。

我上小学的时候，隐隐约约地听见几个同学在背后指戳咕哝，说我是要来的娃。最初我没在意，后来上中学了，一位族兄神秘兮兮地给我说："你是要来的娃，本来我爹妈要把我兄弟给你家，你爹妈嫌是一个村的，怕孩子长大后知道了不孝敬他们，后来就要了你。"我当时心里很不是滋味，真想骂他一声："胡说八道！"可我明白他不是胡说八道。我扭头走了，把秘密藏进肚里。其实，我是不愿相信这个事实。再后来我也在心里想过：我的亲生父母是谁？他们在哪里？为什么要把我送人？

这些问题应该去问谁？

此时此刻，生母来了，正上下打量着我，她身边还带着一个七八岁的女孩，是她的小女儿，也在看着我。这一刻我很是惶然失措。为何惶然失措？因为我没一点儿思想准备。

母亲让我喊"妈"，可我没叫，我叫不出口。母亲责怪我不懂礼数，生母说怪不得我，她脸上笑着，却抹了一下眼睛。

母亲笑着诉说着当年抱养我的经过，生母在一旁抹着眼睛……

这是我与生母第一次见面。

此时见到生母，我已经受伤致残了。我呆眼看着她，她老多了，一身黑衣黑裤，面色黑红，额头、眼角布满了皱纹。她也看着我，眼里似乎有泪光。

母亲催促我："林娃，叫你妈呀。"

我张了一下口，却没叫出声。我不愿把我母亲以外的任何女人叫妈，而且当着我母亲的面，尽管这个女人是我的生母。生母笑了笑，问我的伤情。她问一句，我回答一句，没有多余的话。她不善言辞，也不知该怎么样安慰我，只是坐在我的床跟前呆呆地看着我，眼神里充满悲哀和无奈。那一刻我感觉有泪水要涌出眼眶，我把头侧过去，不让她看见我眼里的泪光。

太阳西斜，生母要走了。我还是没叫她一声"妈"。

母亲送她回来给我说："你妈哭了……"说着母亲也眼圈红了，赶紧抹了一下眼睛。我明白生母流泪不是怨我不叫她"妈"，我想象得出，两位母亲肯定在屋外无声地大哭了一场，她们是为我流泪，可又不愿当我的面流泪，怕惹我伤心。

我心如锥刺了一般痛，又不得不强忍着把泪水吞进肚里。我也不能让母亲看见我的泪水。

母亲去世后，生母又一次来家探望我，我便开口叫了"妈"。她布满沧桑的脸上绽开了笑容。但我心里十分清楚，如果母亲在世，我是不会叫生母"妈"的，这是对母亲的大不敬。我始终是这样认为的。

夜深人静之时，我不能成眠，开始自我反省。我在问：她生我是为了什么？我母亲养育我又为了什么？母亲和她谁对我恩情大？谁对我更重要？

谁能回答我？

我当然知道，母亲十月怀胎一朝分娩，甚或涉险挣扎在生死线上，以自己生命为代价，在血水与万般痛苦中完成了一个新生命的降生仪式。每个孩子都是母亲身上掉下的肉，且是以那种决绝的方式。故民间有"人生人，吓死人"之说。生母给了我生命，我怎么感恩都是无以回报的，何况我没做过对她感恩的事。对她，我永远怀着深深的内疚和自责。

可我的父母亲把仅仅出生三天的我养育成人，付出的代价谁能算出来？这样说吧，今生今世没有我的父母就没有我，他们的养育之恩深似海，重于山！有道是：羊有跪乳之恩，鸦有反哺之义。禽兽尚且如此，作为有意识、情感和思想的人，父母养我育我，为我奉献了一生，可我又回报过什么呢？每每念及，我心如锥刺，泪如雨下……

# 二

众多兄弟中，与我感情最深厚的是八弟岁仓。我受伤的那一年春节，他就来看望我。此后，他与我常来常往。他有瓦工手艺，我家里许多活儿都是他干的。自家兄弟，我从没对他说过"谢"字。

那年我在西安住院治疗褥疮，岁仓弟陪了我一个多月。春节到了，嫂子给我说："过年了，咱们去给老人拜个年吧。"我先是一愣，随后明白嫂子说的"老人"是谁，就摇头。嫂子说我："你咋是个这，岁仓兄弟待你这么好，咱不应该去给老人拜个年？我知道你心里是咋想的，可咱爸咱妈都不在了，他们就是你的老人。再者说，知道的人会说是你不愿去，不知道的人以为我不让你去，说我不近人情。"

嫂子这么说，我就不能不去了。

我刚出院不久，春节家里来客特别多。拖到元宵节，我和嫂子才去给生父生母拜年，路上我对嫂子说："咱迟了半个月。"嫂子笑着说："迟了就迟了，总比不去好。"

那个村子距我们村十五六里地，叫任家堡，一条狭长的南北向沟道，沟道两边就是村落。生父生母家在沟道东边，坐东面西。进了门，是个小院，再往里是个千金院子。何谓千金院子？就是"地坑院"。20世纪70年代以前，关中北部一带几乎村村都有地坑院，平地挖一个大坑，修上坡道，在坑的四周挖上窑洞，直白地说就是穴居。穴居的人家几乎都是十分贫穷的人家，无财力造屋，只能挖坑打洞栖身。把地坑院美其名曰"千金院子"，令人感觉金贵、大气，不得不叹服先人们的才智。

我是第一次到生父家，第一次见到生父。他年过花甲，中等身材，清癯的脸庞，留着山羊胡子，身子骨很硬朗。他看到我笑了一下，说："你来了。"我笑了笑，没有叫他"爹"，只是"嗯"了一声。我和生母是见过面的，她跟嫂子热情地打招呼，满脸带笑地看着我。

进了他们住的窑洞，我举目四顾。窑洞不大，但很温暖，一盘火炕靠着窑门，一柜一凳，柜盖上放着热水瓶、茶缸等杂物。窑壁发黑，是烟熏火燎所致，但打扫得干净。这孔窑有上百年了吧？我的母亲就是在我出生三天后来到这孔窑洞把我抱回家的吧？我想象着当年的情景……

嫂子见我走神，推了我一把。我醒悟过来，说着拜年的话。

午饭是嫂子跟生母一起做的。饭后我们坐在一起拉家常。生父说几个儿子都搬到沟道上面去了，都盖了小二楼，要他们去住，他恋旧，舍不下冬暖夏凉的窑洞。是的，现在的日子好多了，据我所知，其他几个兄弟都住上了小二楼，可二三十年前，大伙儿都挤在这个千金院子。我曾在心里多次发问：为什么要把我送人？此时此刻，面对这个阴暗低矮的窑洞，我找到了答案。这样的家境能养活十一个子女吗？

之后，生父生日，我和嫂子去祝寿。这是我首次与几位兄弟相聚，大伙儿似乎都很高兴，说说笑笑。当时，生父生母都搬到了君仓五哥家里住。饭后，我到几个兄弟家都坐了坐，忽然发现我走到哪家，生父就跟着我到哪家，似乎有话对我说，但啥也没说。

太阳西斜，我和嫂子与生父他们告辞。一家人送我们出了村口，嫂子让大伙儿回去，可生父没有回，一直把我们送到大路上。大路距村子有一里多地，嫂子见生父不回，给我使眼色，让我劝劝。我说："你回吧，天太冷，风也大，当心冻着了。"生父这才站住了脚，对嫂子说："你是个好人，你是个好人……"嫂子照料我的生活，他想表达他的感谢，可只是车轱辘似的说着这句话。

我和嫂子走了好远，嫂子忽然对我说："你爹还在那里站着。"

我扭过头去看，只见生父还站在那里，似乎是一尊雕塑，朝这边呆呆地看着。我顿时觉得鼻子直发酸，眼里有液体涌出……

回首往事，我心生懊悔。现在我能做到的就是永远记住他们的姓名。生父名叫任生海，乳名"海娃"；生母名叫张玉梅，乳名"够够"。

# 三

丙寅年春节如期而至。

正月初三上午，几位兄弟来看望我，这让我很是意外。其中一位是陌生人，携妻带女。八弟给我介绍："这是永仓哥、嫂子和女儿玥玥，春节前他们一家从北京回来，今儿个特地来看看你。"

永仓兄四十出头，面容清癯，一脸笑容地看着我；嫂子相貌端庄秀丽，和颜悦色；他们的女儿有八九岁，有着城里孩子的气质和聪慧。我看着他们一家，没有一丝惊喜，甚至有点漠然。我望着陌生的他们默然无语。永仓兄十分关切地询问我的病情。他问一句，我答一句，我们之间没有多余的话语。

永仓兄看出了我的淡漠，坐在我的床前，拉着我的手说："我是这次回家才知道有你这个弟弟。你别怨恨父母，他们当年把你送人是出于无奈。再说，我们兄弟众多，家境贫寒，都挤在父母跟前不见得就比现在好，只是你的命运太不幸……"他说着说着声音哽咽，眼里闪出泪光。

众兄弟凄然无语。

其实，我早已知道这个在北京工作的哥哥。我受伤的那年春节，八弟岁仓来看望我，给我说了许多生父生母家里的情况。永仓兄和我命运一样，自小被生父生母送了人。此时此刻，这番话出自他的口比出自其他兄弟的口中更能打动我的心，但我没有流泪。

前文说过，生父生母养育了十一个子女——九男两女，家中留下了老大、老二、老五和老八，以及两个妹妹。永仓兄是老三，送给本村同宗的一个叔父抚养；老四发存兄也是如此，送给本村同宗的叔父抚养；我是老六；老七、老九与我命运相同。那时生父家境贫寒，根本无力养活这么多孩子，正如永仓兄所说，如果都挤在一起，并不见得比现在好。老大和老二虽然读了点儿书，但未完成学业就当了工人；老五和老八只读了初中，以务农为生；老三永仓兄很是幸运，在养父家读完了中学，考上了中专，被分配到北京工作，还做了工程师；老七和老九的家境都很富裕，日子过得红红火火。其实我的家境也很不错，甚至比他们都好，只是命运不青睐我。

听着兄弟们闲谈，我很少开口，心里五味杂陈。

"有啥困难就给我写信。"永仓兄把他的地址留给了我。我点头应从，但在心中决定决不给他添麻烦。他可能也从我的神情中看出了这一点。

他带着相机，想让我和众兄弟合张影留作纪念，但因我刚做过第二次手术，身体太虚，连床都下不了，只好作罢，真是遗恨终生！

临别时，永仓兄要了我的一张照片。那张照片还是1984年我被吸收为陕西省作家协会（以下简称陕西省作协）会员时，为办会员证照的，已经有点儿不像我了，他却十分珍惜地夹在他的工作证里，装进贴身衣袋。

永仓兄走后不到半个月，五哥君仓突然来家，用背篓背来了一台电视机，说是永仓兄给我买的，路不好，他怕用架子车拉颠坏了机子，就用背篓背来了。我看着汗水濡湿衣衫的君仓哥，又看看电视机，既惊喜又感动。

这台电视机是"海燕"牌，十四寸，黑白机。君仓哥说，永仓哥花了三百元从一位朋友那里买的，虽说是二手货，可跟新的一样。20世纪80年代的三百元不是个小数目啊，我知道永仓兄的工资微薄，一家人在京城过得很清苦，手头并不宽裕。这台电视机可能要花掉他三四个月的工资吧。

我摸着电视机喃喃地说："买这个干啥，这么贵的……"

君仓哥擦着汗说："永仓哥说你搞创作，腿脚不方便，信息闭塞，困难太大。有台电视机可以开阔你的视野，增长你的知识，启发你的思路。再者说，你烦了闷了，看看也能开开心。"

此前，我只有一台晶体管收音机。人的欲望常常是无止境的，尽管家境贫寒，可我心中埋藏着得陇望蜀的欲望，时常在想：收音机要是能变成又能听又能看的玩意儿，那该多好啊。1984年，在西农大工作的外甥去日本学习，回来时带了一台彩电，二姐拉来让我看了一个多月。二姐家那时家境困难，外甥后来把那台彩电卖了补贴家用。之后，我一直渴望着能有台电视机。

现在我终于有了电视机！知我者，兄长也！

我久久地抚摸着电视机，如同紧紧地握住永仓兄的手一样，喉咙哽咽得说不出话来。那一刻，我感受到了手足之情的温暖。我没有理由不接受他对我的馈赠和帮助。

从此，电视机成了我最亲密的伙伴，它使我开阔了视野，增长了知识，让我看到了我以前从未看过的东西，让我蜗居的思想冲出农家小屋，飞翔在广阔的天空。

那年月，农村人家很少有电视机，所以每到晚饭时分，乡亲们都端着饭碗来我家看电视。我的家人就把电视机搬到院子和大伙儿共享这快乐的时光。虽然收视效果不好，有时甚至是"雪花"满天飘，但大伙儿还是看得津津有味。那其乐融融的景象至今回忆起来还令人倍感温馨。

我意识到那天不该对永仓兄态度冷漠，便给他写了一封长信，诉说了我当时的心情，并说我一点儿也不怨恨生身父母。这都是心里话。尽管我后来受伤致残，许多人都说我若在生母身边就不会有此灾难，但我从没这样想过。我父母的养育之恩天高地厚，我是怎么也报答不完的。我受伤致残是我的冒失和犟脾气造成的，父母何罪之有！

我还写了很多。但永仓兄没有给我回信，他可能对我那天冷漠的态度有怨尤吧！

此后，我没有再写信给永仓兄。直到有一天，岁仓弟突然来家告诉我，说永仓兄患肝病，现在住了医院，他准备去北京看望。听此消息，我十分震惊，当即写了一封信，让他带给永仓兄。他走后，我默默向上苍祈祷，保佑永仓兄早日康复。

我也曾想，永仓兄在京城工作，就是身患重病也不会有啥事的。北京有那么多的大医院，那么多的名大夫，还能治不好他的病？

不久，岁仓弟返家，说永仓兄已经出院回家，只是身体还没有完全康复。由于身体太虚弱，永仓兄没有带信给我，只是捎话给我，说他的病不要紧，让我不必挂念。岁仓弟还告诉我，永仓兄患肝病已多年，工作繁忙，又不注意身体，以致病情日渐严重。这次是肝硬化引起的腹水，他住院做了手术，现在情况已大有好转。

我的心宽了许多，当即给永仓兄写了一封信，并寄去我新近发表的一篇散文，希望能给他带去一点儿欢乐和安慰。不几天，我收到了他的回信。信很长，满满五大页，洋洋几千言，一片深深的手足之情溢满字里行间。信中说他是在病榻上写写停停、停停写写，花了一整天时间才写完这封长信。他在信中对他的病情只是轻描淡写，而更多的是关心我。

他在信中说，他过去没有给我写信是他的不对。他心里很想给我写信，但想法太多。他还说，他和我都是从小被别人抱养的，养父养母把我们都视为己出，爱如掌上明珠，为我们吃够了苦受尽了累。他们不愿我们和生父生母家有来往，这是完全可以理解的。我们应该更爱养父养母。

泪水涌出了我眼眶。永仓兄说的这些话正是我心中要说的话！

他在信中还说，他一直把我挂在心上，说我给他的那张照片他一直夹在工作证里，随身携带，有空就拿出来瞧瞧。他说，每当他在马路上看见坐轮椅的人就会立刻想到我。他说，不知为什么我俩虽只见过一面，但他却对我产生了一种特殊的感情，也许是我俩的命运有相同之处吧。

他又说，那年回到家里，看见兄弟们都已娶妻生子，住进新瓦房，各家都热热闹闹地在酝酿着搬家盖楼房的事，而我却住在一间矮小的旧瓦房里，夏不能避暑，冬不能御寒，又因腿残，整天被禁锢在这小小的天地里，他于心何忍！

读着他的信，我泪水潸然。我不是哭自己不幸的命运、贫寒的生活，而是被他一片血浓于水的骨肉之情感动。

此后，永仓兄的病时好时坏。北京亚运会期间我收到了他的一封信及一沓照片。照片中他明显消瘦了，但精神尚好。他和女儿玥玥的合影令我动情。孩子偎在他胸前，他搂着孩子的肩，消瘦的脸上溢满慈祥的微笑，一片父女深情尽在其中。嫂子和玥玥的合影也照得不错，那是他的杰作吧？看到他一家人幸福欢乐，我悬着的心完全放下了。

忽一日，我收到北京的一封来信，信皮上地址是永仓兄的，字迹却不是他的。我的心头顿感不祥。以往的信都是永仓兄亲笔所写，怎么这封信变了笔迹？我拆开信，方知是嫂子写的。她告诉我永仓兄的病又复发了，住进了医院，前几日竟昏倒在厕所里！嫂子又说，医生找她谈过永仓兄的病情，但对永仓兄的病已觉无能为力，看来情况很不好。嫂子最后说，是否告诉父母和其他兄弟，让我酌情处理。

看罢信，我呆住了，脑子里一片空白。我只知道永仓兄得的病很不好，也曾和岁仓弟说过他今生可能不会长寿的，但怎么也没料到他的病情竟这么快就恶化了！老天爷这是怎么了？

好半天，我灵醒了过来，急慌慌地把嫂子的信给君仓哥和岁仓弟他们送去，要他们先瞒住父母。第二日清晨，他们俩便心急火燎地登上了开往北京的火车，也带走我这颗焦虑的心。

不几天，君仓哥返回家，告诉我永仓兄的病情稳定了下来。医院不留陪人，永仓兄家住房逼仄，他不便久留，只留下岁仓弟作陪。我的心稍稍放了下来。可岁仓弟却迟迟不归，也没有书信寄来。我的心又悬了起来，便写信去询问永仓兄的病情，但仍不见信来。

一夜，我做了个梦，梦见岁仓弟从北京归来，见了我一语不发，只是呆呆地望着我。我便从他的眼神里看出永仓兄已经到另一个世界去了。

我做梦很少应验过，那一次却百分之一百地应验了。第二天中午，岁仓弟果然来家，告诉我他昨日从北京返家，随后无语。那黯然的神情竟和我昨夜睡梦中的一模一样！

还用再问吗？一切都明白无误地写在了岁仓弟那张黯然神伤的脸上。我禁不住打了个寒战，浑身一阵发冷。

默然良久，岁仓弟告诉我永仓兄辞世的日期——1991年4月11日，并拿出永仓兄生前用过的半导体收音机送给我。我接过收音机呆呆地望着，泪水夺眶而出……

哥，你曾答应过我回家住一段时间，好好休息休息治治你的病，咱们兄弟欢聚一堂美美谝一谝；你也曾邀我去北京玩，为我做导游，让我可以饱览一下京城的风光。我以为我们兄弟今后相聚的日子很多，怎么也没想到1986年春节的那一次相聚，竟是我俩今生今世见的第一面，也是最后一面！早知这样，那次无论如何我也不该冷淡你。

此刻，我怀着无比悔恨的心情向永仓兄忏悔，不知在天堂的他是否能听到？

好久，我问岁仓弟，永仓兄临终留下什么话没有？

他摇头。

我又问岁仓弟，永仓兄临终时痛苦吗？

岁仓弟说，他最后的时刻一直昏迷不醒。

我再问岁仓弟，永仓兄对自己的大限有预感吗？

岁仓弟说，他一直没说过这方面的话。

是呀，永仓兄才四十四岁，正值英年，怎么会想死这方面的事呢！

然而，他却走了，走得太匆忙，扔下了爱妻娇女，扔下了父母兄弟姊妹，扔下了他所热爱的事业……

每当我夜不能寐时，就会想到永仓兄，想和他说几句心里话，不知他能否听到？

哥，我们曾相约见面秉烛长谈，我朝朝暮暮期盼着这一天。然而，上帝却太不照顾我们，不给我们这个机会。没奈何，我只好把一腔衷肠倾诉笔端，遥寄天国。

你我虽是同胞兄弟，但我们今生今世只见过一面！

哥，你出生于农家，由于家贫，自幼被父母送人。你的养父养母也是农人，家境也很贫寒。他们没有儿女，视你为亲生。你聪颖好学，不甘贫苦，苦读不辍，终以优异的成绩考上了省城的学校，后来又当了工程师，并在世人向往的京城工作。在乡人们的眼里，你一直是个了不起的角色。在兄弟们中你也是佼佼者，给养育你的父母争了气，也为我们争了光。你应该为此感到骄傲和自豪。

哥，你虽然走得太匆忙太急促，却比我幸运。你有一个贤惠的好妻子，一个聪明漂亮的好女儿，一个幸福温暖的家。你在这个世界上是一个平平常常的人，如同一棵小草一样平常。然而，你生活过，工作过，学习过，奋斗过；爱过人，也被人爱过。你做过你能做的一切。你没有虚度此生。

哥，你爱过的父亲、母亲、妻子、女儿、兄弟姐妹、同事、朋友，他们永远爱着你，不会忘记你！

哥，我说的这些话你听到了吗？

安息吧，哥！

# 第十二章　我的母亲

## 一

母亲的身世对我而言一直是个谜。对于青年时代的母亲以及母亲娘家的亲友，我知道得少之又少。

母亲生于1914年农历二月初六，她的娘家在泾阳县王桥镇屈家村——泾河岸边的一个普通村子。母亲曾对我说过，她的父亲排行老七，人称"韩老七"，在当地很有名。母亲说，她娘家家道殷实，有几十亩地，拴着一挂车（硬轱辘大车），农忙时节还雇着短工。那地方出产棉花，她家每年都种二十多亩棉花。可能因此，外婆给三个女儿起名金桃、银桃、碧桃。母亲是老大，叫金桃。到了秋季，棉花收获了，她们姊妹三个每天晚上都要熬夜剥棉花，熬得眼睛都困得睁不开，可外爷还不许她们睡觉。财东家的千金小姐为何远嫁到河南洛阳？我没有问过母亲，母亲也没有说，只是偶尔说过日本飞机轰炸洛阳时她钻过防空洞。

母亲是个有故事的人，可她从没把她的故事给我和两个姐姐说过。从她偶尔透露出的只言片语中我猜想过，父亲应该是母亲的第三任丈夫。父亲成过一次家，前妻因病亡故。父亲是怎样和母亲结为夫妻的，没人跟我说过；母亲又是怎样从泾阳嫁到了洛阳，又怎样从洛阳来到了杨陵，我不知道，也没人给我说起。母亲去世后，这成为永远的谜。为此，我很是恨自己。

1972年暑假（那年我上高二），母亲的堂弟——我的二舅来看望母亲。二舅说外爷年事已高，很是想念母亲，言外之意想让母亲回娘家看看。母亲说家里走不开，她走了没人给我做饭，让我代她去看望外爷，也好认认门，她百年之后我也就知道舅家门朝哪搭开着。两天后我随二舅去了母亲的娘家。

我和二舅先坐火车到咸阳，在咸阳倒去泾阳县城的汽车。汽车一路往北，途中二舅带我下了车。我看着道路两旁空旷的田野很是纳闷，这里前不着村后不着店，怎么在这里下车？二舅看出我的心思，说先去我二姨家，下了这道塬，再走三里地就到了。

二姨家在礼泉县烽火村。烽火村那时很有名气，大队书记是当时的礼泉县委书记王保京，他是当时树立的典型，在陕西如同山西大寨的陈永贵。烽火村距外爷家只有四五里地，但隔着一条泾河。二姨来过我家多次，她的小儿子小我一岁。二姨见到我十分高兴，让二舅先回，非要留我在她家住下。

烽火村果然是模范村，梯田层层，庄稼长势喜人，有果园，有菜园，还有村办的工厂，令人羡慕。当时还是陕西文坛新秀的贾平凹、邹志安都在这里蹲过点体验生活，这都是后话。

在二姨家住了两天，姨表哥王忠成带我走了几家亲戚，第三天才带我去了与烽火村一河之隔的外爷家——屈家村。我见到了母亲的父亲——我的外爷。外爷见到我就格外高兴，那时他已经七十出头，话不多，看我总是笑眯眯的，十分慈祥。这是我第一次也是最后一次见到外爷。外婆还不老。听母亲说，她母亲很早就去世了，现在的外婆是外爷后娶的，比我母亲还小一岁。母亲姊妹三人，在烽火村的是二姨，我的小姨不到三十岁就病逝了。舅舅是现在外婆的儿子，是个木匠，三十出头。外爷让舅舅带我去十里外的北屯看泾河大桥。那时的泾河大桥在当地是个宏伟的建筑。

舅舅借了辆自行车，他不会骑，我载着他和六岁的小表妹去看泾河大桥。泾河大桥在我眼里很是一般，但它是沟通泾阳和礼泉的交通要道，而且大桥两边都有集镇，来来往往的车辆和行人有很多，显得很是热闹。

母亲幼年丧母，自然内心很是伤痛，可她从没给我说过她的苦痛。她与那个时代绝大多数的农村女孩一样，缠着足，没有进过学堂读书，尽管她家很富有。她的一生颇为曲折，也太多酸楚。她把这些酸楚深藏在心底，从不外露。

当时我很想问问外爷，母亲是怎样远嫁他乡的。因为我看到泾河岸边的村子都很富裕，村村都有果园、菜园，我的家乡远比不上这里呀。有语云："金周至，银户县；富裕不过泾三原。"泾阳、三原可是关中的白菜心呀！

然而，我没有问外爷，至今我都十分懊悔。

那是我第一次去母亲的娘家——我的外爷家。而我的母亲自打有了我，直到去世都没有再回过娘家。这都是我的罪过呀！

我在外爷家住了三天，临别时外爷让我把他的画像带给母亲。外爷说那张画像是一个画匠给他画的，收了十块钱。画像装在一个小镜框里，我仔细看，画匠的手艺真不错，画得跟照片似的。回到家，我把外爷的画像拿出来给母亲。母亲捧着外爷的画像久久地看着，喃喃地说："爸老了，老了……"眼里泛起了莹莹的泪光。

## 二

人来到这个世界上都有自己的名字，而且绝大多数人的名字还不止一个。

我的父母亲都有两个名字，一个是他们的父母给起的乳名，另一个是他们自己起的名字，也就是所谓的官名，或叫作"大号"，亦叫"大名"。

我知道母亲的名字时已经读初中了。记得那是一个星期六下午，我放学回家刚走到家门口，会计何二哥大声喊我。我走了过去，他给了我两张选民证，一张写着父亲的名字，另一张写着"韩桂英"。我看着那张选民证先是一愣，随即就明白了，这张是母亲的。我急忙环顾四周，赶紧把选民证装进了衣兜。

我从来没听人叫过母亲的大名，长辈称呼她"绪林妈"，平辈人叫她十一嫂，晚辈人称呼她"十一娘"或"十一婶"。母亲的大名只写在户口登记册和选民证上，很少有人知道。成年之后，我常因此而为母亲感到不公。

母亲的乳名叫"金桃"，一个很好听的名字。我是读高中时才知道的。那年收到舅舅的一封来信，抬头的称呼是"金桃姐"。听母亲讲，舅舅读书不多，只是小学毕业。信肯定是舅舅请人代写的，"金桃姐"三个字写得苍劲有力，很见功力，比我的字好多了。我给母亲念信，不知怎的念母亲的名字时我有点口涩，很不好意思，甚至脸都红了。我还偷眼看了一下母亲，母亲兴奋异常，脸上泛起了少女才有的红晕，这是我从没有见过的。

母亲的大名不知是她自己起的，还是别人给她起的，我没问过母亲，母亲也没给我说过，不得而知。中国妇女叫"桂英"的太多太多，我觉得母亲的大名有些俗了，远不如她的乳名好听。

前面说过，母亲的娘家在泾阳。母亲曾无数次地给我讲过她的娘家——泾河岸边的一个村子，土地平展肥沃，泾河水清亮清亮的，河中有小船荡悠悠；每年春、夏、秋三季，河边挤满了浣纱的小媳妇大姑娘，一片欢声笑语，笑声赛过银铃……母亲每每给我说起这些时，脸上就现出甜蜜的笑容，似乎回到了少女时代。我也完全被母亲的情绪感染了，不由得想起了一首歌："一条大河波浪宽，风吹稻花香两岸，我家就在岸上住，听惯了艄公的号子，看惯了船上的白帆……"

后来我去了一趟舅家，舅家是个好地方，但没有母亲给我描述的那么好，这多多少少让我有点失望。

在我的记忆里，母亲没有回过一次娘家。不是母亲不想回娘家，皆因家中贫寒所致。其实杨陵距舅家只有一百多里路，可父母亲辛劳一年却攒不下去舅家的盘缠。每年春节来临之际，母亲都要念叨回娘家看看，可家里的光景实在恓惶，拿不出路费，母亲的希望年年都化为泡影。我上中学那年，母亲信誓旦旦地说："今年无论如何也要回娘家一趟！"她憋足劲儿地纺线，纺完了自家的棉花又给别人纺，一个冬天下来积攒了二十块钱。母亲兴奋地说："春节一过，初二就带你去泾阳舅家。"我便满怀希望地盼着过年。要知道，我长这么大还一次也没去过舅家，不知道舅家的门朝东还是朝西开。听母亲说去舅家要坐火车汽车哩，我还没坐过火车汽车，没有理由不高兴。可到了年底，父亲脸上布满了愁云。生产队年终算账分红，家里只分了十来块钱。父亲为过年发熬煎，"心怀叵测"地打母亲那点儿钱的主意。母亲看到父亲愁眉不展的样子，于心不忍，不等父亲开口就掏出钱来帮父亲度年关。父亲接过母亲的钱几分高兴几分愧疚地说："明年我帮你一块儿攒，咱们一起去泾阳看望老人。"可到了年底，父亲手中还是没钱。年年都这样说，年年都不能成行。

父亲曾多次说，要让母亲光光鲜鲜回一次娘家，母亲也一直盼着这一天。可父亲直到病逝也未能让母亲实现这个心愿。

父亲去世后，我长大成人了，在心中暗暗发誓，一定要让母亲风风光光回一趟娘家。我认为自己有这个能力。可老天爷偏偏不照顾我，高中毕业后的第一年，一场飞来的横祸夺走了我的健康。外爷去世时，舅舅发来一封电报，母亲当时守在我的病床边而未能回娘家奔丧。每每念及此事，我心酸难忍，泪水潸然，痛责自己。我对不起外爷，更对不起母亲。

# 三

那年家里拆了老屋，搬家具时把母亲的纺车也搬了出来。孩子们都说那是个无用之物，要当作劈柴处理，被我拦住了。纺车是祖母留给母亲的，已近百年。掸去蒙在纺车上的尘土，摇把上深深地印着几道手印，那是母亲留下的……

记忆中，母亲一年四季都与纺车相伴。春日里，母亲沐浴在和暖的阳光中，手摇着纺车，轻哼着少女时代的曲儿。夏阳高照，母亲和村里的大娘大婶结伴坐在树荫下纺线，嗡嗡的纺车声伴着母亲她们朗朗的笑语，构成了村里一道绝妙的风景线。秋天阴雨绵绵，母亲坐在门道，纺车从清晨转到黄昏。冬夜漫漫，母亲坐在炕头，伴着父亲一明一灭的烟锅，纺车唱着催眠曲送我进入梦乡……

我儿时瞌睡多，入睡前母亲在油灯下摇纺车。第二天清晨睁开眼睛，看到母亲还在纺线，似乎没动地方，我困惑地问母亲："妈，你没睡？"

母亲眼里布满血丝，面带着慈祥的微笑，说："妈睡咧。"

我又问："我咋没见你睡呢？"

母亲笑着说："妈瞌睡少。"

后来我上学了。每天晚上都是我在油灯下做功课，母亲纺线，我做完功课就看母亲纺线。我觉得母亲太辛苦，就萌发了学纺线的念头。母亲说纺线是女娃娃干的活儿，说啥也不让我学，要我好好念书，还说了一个谜语让我猜："一条绳撂过城，城也转绳也转。"起初我猜不着，后来看母亲纺线，恍然大悟，拍手叫道："纺车！"母亲笑着抚摸着我的头说："我娃真聪明。"

母亲每日忙完家务就摇纺车。母亲说她手慢，一天只能纺三四两线。可母亲纺出的线质量好，又匀又细。那年遭了灾，家里口粮接不上，母亲没黑没明地纺线织布，让父亲拿到北山去换粮。母亲纺的线细，织出的布一尺要比别人的布多换二斤粮哩。度过春荒，母亲累得大病一场。

时光如水，岁月如流。风风雨雨几十年过去了，相伴母亲一生的纺车在岁月的侵蚀下也不再是原来的模样了。看见它我就想起哺育我成人的母亲，想起那个年代一种不灭的精神。

# 四

我高中毕业的那一年，一天，母亲突然对我说："我百年（去世）了，你没有其他亲人，就你两个姐，你们关系要走得（来往、相互照应）好好的。"

我说："妈，你说这话做啥，咱不是啥都好好的。"

母亲笑了一下说："妈不可能陪你一辈子，妈就是希望你们姐弟都好。"

我受伤致残后，母亲再没给我说过这话。但我想得到，她老人家一定给我的两个姐姐说过类似的话。在母亲的心目中，我的位置一直比两个姐姐更重要。后来当我知道自己的身世时，回想母亲对我的恩惠，我泪如雨下……

在这个世界上，我欠母亲的最多，而回报母亲的最少，在母亲临危之时，我又欠下了一笔永远无法偿还的债……

难忘那铭心刻骨的日子——1981年12月2日那天下午，天气阴晦，院子落秃叶子的树枝在凛冽的朔风中发出痛苦的哀鸣，天空也飘起了雪花。我挂着拐杖，在院子活动着麻痹的双腿。母亲在抱柴火。她老人家已年近七旬，又有腿脚疼的老毛病，加之抱的柴火太多，步履蹒跚，颤颤巍巍。看着母亲被寒风吹乱了的一头白发，我心里不知是什么滋味。天要变了，母亲必须赶在下雪之前把晒干的柴火全部抱进屋垛起来。风雪天没柴火烧的罪比饿肚子的罪更难受。母亲虽已是风烛残年，但给儿子的永远是温暖。我望着母亲瘦弱的背影，眼里蒙上了一层泪花，心疼地说："妈，你少抱点儿。"

母亲回头一笑，关切地说："你快进屋吧，院里风太大，当心冻着了。"

我回屋坐下。母亲堆好柴火，看着我冻得发青的脸，疼爱地说："天冷你就早点儿进屋，万一冻着咋得了。"说着，她把火炉往我跟前挪。

我看见母亲的头发完全变白了，脸上的皱纹更密了。她的两只手似乎只剩下了几条青筋，蚯蚓似的盘绕在骨头上，手指似乎也变形了，好像折弯而没有断的树枝。母亲有时看着自己的手，不无自嘲地说："这哪是手指头，简直就是个鸡爪子。"每每听到母亲这种令人辛酸的话，我心中就会涌出一种不能自持的悲痛和深深的自责。

小时候母亲经常给我洗头、洗脚、洗身子，她的手轻轻地抚摸着我的皮肤，是那样细嫩温软，让我感到好惬意好舒服。母亲的手很灵巧，她为我缝衣服，给我做好吃的，无人能及。

母亲的手是什么时候变得如此粗糙了呢？

母亲老了，不仅因岁月的流逝，更多的原因是为儿子操劳过度。

我在心中痛责自己！

母亲使尽全力，刚提起炉子，不料腿一软，"咕咚"一下跪倒在地。我惊叫起来："妈，你咋了？！"

母亲朝我一笑，说了声："没啥。"她挣扎着要站起身，却没站得起。我伸手去拉母亲，不但没拉起，险些也从椅子上跌了下去。

母亲身子斜靠在墙壁上。我慌了，大声喊叫同住一院的桂芳嫂。母亲说："别叫你嫂，我能起……起……"要强了一辈子的母亲想站起身来，可哪里还站得起来。她的嘴角忽然歪斜了，说话语不成句，含糊不清。我惶恐得疾声喊嫂子。

桂芳嫂闻声疾跑出来，把母亲抱到炕上。我扑在母亲身上大声呼喊：

"妈！妈！……"可母亲已经口眼歪斜，不省人事，不能再回答我。

请来的大夫给母亲挂起了吊针。输液瓶中的药液点点滴滴往下滴着，滴着我的希望和祝福。

我给两个姐姐送去信息，她们当即赶回娘家。

我和两个姐姐守护在母亲身边。母亲双目紧闭，脸色蜡黄，要不是胸脯还在微弱起伏，不会有人以为她的生命还在延续。这全是我这个儿子的罪过啊！

这些年来母亲为我吃尽了苦，受尽了艰难，累坏了身子。她的头发由黑变灰，由灰变白，红润的脸膛日渐消瘦憔悴，整齐洁白的牙齿掉得残缺不全，身板也塌了，腰身佝偻起来。可儿子给她了什么呢？想着想着，我的泪水泉涌而出，肆意在面颊流淌。

母亲整整昏迷了两天两夜。到了第三天，母亲的眼睛睁开了。我欣喜万分，却突然发现母亲的双眼黯然无神，失去光泽。我伸手试探了一下，母亲的眼睛竟眨也不眨。

"妈，你的眼睛！"我哭出了声。两个姐姐也成了泪人。

大夫告诉我，母亲患的是脑出血，双目已经失明，右侧身体完全不能动弹了。我恳求大夫一定要治好母亲的病。大夫没说什么，只是给输液瓶加了几样药。

又是两天过去了，母亲的病情毫无转机，时而昏迷，时而清醒。我眼巴巴地望着大夫，盼着他能有起死回生之术。大夫却冷峻地摇着头，说是尽了一切努力。

又过了两天，大夫问我："还用不用药？"

这是什么话！我有点生气地看着大夫。大夫却委婉地告诉我："现在用药是白花钱。老人年纪大了，药物很难奏效。就是药物真的能起作用，也只能保住性命，不会再康复了。"

我惊呆了，怔怔地望着两个姐姐，她们也眼巴巴地看着我，满眼含泪。虽说她们已早我一步知道了母亲的病情，但仍要我这个做儿子的拿主意。我望着还在滴着药液的输液瓶，泪水模糊了眼睛，痛叫一声："妈！"母亲糊里糊涂点了一下头。

看着大夫拔掉扎在母亲胳膊上的针头，我的心一下子就碎了，几乎昏了过去。母亲辛劳一生，为我累成了这个样子，可我这个不孝之子却这样回报她……

第二天黎明时分，母亲的神志突然完全清醒了，能动的左手不停地捶打着土炕和墙壁，嘴里含糊不清地说着什么。我们姐弟仨围在她老人家身边，面面相觑。大姐以为母亲担心没有寿衣，哽咽着说："妈，你是怕没寿衣吧？你摸摸，这是，全都做好了。"她把叠放在母亲身旁的寿衣往母亲手边推了推。

母亲没有摸寿衣，摇摇头，还是捶打土炕和墙壁。

二姐啜泣道："妈，你是怕没材（棺材）吧？你放心，材已经买好了。"

母亲还是摇头。她突然伸出能动的左手要抓什么，嘴里含糊不清地叫着我的名字。我拄着拐俯下身子拉住母亲的手，刚叫了声"妈"，泪水就吞没了我的声音。

母亲紧紧抓住我的手摇着。我完全明白母亲的心思，她老人家是放心不下我呀！

母亲六十八岁了，已是风烛残年。在这个世界上她还留恋什么呢？唯有我这个身有伤残的儿子使她放心不下！

人世间还有什么情感比母爱更伟大、更无私？

这一刻我的心完全碎了。我要叫大夫来，给母亲打针用药，打最好的针，用最好的药！

然而，已经晚了，母亲拉我的手突然松开了，闭上了眼睛。

我悲痛欲绝，呼唤着母亲，母亲却永远不能回答我了。

母亲到另一个世界去了，带着对儿子未来生活的担忧。母亲没有享过一天福，没有歇息过一天。打我受伤致残后，母亲像照顾婴儿似的照顾已是大小伙的我，端吃端喝，擦屎倒尿，熬汤煎药，铺床理被，从没嫌弃过。她的身体累垮了，心力交瘁了，终于倒在辛劳的途中。她老人家本应有一个安乐的晚年，却没有安乐过一天。

　　母亲去世后，亲朋好友来家吊唁，但我对谁也没提起我点头不给母亲用药一事。我把这件事藏在心中，并不是怕别人指责我痛骂我，只是不愿再去回顾。

　　后来有一次，两个姐姐来家和我说起母亲之死，都说母亲年迈体弱，是寿数尽了，对我并无一句抱怨之言，但我心里一直很不安宁。我常常这样想：如果是我病成了那样，母亲能拒绝给我用药吗？不会的，绝对不会的！我受伤致残这么多年，医院已明确表示我的病目前没法治，可母亲却到处找大夫寻偏方，甚至相信巫婆神汉的胡言乱语，找来许多稀奇古怪的药让我吃。我不愿吃，母亲像对娃娃一样哄劝我："再试试，不吃你咋能知道没效果？吃吧，我娃听话……"那份耐心和慈爱令我永生难忘。

　　行笔至此，泪水又一次模糊了我的眼睛，许多年来我一直在心里向母亲做无言的忏悔。我不乞求母亲在天之灵宽恕我，只愿天下的儿子能和天下的母亲情同一心、心同一理。

　　母亲一生没留下一张照片，她病倒后，我和两个姐姐都想到给母亲照张照片。我们请来摄影师，可母亲不省人事，闭着眼睛。虽然照了，但不忍看啊，这是我心中永远的痛！

# 五

　　三十五年后，我代母亲回了一趟娘家。那是在2016年10月初，家里买了车，我和妻子商量，一家人代母亲回了一趟娘家。

一踏上泾阳王桥的土地，我的心就沉重起来。

这片热土是母亲的故乡，承载了母亲的童年、少年和青春的美好时光，母亲在这片热土生活了二十几个春秋。母亲嫁给父亲后只回过一次娘家，那时我还没有出生。如今母亲去世已经三十五年，我终于代母亲回到了她的娘家，圆了母亲的梦，也了却了我心中的夙愿。

我出生前，母亲曾回过一次娘家，可能是在1952年秋季。杨陵距母亲的娘家泾阳县王桥镇屈家村一百四十来里地，说远也不远，说近也不近。可在20世纪50年代初，走这段路对一个缠过足的女人来说，是十分困难的。母亲给我说过，那次走娘家，她和父亲坐火车到咸阳，咸阳到泾阳王桥还没有通汽车，五六十里路靠的是两条腿走，走得她腿疼脚疼腰酸，好几天都缓不过劲儿来。

此时此刻，我的目光透过车窗四处寻觅。车窗外秋庄稼已收获，土地裸露着胸膛，阡陌纵横，通向远方。半个世纪过去，哪条路曾留下过母亲的足迹？哪块田地曾留下母亲的身影？

我心中明白，我的寻觅是徒劳的，但还是心有不甘地寻觅着。

车子随着导航进了舅舅的村子。走进舅舅家，我的心潮翻腾着，满脑子都装着母亲的影子……

舅舅见到我们一家，很是高兴。老人家的话很多，说当下忆往昔。我跟他问起母亲的过往，他知道得并不多，而且都是听外爷说的。从他断断续续的讲述中，我知道母亲的命很苦，有过不幸的遭遇，被人贩子骗到了杨陵，后来嫁给了我的父亲……我的心一阵阵酸疼，但竭力不让伤感的情绪流露出来。今天是个好日子，与舅舅相见我们都很喜悦。母亲泉下有知，一定也很高兴。

舅舅还住着老宅子，但今非昔比，老屋早已拆除，盖起了小二层。舅舅家虽说不是十分富裕，但也不穷，屋子里装着空调，烧的是煤气，日子过得还是很滋润，不比城里人差多少。

舅舅年过七旬，身子骨很硬朗，还能做木工活儿（舅舅是个手艺很不错的木匠）。不幸的是妗子过世了，但表弟和弟妹都很孝顺，把舅舅照顾得很好。表弟如今在外打工，弟妹在家作务几亩田地并照料老小，舅舅干点儿木工活儿补贴家用，舅舅的孙子读中学，学习还可以。父慈子孝，其乐融融。

闲聊时我说舅舅年事已高，不要再干活儿了。弟妹说："劝不住，他就是闲不下。"舅舅说："干了一辈子活儿，闲下来就手痒，也觉得浑身不得劲。"他说着就笑。

我看得出舅舅对他的生活很满足。我知道，农村许多老人都闲不住，不是儿女不孝顺，是秉性使然，一旦闲下来他们就会生病。我以为，顺着老人的心意就是最大的孝顺。

告别舅舅，日斜西天。

我在心中默念：妈，今儿个我代您走了一回娘家，我舅舅身子骨硬朗得很，儿子媳妇很孝顺，一家人和和睦睦，日子过得很滋润，您就放心吧。

这次泾阳之行，了却了我多年的夙愿，使我对母亲的愧疚稍有缓解。

# 第十三章　新的生活

## 一

天像锅底一样墨黑，怒号的西北风像发了疯的野兽，摇撼着树木，敲打着门窗。死神在风魔的掩护下，从门缝溜进来，在漆黑的茅屋里转悠，寻觅着攻击的对象。最后，他那双令人恐惧的眼睛对准了土炕上的生命。

此时此刻，我躺在炕上，盯着土楼顶。

我看见了死神，他就在我身边徘徊，我与他目光对峙。对他，我并不陌生，我们已经打过一次交道，我不仅不觉得恐惧，反而觉得他有几分亲切。

"拥抱我吧，我会使你忘记痛苦和不幸……"一个声音在向我呐喊，带着极大的怂恿，还有几分嘲弄味道。呵，我听出来了，那是死神的声音！难道我已经到了死神的国土？

怎样去死？上吊，抓电线，还是吃安眠药？饱食终日、坐以待毙的日子我不愿去过。窝窝囊囊地活着，不如慷慷慨慨地死去！

我死后会被人当作英雄去称赞的吧？我在想。

我想到前些时候邻村发生了一件轰动乡里的事情——一个小伙子高考落榜，一时想不开寻了短见，村里舆论界纷纷发表评论：

"那娃有志气！"

"屁！给先人丢脸呢！"

"就是，有志气的娃不走那条路。"

"走了那条路就全完了，这娃真瓜（傻）！"

刚听到这个消息时，我十分激动。我真钦佩这位敢于与人世诀别的勇士。没想到乡亲们竟然给这位英雄做出了这样的评价！

此时此刻我该做怎样的选择呢？

母亲走了，我成了没妈的孩子；母爱如天，我的天塌了；母爱如海，我的海枯了。我的生活画卷般卷了起来。母亲走了，我原本灰暗的生活变得一团漆黑。严寒在炎夏降临，十二月的暴风雪在六月天飞旋，积雪的心头又压上了不可消融的冰山，铺满寒霜的小径又覆盖上一层皑皑白雪。

我似乎躺在一条干涸的河床上，听到远处山洪暴发，洪水裹挟着泥石流正在冲着我呼啸而来……

死神再一次向我发出邀请，我不得不再一次考虑生与死这个问题。

最早明白自己活着，是看到一个死者之后。

死者是邻居二婶。母亲和她很要好，常带我上她家去玩。二婶很和蔼，脸上一天到晚挂着慈祥的微笑。后来有一次母亲带我去她家，她却没像往常那样盘腿坐在炕上，而是躺在脚底支起的门板上，穿戴一新，脸上蒙着一张黄纸。她的家人围在一旁痛哭流涕，母亲也坐在地上大放悲声。当时我吓傻了，不知发生了什么事。回到家我问母亲二婶怎么了，母亲说，二婶死了。我问母亲，什么是死了？母亲说，死了就是不能干啥了，不能说话、不能走路、不能吃饭，啥也不能了。那一刻我突然明白过来自己是活着的，顿时也恐惧起来，真怕自己也像二婶一样死去。

那一年我五岁。

真正认识"死"是在我十七岁那年。那年冬季父亲身染沉疴，我用架子车拉着父亲去镇上的医院求医。车到医院，我和同去的叔伯兄长搀扶父亲下了车子，踏上医院门诊部的台阶，正走着，父亲的身子突然往下溜，我和兄长急忙架起父亲，大声呼唤。父亲却紧闭双目，再也不能回答我了。抢救的医生对我说："你父亲殁了。"我惊呆了，我从来没想过父亲会死。父亲体魄强健，英英武武一条汉子，风风雨雨几十年，我很少见他吃药打针，怎么会突然死呢？人的生命竟然如此脆弱，瞬间就结束了！

父亲撒手人寰，家庭的重担落在了我稚嫩的肩上。短短的四年时间，我深深体验到了人活着的不易。刚受伤时，我惊恐至极，弄不明白自己是死了还是活着。当我知道今生今世可能永远不会再站起来时，眼前的一切成了灰色，灰色的天灰色的地，连太阳也成了灰色的。我躺在土炕上，呆望着土楼板思考着问题：我为什么还活着，为什么不去死？

一个人在舞厅和舞伴翩翩起舞时，或在星级宾馆的餐桌上大吃大喝时，绝对不会去想"为什么活着"或"为什么不去死"这样的问题，只有在命运的汪洋中翻了船，才会固执地去想这样的问题。我被这样的问题困扰了多年，却找不到答案。后来我看了一本气功文学（实际上是一本小说），书中肯定地认为人有前世和来生。我非常兴奋，真希望有前世和来生。前世我是什么倒也无所谓了，今生今世我已经倒霉透顶了，我寄托希望的是来生，但愿来生能有好运。我真想尽快结束今生，跑步进入来生，却一直下不了决心。

死，是所有人的最终归宿，也是最容易做到的事（只要你愿意做）；活着却不容易，尽管每个生者都活着。有人说过，寻死是弱者的行为。我不愿做弱者，于是，我就活着，尽管我活得很不痛快。有母亲在，我还有活下去的勇气，现在母亲去了天国，我还能活下去吗？有道是："父母在，人生尚有来处；父母去，人生只剩归途。"真的是这样吗？我不甘心啊！我还很年轻，我不想死，我想活下去！

可未来的路在哪里？

"嗞啦"一声，一根火柴划着了，点亮了油灯，屋里一下子充满了光亮。我转动眼珠，是桂芳嫂，她是伯父的大儿媳，我们同住一个院子。我受伤以来她给了我们母子太多的帮助。此时我心如死灰，只是呆眼看着她。她默默地把两个灌满热水的葡萄糖瓶子装在布袋里塞进我的被窝，一股暖流顿时传遍了我的全身，两颗不听话的泪珠滚出了我的眼角。

嫂子给我掖了掖被角，柔声说："兄弟，再甭胡思乱想了，谁在世上还没个三灾六难？咱娘殁了还有我们哩，只要有我们吃的就把你饿不下。你不要熬煎忧愁，放宽心地活人。"没有客套虚伪的劝慰，她用朴朴实实的话语掏出了一颗善良、真诚、热情的心。在这个黑夜，它点燃了我的信念，也让我看到了人性之光——原来同情和怜悯是如此温暖、美丽和璀璨。我将要死去的心得到了温暖和慰藉，泪水又一次涌出了眼眶，这是感激的热泪啊！

我读过史铁生的《我与地坛》，其中有这样的句子："死是一件不必急于求成的事，死是一个必然会降临的节日。"我就想，既然"必然会降临"，为什么要去"急于求成"？人世间还有人性之光照耀着我，温暖着我，我要好好地活下去！

二

心复活了，眼睛也想看点儿东西。一日，我偶得一本杂志，上面有篇介绍台湾女作家杏林子的文章，一下子就抓住了我的心。

杏林子的故乡在扶风县杏林镇，距我的家乡也就二十里地。不用拉近乎，她和我是乡党。我的这位乡党比我更不幸，十二岁时便患上了类风湿性关节炎，腿不能行，肩不能动，手不能弯，头不能转，甚至连牙都不能咬，终生与轮椅为伴，且一直受着病痛的折磨，但她却用微笑迎接着残酷的人生。她在方格里施展自己的才华，写出了许多精美的文章，1980年被评为"台湾十大杰出女青年"。

她在一篇题为《喜乐的心》的文章中写道："二十多年来，我发现唯有一种药对我最有帮助，有百利而无一害，就是《圣经》上说的'喜乐的心，乃是良药'。心境开朗，笑口常开，能吃就吃，能睡就睡，不胡思乱想，不疑神疑鬼，凡事感恩，喜乐无穷。有了这剂'良药'，包你能起死回生，延年益寿哩！况且这药一毛钱都不花，何乐而不试试？"

再三品读这段文字，只觉得茅塞顿开。命运使然，何必终日对天长叹、怨天尤人？我应该拿出点信心和勇气来去吃吃杏林子开的这剂"药"，看看效果如何。何况这"药"正如杏林子所说，一毛钱都不花，就算没有效果，经济上也于我无损。

我开始面对残酷无情的现实，竭尽全力使自己的胸怀开阔起来，去拥抱对我来说并不美好的生活，用双拐支撑着残腿去走完坎坷的人生道路。

此前我听到过关于我的闲言碎语：

"他那个样子能写出个啥名堂，也就是打发时间而已。"

"听说发表过作品的。"

"那是人家编辑见他可怜，照顾他呢。"

"唉，也是的，怪可怜的……"

这些闲言碎语真的很锥心，常常令我痛苦难挨。吃了杏林子的"药"，我不再为那些谈及我的闲言碎语而悲哀伤感，不再无缘无故地寻烦恼和不痛快。即使一些恶意中伤的话语传进我的耳朵，我也能一笑了之。我生出这样的怪想法：如果一个人不被人说长道短，那么这个人是不是活得有点儿窝囊？我倒希望有人能常谈论我，倘若不被人谈论，那就被人遗忘了，被人遗忘才是最大的悲哀。

我自知山高水远的生活不再属于我了，只能在不大的天地里蹒跚学步。怎么拓宽自己狭小的"天地"呢？我想：只有多读书。古语云："书犹药也，善读之可以医愚。"我便拜书本为师，以医治自己的愚笨。

# 三

新的生活开始了。

嫂子如母亲一般照料着我的生活，每天将三顿饭送到我手中，还有一天两次的绑支架，让我活动麻痹的双腿。我享受着家人一般的温暖，心中唯有感激。

春天到了，阳光清澈明媚，把温暖尽情地挥洒。小屋却见不上阳光，散发着一股潮湿的霉味。我望着窗外，吸着鼻子，嗅着阳光的味道。这时嫂子进屋来，笑着说："兄弟，出去晒晒太阳吧。"

我是多么希望能得到太阳的温暖啊！可腿动弹不得，怎么出去？

嫂子弯下腰，把脊背对着我："我背你出去。"

这怎么行？母亲在世时经常背我到院子晒太阳，可那是母亲！

见我不动窝，嫂子打趣说："咋的，怕我摔了你？"

我还是不肯动窝，嫂子拉下脸说："咱娘能背你，我就背不得你？放麻利点！"

我趴在嫂子结实的背上，泪水模糊了眼睛……

1982年，农村实行了土地承包制，贫困中的乡亲们看到了新的希望，充满着信心奔小康。兄嫂一家分了八亩责任田，嫂子每天忙完家务，还要去责任田劳作。

一天，嫂子准备去责任田作务棉花，突然对我说："我拉你去地里看看吧，现在村子变化可大了，你不是写文章吗，整天窝在家里能写个啥。"

自从伤残了双腿，七年了，我一直被禁锢在家里，很想看看村里村外的变化。可嫂子已经为我付出了很多很多，我怎么能给她再添麻烦？我直摇头。嫂子看出我的心思，笑着说："你坐在架子车上，我拉你去，很便当的事。这几年村里村外变化很大，你出去看看吧，就当是解闷哩。"她不容我分说，把我抱上了架子车。

嫂子拉着我行走在田间路上。七年了，我又走出了家门，只觉得眼睛不够用。刚下过一场雨，天很蓝，云很白，树很绿，庄稼碧翠一片，一切是那么陌生而又那么熟悉。闭眼吐纳，只觉得空气都异常清新。

"兄弟，出来转转啊！"有人跟我打招呼，是七嫂。她是个热心肠，跟嫂子关系很好，母亲在世时，常来家里帮母亲干活儿，挑水呀，磨面呀。

"别整天窝在家里，出来转转多好啊。"七嫂冲我笑着。

我笑着点头。

忽然，远处有人唱眉户剧《梁秋燕》：

> 菜子花儿黄，菜子花儿香；
>
> 豌豆叶儿肥，豌豆叶儿胖；
>
> 肥胖胖，绿汪汪，黄浪浪浪喷喷香，
>
> 再也不怕遭年荒。
>
> ……

有人笑喊："唱得嫽！再来一段！"

田地里响起一片笑声，嫂子和七嫂也笑着。我跟着笑，喃喃自语："活着真好啊！"

从田地里回来的晚上，我彻夜难眠，思绪万千……命运既然跌到了低谷，我唯有鼓起勇气才能走出生命的至暗之途。已经选择了爬格子的道路，半途而废岂不惹人失笑？

我再次鼓起勇气，拿起了笔。

皇天不负苦心人，我的处女作《小提琴手》在《宝鸡文学》1982年第4期上刊发了，这虽然是一份内刊小报，可还是让我激动不已。1980年在《陕西青年》刊发的那篇寓言只有四百字，这个短篇超过了三千字，是个"大作品"啊！

随后，我的短篇小说《不发光的珍珠》在1982年第6期《陕西青年》上发表了，这可是正儿八经的刊物，据说发行量还很大。手捧着散发着油墨香的刊物，我笑了，笑得有点失态，可以说很傻。

不久，我收到了十八块钱的稿酬，我要给嫂子买件衣服，嫂子却不肯，执意要给我打个写字桌。嫂子说："你那个板柜面坑坑洼洼的，写不成字。咱家有木头，请个匠人，三天就打好了。"

嫂子办事麻利，第二天就请来了木匠。坐在崭新的写字桌前，我抚摸着光滑的桌面，心里五味杂陈。

# 四

我深知，《陕西青年》是综合性刊物，在那上面刊发文章算不得真正发表作品。我瞄准了省内几家文学杂志作为突破口，屡战屡败，屡败屡战。

一日，乡邮递员送来了一个牛皮纸袋信件，我一看就知道又是退稿，心里不禁一凉。打开一看，果然是退稿，却还有两本稿纸，往日千篇一律的铅印退稿单却没有出现，代之的是一封编辑亲手写的信，字里行间充满了鼓励和关切，并希望我不要气馁，要持之以恒，坚持不懈地努力。署名：商子雍。

我虽居偏僻小村，孤陋寡闻，但是对"商子雍"这个名字却十分熟悉。我在许多报刊上读过他的文章，没想到他在《长安》杂志做编辑，而且亲自给我这个初学写作者写了一封信。我又惊又喜，那封信犹如一桶汽油浇在我的心头，使我渐熄的心火又熊熊燃烧起来。我奋力再战，一有新作就寄给商老师。

1982年9月的一天，我正在屋里爬格子，忽听有人问话："这是贺绪林的家吗？"我抬头一看，屋门口站着一位陌生的中年人，含笑看着我。我疑惑地看着他，点了一下头。他笑着说："我是商子雍，给你写过信。"说着，他伸出手向我走来。我急忙握住他的手，一时竟不知说什么才好，只是傻笑。

商老师跟我想象中的差不多，戴着眼镜，中等身材，文质彬彬，风度翩翩，一身的书卷气。商老师说，编辑部委托他来看看我，并告诉我，我的两篇小说将在第12期《长安》杂志上刊发。我惊喜万分。我的作品终于登上了正儿八经的文学刊物，一个在布满荆棘的道路上跋涉的人终于看到了希望的曙光。我一时激动无语，只是紧紧地握着商老师的手。

商老师详细地询问了我受伤致残的经过及现时的处境，我一一作答。他热情地鼓励我，中肯地指出我创作上的得失，并殷切地告诫我要坚持写自己所熟悉的生活。

1982年年底我收到了第12期《长安》杂志，上面不仅刊发了我的两篇小说，还刊载了商老师一篇介绍我的文章——《在逆境中奋飞》。手捧着散发着墨香的刊物，我真想大声呼喊，可嗓子眼发涩，只觉得眼睛发潮……

我似乎看到一颗流星从天上划过，黑沉沉的夜幕上闪过一道亮光。

时隔不久，商老师又写了篇介绍我的文章——《贺绪林素描》，发表在1984年第4期《陕西青年》上，向社会介绍我。

后来，在陕西省文学艺术界联合会（以下简称陕西省文联）和陕西省作协召开的几次创作会上，我都见到了商老师。每次见面，商老师都给予我热情的鼓励。

1998年冬季，陕西电视台《周末俱乐部》栏目"文坛光点"版块为我制作了一期专题节目。制作节目之前，编导魏含章来家采访我，问及在创作上谁都对我有过帮助，我说到了商老师和赵熙老师。再后，魏编导打电话告诉我，他们将聘请商老师做此次节目的嘉宾主持。得知此消息，我十分高兴。

制作节目时，我又一次见到了商老师。商老师一点儿也不显老，依然风度翩翩。更让我感到惊奇和敬佩的是，在摄像机前商老师侃侃而谈，声情并茂，挥洒自如，再次把我介绍给更多的观众和读者，那水平完全可以与电视台知名主持人相媲美。

回首往事，我有说不出的辛酸和苦恼，也有道不尽的欢欣和喜悦，但最让我感到欣慰的是，当我在人生的路口徘徊之时，是商老师最先向我伸出援手，扶我上战马，使我下定决心在文路上坚定不移地走下去。为此，我常怀感恩之心。

2010年，在"陕西著名作家走进杨凌"的采风活动中，我有幸忝列采风团中，再次见到了商老师。他步履稳健，红光满面，精神矍铄，风度不减当年，完全不像是年近七旬的老人。闲谈中，我提到他过去对我的帮助，他淡然一笑，说道："那是一个文学编辑的职责，也是应该做的事，不值一提。"话虽是这么说，可有多少人能真正做到这一点？

两天的采风活动很快就结束了，分手时商老师握着我的手关切地叮嘱，要我多保重身体。我又一次被感动了。在这里，我衷心地祝愿商老师笔力遒健，宝刀不老，健康长寿！

## 五

1982年秋季，我写了一部反映残障人同疾病抗争的中篇小说《生活之树常绿》，四万余字。写完后我很茫然，不知该往哪家刊物投稿。是时，我手头恰有一本新出的《当代》杂志，顺手查出地址，便贸然寄出。

半年过去，没有消息。我以为稿子寄丢了，要不就是又被"枪毙"了。就在我完全丧失希望之时，乡邮递员送来一封北京的挂号信件。我一瞧是大信封，知道又是退稿，心里顿时拔凉拔凉的。大信封被我扔在桌子上，我都不敢去看，抱着头坐在桌前发呆，脑子里一片空白。

不知过了多久，我把手伸向了信封。不管咋的也得看看呀。

我慢慢拆开信封，果然是退稿，但附着一封长信。我急忙看信，第一遍竟然没看明白。我又慢慢地看，一个字一个字地看，激动兴奋得心跳如鼓。信中对我的习作给予了充分肯定，但嫌不足，提出了许多中肯的意见，让我修改之后尽快寄去。信尾署名：《当代》编辑部。

我欣喜若狂，深深地呼了一口气，那一刻我觉得我是这个世界上最快乐的人。

刻不容缓，我当即按照编辑老师提出的修改意见动笔改稿。三天改完，我立即寄出。半个月过后，我又收到退稿及信件，信中说，改稿虽有进步，但并不理想，并再三告诫：认真修改，不可操之过急，欲速则不达。从笔迹看，两封信出于同一人之手。

怎样才能改得令编辑满意？我心中茫然，无从下笔。文路崎岖，无人指津，苦恼烦躁之中我冒昧写了一封信，说明我的情况和处境，请求编辑部能派位老师来帮我改稿。信寄出后，我就为自己荒唐的想法而后悔。这样非分的要求编辑部怎么能答应！

万万没有想到，两周后，《当代》编辑部的何启治老师突然来到我家。

那是1983年6月中旬的一个午后，艳阳高照，天气燥热。我正在午休，乡友喊我，说是有人找我。我刚坐起身，两位中年人就进了家门。其中一位是县文化馆的同志，他给我介绍："这位是《当代》杂志的何启治老师，他是专程来看望你的。"我又惊又喜，握着何老师的手激动得连话都不会说。

何老师四十出头的年纪，中等身材，戴一副眼镜，面带微笑，平易近人，没有一点儿大编辑的架子。何老师说我寄给他的信他收到了，刚好他来陕西组稿，就顺便来看看我，还说编辑部的老师都向我问好。何老师又说，两封信都是他写的，稿子很有基础，但还存在着一些问题，说着他拿出稿子谈起了修改意见。显然他已经把稿子看了好多遍，意见中肯而具体，且把需要修改的地方都用红笔勾画了出来。他说，小说不是报告文学，不要拘泥于真人真事，可以展开想象的翅膀来虚构，但要虚构得合情合理……（原话我已记不大清楚，大意如此。）我茅塞顿开，大有"听君一席话，胜读十年书"之感。不知不觉一个多小时过去了，何老师起身告辞。我很想挽留他住一宿，再聆听聆听他的教诲，但我知道他是个大忙人，在西安还有许多事情要办，而且我的茅舍实在太寒碜，不便留客。

临别之时，何老师握着我的手说："小贺，别气馁，鼓起勇气重新生活，我会尽全力帮你一把的。"我的眼睛发潮，喉咙发涩，什么话也说不出来，只是紧紧地握着何老师的手……

此后不久，我的中篇小说《生活之树常绿》刊发在1983年《当代》第2期增刊（《新人新作专号》）上。何老师给我寄了五本样刊，还有一沓未装订的单篇。我翻到目录，看到了我的名字。我用手指轻轻地摩挲着，突然想哭。万里征程终于迈出了第一步！

再后来，何老师陆陆续续给我寄来许多书刊，并多次写信鼓励我，希望我在文学创作道路上坚定不移地走下去。

何老师在我最危难之时坚定了我的信念，他在我心中如同神一样地存在着。

我原本是个活泼不甘寂寞的人，伤病让我失去了自由，近十年我几乎没有迈出家中的小院。那时没有电视，更别说电脑啥的，加之农村的信息十分闭塞，我觉得自己变成了井底之蛙，头顶永远只是院子上空那片天。我渴望有朝一日走出囚困自己的那间屋子。

《生活之树常绿》发表一个月之后，我收到了稿酬——三百八十元。活了三十年，这是我最大的一笔收入，拿钱的时候我还有点儿不相信这钱是我的。我跟嫂子商量这笔钱怎么用。我说给家里人都买件衣服吧。嫂子说："给你买辆手摇轮椅车，我在杨陵街道上见过腿脚不便利的人坐着摇，很方便的。"我说："我听你的。"

于是，我用这笔稿酬让在西农大工作的外甥给我买了辆手摇轮椅车。杨陵没有货，外甥托人在西安买。外甥送来手摇轮椅车那天，一家人都很高兴，我更是无比兴奋。从那以后，我可以自己出去转一转，呼吸着家里以外的新鲜空气，见闻着家里看不到的事物。

我常常回忆起这件事，感慨万千。那时，伤残使我对生活丧失了信心，彷徨之中，创作成为我的精神支柱，但成功的彼岸距我太遥远，虽然屡败屡战，但心火渐熄。倘若何老师没有来家给我鼓励，倘若没有他的扶持帮助，倘若那个中篇又被"枪毙"，我也许不会再舞文弄墨，也许我的生命早已枯萎凋零。那个中篇的发表使我在绝望之时看到了希望的曙光，使我生命的航船在再次搁浅之后又升起了风帆。

贺绪林在院子里读书

162

# 第十四章　文学之光

## 一

1985年的阳光很灿烂，即使是冬天，照在我身上也都暖烘烘的，不仅使我多舛的命运在阳光的照耀下有了亮色，而且也使在文学道路上跋涉的我看到了曙光。这些还得从1983年说起。

1983年第5期《长安》杂志刊发了我的短篇小说《悔》，这个短篇有一万两千字，写一个文学青年失恋后发愤考上了大学，毕业后被分配到一家文学杂志社做编辑。他的前女友也是个文学发烧友，用笔名给这家杂志社投了一个中篇小说，恰好他是责任编辑。他拿到稿子后仔细审读，觉得作者构思巧妙奇特、文笔清新脱俗，下意识觉得一颗"文学新星"将要诞生，兴奋异常，马上约作者谈修改意见。见面后他才知道将要诞生的"文学新星"是他的前女友，兴奋之情瞬间消退，嫉恨之心油然而生。再后来，他以自己的职权把那篇稿件扼杀在"摇篮"里。这件事被他的现任女友知晓了，指责他作为一个编辑太小肚鸡肠，所作所为下作龌龊，愤然与他分手。

这篇小说写在《生活之树常绿》之前，现在回头去看，文笔很是稚嫩，可那时我颇有几分自得。突然有一天，我收到了陕西电视台编导丁玉清老师的来信，信中说，她在《长安》杂志上看到了我的短篇小说《悔》，想把它拍成电视剧，想征求一下我的意见。看到信的那一刻，我真是欣喜若狂，我在心里大喊："这个意见还用征求吗？拍呀！越快越好！"

那一夜，我激动得彻夜难眠，觉得自己似乎是在做梦，好像天上掉馅饼砸到了自己身上。此前，别说认识丁老师，连她的名字我都没听说过呀，是幸运之神给我们牵的线吧。

一周不到，丁老师就改编好了剧本，并把剧本寄给我征求我的意见。我从未接触过电视剧剧本，但感觉改编得很到位。然而，好事多磨，由于资金问题，这部单集剧一直拖到了1985年4月才拍摄完成。丁老师原本打算邀请我去拍摄现场看看，可我腿脚不便，只得作罢。她知道我急于看到电视剧，几天前来信告诉我，她们4月18日来我家，带上拷贝的文件和放像机，让我先睹为快。

真是令人难熬又期待的等待。4月18日姗姗来迟，丁老师说好的下午来，我左等右等却不见她来。那时没有电话，我们无法联系。眼看着夕阳滑向西山，我有点儿失望了，这时门外突然响起了汽车喇叭声，我的侄子从门外跑进来大喊："爸爸（叔父），来了！来了！"话音刚落，丁老师一行进了院子。与她一同来的还有摄像师郭宪，他身材魁梧，一米八五的个头。丁老师年过五旬，面目清秀，齐耳短发，十分干练。她是上海人，毕业于上海复旦大学中文系，和蔼可亲，平易近人。此前我们只是通信，这是第一次见面，但我们丝毫没有陌生感，似乎是忘年交。

那天下午，我家里似乎是在过大年，挤满了乡亲。20世纪80年代初能在农村看上电视真是不易呀，而且是彩色的！

《悔》是单集剧，时长只有50分钟，但带给我的不仅仅是短时间的热闹，而是信心、勇气、希望和憧憬。此前我写了部中篇小说《罗锅女》，寄给了丁老师。这次来，丁老师说她准备把《罗锅女》也搬上屏幕，上下集！那时还很少有电视连续剧，能拍上下集真是天大的喜事，我满怀着希望。

虽然丁老师只与我短暂地相处了一下午就分别了，但她带来的余温尚在，一直温暖并鼓励着我。我更加勤奋地笔耕，希望能有更大的收获。

不久，丁老师完成了《罗锅女》的改编，但由于种种原因，这部作品没有被拍成电视剧。二十年后，我把这部中篇小说更名为《兰女》，刊发在2005年《人民文学》增刊，并获《人民文学》"爱与和平"征文优秀奖。好饭不怕晚，好作品也不怕发表迟。

那天，丁老师了解到我生活的困境，说是回去后想法儿帮我找一份工作，解决一下我的实际困难。她又详细询问了我的伤病情况，说西安医学院有位大夫是她的朋友，她回去帮我联系一下，让我好好治一治。真是大喜过望啊！我多么渴望能站起来，重回健康人的行列之中。

丁老师回西安后，很快为我联系了泾阳电器总厂厂长陈元杰，希望能安排我在他们厂上班，彻底解决我的生活问题。

5月14日，丁老师一行开车接我去泾阳电器总厂，让我先去看看能不能适应。

泾阳电器总厂是家民营企业，有七八个小厂，生产漆包线，当时在陕西有一定的影响。总厂厂长陈元杰被评为陕西省杰出青年，据说很有魄力。我们到时他不在，接待我们的是姓冯的副厂长，十分热情。

第二天，我见到了陈元杰，言谈中看得出他是个有追求有干劲的企业家。他想留我为他们厂子做文案工作，我也想干，但距家太远，因为腿脚不便，身边没人照顾就无法生活。恰在这时，杨陵区团委打来电话，说是5月29日陕西省文联组织文学艺术家来杨陵采风，点名要见我。他们马上来泾阳接我回杨陵。

5月28日，我离开了泾阳，这是我受伤致残后第一次外出，也算是体验生活吧。虽然只有半个月时间，但我许久未与外界接触，感到一切都很新鲜，大有"洞中才数日，世上已千年"之感。未来的路还很漫长，我很想像鱼儿在水中一样，在生活的海洋里漫游，可残腿限制了我的自由。但道路再坎坷也得往下走呀，我寄希望于未来，更寄希望于自己。

# 二

1985年5月29日傍晚，雨过初晴，晚风阵阵，还颇有些凉意呢。可我坐在屋里却觉得热得慌，额头似乎还渗出了细密密的汗珠。我知道这种反常现象是因心跳加速造成的。昨天去泾阳接我的区团委书记已告诉我，这次陕西省文联来杨陵采风的队伍庞大，而且有许多著名作家。下午，杨陵区委宣传部来了一位干事特别通知我："晚上省作协副主席杜鹏程要来看望你。"

杜鹏程？就是《保卫延安》的作者吗？这可能吗？但我相信区委宣传部的干事是不会跟我开玩笑的。

杜老是我敬仰的前辈作家。早在上中学时，我就在课本上读过他的《夜走灵官峡》。"纷纷扬扬的大雪，下了一尺多厚"是这篇作品的开头。再后来，我又读了他的《保卫延安》《在和平的日子里》等作品。书中的英雄人物形象完全征服了我少年的心。在那时，我就渴望着能有一天见到这位老作家，万万没有想到我的夙愿今日将得以实现。

此时此刻，我的心情怎么能平静！

门外一声汽车鸣笛，客人们到了。

为首的是位身材魁梧、精神矍铄的老人——陕西省文联的副主席方杰先生。方杰先生笑容可掬，握着我的手亲切地说："我们看望你来了。"一股暖流在我的全身奔涌，我激动得连"谢谢"也忘了说。我是一个残疾青年，只不过发表了几篇稚嫩肤浅的文学习作，而组织和领导竟然对我如此关心，我热泪盈眶了……

方杰先生把他身边的一位老人介绍给我："这是咱们省作协副主席杜鹏程同志。老杜为咱们陕西文坛树立了一面旗帜。"

我激动地握着杜老的手。杜老并不像我想象中那么高大魁伟。他中等身材，有些胖，身体似乎不大好，脸上挂着慈祥的微笑，说话语速很慢。他关切地询问我的生活、学习和创作情况，我一一回答。

我是一棵无名小草，一棵遭到早霜袭击的无名小草。我渴望着春光的温暖，渴望着雨露的滋润。此时此刻，春风送暖，我受了创伤的心灵和伤残的躯体沐浴在一片春光之中。我感受到了除阳光以外的特有的温暖。

如今杜老已驾鹤西去，但那个初夏傍晚的温馨一幕永久地烙在我的记忆里。

2010年冬季，我去韩城采风，有幸拜访了杜老的故居。

同行的一位韩城文友自豪地说："韩城古有司马迁，今有杜鹏程。他们一个是史圣，一个是文豪，都是我们韩城的骄傲。"其实，我拜访杜鹏程故居还有另一层原因，杜老曾经来我老家看望过我。

杜鹏程的家乡在夏阳乡苏村，距司马祠十几里地。车在乡间公路上驰骋，我的思绪也飞回到20世纪80年代……那时我因伤致残，悲痛之余，信笔涂鸦，希望从精神上拯救自己。几经努力，我有了一点小小的收获，而当时省作协副主席杜鹏程先生来杨陵看望我，给予了我莫大的鼓励与鞭策。

往事历历在目，清晰如昨。杜老于1991年10月27日离开了这个世界，在追悼会上，他的夫人，同是作家的文彬女士没有让放哀乐，她用贝多芬的《英雄交响曲》为丈夫送行。杜老泉下有知，一定会感到欣慰的。

……

车身猛地一震，刹住了。苏村到了，我的思绪也被掐断了。

下了车，只见村口竖立着一座石碑，刻着"著名作家杜鹏程故居"，十分醒目。一行人穿过村街，拐进一条小胡同，胡同的路面很是不平，我的轮椅好几次受阻。

来到杜宅门前，只见门楼青砖砌就，被岁月的风雨剥蚀得颜色有些发灰，黑漆门早已没有了光亮，油漆剥落，破旧不堪；门楣上方刻着"迎曙光"三个大字，不知是谁的作品，笔力苍劲、刀工娴熟，为门楼增色不少。胡同口那家门楼高大巍峨，十分气派，红漆大门闪着油光，泡钉刷得金黄；门口两侧还蹲着一对石狮子。与其相比，杜宅的门楼显得低矮破旧。胡同冷清清的，没有一个人影。不知从哪里传来几声犬吠，更是增添了几分冷落寂寞。一阵寒风过来，我忍不住缩了一下脖子。

据说这宅院是杜老在1958年修盖的，现在住着杜老的侄儿。我们拍了半天门，里边没动静，这才发现"铁将军"把着门，看来主人不在家。

站在杜宅门前，我心底涌上一股别样的滋味。杜老生前曾看望过我，现在我来到韩城，来到杜老的家门口，却不得进家门。这当然不是杜老的过错，是我来得不是时候。那时我是文学青年，如今已是文学老汉了。唉！我在心里喟然长叹，感叹时光流逝得太匆匆。

此前不久，我去过凤县灵官峡。跨过横在嘉陵江上的吊桥，迎面的山体前立着一面墙似的巨大汉白玉浮雕，上面刻着杜老的名篇《夜走灵官峡》，格外醒目。把数千字刻在汉白玉浮雕上并立在山前，真称得上鸿篇巨制，令人惊叹不已。我以为，有灵官峡山前的《夜走灵官峡》，苏村杜宅的冷落寂寞也没有什么。

既然来了，就得留点念想。

大伙儿在杜宅门前合影留念。

该走了。我回头再看了一眼杜宅的门楼，寒风扑面而来，甚是猛烈。奇怪，我没有觉着冷。

……

那次陕西省文联来杨陵采风的还有陕西省文联主席、作协主席胡采先生，以及省作协副主席王汶石先生等文学前辈。第二天，在杨陵广播电台工作的朋友王宽劳送来几位前辈作家给我的题词。

胡采先生的题词是：

贺绪林同志，祝贺你的成就，向你的艰苦奋斗和创业精神学习。希望你取得更大的成就。

杜鹏程先生的题词是：

为四化尽力，为文学尽力

王汶石先生的题词是：

陕西的保尔

老前辈对我如此勉励和过誉，令我汗颜、惭愧。我实在没有干出什么成绩，我知道这是对我的鞭策和鼓励。

来日方长，我定当再接再厉。

## 三

转眼到了8月份，23日我收到咸阳文学研究室转来的陕西省文联的通知，邀请我参加陕西省文联召开的全省青年文艺创作座谈会，会议日期为9月2日至9月7日。

我大喜过望啊！

接到通知，我欣喜若狂。残腿把我禁锢了十一年，使我几乎和外界隔绝了。我深知搞创作需要深入生活，需要不断地呼吸新鲜空气。我常为自己阅历浅薄和呼吸不到新鲜空气而苦恼。能去省上参加创作座谈会汲取营养，真是三生有幸啊！

鉴于我的身体状况，8月31日下午，陕西省文联来车接我，嫂子陪同我去，到达西安时已是万家灯火。我们在省体育馆的招待所住下，简单地吃了晚餐。嫂子晕车，什么也没吃，只是喝了点儿水。为了能帮到我，嫂子吃了不少苦啊！

1985年9月，堂嫂康桂芳陪同贺绪林出席陕西省首届青年文艺创作座谈会

忘了说，1984年5月24日下午，我收到了省作协副主席赵熙老师的信，赵老师让我写一份加入省作协的申请书，他推荐我加入省作协。我大喜过望，当即就写了份申请书寄给赵老师。半个月后，省作协副主席杨韦昕老师给我寄来了入会登记表。不久，省作协来信通知我被吸收为省作协会员。

翌日，赵熙老师等人来看望我。赵老师是我入会的介绍人，又邀请我参加这次的陕西省青年文艺创作座谈会。我们是第一次见面，此前，我读过他的许多作品，神交久矣，且他在《陕西青年》（后来的《当代青年》）任主编时发过我的小说作品，我心中一直对他存着感激敬慕之情。

赵老师一进房间就热情地直呼我的名字，说："绪林，你来了！"平易近人，和蔼可亲，没有长辈的威严，没有当官的架子，满脸的亲切微笑，一口地道的关中口音，好像分别多年的老友重逢一样握住了我的手，一下子把我和他之间的距离拉近了。我心中的敬畏之情立刻被一片温馨和感动融化了。

我们早到了一天，当天没什么安排。吃过晚饭，赵老师来到我住的房间邀请我去看电影。我自知行动诸多不便，不愿给他添麻烦，推辞说不想去，他当然明白我的心中所想，说啥也要我去。

"你来一趟西安不容易，去看看吧，是全景电影，开开眼界。"赵老师说着，要背我上汽车。这怎么使得！我说啥也不让他背。最后是他和我嫂子一同把我抱上了汽车。

第二天晚上，他又邀请我去看戏："《千古一帝》，新编的历史剧，值得一看。"

"赵老师，我不去，太给您添麻烦了……"我真不愿给他再添麻烦。

赵老师却执意要我去，我实在是却之不恭，只好客随主便，上了车。

繁华的街市，五光十色的街灯，似潮的人流从车窗外掠过。可我的眼睛却被感激的泪花蒙住了……

1998年冬，陕西电视台《周末俱乐部》栏目的"文坛光点"版块为我录制了一期节目，邀请了赵熙、商子雍、叶涛三位老师做嘉宾。商、叶二位老师先后去过我家，只有赵老师和我只见过一面。

在陕西电视台大厦六楼的制作室门口，我见到了赵老师。十多年不见，赵老师明显见老了，艰苦的写作和繁忙的行政工作使他的头发过早地脱落花白了，但他的身体却很好，红光满面，精神饱满。他脾气随和，性情温良，态度和蔼，地道的关中口音，使人感到亲切。从他的衣着和相貌上看，你不会相信他是一位名声显赫的作家、厅级干部，只会感到他是个忠厚慈祥的长者。他详细地询问我的身体、生活和工作情况，我一一作答。我不禁回想起与赵老师第一次见面的情景，我便跟赵老师谈起，他淡淡一笑："你的记性真好，这些我都不记得了。"

商子雍老师在一旁笑道："赵老师是个好老汉。"

赵老师幽默地说："好老汉给人帮不上大忙。"

赵老师自然说的是谦虚话。据我所知，他出生于蒲城孙镇村一个贫苦的农家，童年是在穷苦贫寒中度过的，上不起学，得到过村小老师的关怀和资助。由于这个原因吧，他对许多人都说过："一定要给予在逆境中的作者帮助和支持。"我自己就是很好的例子。伤残后我选择了文学，但道路太坎坷。就在我将要丧失信心时，赵老师发了我的处女作，这犹如给心力衰竭的重危病人打了一支强心针，使我在迷茫中看到了一线希望，从而重新鼓起勇气沿着选择的路走下去。当我在创作上取得了些许成绩时，是赵老师介绍我加入省作协，又邀请我出席陕西省青年文艺创作座谈会。这次省电视台要为我制作一期节目，他二话没说就来了。省作协的党组副书记、副主席、著名作家来为一个文坛小卒呐喊助威，这个忙帮得实在太大了。怎能不让我受宠若惊，感激万分！

录完节目，我们就要分手了。赵老师握着我的手对我再三叮嘱，要我保重身体。我紧握着他的手，想请他到我住的地方去好好聊聊，请他为我指点迷津，但我知道他是个大忙人，话到嘴边又咽了回去。看着他远去的身影，我在心里喃喃："谢谢您，赵老师！"

# 四

2021年10月的一天，陕西省作协秘书长王晓渭在陕西省作协理事群发了一张照片，附言："谁能告诉我，他们都是谁？"

照片是黑白照片，颜色有点发黄。再仔细看，底下有"1985年陕西省作家协会青年作家创作大会"的字样。这是35年前的照片，弥足珍贵啊！

这时有人回复："右边第三排第三个是我。"正是文友李春平。

正要寻找时，他又回复："右边第三排第九个是我。"

我很是愕然，弄不明白怎么回事。

王秘书长可能也蒙了，问道："两个你？"后边是三个捂嘴笑的表情。

我也忍不住笑了，还好，隔着手机屏，他们看不见。

随后又有人回复："我在王愚和和谷中间。"这位是文友，也是同乡——竹子。

仔细看照片，上面有我认得的，有面熟叫不上名的，更多的是不认得的。这张照片也有我的影子，只是积满了时间的灰尘，清瘦了岁月，苍老了青春。

再仔细数了数，照片上有116人，老一辈作家大多驾鹤西去，同辈中也有好几位已经作古。当年我们都正值青春年少，风华正茂，如今已霜染双鬓，成了老汉老太太。

慢慢梳理思绪，在记忆的深处打捞往事……

1985年，那是中国文学的春天，更是陕西重新树立文学大省形象的绝佳时机，陕西省作协在止园宾馆召开了为期一周的青年作家创作会。那次青年作家创作会议的参会人员集中了当时省内有创作成就的青年作家，诸如路遥、贾平凹、和谷、白描等；也包括崭露头角的文学新人，譬如吴克敬、冯积岐、王观胜、李春平等；老一辈德高望重的作家也莅临了大会，有王汶石、杜鹏程、李若冰、王愚等；省上有关领导也出席了会议。

那是一次盛会，盛况空前。参会者群情振奋，意气风发，为文学春天的到来而激动，同时在心中构建各自的创作宏图。路遥主持会议，那也是我第一次见到路遥，他身体很壮实，说话鼻音很重，地道的陕北腔。

我作为文学新人，有幸参加了那次会议，如稼娃进城，既激动也很惶恐。那时的陕西文坛在全国举足轻重，引人瞩目。周围都是在陕西文坛乃至全国享有盛名的人物，自己忝列其中，渺小得如同沙滩上的一粒细沙。文坛似浩瀚的大海，我在其中犹如小蝌蚪游进了大海。我渴望自己能变为一条鱼，一条有特色的鱼。

那次会议的闭幕式十分别致，是在餐厅以茶话会的形式举行。白描主持茶话会，贾平凹致闭幕词。路遥唱了一首陕北民歌，赢得了一片掌声。在大伙儿热烈的呼喊下，贾平凹唱了一首陕南民歌：

　　　　　大红果果剥皮皮。
　　　　　人家都说我和你，
　　　　　其实咱二人没关系，
　　　　　好人担了个赖名誉。
　　　　　……

　　说实在的，他的歌声远不如他的文笔，可还是赢得了一片叫好声。

　　随后，王观胜唱了一曲《塔里木河》。没料到这个粗壮的关中汉子竟有一副好嗓子，雄浑粗犷，很有磁性，博得一阵热烈的掌声。他原本在三原县文化馆工作，与我同年（1984年）加入陕西省作协，后被调到《延河》编辑部工作，曾担任陕西省作协文学院第一任院长。我是陕西省作协文学院首届和第三届签约作家，和他多有接触，知道他待人热情、为人坦诚。2011年他不幸病逝，年仅63岁。哀哉！痛哉！

　　茶话会正进行到热闹处，路遥带着一个人匆匆进来。那人中等身材，穿着羽绒服，白旅游鞋，背着一个大包。路遥给大伙儿介绍："郑义来了，大家欢迎！"茶话会上响起一阵热烈的掌声。

　　郑义那时文名很盛，几年前，他的处女作《枫》揭示了一代人的痛苦和挣扎，被拍成了电影，广获反响；随后，中篇小说《老井》获得了全国中篇小说奖，即将被搬上银幕。他这次来西安，是为西影厂来改本子的，刚下飞机，就来和大伙儿见面。他在大伙儿热烈的掌声中走上讲台，给大伙儿讲了些鼓劲加油的话。

　　此后不久，《老井》被搬上银幕，获得了电影国际大奖。张艺谋也因这部作品获得了金鸡奖最佳男主角。这些都是后话。

在闭幕式上，贾平凹做总结讲话，抒豪情寄壮志："各位是陕西文学青年队列中的中坚力量，是最有潜力、最有实力、最有生气、谁也不可估量、有一日会被刮目相看的人物……我们呼吁人与人之间友谊常驻，是同志，是朋友，是兄弟姐妹……'仰天大笑出门去，我辈岂是蓬蒿人''长风破浪会有时，直挂云帆济沧海'。李白的诗应该是为我们写的，我们祝我们成功。"

看着照片，回忆往事，心潮难平……

且不说老一辈作家，我熟知的路遥、王观胜、赵麦岐、黄河浪等人英年早逝，思之令人悲伤不已……

我把这张照片转发给文友周海峰兄。遥想当年，他和我、李春光、田玉川等人是咸阳地区的代表，参加了那次盛会。我让他在照片上找找他，半天，他回复："老照片看不清，我不知在哪里。"

他竟然找不到自己。唉，人生最大的悲哀可能是自己认不出当年的自己。到了这个年龄，眼睛都花了，加之老照片拍得不太清晰，百十个人挤在一起，密密麻麻的，也难怪认不出当年的自己。倘若不是那辆手摇轮椅，我可能也找不到自己。

是夜，不能成眠，细思过往。三十多年过去，弹指一挥间啊！感叹时光如流水，不可追回！人生在世，最易失的是时光。人的生命，该绚烂就要绚烂，该凋零就凋零，是有规律的。人所能做的就是在该绽放的年龄，不要灰溜溜地度过。我有时在想，自己的命运虽然非常不幸，但在该绽放的年龄没有灰溜溜地度过，幸甚！幸甚！

# 第十五章　二次手术

## 一

陕西省青年作家创作会于1985年12月11日召开，12月17日结束，历时一周。会议结束的第二天上午我就离开了止园饭店。省作协的吴祥锦老师、徐子忻老师和刘明琪老师送我到饭店门口。我请吴老师给作协领导说说，帮我解决一些实际困难。吴老师满口答应了。

我住进了西安医学院附属二院三楼6号病房。会议期间我找过丁玉清老师，她为我联系好了住院床位。病房住了四位病人（包括我），我是341床，挨我的342床是个十五岁男孩，宝鸡的，家在农村，长相英俊，但罗锅腰（脊柱突出）。唉，造物主真会捉弄人！343床也是个男孩，看上去有十一二岁，闲聊时知道他也是十五岁，也是脊柱方面的病，且比342床的严重，不光是罗锅腰，还是鸡胸（胸骨向前隆起）。344床是个四岁的男孩，脊柱偏凸，昨天刚做了手术，他的妈妈陪着他。

自从受伤致残后，我几乎没去过医院，伤风感冒、拉肚子，包括褥疮都是在家里自己治疗。甫一进医院，我对一切都感到陌生，很是适应不了。护士长来了，三十来岁，长相挺漂亮的，可一张脸板得似刚浆过的白粗布，说话语速很快，要我把手摇轮椅推下楼去。离了手摇轮椅，我就寸步难行了；再说了，推下去往哪儿放？我请她通融通融，能不能把轮椅搁在走廊尽头，不妨碍啥的；再者，住院部的电梯很是宽敞，我的手摇轮椅

176

是可以上下通行的。她扔炸弹似的说："不行，这是规定！"我说规定是死的，人是活的。她瞪我一眼，更加坚定地说："不行就是不行！"这里她说了算，我尽管很憋气，但也无可奈何。只是心中有一个信念支撑着我：这次住院我一定能站起来！鉴于这个信念，就是蹲监狱，我也能忍受！

我只能把手摇轮椅推到楼下，嫂子说咱们顺便出去转转，买个碗筷。我们来时没有带碗筷，医院吃饭是要自备碗筷的。在街上转了半天，竟然没找到卖碗的商店。肚子饿了，我们在一个小饭店吃了晚餐，付账时问老板哪里有卖碗的商店，老板知道了缘由，拿了两个碗送我们。嫂子付钱给他，他说啥也不收。我们刚出了饭店，他喊着又追上来。我和嫂子都很蒙，不知他要干啥，面面相觑。这时只见他递给我们两双筷子，我和嫂子连声道谢。他笑着说："吃饭没筷子可不行。"

在这个寒冷冬日的黄昏，饭店老板一颗善良的心温暖着我们。

住院第三天，我做了身体全面检查。我看到了病历：原系T8压缩性骨折合并截瘫，本斜位片显示T8椎体略向后移位，椎间孔变窄，椎体边缘骨增生。

我不知这个检查结果是好是坏，只知道自己下肢有知觉障碍、行动障碍。

医院里一时安排不上手术，我需等待。手术前，医院规定不许留陪人，嫂子只好暂时回家。在医院，病人的姓名似乎都被遗忘了，一律按床号称呼，我被唤作"41床"。最初很不习惯，可不习惯也得习惯，正所谓入乡随俗。

很快，我与病室几位病友熟络了。42床的男孩叫张德斌，家在宝鸡下马营，父母是农民，一个姐姐在西安上中专；43床的男孩叫逯云兴，乳名为狗娃，西安人，父亲是工人；44床的小男孩叫冯普，贵州独山人，他的母亲很年轻，不到三十岁，是布依族，但从小在城市长大，说的是普通话，在她身上完全看不到布依族人的影子。那天下午，44床小孩的爷爷来看望孙子（老人在外边租房住），他在铁路局工作，已经退休，专程陪孙子来西安做手术。老人很健谈，且说话幽默，他的到来给病室带来了欢声笑语。

随后43床的父亲也来探视，他身材高大魁梧，穿一件黑色工装短棉大衣，面色黝黑，带着深深的忧愁。他言语不多，冲我点头笑笑算是打招呼。他从怀中掏出一个铝制饭盒递给儿子，说了句："快吃吧，你妈刚煮的饺子。"儿子吃饺子，他在一旁默默地看着，直到走时他都没再说什么。

这天上午，王尚昆大夫来查房，他是西安医学院的教授、骨科专家，也是我的主治大夫。王大夫主要看望44床。孩子手术刚过三天，有明显好转，虽说还不能动，但小脸蛋上绽开了笑容，大伙儿都很高兴。王大夫刚从手术台下来，双手叉着腰，因手术时间长，加之年纪大了，腰疼。

孩子叫了声："王爷爷好！"

"你好！"王大夫慈祥地笑着。

"您腰疼？我长大了给您揉揉腰。"孩子甜甜地说。

王大夫摸着孩子的脑袋笑着说："那你就快点儿长大吧。"

我清楚地看见，那一刻王尚昆大夫眼里泛起了泪光，他动了感情啊！我也感到眼睛泛潮，这动人的一幕永远镌刻在我的心中。

是夜，我久久不能成眠，回忆过往，心潮难平……也就那么一瞬，我就摔成了这副模样，真是"一失足成千古恨"啊！

我正在心中感叹，忽然外边响起一阵急促的脚步声。我们病室对面是急救室，半夜时分常有此动静。我心里不由一紧，知道又出事了。果然，外边传来了哭声。原来是发生了车祸，一个小伙子骑摩托翻了车，伤了头部，抢救无效。小伙子年仅二十四岁，正值人生的美好年华啊！他的哥哥和妹妹哭成了泪人，可能还瞒着他的父母。

后半夜我更是无法入睡，感慨人生在世，真不容易。谁能确定未来的路一帆风顺？崎岖坎坷在所难免，甚至可能瞬间就会走上不归路。但愿每个人都能平平安安、健健康康。

第二天，病室来了位老者，他住在5号病室，他的儿子陪着他。他在一所中学任校长，教了一辈子书，去年刚刚退休。他听说我搞创作，想见见我。他患的是脑瘤，瘤子压迫视觉神经，已经失明了，等待手术。他脸上溢满慈祥的微笑，把手毫无方向地伸过来，我急忙握住他的手。

我们相谈甚欢，他不愧是校长，给我讲了许多人生哲理，令我受益匪浅。他说他明天做手术，我问他怕不怕，他笑道："怕啥？我住院就是为了做手术，做了手术我就能重新看到光明。"他很乐观。

翌日，他进了手术室，我为他祝福。却万万没有料到，他没有从手术台下来。

多么好的一个人呀，说没就没了。时光无限，生命却有限，且竟然这样脆弱！

那天我的心情十分沉重，感觉眼前是一片灰色……

## 二

在难熬的等待中，我终于等来了手术通知！

1986年1月20日，王大夫通知我，明天给我做手术。

1985年12月18日我住进了医院，1986年1月21日手术，一等就是一个多月呀，真是煎熬啊！家里经济十分拮据，住院等待就是耗钱，为了省钱，每顿饭嫂子只给我买一份，她啃馒头，还会买来红萝卜，在床头柜垫上报纸用水果刀切成丝，放点盐、醋和油泼辣子（从家里带来的），算是加了一个菜。那段苦日子是嫂子陪着我一起熬过的，如今回想起来，我真是愧对嫂子啊！

此前我曾问过王大夫我手术预后情况如何。王大夫坦率地告诉我，这次手术主要目的是打通椎管，为脊髓神经恢复创造条件，要么好转，要么白挨一刀。我想问他我会不会下不来手术台，可话到嘴边又咽了回去。我想，即使问了，王大夫也不会直白地告诉我，还是不问为好。挺过来了，我感谢王大夫，感谢阎王爷放我一马！挺不过来，那是命。

我不知是喜是悲，那一夜又是无眠。

翌日早晨七时许，我被推进了手术室。进手术室那一刻我忽然想到了那位中学校长，我会不会跟他一样下不了手术台？我心底顿时感到一阵冰凉。尽管我早做好了思想准备，可还是感到了恐惧。然而，我渴盼着站起来，渴望着新生，我似乎看到希望在远远地向我招手。希望在驱赶恐惧！

正胡思乱想，王尚昆大夫站在了手术台前，他亲自为我做椎管疏通手术。他微笑着说："不要紧张，一切都会好的。"

我冲他笑了一下。

这时几个医护人员围住了手术台。

"开始吧！"王大夫一声令下。麻醉师给我进行麻醉，我便失去了意识……

第二天黎明时分，我苏醒过来。嫂子给我说，我是昨天下午两点半出的手术室，手术做了七个小时。我看着输液架上的吊瓶在不紧不慢地滴着，我知道自己在阎王殿兜了一圈，又回来了。

手术后，我感觉下肢还是没有什么知觉，问王大夫。他说，手术很成功，疏通了椎管，脊髓神经没有横断，只是受了损伤而已。

但为什么没有一点儿恢复呀？

王大夫说："别急，要有耐心。"

我是有耐心的，可这个"耐心"得多久？

我又开始发烧，一直不退，便打点滴消炎，直到第八天体温才恢复正常。退了烧，我却开始厌食了，加上伤口疼，不敢翻身，臀部又生了褥疮，真是雪上加霜啊！

痛苦的心情难以诉说……

过小年了，窗外的爆竹声声，烟花满天，营造着新年的气氛。我突然想家了，归心似箭，便给嫂子说我要出院回家。嫂子去找王大夫商谈。

第二天（2月4日）早晨，王大夫来查房，我说我要出院。王大夫说做一下全面检查，没什么问题就可以出院。

随后，嫂子跟省作协创联部的汪炎主任联系，希望省作协能派车送我回家。汪主任爽快地答应了。住院期间汪炎主任代表省作协看望过我，并带来了三百元慰问金。我一直心存感激。

2月6日，我出院了，省作协派车送我回家。

坐在车上，我望着窗外，大地一片肃杀景象，田野上未消融的积雪犹如破旧的棉絮，但可以清楚地看见嫩绿的麦苗从积雪里探出头来。我脑子里忽然闪出雪莱的诗句："冬天来了，春天还会远吗？"

冬天过去，毋庸置疑是春天。可我的春天在哪里？

# 第十六章　杭州笔会

## 一

第二次手术并不成功，没有取得预期的疗效，反而让我原本羸弱的身体更加羸弱，而且臀部生了褥疮，出院后褥疮一直都未有好转。

1986年2月28日，我接到《三月风》杂志编辑刘丙钧的邀请函，《三月风》杂志定于4月1日至15日在杭州举办笔会，邀请我参加，食宿及往返车费由他们承担。

此前，我多次给《三月风》投稿，刘丙钧与我有书信来往，且发过我的短篇小说《葬礼》和《冰冷的热泪》，他对我的情况还是了解的。他在信中还说，参加这次笔会的作家都是在全国有一定影响的残疾人作家，希望我不要失去这次难得的机会。

惊喜啊！可怎么去？我行动不便且不说，刚做了手术，又生了褥疮，怎的是好！我又心生沮丧。嫂子看出我的心思，说："给人家回信，就说去，我陪你去。你整天待在家里，能写出个啥名堂？出去走走，开开眼界。"

窝在家里坐井观天的日子实在是枯燥乏味，我一直心怀着出去走走，看看大千世界的梦想，可怎么走得出去？现在有了机会，而且有嫂子这句话，我有了底气，当即给刘丙钧老师回信。随后我又找当时在杨陵区委办公室工作的好友魏立武，请他帮忙。他说："咱们杨陵没有通杭州的直达列车，你最好到西安坐车，我联系车送你去西安。"随后他又给省作协打电话，帮我提前订去杭州的火车票。第二天他专程来家给我说，省作协那边是路遥接的电话，说是没问题。

3月28日，我和嫂子搭乘杨陵文教局的车去西安，十时许到了省作协。我刚进陕西省作协大门就看见了路遥。路遥在一辆黑色小车前跟人说话，看见我便迎了过来，握着我的手微笑着说："你朋友的电话我接了，我有事要外出，你去找办公室姜洪章姜主任，让他给你安排。"

这是我唯一一次与路遥面对面说话。

路遥走了很久，我激动的心情却难以平静下来。我没想到他竟然认识我，而且能准确无误地叫出我的名字。此前我和他并没说过一句话，只不过开会时见过几次面而已。更没有想到他这个大作家竟然这样平易近人、和蔼可亲，半点架子也没有。我心里涌起一股欲望，想着回来时一定去拜访他，跟他好好谝一谝，请他指点迷津。当从杭州回到西安时，我又没了勇气。我生性怯弱，不戳撑（不大方），总觉得创作无绩，无颜拜访大师。我只想着来日方长，等自己在文学上有大的收获之时再去拜访他也不迟。谁知一念之差，给我留下了永久的遗憾。这是后话。

路遥走后，我找到姜洪章主任，姜主任安排我住下，说车票不太好买，正在联系人买，让我耐心等待。

傍晚，来了位年轻的姑娘，衣着打扮很朴素，身材窈窕，短辫齐肩，明眸皓齿。她说她叫陈乃霞，老家在扶风县段家公社，听说过我，特意来看看我。我也听说过她，还在《延河》上看到过她的作品，没想到能在这里和她相遇。我的家乡与她的家乡相距也就是二十来里地，我们也都是基层的业余作者，人不亲行亲。我们顿时都没了陌生感、性别感，相谈甚欢。

闲谈中，我知道她是通过袁银波老师介绍来《延河》帮忙看稿的，换句话讲就是她是临时工。她谈吐不俗，沉稳大方，有事业心，也很有才华，给我留下了极其深刻的印象，我隐隐感到她能干出一番事业来的。后来，她上了西北大学作家班；接着，她和吴克敬结为伉俪；再后来，她弃文从政，干得风生水起，官至厅级。这都是后话。

两天后，我拿到了去杭州的车票，可中途需要倒车（那时还没有西安直达杭州的火车）。创联部的汪炎主任和吴祥锦老师都关照我，不让我在上海倒车，说上海旅客多，最好在南京换乘。

24小时后，我和嫂子到了南京。我们没有出站，想着能顺便乘上去杭州的列车，可是不行，必须得签票，我们只好出站。时已傍晚，我十分疲惫，便就近找了一家旅馆住下。翌日清晨我们就去了车站，顺利地签了票，随后去客运室联系上车事宜。一位接待员说到时送我上车，可19班次快车（北京—杭州）到站时，那人却让我们自己去上车，我们只能如此。但没料到我们到了行李车跟前时，行李车的行李员不许我们上车，他说轮椅要办托运手续，堵着门不让我们上，让我们去其他车厢。但其他车厢我的手摇轮椅上不去呀，我和嫂子好话说了一河滩都不行。这时火车汽笛长鸣，他"哗啦"一下把门拉上了。是时，细雨蒙蒙，春寒料峭，人生地不熟，望着远去的列车，我和嫂子都傻了眼。万般无奈，我们只能坐下一趟车，而下一趟车在第二天。

我们又返回原住的旅馆，天寒又下雨，哪里都去不了，只好窝在旅馆等待。第二天我们又起了个大早去车站，排队签票，可刚到窗口，售票员就说19班次票已售完。我和嫂子慌了，急忙去找客运室。这次遇到了好人——一个中年办事员，他听了我们的诉说，非常热情地给我们办理了签票和轮椅托运手续。可我们的心还是悬着，直到上了车悬着的心才落下了。因为带着手摇轮椅，我们坐的是行李车，没有座位，我只好坐在手摇轮椅上，嫂子只能蜷缩在行李堆边。

几经周折，4月3日傍晚我们才到了杭州。出站时，我们在服务台咨询，服务人员态度挺好，只是我们讲不了普通话，很难沟通。出了站，我买了张杭州市区图，连看图带询问，二十二时许总算找到了目的地。

生命里的这次难忘的经历，让我知道行路难啊，腿脚不便的人更是难上加难啊！

# 二

参加笔会的作家一共有十人——东北的儿童文学作家孙幼忱、贵州诗人周家缇、上海女作家汪葵、安徽女作家李幼谦、浙江作家汪志成、北京作家张建文和宋文华、四川作家陆政英夫妇、《三月风》副主编郭建模、编辑刘丙钧，还有我。

我到得最晚。《三月风》副主编郭建模老师（主编是邓朴方）带队，他是北京人，也是残疾人，左腿安着假肢。刘丙钧身体无疾，且很壮实，跑前跑后为大伙儿服务。

郭建模老师说，这次笔会史铁生说好是要来参加的，但临时接到香港那边的邀请，去了香港，让他给大伙儿问个好。大伙儿都为无缘见到史铁生而遗憾，我更是感到遗憾。此后一直想写写史铁生，但不知该如何下笔。2020年，我随陕西省残疾人作家采风团去延安采风，并与延安的作家朋友们座谈，真乃三生有幸。在座谈会上，延安前辈作家曹谷溪老师放了几部关于路遥、史铁生的纪录短片，特别是史铁生临终前三天的那部短片，虽然只有五分钟，却令人感触很深。史铁生身染沉疴，是时似乎对未来有所预知，笑言："你们是来和活体告别。"丝毫不见悲观，反而谈笑风生，他对生命的认知和达观态度，无人能及。

20世纪80年代初我就与史铁生相识，但只是在文字上。我最初是通过他的《我的遥远的清平湾》《奶奶的星星》《命若琴弦》《秋天的怀念》《合欢树》《我与地坛》等作品认识他的。他的作品文字表达真诚质朴，意蕴深厚，语言亲切而又凝重，严谨而不失幽默，艺术魅力独特，令人叹服。

那时我也在学习写作，加之同为残疾人，因此我对他关注有加，同时他也成为我心中的偶像，但凡他有新作问世，我就赶紧找来阅读，一睹为快。

此后，我一直与史铁生在文字里相识、神交。众所周知，他是北京知青，在陕北插队三年，其间喂了两年牛，他对陕北这块黄土地有着深深的眷恋，这在《我的遥远的清平湾》中完全可以看得出。在这部作品中，他用平实质朴的语言传神地描绘了这块古老、贫瘠的黄土地，让读者真切地嗅到了麦垛、高粱、谷子、牛粪、干草的味道，体会到了最贫穷、最简单的生活。

曹谷溪老师与路遥、史铁生是朋友，对他们二人相当熟悉。他说，史铁生当年在延川县关庄公社关家庄大队插队。延川县有三道川，分别是永平川、文安驿川和清平川。史铁生把清平川写成了清平湾。照此说来，清平川就是《我的遥远的清平湾》的原型实景地。"遥远的清平湾"看来也并不遥远，它一直在作者的心里，作者深深地眷恋着它，所以才能清楚地记得清平湾的地貌及风土人情。黄土山上的谷堆、麦垛，拦牛的白老汉、留小儿，清明节时吃的"子推"，两个说书的盲人，牛群的争斗……在作者的笔下活灵活现、栩栩如生。这部作品风格清新、温馨，富有哲理和幽默感，在表现方法上追求现实主义和象征手法的结合，在真实反映生活的基础上又吸收了现代小说的表现技巧，因此获得了1983年全国优秀短篇小说奖，也是众望所归。余以为这也是史铁生最好的一部小说。

1991年，史铁生出版了《我与地坛》。这部作品流传之广、影响之深，前所未有。"即使没有其他作品，1991年的文坛有了史铁生的《我与地坛》，就已经是一个丰年了。"著名作家韩少功如是说。时至今日，我一直以为《我与地坛》不仅是史铁生散文创作上的一座高峰，也是中国散文创作的一座高峰。

在"活到最狂妄的年龄忽地残废了双腿"，史铁生体验到了更多的人生痛苦，但他在命运中挣扎时，找到了一片古园。在这里，他度过了一个又一个春、夏、秋、冬的时光轮回；在这里，他思考了生与死这个人生的命题。死是必然的归宿，当我们感到累了，上帝自然会安排我们休息；而活着，是我们一生都需要想的问题。他得出的结论是："死是一件不必急于求成的事，死是一个必然会降临的节日。"

是的，"人生自古谁无死，留取丹心照汗青"。余以为，史铁生做到了。

史铁生和路遥是同龄人，他们在文学创作上都取得了不凡的辉煌业绩。然而，他们又截然不同。曹谷溪老师坦诚地说："我和路遥都存在着不同程度的功利心，但史铁生没有。他对人性和生命的理解，达到了一个很不一般的高度，他没有任何功利心。"正所谓"人到无求品自高"，因之，余以为史铁生作品的生命力会更长久。

> 但是太阳，它每时每刻都是夕阳也都是旭日。当它熄灭着走下山去收尽苍凉残照之际，正是它在另一面燃烧着爬上山巅布散烈烈朝晖之时。有一天，我也将沉静着走下山去，扶着我的拐杖。那一天，在某一处山洼里，势必会跑上来一个欢蹦的孩子，抱着他的玩具。
>
> 当然，那不是我。
>
> 但是，那不是我吗？
>
> 宇宙以其不息的欲望将一个歌舞炼为永恒。这欲望有怎样一个人间的姓名，大可忽略不计。

《我与地坛》结尾这段文字写得何等深刻！

史铁生说他是唯物主义者，但又是个有神论者。相悖吗？余以为：绝不！世界上万事万物都是有轮回的，生命亦是如此。一个生命结束了，另一个生命必然诞生。我愿意相信！

我与史铁生有着相似的命运，也是在二十一岁时伤残了双腿，我完全可以理解到他的苦痛，因为我也如他一样苦痛过；我看得到他在命运之中挣扎的背影，因为我也如他一样挣扎过。死与生也是我思考的问题，我至今还在思考，说实在的，我找不到答案，我现在也只是把他的答案作为自己的前行目标。对于死，我不急于求成，我听从上苍的安排，在此期间尽最大可能做一些自己能做的事，不虚度光阴，不枉活一回。

史铁生说："路无法再用腿去蹚，只能用笔去找。"

我永远向他学习。祈祷上苍善待我！

我有一本华夏出版社为纪念史铁生而出版的精装本《秋天的怀念》，那是华夏出版社总编室刘晨老师送我的。2015年，华夏出版社准备为全国有影响的十位残疾人作家出版一套"骆驼草丛书"，我的作品有幸入选。这套丛书于2016年出版，入选的作者有曹利军、陈村、贺绪林、刘水、阮海彪、史光柱、史铁生、王占君、夏文敏、张海迪（作者姓名按姓氏音序排序）。当时我不知该怎样编选书稿，就打电话给刘晨老师，希望能得到一本这方面的样书，于是，刘老师就送了我这本史铁生的《秋天的怀念》，我一直视它为珍宝。

每每读《秋天的怀念》，我就想到了我的母亲，我的母亲虽然目不识丁，但舐犊之情与史母何其相似！有道是文不在长，精练为胜。《秋天的怀念》只不过千把字，也没有煽情的文字，却感动了无数的读者。这篇散文入选初中语文课本，无疑是一部不可多得的美文精品。

说实在话，我很喜欢史铁生的文字，特别是《秋天的怀念》《合欢树》《我与地坛》，我超喜欢，但不想反复去读，因为每每读来泪水就禁不住涌出眼眶。我不是一个感情脆弱的人，特别是这些年风风雨雨对我磨炼有加，我基本上不会流泪了，可是读史铁生的文字，我的泪点却很低。

从延安采风归来，我从书架上抽出了《秋天的怀念》，打开书页，泪水禁不住又模糊了眼前的文字……

# 三

杭州之行是我受伤致残后第一次出远门，我朝拜了灵隐寺，游了西湖，收获很大，开阔了眼界，见了世面。站在西湖断桥上，放眼环望，桃红柳绿，湖水如镜，游人如蚁，眼前似乎浮现出白素贞和青儿的影子……

随后，我们拜谒了岳庙。

岳飞是我最崇拜的民族英雄。少年时代我尚武，主要是因为我太贪玩，认为练武很好玩，也敬重项羽、关羽等人物，因此我一有空闲就拿根棍子学着他们的样子在院子比画。历史的天空闪耀着许许多多的将星，我以为"二羽"是其中最耀眼的。稍长，读了些书，我才知道文武兼备是为将者的最高境界。中国历史上名帅名将颇多，最令我敬重崇拜的还是岳飞。"力拔山兮气盖世"的西楚霸王项羽，勇则勇矣，却文才匮乏。我孤陋寡闻，只知道他留下一首诗作："力拔山兮气盖世，时不利兮骓不逝。骓不逝兮可奈何！虞兮虞兮奈若何！"这是末路英雄发出的悲叹。五虎上将之首关云长，时时手不释卷，攻读《春秋左传》，但未曾见寿亭侯留下些许文章。而岳飞岳鹏举上马勇冠三军，令金兵丧胆；下马挥毫《满江红》，壮怀激烈，文采飞扬，代代传诵，谁可与之比肩？

说来也是奇怪，我时常梦见自己驰骋在古战场上。我幼年的心旌也曾飘荡在西子湖畔、栖霞岭下的岳飞墓前，我希望能有一天去拜谒岳墓，可夙愿未了，命运之神就残酷地夺去了我的双腿，我下肢瘫痪了，失去了行动自由，拜谒岳墓似乎只能成为梦中的事了。

真是没有想到，在这个春暖花开的季节，我来到了西子湖畔、栖霞岭下。面对岳王庙，我心潮起伏，激动不已。是梦吗？当然不是梦！忽然，我发现好多游人向我们行注目礼。我们一行十几人除了带队的一位编辑和几位服务人员，都是天涯同命鸟，怪不得他们惊奇。其实是不用惊奇的，我们这一群人拜谒民族英雄英灵的心情比常人更迫切。

在朋友们的帮助下，我的轮椅车登上了岳庙门前的石阶。入门进了庭院，巍峨庄严的忠烈祠大殿耸立在眼前，殿檐间高悬叶剑英元帅书写的"心昭天日"匾一块。行刑前，大理寺官吏逼岳飞在预拟的假供上画押，他悲愤至极，连书"天日昭昭，天日昭昭"八字。这位伟大的民族英雄的精忠报国之心可昭天日，万古不朽！

大殿正门两侧悬挂着一副长联："不爱钱，不惜命，乃太平根基，名将名言，贪婪者踉跄；取束刍，取缕麻，定斩徇军律，保民保国，正气壮河山。"

殿正中央有一尊岳飞坐像，高4.54米。他头戴帅盔，穿金甲，外着紫色蟒袍，右手握拳置右膝上，左手按腰间佩剑，双目正视，眉宇间露勃勃英气，气宇轩昂，态度严正，令人肃然起敬。据说上方悬挂着的"还我河山"匾额，是岳飞亲笔所书。

大殿内廊柱上悬挂着很多楹联，其中清人彭玉麟写的一联为："史笔秉丹书，真耶，伪耶？莫问那十二金牌，七百年志士仁人，更何等悲歌泣血；墓前萋碧草，是也，非也？看跪此一双顽铁，亿万世奸臣贼妇，受几多恶极阳诛。"

读着这些楹联，我不禁感慨万千。另一位民族英雄文天祥说过："人生自古谁无死，留取丹心照汗青。"岳飞虽然只活了三十九岁，英名却永垂青史；秦桧寿终正寝，却变作不齿于人的奸相，遗臭万年。

出了大殿，我们便去拜谒岳墓。岳墓墓道两侧分列着虎羊马三对石兽和三对石人。一对石柱上刻着古人的名联："正邪自古同冰炭；毁誉于今判伪真。"

岳飞墓置中央，岳云、张宪墓置两侧。面对岳墓我心潮澎湃，眼前似乎飘舞起了岳家军的战旗，耳畔响起了金军"撼山易，撼岳家军难"的叹息声……

墓阙下门洞两侧有四个铁铸人像。他们反剪双手，赤着上身面墓而跪。四人为陷害岳飞的秦桧、王氏、张俊、万俟卨。跪像背后有联道："青山有幸埋忠骨；白铁无辜铸佞臣。"

据史载，明弘治年间，参政周木在修岳飞墓时，曾铸秦桧夫妇二跪像，不久被游人击碎。明正德八年（1513），都指挥李隆用铜重铸，增加了万俟卨，共成三像。明万历二十二年（1594），按察副使范苹再次重铸，又增加了张俊，遂成四像。1966年秋，岳飞墓被毁，四奸像亦不知去向。现在的像是1979年重修岳王庙时根据河南汤阴岳飞纪念馆的铁像重铸的。

尽管四奸像旁边挂着"禁止吐唾沫"的醒目牌子，但四奸像的头上、脸上、身上还是吐满了唾沫。同行的孙幼忱老兄用他的拐杖狠狠地击打着秦桧夫妇像的头，嘴里骂道："打死你们这对狗汉奸！"我忍不住说："孙老兄，代我打他们几拐杖！"

说起岳飞之死，人人痛恨的是秦桧。其实，最该痛恨的应该是宋高宗赵构。秦桧得意时肆意妄为，排挤他人，陷害忠良，暗通金国，这一切似乎都成为他奸佞邪恶的铁证。然，无论秦桧多么奸诈、凶残、嚣张，如果得不到赵构的默许和支持，他绝对不敢肆意妄为，更不敢以莫须有的罪名杀害官居湖北、京西南路宣抚使兼营田大使的岳飞。翻阅宋史，不难发现，许多被冠于秦桧头上的罪名，其实都是源于赵构暗地里的指示。朝中有奸佞之臣在所难免，不足为惧；可怕的是君主昏庸无道，肚量狭窄，唯我独尊，心黑手辣。明代文徵明有首《满江红》，其词曰：

拂拭残碑，敕飞字，依稀堪读。慨当初、倚飞何重，后来何酷？岂是功成身合死？可怜事去言难赎。最无辜、堪恨更堪悲，风波狱。

岂不念，疆圻蹙；岂不念，徽钦辱。念徽钦既返，此身何属？千载休谈南渡错，当时自怕中原复。笑区区、一桧亦何能？逢其欲。

"笑区区、一桧亦何能？逢其欲。"真是一针见血啊！岳飞、韩世忠等人在战场上厮杀半生，却落了个鸟尽弓藏、兔死狗烹的结果。真是忠良蒙冤，奸佞得志。每每读到此，义愤填膺，扼腕长叹。

纵观岳飞一生，赤胆忠心、精忠报国，他浴血沙场驱逐入侵之敌，希望收复中原，迎回二圣，更希望得遇明君，为大宋建功立业，以慰平生。他是寂寞英雄，满腔抱负，无人赏识，"欲将心事付瑶琴"，却无奈"知音少，弦断有谁听"。

赵构、秦桧之流戕害的不仅是一代民族英雄，也是一代文豪。悲哉！悲哉！杭州栖霞岭下的岳坟前长跪着四个奸佞之人——秦桧夫妇、万俟卨、张俊，独少了赵构！

我有时假想：若是岳飞当年没有被赵构、秦桧杀害，他一定能直捣黄龙，甚至灭掉金；若是他生在没有战争的年代，他的诗词成就能不能超过李白、杜甫？

然，历史没有假设。我唯有叹息。

游兴未尽，日却落山。出了庙门，已是晚霞满天，西子湖闪耀着万点光斑。我心潮难平，夙愿虽了，但别时仍依依难舍。同行的刘丙钧为我在庙门前拍照留念。相机记录下了巍峨庄严的岳王庙，记录下了这一天的彩霞，同时也记录下了我对这位伟大的民族英雄的一片仰慕崇敬之情。

## 四

这次笔会，我结识了许多文友。

《三月风》副主编郭建模老师和蔼可亲、平易近人；编辑刘丙钧坦诚热情、乐于助人；上海作家汪葵博学大气；安徽作家李幼谦睿智多才；特别是黑龙江作家孙幼忱风趣幽默、乐观开朗，给我留下了深刻的印象。初次相见，他粗大有力的双手紧紧握住了我的双手，那份真挚的热情完全不像是与我初次见面，倒像是久别重逢的老朋友。他爽朗的笑声透露出东北人的豪放与乐观，我却失去了西北人的粗犷和深沉，用一双忧郁惆怅的眼睛打量着他。如果不是一双残腿，他那块头完全是个典型的关东大汉，可腋下的一双拐杖损害了他的形象。

孙幼忱，这个名字我并不陌生。他是位有相当知名度的儿童文学作家，已出书十多本。没想到他和我同是天涯沦落人。相处不到两天，他豪爽、豁达、乐观的情绪就感染了我。他十分健谈，言谈幽默风趣，常逗人捧腹，也看出了我的精神上的疲惫和心中的忧郁惆怅。他常和我唠嗑，唠嗑中我知道了许多关于他的故事。他比我更不幸，刚开始学习走路时就拄上了拐杖。他人生之初就是从纤路上走来，拉着生命的小船，追赶太阳和月亮，蹒跚地走，却是那么坚定、自信，从没感到疲倦过。

他告诉我他会游泳，能横渡松花江，这使我惊讶不已。我下意识地又打量起他。一个双腿残疾、拄着两根拐杖的人怎样在大风大浪中畅游？我很难想象。

"怎么，你不相信？"他看出了我的怀疑，情绪激动起来，"我游的速度不比他们健全人慢。一次，我和一个小伙子比赛，你猜怎么着，我赢了！起初他不服气，我拄着两根拐杖跃进水中，两根拐杖像小船的两个木桨，比他的双臂管用得多。游不到一半赛程他就服输了。"他爽朗地大笑起来。

我问："你初次下水就不害怕吗？"

他说："当然有些怕，可不敢下水怎么能学会游泳？人常说淹死的都是会游泳的。要我说，这话不对。会游泳的被淹死只是偶然的，淹死的绝大多数还是不会游泳的。"

他写过一篇散文，题目是《擎起我的双拐》。在这篇散文中，他详细地写了他学习游泳的经过。游泳不仅是一项体育活动，也是一种炫耀人体美的运动，可我们这样的人还有什么美可炫耀？就算我是位能在奥运会上拿金牌的游泳健将，我也没有在众目睽睽之下炫耀我的"人体美"的勇气。这位老兄的勇气和胆量真让我敬佩。

大自然的江河他能随心所欲地驾驭畅游，生活命运的江河他更能随心所欲地驾驭畅游。他靠的是什么呢？靠的是勇气、毅力、坚忍和自信吧。而我恰恰缺少这些。

夜深人静时，我不能入睡。我思考着自己今后的人生之路该怎样去走……

一晃十天过去了，笔会结束了。我们在这里相会，又在这里分手，他粗大有力的手又一次紧握住我的手。我们都是行路十分艰难的人，山高水远的生活不再属于我们，我们这次分手，何年何月才能又重逢？

我鼻子一阵发酸，喃喃地说："上帝对我们太不公平了。"

他却笑着说："上帝不公平的事干得太多了，像我们这样他还算手下留情了。"

"孙老兄，我们还会见面吗？"我的话不无伤感之情。

"我们一定会见面的！"他依然笑声爽朗，毫不怀疑地说。他紧握着我的手，发表着临别赠言："老弟，凡事想开些，这个世界也有我们一份，我们应该和其他人一样，也有权利享受一切！"

孙老兄说得对，这个世界也有我们一份，我们应该和其他人一样有权利享受这一切。我想，我不能气馁，也不能丧失信心，应该鼓起勇气走自己的路。


## 五


笔会结束时，郭建模老师要求每人写一篇参加笔会的感悟。我写了一点儿文字，刊在1986年第7期《三月风》，抄录如下：

### 艰难的历程

行路对一个健康人来说并非难事，但对我来说却难于上青天。这次来杭州参加笔会，三千多里路，我走了整整一个星期！

我自知山高水远的生活不再属于我，却迷恋万花筒般的外界生活。三千里行程，七天时间，真是行路难啊！我领略到人世间的真善美和假丑恶，一股特殊的情愫在心头涌动，我要尽我所能把这些写出来。

我的命运之途艰难坎坷，现实生活的道路更是艰难坎坷，我又不自量力选择了艰难坎坷的文学之路。不屈服命运的心，驱使我坚定不移地在这条艰难坎坷的路上走下去。


倏忽之间，三十多年过去，往事已成追忆。郭建模老师已作古，其他几位文友也失去联系，不知他们现在生活如何？我牵挂在心！

# 第十七章　苦乐年华

## 一

1987年是我生命旅途上的一个重要转折点，有喜乐，有苦痛，亦有伤感。

1月6日，咸阳市首届作家代表大会隆重召开，参会代表近百人，另外还有三十多名列席代表。大会选举史峭石老师为主席，沙石（张汝意）和我当选副主席，李春光为秘书长。能当选咸阳市作家协会副主席真是出乎我的意料，我很是诚惶诚恐。我知道这是与会代表对我寄予的信任和厚望，更是一种鞭策和勉励。会后细想，"作协副主席"只是个名分而已，作家是要靠创作成果来说话的。我得努力，努力，再努力！

在这次大会上，我有幸认识了王启儒先生。他中等身材，面目清癯，不苟言笑，一身书卷气。他是礼泉人，毕业于陕西师范大学政教系，时任中共乾县县委常委、宣传部部长。他酷爱文学，官闲喜弄文，在省、市文学刊物上发表过许多作品。我和他在同一期《秦都》杂志发过小说作品，与他神交久矣。

5月7日，咸阳市首届文学艺术界联合会代表大会召开，我当选为主席团委员。在会上我再次见到王启儒先生。时隔不久，他调任杨陵区委副书记。从此我们结下了不解之缘，也成了忘年交。

咸阳市首届文学艺术界联合会代表大会主席团成员合影留念（右二为贺绪林）

王副书记来杨陵任职不到一个月，便前来我家看望我。与他同来的有副区长、宣传部部长以及文化教育局的局长。王副书记仔细询问我的生活状况，问我有什么困难。我便说了自己的困难，希望组织能解决我的农转非（农村户口转非农村户口）和工作问题。他直率地说，他是副职，现在不能给我肯定的答复，但他一定会尽最大的努力给予我帮助。

此后，每隔一个月我就去找王副书记。其实区上一把手二把手我都找过，可心里觉得还是找他靠谱。有句话说得好："人不亲行亲。"我以为他和我都是舞文弄墨之人，因之认为他最能理解我的难处。后来事实证明我的认知是对的。王副书记果然是好脾气，不厌烦我，每次都安慰我："正在协调解决，不要心急，要耐心等待，一有消息就会第一时间通知你。"

在王副书记不遗余力的帮助下，几经周折，我的农转非问题终于得到了解决！

那一天是1987年11月9日！

然而，解决户口问题只是第一步，关键问题是我的工作问题。如果不解决工作问题，就是把户口落到北京又能怎么样？只有解决了工作问题，生活才能有保障，生活有了保障才能没有后顾之忧，才能安下心来搞创作。

我又去找王副书记。王副书记说："这事得一步一步来，第一步已经走好了，下来就要等待时机。如果有招工指标，首先就考虑你。"

王副书记这么说，也就给我吃了定心丸，可我心里还是着急啊！但着急也没用，只能耐心等待。这一等就等了两年！两年里我也没有坐等天上掉馅饼，而是隔一段时间就去找王副书记和有关领导，不管他们烦不烦我。这几年的经验告诉我，你不去追求自己的希望，希望绝不会来找你。

多少次的四处奔波，多少次的求人，加上王副书记的鼎力相助，我的工作问题终于得到了解决！1989年我被安排在杨陵区文化馆上班，工龄从1月份算起。拿到招工表的那一刻，我心中五味杂陈，最多的还是喜呀！我只觉得天比任何时候都蓝，阳光比任何时候都灿烂，虽然那天是个阴天。

此后不久，王启儒先生升任杨陵区委书记，几年后退休，担任杨凌示范区文学艺术界联合会（以下简称杨凌示范区文联）主席、作协名誉主席。我们常来常往，成为无话不谈的忘年交。一次，我和王书记拉闲话，说起这段往事，我向他致谢。他淡淡地说："谢啥哩，我只是做了我该做的事。"他说得轻描淡写，可我不这么认为，想当初没有他的鼎力相助，我的工作问题不知还要拖多久呢。

他又说："按你的创作成果，早就应该被评为高级职称。"

我说："我找过有关领导，事情很难办。"

他叹口气说："唉，这是对你的不公啊！"

不管怎样，在这里，我要深深地感谢所有帮助过我的人，特别要感谢王启儒先生！

# 二

臀部的褥疮一直没有好，去杭州参加了一次笔会，回来后更加严重了，无奈，我又住进了医院。伤情得到了控制，我便要出院。住院太耗钱了，而褥疮治疗不是十天半个月的事，就是一年半载都不一定能治愈，家里的经济条件实在不允许啊！嫂子向大夫请教了换药技术和注意事项，回到家自己动手为我换药疗伤。每每看着嫂子猫着腰，用镊子夹出那带着脓血的纱条，我就想起了母亲，泪水潸然……

到了8月，褥疮不断流脓，一位朋友给我介绍了杨陵镇一位专治外伤的大夫。那位大夫看了我的伤情，埋怨我怎么现在才来看。言外之意是我来迟了。此后，嫂子每天陪着我去杨陵镇换药。一个月过去，伤情没有一点儿起色，我不愿再去了。后来，我的褥疮治愈了，嫂子跟我说，那个大夫那时给她说，我活不了多久。我苦涩地笑了笑。

到了年底，褥疮更加严重，且有了并发症，我低烧不退，食欲不振，体重急剧下降。嫂子说这样下去不行，得上大医院去看。我也觉得自己快撑不住了，但我不想死。于是，我给咸阳市作协主席史峭石老师写了一封信，请他帮我在咸阳联系医院。史老师不仅是咸阳市作协主席，还是咸阳市政协常委，人缘好人脉广，且十分热心，很快给我回信，说是联系好了一家医院——陕西中医学院附属医院。

1988年元旦一过，1月4日，嫂子陪我去咸阳就医。由于联系的医生当天不在，我暂住在一个诊所的病房。一路颠簸，又受了风寒，下午我就发烧害冷，嫂子出去拿了点儿药，我服后好了些。同病室住着一位横山中风患者，左手不便，他哥陪着他。外间住了一对年轻夫妇，带着一个孩子，孩子哭哭闹闹，吵得人无法入睡。

翌日早晨七点半我起了床，早餐我喝了点儿油茶，半上午时分突然晕倒，惊动了不少大夫，检查后说是虚脱引起的，给我推了几支葡萄糖才好转。下午，峭石老师来了，他和咸阳政协的一位年轻人一同陪我去中医学院附属医院去检查。骨伤科只有一位年轻大夫值班，不能确诊，让明天上午来会诊。

第二天上午去医院会诊，大夫说我的褥疮面积太大，需要去西安做手术治疗。

于是，我联系上次给我做手术的王尚昆大夫。王大夫说床位十分紧张，他想想办法。几经周折，1月15日我来到了西安。西安医学院附属医院没有床位，我暂且住在黄雁村的一个康复中心，等候床位。康复中心什么病也不治，也不给用药，以致我低烧不断，伤口不断恶化，整日昏昏沉沉的，不思饮食。嫂子急了，又去找王大夫。附属医院还是没床位，后经王大夫介绍，我转到了新城区医院。没有床位，医院在走廊里给我安排了加床。

年关将近，家事繁忙。岁仓弟来陪我，换嫂子回家。他跟人闲聊，得知该院外科主任田大夫是治疗褥疮的专家，几经周折，他找到田大夫家里求助。他跟田大夫讲了我的身世和遭遇，说到悲情处声泪俱下。他的真情打动了田大夫，田大夫当即答应第二天亲自给我做手术。

田大夫是我这一生见到的难得的大好人、好大夫，待人态度热情，没有架子，且医德高尚。1976年7月28日唐山大地震，田大夫曾随医疗队赶赴唐山救援，有着丰富的治疗褥疮的经验。第二天，田大夫为我做了全面检查，随后给我切开了伤口，清除了腐肉。从此，臀部的褥疮结束了两年的流脓历史。

那段时间一直是岁仓弟陪着我。他后来给我说，田大夫给我刮腐肉疗伤时，他就在一旁看着，流的血很多，一大堆药棉都染红了，最后他都不敢看了，真怕我挺不下去。感谢田大夫，感谢老天爷，让我从死神的手里又逃脱了。

手术后一周，我觉得精神大有好转，有了食欲，老感觉饿。两个小伤口已经愈合，大伤口还很麻烦，但不再有脓，且有肉芽生出。一切向好！

可这家医院条件很差，因床位紧张，医院临时在走廊为我加了张病床。一只白炽灯泡像年过花甲的老人的眼珠般昏黄无光，走廊很长，地道似的，以至于我弄不清天黑天明，遑论天阴天晴。与我病床头顶头的是一位中年汉子，他是河南灵宝人，刚做了疝气手术。田大夫来查房，问他感觉怎么样。他操着家乡口音给田大夫说："我觉得浑身都不得劲儿。"田大夫笑着说："觉着得劲儿你就不在这儿躺了。"

大伙儿都笑了，这笑声驱散了走廊的沉闷之气。

查到我，田大夫叮嘱岁仓弟，要给我增加营养，这样伤口才能愈合得快。糟糕的是医院的伙食十分差劲，稀饭、馒头、面条，天天这三样，想吃碗米饭难于上青天。眼看就要过春节了，伤口愈合还是没有太大的起色，我和岁仓弟心里都很着急。

这天田大夫来查房，我问几时能出院。田大夫说："可以出院，现在住在这里也就是换换药，这个你们自己也可以换的，农民挣点儿钱真是不易呀。"又叮嘱，"换药一定要搞好消毒，千万不能再感染。"

2月13日（农历腊月二十六）上午十一时许，我们离开医院，在玉祥门乘班车，下午五时许回到家。离开医院时，一位朋友送给我一包"腐殖酸"（浸泡纱条的药），他姓权，澄城人，在白水一家煤矿工作，他的一位工友因矿难受伤，他来陪护。住院这段时间，他每天都来和我聊天，我们很聊得来。他知识面很广，上知天文下知地理。更让我惊奇的是他会相面，他说我将来会越来越好。我笑了笑，知道他是安慰我，但在心底里希望他的预言成真。后来他的预言竟然应验了！

回家后，半年时间我的褥疮才痊愈。这时岁仓弟才给我说了实话，说出院时他背着我问过田大夫我的褥疮几时能好，田大夫说我的疮面太大，能不往坏发展就是好事，言外之意是没法治了。他一直不敢给我说。

我以手加额，长叹一声："天不绝我！"

# 三

冬去春来，东风送暖，万树皆绿，院子里的核桃树却迟迟不见发芽。我心中大疑，等不及了，折断一枝树枝细看，才发现它已干枯了。我十分诧异：它怎么死了？！

其实，前几年核桃树已经出现了衰老的征兆：枯枝一年比一年增多，果实却一年比一年减少。只是我不把这些放在心上罢了。后来听一位老人说，核桃树的早衰是因为年年都把它当作玉米架。每年秋季玉米收获后被编成辫子，为了省事省力，家里就把核桃树当作玉米架。试想，每年都把五六千斤的玉米棒子全压在它肩上，而且一压就是几个月，它能受得了吗？

前文说过，核桃树是父亲栽的。有道是"前人栽树，后人乘凉"；又有言"桃三杏四梨五年，想吃核桃得九年"。父亲栽树时想到的不是他和母亲，而是我。可他万万没有想到，他栽下的是一个祸根！为此，父亲去世多年后，母亲还经常抱怨他。

这棵树也曾给我带来了许多欢乐。打我记事起，它就枝叶茂密、果实累累。每年春季，随着绿叶的生长，它先吐出毛毛虫般的絮子，后来生出些许黄花，再后来豌豆般大小的核桃便生了出来。随着日月的递进，那青皮核桃便渐如鸡蛋大小。等到糜谷上场时，那青皮裂开，只要猛摇树干，核桃就破皮而落。

每年秋收季节是我最欢乐的时刻。这年年都有的欢乐一直延续到我二十一岁那年的秋天……

最初，我和母亲都恨死了这棵核桃树，都说等我伤好后就砍伐了它。但我的伤迟迟不能好，因而也没人去砍伐它。

那段日子里，母亲常常自言自语地埋怨早已去世的父亲不该栽这孽障树，只说将来儿孙吃核桃时能记起先人，没想到却祸害了儿子。我也时常望着那树发呆，回想着活蹦乱跳的日子……

第二年春天，核桃树并没因为摔伤了主人而感内疚，而是按时开花结果。到了夏日，我能拄着拐杖下床了。遵照医嘱，在母亲的搀扶下，我每日在院子里活动麻痹的双腿。核桃树犹如一把巨伞，为我们母子撑出一片绿荫。砍伐它的计划只好往后拖延。

不觉到了秋日，核桃树以它香美的果实贿赂了我们母子的嘴巴，但丝毫没能动摇我们母子砍伐它的决心。正准备实施砍伐计划，却收获了玉米，母亲发愁地望着如粪堆的玉米棒子，不知把它们往哪里存放才好。我的腿不能动，搭玉米架难于上青天。同院住的桂芳大嫂说："拧成辫子，架在核桃树上不就好了，省事也省力。"

这真是个好主意。于是，就这么办了。砍伐的计划自然又落空了。

年年如此，核桃树便毫无愧色地在院中挺立着，尽管我们母子一直对它耿耿于怀。

天长日久，我和母亲都不再说砍伐它的话了。从春到秋，我需要它的树荫遮阳挡雨；从秋到第二年春，它担负着玉米架的重任。我们母子的生活有点离不开它了。

后来，母亲病逝了，核桃树却依然活着。我在院中活动双腿，常常驻足于树前，抚摸着那粗糙如毛铁的树皮，忆起母亲的音容笑貌，感叹人生无常……

树既死，就当伐。

核桃树轰然一声倒下，院里顿显空荡荡的，我的心中也现出一片空白……

我一如既往地拄着拐杖在院中活动麻痹的双腿，留下的脚印形成了一个以核桃树为圆心的圆圈。院中的核桃树虽然没有了，但它依然活在我心中。我早已不怨恨核桃树了。我的伤残只能怨我太大意太不小心，或者是上苍对我的惩罚吧，要我饱尝一下人生的酸甜苦辣。核桃树一介草木，何罪之有？

# 四

一日，我独自一人在电视机前看一场足球赛。一位朋友来访，进了屋我竟然不知。朋友见我看得这么着迷，十分诧异，问道："你喜欢足球？"

我点了一下头。

朋友看了我半天，目光中充满困惑不解。在他看来，一个下肢瘫痪的人看足球不是自寻痛苦和烦恼吗？

我不想给他解释什么，示意他坐下也看看。足球赛结束了，结果是零比零。朋友打着哈欠说："白费了半天劲儿，没进一个球。"

看来这位朋友喜欢看进球。罚点球最容易进球，当然场面也十分紧张精彩，但世界上绝对没有一场球赛一上来就以罚点球决胜负的，都必须踢够九十分钟；倘若胜负难分，还得加赛三十分钟；若还是平手，这才会罚点球决胜负。球迷们在电视前看球赛录像时，都避免预先知道结果，并向知道结果的人发出警告："不许说！"

看过一个电视短剧，剧中主人公是个足球迷，由于工作忙常常看不上足球赛的现场直播，只好过后看录像，却怕那些看过现场直播的人告诉他结果，便在脖子上挂了个牌子，牌上大书：不谈足球！

由此看来，球迷们着迷的并不是比赛的结果，而是比赛的过程。在不少于九十分钟的过程中，他们欣赏球员的矫健、坚强、智慧和优美；他们在球员努力拼搏、前途未卜的过程中享受艰辛，享受激情，享受惊险，享受渴望，享受欢乐。

当我坐在电视机前看足球赛时，谁胜谁负我并不太在意。我的眼中只有那一双双健美结实充满力量的腿和那小小的球。我的整个身心都随着那一双双健美结实充满力量的腿在突奔，随着那球儿在腾飞。此时此刻，我获得了健康，获得了男子汉应有的胆魄、勇气和雄姿，我觉得我也是他们中的一员。

我常常这样想，那绿茵茵的赛场不就是人生的竞技场吗？人的一生多么像一场球赛，区别无非时间长短而已。老天在冥冥之中给我们设置了很多障碍，为的是给生命一个多姿多彩的过程，才使我们的生命中有欢乐有痛苦，有趣味有无聊，有悲欢有离合，有悲壮有辉煌。

人生最大的意义在于奋斗的过程，而不在于结果。虽然任何人最终的结局都是死，然而每个人一生所走过的路都不尽相同，在奋斗的过程中你会获得充实与辉煌，在颓废的过程中你得到的是空虚与平庸。

每个人都拥有自己生命的全过程，但在这个过程中老天并不宠爱每一个人。譬如我，老天就不喜欢，让我下肢瘫痪了，不管我怎么想不通也没用。然而，老天并没终结我的生命旅程，好比一场球赛，输局已定，可还有时间要你往下踢。那就鼓起勇气往下踢吧。不能在平坦的人生旅途上获得幸福和欢乐，那就在坎坷的逆境中争取辉煌的悲壮吧！

有位残疾朋友说得好："当生命以美的形式证明其价值的时候，幸福是享受，痛苦也是享受。"

那我就"享受"这份痛苦吧。

## 第十八章　以歌当哭

时光如流水，似乎眨眼二十年就过去了。嫂子的四个女儿都出嫁了，小日子过得还都可以。再后来，两个儿子先后娶妻生子。嫂子忙了家务，还要照顾孙子，一天到晚忙忙碌碌，可心里甜滋滋的。正所谓含饴弄孙。

谁知天有不测风云，人有旦夕祸福。

2000年10月，那段时间，嫂子经常说她腰腿酸疼，很不得劲。我让她去医院，她不去，说这不算个啥病，扛扛就过去了。腰腿疼的毛病是她这个年龄段人的常见病，她不在意，家里人也没在意，大伙儿都以为是劳累过度所致，只要好好休息休息就会好的。可到了年底她的病情有些加重，身体明显不如以前，腰板不再挺直，面容已显憔悴衰老，两鬓添了许多白发，干活儿也有点力不从心。我和孩子们都劝她赶紧去医院看看。她笑着说："没啥大毛病，过了年再说吧。"

过了春节，她的腿疾仍不见好转，反而还有所加重，面部也呈现轻度浮肿。我和孩子们劝她去医院看看，她还是笑着说不要紧，除了腿疼啥都好着哩，腿离心远着哩，要不了命。糊涂的我竟然也这么认为。

直到有一天晚上，她上厕所，蹲下身竟然起不来了，后来是扶着墙才站了起来。第二天她才去了医院。

命运真是捉弄人，她遇到了一个庸医，检查后说什么都好着，只是血压有点高，开了几十块钱的药，除了降压药，还有一瓶五福心脑康，一盒阿司匹林肠溶片。这才真是腿疼医头。她吃了两天药，腰腿疼的症状不但没有减轻，反而有了药物引起的不良反应。她笑骂大夫医术不高，说是钱白摆了，干脆不吃那药。

过了十多天，嫂子的腿疾越来越严重，站起时都要借助外力，走路都须扶杖。我慌了，嫂子也心焦起来，再次去了医院，大夫诊断为坐骨神经痛，给嫂子做了封闭治疗，并开了许多镇痛药，但均不见效。这时嫂子才真正着急起来，因为腿疾已使她举步维艰。可就是在这种情况下，嫂子每日拄着拐杖还在为全家人做饭，还要给我铺床理被，帮我活动锻炼麻痹的双腿。

我们再次去医院给嫂子做了拍片检查。大夫说是腰椎间盘突出。这是个很痛苦，且治疗又十分麻烦的病。我十分着急，也十分不安。嫂子不仅是家里的顶梁柱，也是我的精神支柱和依靠，她一旦倒下，怎么得了！

为了尽快治好嫂子的病，减轻她的病痛，亲友们四处奔走，找了一个专治这病的大夫给她做针刺治疗。由于嫂子腿脚行动不便，少忠兄（嫂子的娘家兄弟）让她住在他家治疗（他家在杨陵城区，条件好一些，每天把大夫请到家里来给嫂子扎针）。这时我心才稍安。

五天过去了，我去看望嫂子。嫂子的腿疾不但没有减轻，反而有所加重，竟然连床也下不了。我又惊又急，托人请来杨凌示范区医院一位享有盛名的大夫给她做检查。大夫检查罢出了屋，面色沉重地说，可能是骨结核，必须去咸阳做CT检查才能确诊。那时杨凌示范区医院没有CT机。

听到这个消息，我十分震惊，心头似乎压上了一块巨石。怎么会是骨结核呢？这个大夫是不是徒有虚名？他在胡说八道吧？

可CT检查的结果却比这个诊断糟糕一万倍！

骨癌，已转移！

看着CT检查单，我的手在颤抖，眼前发黑。我只觉得天就要塌了，脑子一片空白。好半晌，我明白过来，再也无法控制自己，失声痛哭……

自母亲去世后，我从没有这样悲伤过，泪水似决堤的江河在我的面颊上肆意流淌。我怕哭声传出去，便蒙上了被子。一个男人强抑的哭声似一匹绝地苍狼在嚎叫！

老天爷啊，我实在无法接受这个事实。

嫂子的身体一直很健康，平日里很少吃药。尽管生活很沉重，嫂子似一头忍辱负重的老黄牛拉着这辆沉重的车默默前进，从没被疾病打倒过。我清楚地记得，那年《三月风》杂志社邀请我去杭州参加一个笔会，那时我刚做完手术，且行动不便，不想去，嫂子却说："机会难得，出去开开眼界，见见世面，还能结识些朋友，对你的创作一定能有所促进。"在嫂子的鼓励下我去了杭州，是她陪着我。一路上车、下车、转车都是她背着我，其间的艰辛是外人难以想象的。归途中，在南京转车时我们上了行李车（我坐着手摇轮椅车），好心的乘务员告诉我们，鉴于我有残疾，可以补办卧铺票。可卧铺车厢在车尾，她背着我一口气从车头走到车尾，整整十三节车厢，足有一百多米。过后她笑着说，她也不明白当时咋就有那么大的劲儿。往事历历在目，清晰如昨。万万没有想到嫂子竟然患了如此恶疾，举步维艰，而且危及生命！

那天晚上我无法入睡，巨大的悲痛吞噬着我的心灵和肉体，泪水禁不住浸透了枕巾……我想，我是个有罪的人，上苍已经给了我最残酷的惩罚，我也愿意替所有的亲人和朋友赎罪受过。我们闲谈时，我常对嫂子说，我已经替一家人把病害完了，你们平安无事了。我做梦都没想到噩运会降到嫂子的身上。老天爷呀，你为什么要如此对待一个善良、纯朴、忠厚、贤惠的女人？你为什么这样的不公平？！

第二天一大早，我就去看望嫂子。关于嫂子的病情，我和孩子们及亲友商量过，一定要瞒着她。我对孩子们说："我们共同努力，一定要照顾好你们母亲的饮食起居，让她心情舒畅地度过每一个日出日落。"我和孩子们都期盼着能有奇迹出现。

我进屋时嫂子躺在炕上正和大女儿说着话，看上去精神还不错。看到我，嫂子露出了笑颜，说她今日感觉不错，要我不要再来回跑了，腿脚又不方便，过两天病情一好转就回家去。那一刻，我的泪水几乎要涌出眼眶，但又强抑着把泪水吞进肚里，强装笑脸和嫂子说话，可我的心却一直在滴血。

　　那天我一直陪着嫂子说话。窗外的阳光消失，屋里的光线渐渐暗淡。嫂子几次催我回家，我嘴里应着却不忍离去。如此的陪伴还能有多少次？我不敢去想。回到家时已是万家灯火，迎接我的又是一个难眠之夜……

　　孩子们和亲友四处奔波为嫂子求医问药。这个家不能没有嫂子啊！哪怕有百分之一的希望我们都要百分之百地去努力。我们去了几趟西安，但一次比一次让人失望。几家大医院都明白无误地说，嫂子的病已是晚期，任何药物和手术都不会奏效。这无疑是下了死亡通知书。少忠兄无可奈何地对我说："该尽的力咱们都尽了，准备后事吧。"

　　那一刻我的心都碎了，极度的悲痛再次吞噬了我。我失去了理智，完全没了主意，唯以泪洗面。难道真的回天无力了吗？苍天呀，你为什么如此残酷无情？你为什么杀人不用刀啊？！

　　悲痛无奈之中，大伙儿商量决定，让嫂子回家疗养。我真不知该怎样对嫂子开口，少忠兄说，这话他来说。少忠兄找了一个合适的时机对嫂子说："大夫说了，你的病一是手术治疗，二是保守治疗。手术治疗效果好，但要受很多的痛苦。保守治疗时间较长，但痛苦小，仅用药和牵引而已。"嫂子抬眼看我，我强忍着没让泪水流出来，点了点头。嫂子说她不要做手术，说罢，又看看我。我忍悲说，咱们不做手术，咱们回家吃药疗养。我因伤病做过几次手术，住院都是嫂子陪着我。我受的那份痛苦她一直看在眼里痛在心里，至今余悸未散。我完全明白嫂子是不愿做手术的，因此才和少忠兄编此谎言来诳嫂子。我也知道，在这个世界上嫂子最信任我和少忠兄，她怎么也不会想到，两个她最信任的人合伙欺骗了她。她怨恨我们吗？

接嫂子回家之前，我让孩子们把她住的屋收拾了一番，特意把电视机搬了过去。她给我说过，夜真长，特别是前半夜，怎么也睡不着。我想，看看电视能给她解解闷。我不知道还能为她做点什么。

回到家嫂子的精神状况还真的不错。我理解她，金窝银窝不如自家的土窝。少忠兄是她的亲弟弟，他家在杨陵城区，条件优越，住在那里有诸多方便，可嫂子却一直感到拘束。现在回到自己的家，一切都可随意，她的心情自然就好。

看到嫂子的笑颜，我的心情也好了起来，几乎都忘了她被病魔缠身。儿女们的心也宽了许多，小孙子在她的床前跑来跑去，家里又有了欢声笑语。没有料到两天后，嫂子的腿突然疼得很厉害，动都不敢动。我稍安的心又悬了起来。

火炕嫂子睡着不舒服；木板床睡着也受罪；铺上海绵垫起初尚好，后来就不行了，只好取掉。看着嫂子如此受罪，我于心何忍！我决意给她定做一个活动折叠床，方便她的饮食起居，减轻她的病痛。活动折叠床的要价很高，我丝毫没有犹豫，只要能减轻嫂子的病痛，花多少钱我也在所不惜。

我怕嫂子心疼，舍不得花钱，告诉儿女们瞒住她，说这种床并不贵，只花了五百块钱。嫂子辛劳一生，节俭过日子，每一分钱都要花对地方，从没有大手大脚花过钱。那几年家里穷，她总是把大女儿的旧衣服改小给小女儿穿，再把小女儿的旧衣服改小给儿子穿。我不记得她都有什么像样的衣服，出门换上一套新衣，回到家赶紧脱了，一件新衣少说也要穿三年。她常对儿女们说，细水长流，过日子千万不可大手大脚。如果给她说了实话，她一定不会让我买床的。后来，她从一位亲戚口中知道了床的真实价码，果然埋怨我为啥不给她说实话，埋怨我不该胡乱花钱，说早知道这么贵，说啥也不让我买，腿疼一阵儿就过去了，她能忍得住。我笑着说："不贵，也就是我两个月的工资，权当今年只领了十个月的工资。"可我心里在流泪。嫂子为了这个家付出了多少汗水、多少心血，现在染上了恶疾，可她想到的不是自己，而是这个家！

有了活动折叠床，不仅减轻了嫂子的病痛，也给她的生活添了一些乐趣。老躺在屋里她觉得憋闷心慌，阳光好的日子，儿女们可以把她推到院子里晒晒太阳。

屋外的空气清新，春日的阳光格外明媚温暖。蓝天如洗，白云飘浮；葡萄架上的枝叶繁茂嫩绿，葡萄串已显雏形；燕子飞来飞去，黄鹂在树梢上鸣叫……人活着虽然有许多烦心事，但春光却无限美好。嫂子躺在葡萄架下和儿女们说笑，逗着孙子，其乐融融。我心里却装满无边的悲伤，站在一旁眼含泪花微笑地看着她。她面带慈祥的微笑，享受着生活的乐趣，一副满足的神态。我真希望时间就此凝固，不要再前进一步。

可是，没有什么力量能够阻止时间老人的步伐。时间一天一天过去，病魔显露出凶残的面目，在嫂子的身体上施展威力。她声音沙哑了，不断地干咳；不思饮食，喝口水也十分困难；腿疼加剧，且全身不舒服，脖子都不敢转动。她的身体极快地衰弱了。看着嫂子如此受苦受难的模样，我心如刀割却又束手无策。还有什么比眼巴巴地看着最亲的人受痛苦却毫无办法更让人痛心的事呢？

嫂子开始对自己的病产生了极大的疑虑。她问我为啥她的病不见好转，反而一天比一天加重；她问我是不是在哄骗她。我无法回答，强颜欢笑，说任谁在床上躺得时间长了都会感到不舒服，好人都会睡下病的，何况她本来就有病。我怎能把实情告知嫂子！倘若真的告知了她，她的精神会不会垮掉？我一直期盼着奇迹的出现，期盼着嫂子从病床上走下来，和以往一样为全家人操劳忙碌。这就是我一直不告诉她真实病情的原因。嫂子泉下有知，能原谅我吗？

时间老人的脚步已经跨进了21世纪，人类的科学技术有了飞跃的发展，医疗技术应该说也有了长足的进步。可面对许多疾病，人类竟然如此束手无策。在病魔面前，人类竟然这么脆弱，这么不堪一击。夜静更深，我不能成眠，悲叹嫂子和我的不幸命运，因此在心中发誓：倘若有来生，我一定要做一名医生，为了今世的我，也为了今世的嫂子。

儿女们和亲友请来了神汉巫婆，为嫂子祈祷祝福。我知道这是无奈的选择，我们还能有什么办法可想？我虔诚地向上帝向佛祖等神灵祷告，祈求保佑一切善良的人，赐给他们健康和快乐。我对一位神汉说，我给自己什么也不祈求，只祈求上帝能赐给嫂子健康。嫂子问一位信女，她还能活多久。那位好心人安慰她，说她不会死的，说我还需要她照顾。回想起当时的情景，禁不住泪水泫然……

然而，生死原有定数，冥冥之中似乎早已做好了安排，人类的科学技术对此束手无策，就是上帝佛祖等神仙也难改变既定的命运。经历了这一场劫难，我成了一个宿命论者，不知这可不可悲？

嫂子的病情一天比一天恶化，我心中的疼痛一天比一天加剧。为了减轻嫂子的痛苦，我和儿女们轮流给她按摩。嫂子不忍看我拄着双拐按摩的艰难劲儿，三番五次地要我歇一歇。可我怎么能歇下手！我还能为她做什么呢？

那一年我臀部生了褥疮，住院治疗吧，家里的经济条件不允许；每日去医院换药吧，我行动不便也办不到，嫂子便向大夫请教了换药技术和注意事项，自己动手为我换药疗伤。两年多来，嫂子每隔一天都要为我清洗疮口，换药包扎，从没说过一声脏叫过一声累。回想往事，我现在做的这么一点儿算得了什么？嫂啊，我的生活中怎能没有你？这个家怎能没有你？我不敢去想失去嫂子的日子要怎样度过，失去嫂子这个家还是家吗？……我心中的苦心中的痛该向谁去诉说？

2001年5月20日（农历四月二十八），这是一个铭心刻骨的日子，嫂子躺在床上，忍受着病痛的折磨。前一晚打了杜冷丁，嫂子只睡了一个多小时就苏醒了，疼倒不怎么疼了，只是喊心里难受，而且呕吐，想喝水，但一喝水就吐。

好不容易挨到天亮，嫂子埋怨不给她打吊针。侄儿请来村里医生（医生是家族中的一位侄子）给嫂子挂上了吊瓶。六点左右，伺候在侧的侄女过来和我说，她妈说话含糊不清。我慌忙去看，嫂子烦躁不安，说浑身难受，打了镇静剂也不起作用。嫂子连说把吊针拔了，我们当即拔了吊针。

嫂子出气急促，胸闷，闭眼不睁，不住呻吟。少忠兄走进屋，低声对我说，想搬嫂子到里屋去。我对嫂子说了这话，嫂子说，她哪里都不去。少忠兄叹了口气，出了屋。

我明白，嫂子剩下的时间不多了，我流着泪呼唤她，叫她睁开眼睛再看看我。她慢慢睁开眼睛看了我一眼，说她很困很乏，连睁眼睛的力气都没有了。我说，那你就睡吧。嫂子闭上了眼睛。少顷，我心有不甘，问她还有什么话要对我说，她闭着眼什么也不说。那时我心痛如刀割，真不想再瞒她，要把病情如实地告知她。可我到底还是什么也没说。

这时少忠兄又进屋来，要我劝劝嫂子搬到里屋去。我说："嫂，这里离街门太近，太吵，咱们搬到里屋去吧。"嫂子点了一下头。

少忠兄他们去准备。我问嫂子有啥话要说吗，她不语。随后，少忠兄他们把嫂子挪到了里屋客厅。

我进去时，嫂子躺在床上，出气急促，不时地呻吟，声音沙哑，有气无力。我强忍悲痛，握住她的手，让她睁开眼睛看看我。她睁开眼睛，一颗泪珠悄然从她的眼角滚落。她明白了，明白了大限在即，可她还是什么话也没有说。嫂啊，你为什么不给我说一句话呀？你是怨恨我吗？怨恨我瞒哄了你，怨恨你最信任的人也不给你讲实话？

侄子抱来小孙子让她看看，她睁开眼睛看了看又闭上了。侄子让孩子拉拉他奶奶的手，孩子很懂事，拉住奶奶的手。嫂子的手颤了颤，却再也抬不起来了。病痛折磨得她没有什么力气了。

少忠兄过来耳语，要我们出去，让嫂子能放心地走。

出去后，我坐在窗外，听着嫂子的呻吟声，却束手无策，只能以泪洗面。

时间一分一秒地流逝。午后，嫂子的境况越来越不好，出气更急促了，用生命的全部力量在呼吸，闭目不睁。我握住她的手，冰凉，已经没有多少温度。我想呼唤她，却不忍看她受此折磨，强忍着让泪水往肚里流。

坐久了身子有点僵硬，我挪动了一下椅子，椅子发出了声响。嫂子睁开眼睛看了我一下，又慢慢闭上。这是她看我的最后一眼啊！

下午一时四十五分，嫂子离我们而去……

行笔于此，泪水模糊了我的眼睛……

我有时在想，那些日子嫂子真的对自己的病情没有觉察吗？她怀疑过，多次追问过我她到底得的是什么病。我编造的谎言破绽百出，可她竟然都相信了。现在我终于明白了，嫂子是不愿意往坏处想，也不想往坏处想。她并不老，才五十九岁，且身体一直很好，怎么会想死呢！艰辛的日子刚刚熬过来，家里的情况刚刚有了起色，她还要享一享儿女们的清福哩，她怎能去往坏处想呢！

可嫂子却走了，走得那么匆忙！

嫂子走了，不再回头！

嫂子走了，把悲痛和思念留给了我和她的儿女们……

我原以为我身遭伤残，这辈子会走在嫂子的前头，可我做梦也没想到她竟然抛我先行了！苍天啊，这是怎么了？！

嫂子生于1943年，时逢乱世，早年丧父，家境贫寒，饱尝了饥寒之苦，因此与读书无缘。嫂子虽目不识丁，却极明事理，秉性忠厚纯朴，心地善良，言少手勤，乐于助人，人缘极好。少女时代她在娘家是人人夸赞的好女子，十七岁就当上了生产队的妇女队长。她十九岁嫁进我们贺家，那时正逢"瓜菜代"年月。我们贺家也是一贫如洗，迎娶嫂子那天的宴席上只有三斤兔肉。后来她每每忆起此事，常常感叹不已，却没有怨言。她说，那时家家都吃糠咽菜，能有三斤兔肉吃也算不错了。

嫂子进了我们贺家门，没有享过一天清福。兄长是个憨直实诚人，只知道干活儿劳作，家里内务的重担嫂子一肩挑了。为了使六个儿女有饭吃有衣穿有书读，她节俭度日，日夜操劳。白日里纺纱织布，还要出工做饭；晚上缝衣纳鞋，直到鸡叫。嫂子瘦了身体，儿女们却茁壮成长；儿女们出嫁娶妻，她却鬓染霜雪。如今六个儿女都已自立，劳累一生的她，本应是含饴弄孙坐享清福，可却积劳成疾，撒手人寰！

二十年前我母亲病逝，是她伸出温暖的手，拯救我于危难之际。"兄弟，再甭胡思乱想了，谁在世上还没有个三灾六难？咱娘殁了还有我哩，只要有我们吃的就把你饿不下。你不要熬煎忧愁，放宽心地活人……"这话犹在耳畔，可现在她却抛弃了我们，我们和她分隔在了阴阳两个世界，我满腹的话向谁去诉说？

我怎能忘记，嫂子每日给我端吃端喝，嘘寒问暖，帮我扎腿，帮我活动麻痹的双腿；

我怎能忘记，嫂子每日把我抱出抱进，让我呼吸清新的空气，享受阳光的温暖；

我怎能忘记，嫂子每日为我铺床理被，缝缝补补，拆拆洗洗……

我怎能忘记昔日的一切！

整整二十年啊，七千多个日日夜夜！嫂子给了我无微不至的关怀和照顾，让我感受到了血浓于水的亲情，使我有了活下去的勇气和信心。我们虽不是姐弟，却胜过姐弟。大恩难言报，我知道在嫂子面前说什么样的感激话都是苍白无力的。因此，我什么都没有对嫂子说过，唯有时刻以一颗感激的心面对着嫂子……

我常常长久地扶杖站在院子里，眼巴巴地望着街门。我总觉着嫂子出远门去了，一定会回来的，会突然出现在那个墙角拐弯处，会突然出现在我的面前。我等啊等，直到进入梦境，才看见嫂子含笑向我走来……睁开眼睛，嫂子却离我而去。我举目四顾，却分明看见嫂子的身影——在厨房操劳，在缝补浆洗，在为我铺床理被，在给孙儿洗澡换衣……行笔至此，泪水又一次模糊了我的眼睛……

此时此刻，我还想对嫂子说：既然命运之神已经把我们分隔在了两个世界，你就在那个世界安心生活吧，不要有太多牵挂。在没有你的日子里，我会照顾好自己的。

嫂啊，如果有来生，我还愿做你的弟弟。

# 第十九章　创办文苑

## 一

时间老人的脚步走到了2002年，这一年是我从文道路上的又一个新起点。

早在1997年7月，国家在杨陵成立了"杨凌农业高新技术产业示范区"，这是全国第一个农业高新技术产业示范区，具有非凡的意义和影响力。时隔五年，2002年7月28日，杨凌示范区文联和杨凌示范区作协成立。时任示范区党工委、管委会的主要领导悉数出席成立大会，时任陕西省作协主席的陈忠实先生和时任陕西省文联副主席的肖云儒先生也受邀参加了此次大会。陈忠实先生在成立大会上发表了热情洋溢的祝词。

这里我必须说说王启儒先生。启儒先生官闲喜弄文（雷达先生语）；后来，他做了区委书记，成为一把手，工作繁忙，就很少写文章了；再后来，他到了年龄退休了，有了充裕的时间，读书和写作成为他新的工作。这些年，先生先后出版了短篇小说集《夜的迷茫》，中短篇小说集《残月如钩》，长篇小说《风雨前程》，散文集《悠闲絮语》，以及文史作品集《遥远的文明》。先生擅长写作农村题材小说，他的短篇小说《残月如钩》（《残月如钩》是短篇小说，后收入王启儒先生的中短篇小说集《残月如钩》一书）很厚重，很有思想容量和艺术感染力；短篇小说《昨夜的月亮》描写得如诗如画，很有经典品质。这两篇作品都被列入大学教材。我曾设想过，如果先生不去从政，全身心地写作，一定会是一位优秀的作家。

退休后，先生在写作读书之余，为筹备成立杨凌示范区文联和作协四处奔波和呼吁。杨凌不仅是农科城，也是文化城，没有文联和作协不成体统啊！在先生不遗余力的努力下，杨凌示范区文联和作协终于成立了。先生当选为第一届杨凌示范区文联主席、作协名誉主席，我当选为第一届杨凌示范区文联副主席、作协主席。

会后有文艺演出助兴，陈忠实老师和我坐在一起，我们几乎都没看演出，他一直与我亲切交谈。此前我虽然与陈老师见过面，但从未长谈。陈老师详细询问我的生活状况和创作情况，我一一作答，并告诉他，我的首部长篇小说《昨夜风雨》即将由人民文学出版社出版，而且被一家影视公司改编为电视连续剧，正在拍摄。陈老师十分高兴，鼓励我多读多写，持之以恒，将来才会有更大的收获。陈老师的叮嘱，至今犹在我耳畔。

在杨凌示范区首届文学艺术界联合会代表大会上与陈忠实老师亲切交谈（右为陈忠实老师）

第二天，杨凌示范区作家协会（以下简称杨凌示范区作协）主席团召开理事会，大伙儿一致认为作协必须办一份刊物，一来给会员提供一块笔耕的园地，培养文学新人成长；二来可以团结区内外的作家和文学爱好者，打造杨凌的文化名片。刊物定名为《杨凌文苑》，王启儒主席任顾问，我担任主编，杨凌示范区作协副主席李斌成、胡照普任副主编。我们当即打报告申请办刊经费，请王启儒主席报送杨凌示范区有关领导。

是时，王主席刚从杨陵区委书记的位子卸任，余热尚存，而且时任杨凌示范区管委会常务副主任的孟建国先生十分热爱文学（他被聘为杨凌示范区文联第一届名誉主席），杨凌示范区文联和作协就是在他的大力支持下成立的。有孟主任的大力支持，有王主席的亲力亲为，报告很快就批示下来，并给予了我们一定的办刊经费。

《杨凌文苑》创刊号于当年11月出刊，封面图片是一双大手捧着破土出芽的幼苗，寓意不言而喻。我们请杨陵书法家彭保卫先生题写了刊名。如今彭保卫先生已经作古，令人扼腕叹息！

《杨凌文苑》是文学双月刊，辟有《小说看台》《散文阅读》《诗海一瓢》《秃笔评谭》《说南道北》《人在旅途》《豆蔻风铃》等栏目，每逢单月20号出刊，64页。我执笔写了发刊词，其中有这样一段：

> 《杨凌文苑》是一块新开辟的处女地，是有志于文学创作者的笔耕园地；《杨凌文苑》是宣传杨凌、讴歌杨凌的一个亮丽窗口；《杨凌文苑》是文学百花园中的一棵无名小草，她愿以自己一点微不足道的绿色点缀故乡这片热土；《杨凌文苑》愿为活跃杨凌城乡人民的业余文化生活，愿为培养文学新人尽一点绵薄之力；《杨凌文苑》愿为本区精神文明建设发一点光和热，愿为家乡的建设者鼓与呼；《杨凌文苑》是丑小鸭，期盼得到各方人士的关心、爱护、帮助和支持，期盼成为白天鹅。

"路漫漫其修远兮，吾将上下而求索。"《杨凌文苑》初临人世，道路艰难且漫长，但我们有信心坚定不移地走下去。她渴望阳光的温暖，渴望雨露的滋润，希冀能茁壮成长！

此前，我们请陈忠实先生和肖云儒先生给刊物题词。陈忠实先生给《杨凌文苑》创刊号题词：

既随物以婉转，亦于心而徘徊。（刘勰　《文心雕龙》）

肖云儒先生题词：

中国农科城绽放文艺之花。

两位大咖的题词不仅是祝贺，更是对我们极大的支持、激励和鼓舞。

创刊号在《小说看台》栏目刊载了我的首部长篇小说《昨夜风雨》节选，这部作品于2002年年底由人民文学出版社出版发行；2003年，长篇小说《昨夜风雨》被改编成三十集电视连续剧《关中匪事》（又名《关中往事》），播出后广获反响；2005年太白文艺出版社再版，更名为《兔儿岭》。可以自豪地说，这部作品打响了《杨凌文苑》的第一枪，而且得到了读者的热捧。

从此，杨凌示范区作协以《杨凌文苑》为平台、阵地，团结了全区乃至省内外一大批作家和文学爱好者，培养锻炼了一支创作队伍，在杨凌地区很快形成了浓厚的文化氛围，活跃了群众的文化生活。

随着时间的推移，刊物在成长，队伍在壮大，来稿量在剧增，而几位编辑人员都是兼职，忙不过来。为了把刊物办得更好，征得主管领导同意，2004年，编辑部聘任退休干部戴助安为专职编辑，负责编辑部具体事务。

为了激发大伙儿的创作热情，把《杨凌文苑》办得更好，更加有力地繁荣和推动杨凌地区的文学创作活动，使今后创作的作品数量和质量能有一个更大的飞跃和提高，2006年，杨凌示范区作协举办了首届《杨凌文苑》文学作品评奖活动。

首届《杨凌文苑》文学奖旨在扶植新人，奖励新人。因此，一些老作家的作品没有参评。作为评委会主席，我欣喜地看到一批文学新人迅速成长起来，他们的作品由稚嫩一步步走向成熟，已成为杨凌地区文学创作队伍中的中坚和骨干。评委们从出刊的24期《杨凌文苑》发表的600余篇作品中评出了24篇获奖作品，其中一等奖1篇，二等奖5篇，三等奖9篇，优秀奖9篇。应该说这些作品都是《杨凌文苑》中的翘楚之作。

当然，尽管评委们做了大量的阅读和筛选，但见仁见智，仍有遗珠之憾。

## 二

2012年，又一个龙年悄然而至。

龙，是中华民族的图腾，在这个龙腾虎跃的年代，我们迎来了文化大发展、大繁荣的好时机，这是我们的幸运。文学是民族生存和发展的灵魂与血脉，是一个民族的精神记忆或精神家园，是人类的精神火炬，是一切文化艺术之母。文学艺术发展了，繁荣了，我们中华民族的血脉就畅通了，就会焕发出勃勃生机。

2011年杨凌示范区作协换届时，我再次当选为作协主席，这是大伙儿对我的厚爱、信任和支持。2012年，《杨凌文苑》十岁了。十年来，《杨凌文苑》日渐走向成熟。新年伊始，万象更新，我们对《杨凌文苑》做了大的调整和改版，最重要的是编辑队伍注入了新生力量，由杨凌地区的文坛新秀、新当选的作协副主席高凤香出任刊物副主编，还有汤会娥等更年轻的编辑加入进来。高凤香和汤会娥都是中学语文教师，此前没有编辑任何书籍杂志的经验。即便如此，我还是放手让她们去做。年轻人有思想，有干劲，不能束缚她们的手脚。天高任鸟飞，海阔凭鱼跃。事实证明她们没有辜负我的信任和重托。

不管什么队伍，有了新生力量就有了活力，就有了生气，也就有了动力。办刊亦是如此。当年，刊物就有了变化：页码由六十四页增加到八十页；同时增加了《名作鉴赏》栏目，该栏目由老作家、文联主席王启儒先生担纲主持，每期赏析一篇世界经典短篇小说，并由先生撰写鉴赏文章。我们希望通过《名作鉴赏》，引领大家写出更好的作品，希望把更多更好的精神食粮摆上"餐桌"，以飨读者。

启儒先生的阅读面、知识面十分广阔，特别是对外国文学很有研究。他所选的名家经典作品都具有代表性，也可以看出他学养丰富、知识渊博。他的鉴赏文章切中肯綮、由表及里、由浅入深，很受读者欢迎。这个栏目的开办不仅提高了区内文学爱好者的鉴赏品位，同时也提升了作者的创作水平，得到区内外诸多著名作家的交口称赞。

启儒先生不会用电脑写作，每篇文章都工工整整书写出来，且从不耽误刊物的按时出版。其敬业精神令人感佩！

2010年，启儒先生因年事已高，不再参与编辑杂志和写稿，这个栏目不得已而停办，深为遗憾！

2013年，我们对刊物又一次进行了全面改版，改版后的刊名由时任省委宣传部副部长、陕西省文联党组书记、常务副主席刘斌先生题写，这无疑是对我们最有力的支持和鼓励。新改版的刊物增加了《新星推介》《文坛资讯》等栏目，同时改骑马装订为胶装，让刊物厚重了，好看了，耐读了，且更显庄重、大气。再者，《杨凌文苑》的编辑都是利用业余时间和节假日编辑刊物，为了能有充足的时间编辑刊物，也由原来的单月20号出刊改为双月20号出刊。

# 三

2017年是杨凌农业高新技术产业示范区成立二十周年，我们编辑出版了"杨凌文学丛书"，一来向示范区成立二十周年献礼，二来对杨凌的文学创作队伍及其作品进行一次检阅与梳理。

这套丛书共四册——《杨凌文学作品选·小说卷》《杨凌文学作品选·散文卷》、《遥远的文明》（王启儒著）、《仰望后稷》（贺绪林著），由本人担任主编。小说卷和散文卷收录了五十多位作者的作品，入选的作者为杨陵籍或长期在杨陵工作、生活的作家，这些作品几乎都是近年来创作的，而且都是在《杨凌文苑》刊发过的，也代表了杨凌文学界整体的创作水平。

小说卷约二十五万字，包括中短篇小说及小小说，集中展现了近年来杨凌老、中、青三代作家的小说创作成绩。他们当中有享誉文坛的老作家王启儒、贺绪林，也有在全省乃至全国范围内产生较大影响力的青年作家范墩子、张炜炜、张明亮等。收集在小说卷的作品题材多样，构思精巧，文字清新，意味隽永。

散文创作在杨陵区文学创作中一直占有重要地位和很大的比例，作家多，水平高。近年来涌现出了禅香雪（高凤香）、王红相、牛宏泰、贾燕燕、李慧、李俊辉等一批有潜质的青年作家和一批好作品。散文卷收集的作品题材涉及社会生活的方方面面，作家们都以各自独特的视角和独有的感受发出吟咏和抒写。有的工笔细描，有的泼墨写意；有的文笔含蓄幽默，有的文笔犀利辛辣。作品显现出作家们各自的生活底蕴和文字功力。值得一提的是，其中部分作品获得了全国各级文学大奖，而且许多作品多角度多层次地抒写了杨凌的人文历史、风土人情和社会变迁，再现了杨凌二十年来的新成就、新变化、新风貌。你会从中感受到美丽自然的清新空气，感受到一方水土的奔放热情，感受到农业科技的示范引领，感受到农科城腾飞世界的速度和力量。

王启儒和贺绪林是杨凌文坛的领军人物，他们的作品在省内外都产生了一定的影响。《遥远的文明》考证严谨，史料翔实，在一定程度上填补了杨凌历史研究领域的空白，是一部深入研究后稷与农耕文化的文史经典之作。

《仰望后稷》分为六辑——《历史杨凌》《人文杨凌》《乡愁杨凌》《现代杨凌》《舌尖杨凌》《闲话杨凌》。作者多角度地抒写杨凌，字里行间充满着鼓舞的温度、美好的憧憬，也充满着浓浓的泥土味和淡淡的乡愁。

这套丛书在编辑出版过程中，得到了杨凌示范区党工委、管委会领导和示范区党工委宣传部的高度重视，更是得到了杨陵区委、区政府领导和杨陵区委宣传部的鼎力支持。回首这段往事，我深为感动。再次向支持我们工作的领导和敬业的同事致以诚挚的感谢和敬意！

# 四

文学贵在创新，刊物亦是如此，求新求变是我们一直的追求，不仅在内容上，而且包括刊物的装帧、版面设计等。

多年来，杨凌示范区党工委宣传部对作协和刊物的支持力度不断加大，投入的经费也不断增加。我们的刊物多次改版，从青涩粗糙一步步走向素雅精致。页码从六十四页增加到八十页，再增加到九十六页，开本从小十六开到大十六开再到小十六开，变过两次。

2019年，我们对刊物再次进行了改革，在内容、装帧和版面设计上进行了全面的改版和调整，栏目设置有《小说》《散文》《诗歌》《论坛》《新锐》《热议》《精评》《赏析》等。我们一直希望在改中求新，希望把高质量的作品奉献给热爱《杨凌文苑》的读者。

不管刊物版式、装帧怎么改，《杨凌文苑》的初衷不改，始终以发展和繁荣杨陵区的文学艺术事业为己任，以发现、扶掖文学新人为己任。无名作者可以由这里踏上文学之路，出巢的凤凰可以由这里展翅高飞，崭露头角的青年作家可以在这里收获自己的劳动成果，有成就的中老年作家可以在这里以自己的领率之作和创作经验帮助、引导文学新人向艺术高峰攀登。当然，今天的我们有了更高的追求：立足杨凌，面向全省，辐射全国。要实现这一目标，除了我们更加努力之外，还需要得到各级领导、各界朋友的关心和支持。

我们尽最大努力，用我们的辛勤劳动和汗水浇灌《杨凌文苑》这朵小花，让其在文学艺术的百花园中开得更加鲜艳夺目。

## 五

一个地方刊物，经过一段时间发展，应当回头看看自己的足迹，盘点一下收获，看看有没有留得住的作品，有没有走出去的作家。回望走过的路程，盘点我们的收获，检阅我们的队伍，甚感欣慰。我们的《杨凌文苑》呈现出春色满园关不住，桃红柳绿尽芳菲的喜人景色。

生命有限，而岁月无涯；文墨虽淡，却可在岁月的长河中留下痕迹。二十多年来，《杨凌文苑》与时代同步，与作者和读者同行。回顾风雨历程，总结办刊经验，感慨良多。然而，我们也看到了不足和缺憾。应当承认，在杨陵区创作队伍中还缺乏年轻的、有实力的小说作者，诗歌创作也相对滞后，缺乏有实力的年轻诗人。虽然有许多不足和缺憾，但我们毕竟凝聚了一支具有潜力的创作队伍，这支队伍日渐壮大，正从稚嫩走向成熟。文学创作不是一朝一夕的事情，贵在坚持，坚持下去必有收获。我们有理由相信，在我们坚定不移的努力下，我们的事业明天会更加辉煌。

还要说的是，从事编辑这个职业，注定你必须豁达大度、高屋建瓴、有胆有识、润物无声。发现好作品，扶持新作者，力推好作品。二十多年来，《杨凌文苑》历任编辑前仆后继，追求文学艺术的大境界，着力提高文学作品的生活深度、精神向度和审美高度。虽然《杨凌文苑》只是一个地市级文学内刊，但我们竭尽所能把《杨凌文苑》办好，让其成为文学园地一道独特的风景线。我们深知，只有海纳百川，才能涛高浪响；只有林木盛大，才能高树临风。

当今社会，物欲横流，商潮汹涌，权力显能，金钱炫富，加之受网络狂潮的冲击，传统价值观念、信仰体系、道德底线及行为规范等都受到前所未有的挑战。但在这种背景下，仍有那么多人耐得住清苦寂寞，坚信"文学依然神圣"，并在这种信念的支撑下，义无反顾地继续从事着"愚人的事业"，这让我们坚信：只要人类存在，文学必然存在。同时，也让我沉浸在"吾道不孤"的欣慰之中。

二十多年来，我尽自己最大的能力做好作协的工作，与人为善，团结同事，引领队伍，推新人、推作品。在全省市级作协中，杨凌示范区作协体量最小，但创作成绩却不容小觑，近年来在小说、散文、诗歌、评论、影视剧本创作领域都有新人力作脱颖而出，在全省乃至全国产生较大影响。杨凌示范区作协曾连续两次被陕西省作协评为"先进作协"，我也两次荣获"先进工作者"称号。

二十多年来，我们把《杨凌文苑》打造成为杨凌地区一张亮丽的文化名片，实现了我们当初的心愿。这张文化名片不仅丰富了群众的文化生活，也为杨凌的精神文明建设做出了应有的贡献。

二十多年来，我与《杨凌文苑》风雨相伴，一路走来有雨也有晴，还有那些人和事，都永存在记忆里。感念所有为《杨凌文苑》付出过心血的新老同事，感谢一茬又一茬关注《杨凌文苑》成长的读者和朋友。

二十二岁，《杨凌文苑》正年轻，未来的路还很漫长，希冀她的前路宽敞无阻，一片光明！祝愿她苗壮成长，为文学百花园增色添彩！

# 第二十章　慎终追远

## 一

2007年暮秋的一个上午，我正在书桌前敲键盘码字，门铃响了。来人是二姐的堂弟，他带来了噩耗——二姐于前一晚十时去世了，这一天是2007年农历九月十八。二姐的去世在我的意料之中，但我没想到这么突然这么快。二姐的堂弟走了许久，我的心还一阵阵绞痛，脑子里一片空白，我一时无法接受这个残酷的事实。

四年前，二姐患了中风，留下了后遗症，行动不便，走路需要拄拐杖。那年我去看望她，她精神尚好，思维清晰。她见到我很高兴，话很多，埋怨自己的腿病怎么一直不见好，老给别人添麻烦。我安慰她说病来如山倒，病去如抽丝；又说"睡好的眼，转好的腿"，要她多活动活动，不要心急。她点头称是。

此后二姐的身体状况每况愈下，一年不如一年。我从西安开会回来不久，外甥女给我电话，说她母亲近来的情况很不好，老疾未去，又添新病，患上了阿尔茨海默病，且不思饮食，恐怕支撑不了多久。听到这个消息，我心里不禁一沉，一夜未眠，第二天就和妻子去看望她。二姐已瘦得失了形，过去那么健壮的一个人瘦得只剩下了皮包骨，我几乎都认不出她来了。见了我她只是痴呆呆地看着，我大声叫她，她嘴张着却说不出话来，看看我，又望望坐在一旁的姐夫，不时地伸出手去抓姐夫的手。她和姐夫一生相濡以沫，感情笃深，别说吵嘴，脸都没红过。此时此刻她孩子似的无助地去抓姐夫的手，这是下意识的动作，还是期望这个跟她相濡以沫一生的人能帮着她渡过难关？看着这一幕，我十分心酸，只觉得鼻子发酸眼睛发潮……

回到家，我彻夜难眠，脑子里全是二姐的影子。我想象着当年我出麻疹，危难之时二姐给我喂奶的情景，她堪比我的母亲啊！

我清楚地感觉到二姐的日子不多了，这段时间一定要常去看看她。谁知那年秋天的雨水特别多，我心里惦记着二姐的安危，却因阴雨连绵一直未能成行，现在我再也见不到她了，心痛啊！

二姐年长我十七岁，在我的记忆中她十分聪慧能干，针线活儿、地里活儿样样拿手。那个年代的人结婚比较早，她十八岁就出嫁了，我一直对她怀有对长辈人般的敬畏。其实她从没打过我，也没怎么骂过我，对我疼爱有加。我五岁时，母亲患子宫肌瘤去宝鸡住院治疗，父亲要照顾母亲，便让二姐把我带到她家去住。白天我和小我三岁的外甥女玩得很开心，到了天黑我想妈妈，不吃也不睡。起初二姐厉声呵斥我，让我赶快吃饭，吃完了早点儿上炕睡觉。我有点怕她，但思母之心胜过了对她的畏惧，我以缄默和泪水做反抗。她见我如此这般模样，就把我搂在怀中，柔声安慰我，让我听话。我思母的痛苦和焦虑被她的温柔融化了，乖乖地听了她的话。在母亲住院的一个多月中，二姐伺候我吃喝，生怕我受到什么委屈。在那些日子里，是二姐用她特有的母性温情，抚平了我那颗稚嫩的思念母亲的痛苦焦虑的心。

读中学时我对自己的衣着很注重，因为我上的那所中学有相当一部分同学来自城镇，他们的衣着很是时尚，少年的虚荣心在作祟，我怕穿得寒酸会被他们笑话和看不起。母亲做的衣服式样很土气，加之年龄大了眼睛花了，做针线活儿十分困难，二姐就把给我做衣服做鞋的活儿包揽了。她的手很巧，做的衣服式样不比城镇同学的差，做鞋更是技高一筹，她做的八眼鞋穿上舒服看上美观，可与商店卖的球鞋媲美。我们班的一个城镇同学要用一双新球鞋换我脚上的八眼鞋，我没舍得换。那位同学说我小气。我不是小气，二姐给我做的鞋，我怎么能给别人？

我双腿受伤致残的那年秋天阴雨连绵，道路泥泞，二姐家距娘家有十来里地，她三天两头地往娘家跑。女儿不管出嫁了多少年，心里装得最多的可能还是娘家。她唯一的弟弟伤了双腿，她能不急不痛吗？可她家也有一大堆难肠事。婆家的老人也疾病缠身，需要有人在身边照顾，二姐两头都得顾。那时交通很不方便，来回二十多里泥泞路全靠两条腿跑。一天她进了家门，我看见她浑身上下沾满了泥巴，惊问她是怎么回事。她笑着说不小心滑了一跤。我急问摔伤了没有。她说没事，一笑置之。

有一次，二姐来家扫地时见笤帚秃了，说姐夫扎了好多笤帚，下回她带两把来。几天后，她带来了两把笤帚，隔壁的五嫂正好来串门，笑着说："女子走娘家不能拿笤帚，那会把走娘家的路扫断的。"二姐也笑着说："就是拉一架子车笤帚，也把走娘家的路扫不断。"

是啊，女儿与娘家的那种血肉之情别说是笤帚，就是用利刀也割舍不断。

我的腿伤残了，母亲一直没有放弃治疗，她不光相信西医，相信中医，还相信巫医神婆，以至于两个姐姐都跟着信，她们不愿放弃每一个渺茫的机会。经常有人来家里报信，说哪个地方有人成仙了，十分灵验；哪个地方发现了一眼神井，神水包治百病。母亲是小脚，走不动，两个姐姐就代劳。一次次心怀希望，一次次失望。但母亲从来没放弃过。

一天，二姐兴冲冲地来到家，说是他们那里来了个大夫，能治好我的腿，她当即就要用架子车拉我去她家。几年的求医问药已经使我丧失了治疗的信心，但我不愿拂了二姐的一片心意，抱着"死马当作活马医"的心态，坐上了二姐的架子车。再者，我心存侥幸：万一治好了呢？

那个乡村游医其实是个巫师，我在二姐家住了七八天，巫师给我施法治疗，却什么疗效也没有。二姐安慰我说，那人说我的伤病不是一天两天能治好的，得慢慢治，让我不要心焦。其实她心里比我还沮丧。

也是这一次去二姐家，我看到了二姐的日常生活。二姐的公公患了中风，不能自己进食。二姐的婆母已辞世，姐夫要出工，每日三餐都是二姐给她公公喂饭。她的孝举得到了一村人的称赞。

1984年夏季的一天，二姐回娘家，带来了一台彩电，是外甥去日本学习带回来的。外甥是1979年考上大学的，是高考制度恢复后他们村的第一名大学生，毕业于西北农学院。20世纪80年代，彩电可是个稀罕物件，二姐第一个就想到了她双腿残疾的弟弟，用架子车把电视机拉来了。这是我有生以来第一次看电视，此时回想起来，心里五味杂陈……

二姐血压高，身体随着年龄的增长每况愈下。她已有好几年没有走娘家这条路了，不是她不想走，而是病魔缠住了她。我十分清楚，她心里一直牵挂着身有残疾的弟弟。可她心有余而力不足啊！

2007年国庆节前夕，远在贵阳工作的大外甥回家省亲。他来家看望我时，跟我谈到他母亲的状况，不禁悲从中来，脸上写满了忧伤，痛责自己不能在母亲身边尽人子之孝，又说学校派他去美国学习，行期预计在11月份。机会难得，可他母亲又是那样一个状况，他担心他去了美国就再也看不到母亲了。他夹在孝敬母亲与发展事业的两难之中，问我他该不该去美国。我思忖良久，说："去吧，你母亲如果现在头脑清醒，也一定会让你去的。"我知道二姐从来都把儿女的事情看得比什么都重要，她不愿因为自己而耽误了儿子的前程。

长假结束后，大外甥怀着沉重的心情返回贵阳。不到一个月，二姐就驾鹤西去。大外甥匆匆赶回，伏在母亲的灵柩前放声大哭。亲朋好友劝他节哀，告诉他他母亲走得很安详。

人生自古谁无死？可谁又愿意去死？当一个人活着只是一种形式，不能再给这个世界创造点儿什么的时候，或者说不能在这个世界享受点幸福和快乐，还要忍受病魔带给自己的痛苦，还要给别人带来许多麻烦，哪怕这个"别人"是自己的儿女，那就真该走了。鉴于这一点，我也感到二姐走得正是时候，尽管我的心很痛。

佛教把死叫往生，认为生命是循环不绝的，生即死，死即生，生生不息。我希望人的生命真能如此，那么一个人这一生没有实现的愿望以及遗憾和缺失就可以在来生得到实现、补偿和满足。

二姐没有死，是往生去了。但愿她来生生活幸福美满，万事如意。

## 二

2010年5月20日（农历四月初七）的清晨，我刚打开手机，就来了电话，是大外甥打来的。他告诉了我一个噩耗，他的母亲——我的大姐，凌晨五时辞世了！我惊呆了，半晌说不出话来，外甥以为我没听清，又说了一遍，我"哦"了一声，挂了电话，默然流泪。

三年前二姐去世，我和妻子陪着大姐去吊唁，那时大姐身体很好，走路脚板很有力。我跟妻子说大姐能活到九十九。没料到几天前大姐走路时突然发昏，幸亏外甥媳妇在跟前，急忙搀扶住，但还是扭伤了胯骨。得到消息，我当即就和妻子带着孩子去看望大姐。由于大姐年事已高，加之疼痛，神志有点儿不清，但还认得我们。当我不满两岁的女儿拉住她的手稚声稚气地说："姑妈好！"她笑了，很开心的样子。我多少放下心了，觉得腿伤无大碍，多则半年少则三个月就会康复的。前一天我们一家人又去看望她，她在家里做牵引治疗。她精神状况比前两天还好些，神志完全清楚了，跟我说了会儿话，说是不怎么疼了。我怕她劳累，让她好好休息。我和妻子带着女儿来到院子跟外甥两口子说闲话，外甥媳妇拿出一双崭新的童鞋，说是她妈再三叮咛她，要她给毛毛（我女儿的小名）做双鞋，还说要亲自送来。我年过半百才有了女儿，大姐比我还疼爱她。听着外甥媳妇的话，我的眼睛不由得湿润了。临别时，大姐睡着了，我没有叫醒她，只想着过两天我再来看她，没料到前一天一见竟为永别，我感到锥心般痛，唯有泪两行……

母亲在世时常给我说"你大姐是个苦命人"，母亲说这话自有缘由。在我的记忆中，大姐似乎没年轻过，我没见她穿过带花的衣服，甚至都没穿过颜色鲜亮的衣服，一年四季不是一身靛蓝粗布裤褂就是一身黑色裤衫。我每次去她家，她都在田地里劳作，没见她清闲过。大姐夫身单力薄，而且有点儿懒，日子过得没起色。她的家实在很穷，两间矮房——一间住人，一间做厨房。住人的屋子仅有一个平柜，连把椅子都没有，前半截院子没有围墙，常年用玉米秆堵着，当作"墙"。用"家徒四壁"这个词形容她那时的家并不为过。

我读高中时，有一天和同学去杨陵街道游玩，忽然看见大姐提个竹篮从街那头走来，我刚想走过去跟她打招呼，她却瞥了我一眼，慌忙低下头匆匆而过。当时我心里很是疑惑，大姐明明看见了我，为啥要躲避我呢？回到家我跟母亲说了这事，母亲说："你姐没看见你。"我肯定地说："我姐看见我才躲的。"母亲沉默了半晌，才说："你姐家断顿了，她出去讨要，怕给你丢脸……"母亲眼里闪出了泪花。

我愕然了，我知道大姐家穷，但没料到穷到了如此地步。

母亲还告诉我，大姐出门讨要已经很长时间了，她从不在附近村庄讨要，怕被熟人碰见……

听了母亲的话，我半天无语，心里似乎打翻了五味瓶，只觉得鼻子里好像滴进了醋。我暗暗恨自己，恨自己无能，不能帮大姐。

俱往矣！如今大姐的几个儿女的日子都过得不错，我时常在他们面前提起大姐当年讨饭养育他们的事情。有一次，二姐的女儿也在一旁，过后，她对我说："舅，我姨当年讨饭的事你往后再甭在我哥我姐面前说了，他们会不高兴的。"我没有听她的劝阻，还是时常在他们面前念叨。

我无意对外甥外甥女们进行忆苦思甜教育，我只是希望他们能时刻记住母亲的养育之恩。让我感到欣慰的是，外甥外甥女们都没有怪罪我，而且时刻铭记着他们当年生活的艰辛和不易。

我受伤致残后，医生已明确地告知我恢复健康的希望不大，但母亲和两个姐姐还是为我四处求医问药，祈盼能有奇迹出现。但凡有人说的偏方，母亲都要我试一试。我吃的药渣能有几麻袋，以至于我闻见中药的味儿就恶心。我开始拒绝吃药，母亲就好言相劝，说："你不吃咋能知道有没有效果？吃吧。"

为了母亲，当然更是为了自己，我闭住气把中药汤往肚里灌。

那时，社会上盛传扶风县某地打出了一眼"神井"，喝了"神井"的"神水"包治百病。大姐闻风而动，带上干粮去求"神水"。

两天后，大姐风尘仆仆地回来了，一脸的疲惫。她来不及歇一口气，就喜滋滋地拿出一瓶浑浊的"神水"，让我快喝。我拧开瓶盖喝了一口。母亲和大姐眼巴巴地在一旁看着。大姐问："好喝吗？"原来求"神水"的人很多，她好不容易才求了一瓶，自己都没舍得喝一口。说实在话，"神水"并不好喝，有点苦涩。可我说了句谎话："好喝，甜。"随后把那瓶"神水"喝了。当然，奇迹没有出现。

那夜我失眠了。我并不是因为"神水"没有创造出奇迹而难受，我是在想大姐是怎样去求取"神水"的。近二百里路，没有车可坐，就是有车坐，也买不起票，一个年过四十的女人凭着两条腿，两天时间走了她完全陌生的路，而且无饭可吃，只是啃干馍而已。我的大姐为了他的小弟付出的真是太多太多了。

艰难的日子在一天一天地流淌，不知不觉中大姐的儿女们都长大成人了，而且相继成家立业。这些年外甥外甥女们的日子都风生水起，大姐已儿孙满堂。我每每去看望她时，她都很高兴。与二姐相比，她虽然年事已高，但身子骨硬朗，只是耳朵稍有些背。我时常在想，大姐年轻时吃尽了苦，受尽了罪，应该有个安乐的晚年，没想到她这么快就走了。

母亲离世的那一年，可能预感到了什么，多次对我说："我下世后，只有你和两个姐姐了，你们要相互照应，走（来往）得好好的。"2007年秋月，二姐先离我们而去，如今大姐也远行了，只留下我孤零零一人。

在这里，我想对母亲和两个姐姐说，其实，我并不孤单，我有妻子和女儿，三位一体，一个幸福美满的家。你们不要牵挂我，在那边相互照应，好好地生活。

## 三

清明时节，总有一种沉甸甸的情愫萦绕在心头……

又是一年清明节，我和妻子带着女儿去给父母扫墓。每年清明我的心情都很沉重，这一年尤甚。思念父母这是其一，令人心痛的是迁坟。

去冬就有消息说家乡要迁坟，我以为是谣传，没当回事。没料到谣传成真。

家乡安葬老人，在20世纪50年代以前，谁家的老人就安葬在谁家的田地里。人民公社化后，每个村都划出一块墓茔地，统一安葬村里的老人。各村选择的墓茔地几乎都是坡坎地或者旱地，一是怕水淹了墓地，二是让先人们发挥最后一点儿余热，不去跟后人们争好地。就说我们村吧，把墓茔地选在了"狼沟"的岸上。狼沟距村子有二里多地，是一条宽三四十米、长二里的峡谷，常有野狼出没，因此得名。20世纪五六十年代这里还有野狼出没。狼沟岸上是兔子都不拉屎的坡坎地，把先人们的家选在这地方，已经是后人们的不敬和不孝。可这地方绝对安静，也罢，就让先人们在此处安安静静地休息吧，他们在世时也太劳累了。

谁都没想到，几十年过去，一条公路竟然从狼沟穿过，昔日的狼沟成了通衢大道，车如流水日夜流淌，在沟岸上长眠的先人们被吵醒了，再也无法安睡。

看新闻，全国各地都在拆迁。如今如潮水般无法阻挡的城市化进程，让无数村庄成了只能记忆的碎片。

我忽然想到了一句成语：皮之不存，毛将焉附？

妻子和女儿在父母坟前点燃香火纸钱，我在一旁默默告知父母：爹，妈，我们一家来看望你们老人家。今年是最后一次在这里给你们送纸钱。这里要修路了，几天后你们得搬家……

说不下去了，泪水模糊了我的眼睛……

# 第二十一章　描摹"匪事"

## 一

我又一次失眠了，这次失眠是因为创作遇上了瓶颈。

最初我写的都是与残疾人生活有关的小说。我的处女作《小提琴手》于1982年发在《宝鸡文学》上，写的是一个盲童学习拉小提琴的故事。此后不久，我的中篇小说《生活之树常绿》刊发在1983年《当代》杂志《新人新作专号》上。再后来，我陆陆续续发表了几十万字的作品，然而，都没产生多大影响，我为此十分沮丧和焦虑。怎样才能走出创作上的迷茫与困境？我心里没底。

我希冀着能写出一部让自己满意，也让读者满意的作品。怎样才能达此目标？我不能只在自己的"围城"里转圈圈，视野必须宽阔一些、远视一些，笔触应该伸得更长一些、更广一些，可以"历史"一些、厚重一些，不能仅仅局限在一隅。由于腿有残疾，出不了远门，接触不了更多的事物，我心里很是焦虑、迷茫。

那时，村里许多老人常来家里跟我谝闲传、道古经。有道是：人过四十爱扯淡，开口就是那两年。老人们谝的都是他们经历的往事，而且大多是与土匪有关的故事。我们村子但凡家境好一点儿的都遭过土匪的打劫，我们家就遭过一次。

家乡一带向来民风剽悍，几乎每个村寨都有为匪之人，村村寨寨都流传着关于土匪的传奇故事。从老辈人的讲述中，我知道了我们村有好几个人都从事过土匪这个"职业"，他们几乎都是充当眼线，给匪首打探消息、传递信息，真正动手时他们一般都不闪面。这类"土匪"最为人所不齿。父亲的一个族弟就是远近有名的土匪，他明着职业是屠夫，暗里是刀客，说白了就是土匪。他艺高人胆大，不与其他刀客拉帮结派，独来独往。他信守一句格言："兔子不吃窝边草。"他从不在邻近的村寨"吃豆腐"，甚至有侠义行为，村里人说起此人，言语中竟然饱含着溢美之词。

我听到过一个很有意味的故事：

邻村有一个二赖，生性顽劣，父母在世时他还有所收敛，父母病故后他便成了脱缰的野马，跟着一伙龟五槌六恣意妄为，吃喝嫖赌的事儿样样都少不了他，因此，年过而立还打着光棍。他的舅舅日子过得殷实，他便常常去舅舅家蹭吃蹭喝。天长日久，舅舅就不给他好脸色看了，他便怀恨在心，竟然勾引土匪去打劫他舅舅。

二赖舅舅家遭匪劫是在黎明时分。老汉有早睡早起的习惯，黎明时分他醒了，没有惊动老伴，摸黑穿上衣服，顺手拿起放在枕头旁的旱烟锅。正要打火点烟，忽听外边有响动。他警觉起来，忽地坐起身，喝问一声："谁？"门外没人应声，但响动更大了。老汉惊出了一身的鸡皮疙瘩，心知不妙，推了一把身旁的老伴："快起来！"

老伴还没灵醒，迷迷糊糊地问："咋了？"

"有贼！"

外边的脚步声很杂乱，听动静像是有好几个人。老汉是条汉子，虽然惊慌，但没有失措。他知道是土匪入了宅院，就赶紧想破敌之法。也是急中生智，柜盖上放着一些纸炮，他一把把纸炮抓在手里，跳下了炕。老伴这时已吓醒了，战战兢兢地说："他爹，当心……"

老汉粗声大气地说："怕尿！咱有枪哩，来一个撂倒一个，来两个咱撂倒他一双！狗×的，不怕死就来！"这时就听外边一阵慌乱，有人惶恐地说：“不好，这家伙有枪哩！”

又有人说：“别怕，眼线没说有枪，他是胡咋呼哩。”

外边的响动声又大了起来，而且在撬门扭锁。老汉慌而不乱，扯着嗓子吼：“狗×的，到底走不走！不走我就开枪咧！”他打着火，点燃纸炮，从门缝弹了出去。

“啪！”

一声炸响，在黎明的夜空响得惊心动魄。匪首惊恐地叫道：“这家伙真格有枪哩，快撤！”

这伙贼人手中没火器，赶紧逃之夭夭。

天光大亮，老汉开了屋门。屋门口散落了一地碎纸屑。他笑骂道：“狗×的，这么不经吓。”

翌日中午，二赖提着一包点心来到舅舅家。老汉知道外甥是个逛鬼，每每见到外甥都要教训一顿。二赖因此恼恨舅舅，很少登舅舅的家门，走道时大老远瞧见舅舅就赶紧避开。可这一日他不仅登了舅舅的门，而且提着礼物，见了舅舅显出十二分的亲热。俗话说，有理不打上门客，况且来的客是亲亲的外甥。老汉虽不待见外甥，但骨血毕竟是亲的，而且外甥也是年过三十的汉子了，总不能一见面就板着脸训斥他。老汉把恨铁不成钢的怨气压在心底，脸上堆着笑把外甥请进屋里，倒了茶，也递了烟。

二赖边抽烟边和舅舅拉话，言说听人说昨晚舅家遭了匪劫，放心不下，特来看望，不知家里人财是否受损。话语中透着十二分的关切。老汉还真被外甥关切的言语感动了，心里说，外甥毕竟是外甥，心里还是惦念着舅舅。当下他话语也稠了，把昨晚发生的事一勺倒一碗地给外甥叙说了一遍。二赖讶然问道：“舅，你真有枪？”

老汉对外甥并不加疑，如实相告。二赖不相信：“是纸炮？土匪没听出来？”

老汉笑道：“起初我也有点儿纳闷，他们咋没听出来是纸炮？后来仔细一想就明白了。"

二赖忙问："明白啥了？"

"常言说得好，做贼心虚。土匪看似凶神恶煞，其实说到底是贼。是贼就怕人胆子正，他们听见炮响，哪顾得辨真假，撒脚赶紧就跑了。"

二赖似有所悟，连连点头称是，俄顷，又问："你没看出是哪股土匪？"

老汉摇头："那伙土匪用锅灰抹了脸，看不清眉眼。"

二赖又与舅舅拉了几句闲话，便起身告辞了。

几天后，两个当兵的来到镇东街口，年长的三十出头，年轻的二十刚过，腰间都挎着盒子枪，看模样是当官的带着一个卫兵。时值黄昏，他们进镇借宿。东街口大都是穷家小户，没有多余的房子，有人便指着二赖舅舅家的青砖门楼说那家有闲房，让他们去借宿。二人来到老汉家，说明来意。老汉古道热肠，说闲房有好几间，只是世事不太平，常有土匪夜入民宅打火抢劫，就怕祸殃长官。军官一拍腰间的盒子枪，笑道："怕啥，难道土匪还敢抢我不成！"

那卫兵也笑着说："我还没见过土匪长的啥模样，今晚他们能来我倒想见识见识。"

老汉见他们如此这般说，便让老伴拾掇闲房，安顿他们住下，并端来饭菜给他们吃。军官和卫兵连声道谢。老汉说："谢啥哩，谁出门在外都不能背着屋背着锅。"随后又再三告诫，不可睡得太死，防贼之心不可无。

说来真是凑巧。是夜，那伙土匪又来打劫，响动声惊醒了一家人。老汉隔着门缝看见院中亮着几束火把，火光中人影幢幢，忽长忽短，忽明忽暗，如魔鬼变化嘴脸。他看出此次不同上次，土匪人数不少，惊恐得舌头都不听使唤。老伴把纸炮塞到老汉手中，颤声说："他爹，快放！"

老汉紧捏着纸炮，没有放。他心中明白这次纸炮再多也不顶啥用了。一时间他惊慌失措，乱了方寸，不知如何是好。睡在客房的军官和卫兵也被惊醒了，两人跃身而起。卫兵趴在窗口往外看，低声道："营长，来了土匪！"

营长说："驴×的还真找上了门！别慌，看我的！"他跳下炕，掏出手枪，隔门打了一枪。

枪打空了，却把外边的匪首吓了一跳，骂道："他娘的！不是说没枪吗，哪来的枪响？！"

这时就听一个声音在说："别怕，没枪，是纸炮。"

老汉听那声音十分耳熟，急切中却想不起是谁。

匪徒们听说没枪顿时胆壮了，舞刀弄棒地往里就冲。营长趴在门缝看得真切，怒骂一声："找死！开火！"他手中的枪响了，卫兵也开了枪。两个匪徒倒在了血泊中，匪首的胳膊上也挨了一枪。匪徒们都傻了眼，慌忙趴在地上不敢动弹。匪首捂着伤臂痛歪了脸，恼恨地大声叫骂："二赖，我×你先人！你敢欺哄老子！那枪子是从你妈×里钻进来的！"

此时老汉才幡然醒悟，是外甥给土匪做眼线来抢劫他。怪不得那崽娃子舍得带一斤点心来看望他，原来是黄鼠狼给鸡来拜年。老汉气得浑身筛糠，差点儿背过气去。

再后来，二赖不敢再见这家匪首，去投另一个山头，没料到那个山头的匪首竟然不收他，骂他猪狗不如，对自己的亲娘舅都能下黑手。二赖连当土匪的资格都没有。

原来，盗亦有道。


说者无意，可听者有心。听的故事多了，我就滋生了把这些故事写出来的念头，可迟迟没有动笔。恰在这时，邻村一位老者来家给我讲了一段他表叔家的往事。他表叔是个车把式，家道十分殷实，走南闯北，交际很广，特别是与一个土匪头子交往甚密。一次，那个土匪头子出山作案，返回时在他表叔家歇脚过夜，见他表叔独居的嫂子貌美如花，竟然摸黑进屋把他表叔的嫂子奸污了。他表叔看在眼里恨在心里，在肚里直骂土匪头子是个畜生，却也知道土匪头子心狠手辣，而且手下个个都是亡命之徒，只能忍下这口恶气。后来为报此深仇大恨，他表叔去投了军。在部队上，他表叔作战勇敢，很受团长的赏识。团长也是陕西乡党，提拔他表叔做了卫队队长。再后来，他表叔把自己的深仇大恨说给了团长，团长便让他表叔带着卫队回去收拾了那个土匪头子。故事曲折离奇，充满传奇色彩。

这个真实的复仇故事一下子激活了蛰伏在我心底的创作欲望。可我出生于20世纪50年代，从没见过土匪，仅仅靠听来的故事去创作一部长篇小说肯定是不行了。我便向书本求教，找来许多研究土匪的书来读；又找来武功、扶风、周至、乾县等县的县志仔细翻阅，了解滋生土匪的原因及时代背景，探寻土匪的历史渊源，为创作做前期准备工作。

什么是土匪？《辞海》对"土匪"一词做了这样的解释："以聚众抢劫为生，残害人民，或者窝藏盗匪，坐地分赃的分子。"追溯历史渊源，关于土匪人物的最早记载，是在春秋战国时期的《庄子》中。土匪在中华大地存在已有两千多年的历史，可谓源远流长。

在清末和民国时期，土匪活动以特有的方式在中国广袤大地普遍存在，构成了中国近现代史不容偏废的一个侧面。在陕西关中潼关以西、宝鸡以东的渭河两岸以及渭北高原，经常出没着一帮镖客，他们身上带有一种特殊的刀子，人们把这些镖客称为"关中刀客"。关中不出剑客，剑客文弱了些。关中汉子的脾气秉性是生、冷、蹭、倔。他们自嘲为"关中愣娃"。关中愣娃爱耍刀，所以关中出刀客。刀客们在刀尖上讨生活，他们带的刀长约三尺，宽约两寸，用好钢铁打造而成。他们三个一群、五个一伙保私盐、保私茶，也保大户人家的千金、漂亮媳妇和金银珠宝，路见不平，便拔刀相助。遇到催粮要款的，他们眼睛向天，露着胸脯，敢跟当兵的玩命。到了火器时代，刀客与时俱进，不仅耍刀，更多的时候是玩枪。刀客在官府的眼里也是土匪，是社会的不安定因素，因此永远是被缉捕的对象。

　　翻阅大量史料，我对刀客、土匪有了一定的了解和认知。刀客、土匪的产生有深刻的社会根源，其种种暴行尽管有着人性深处"恶"的种子的萌发，但更根本、更重要的还是社会的极端不公和为富不仁行为，促使、导致、逼迫普通的民众为生存、为活命、为公道铤而走险，啸聚山林。可以说，是恶劣的社会环境导致中国土匪、刀客问题的不断出现。

　　作为土生土长的陕西关中人，我从小对关中的认知就是宝鸡、西安、咸阳三市，更官方的解释是"四关"（即潼关、散关、武关、萧关）之内，城市还需再加上渭南、铜川。关中是陕西地理位置、环境条件最优越的地方，历朝历代都是经济繁荣的地区。可在1929年，陕西关中地区发生了特大灾荒，史称"民国十八年年馑"。有道是："饭饱生娱事，饥寒生盗贼。"饥馑令民不聊生，也为陕西刀客、土匪的滋生创造了条件。加之军阀混战，这一社会背景使陕西省会西安一度成为各色武装团伙的聚集、争战之地，更是对陕西刀客、土匪的蔓延有着推波助澜的作用。民国时期的陕西可以用"无时无匪、无处无匪"来形容，当时关中地区经济衰败，"当兵领饷"和"当匪行劫"成了很多穷人的选择。正是由于此，在关中渭北一带几乎每个村子都流传着刀客、土匪的传奇故事，甚至有些传奇故事家喻户晓、妇孺皆知。

　　经过三年多的准备，连年饥荒、饿殍遍野、兵荒马乱、民不聊生的景象清晰地浮现在我的脑海；与此同时，墩子、刘十三、马天福、马天寿、秦双喜、彭大锤、贺云鹏、喜凤、碧秀、许云卿、罗蛮蛮等人物形象也在我胸中日渐凸显出来。

　　我觉得可以动笔了。可如何去写？如何让人物活起来？如何才能把这段历史比较真实地描摹表现出来？我又陷入了深思。我太想写出一部厚重有分量的作品来。在我心目中，好作品一定要好读，要有故事，故事是小说的核心，但故事不是小说的意义，小说应该提供心灵与生活的状态，提供可能性与想象性，表达普遍性的日常与日常普遍的个性；而且，文字必须通畅，我不相信有谁愿意读佶屈聱牙的文章。

要把小说写得更像小说，这是我动笔涂鸦一直的追求。小说要写得能让读者读得下去，而不是读不下去。小说要让读者在阅读中享受到文字的美好，抑或在故事情节中感受到快乐，在快乐中欢笑并击节叫好；抑或悲愤流泪、黯然伤神，乃至进行深思。如果把小说写得如同一杯白开水，淡而无味，谁还会去读？

我有许多朋友，他们大多不是作家，但他们喜欢读书，爱好文学，我常与他们闲聊文学。他们说谁谁谁是大作家，可其作品自己就是读不下去，也不知道其代表作是哪本书。

于是我就想，写小说其实也就是讲故事，只有把故事讲好，作者斐然的文采才有所依托，深邃的思想才能被读者接受。倘若你的作品没人喜欢看，你的文采你的思想谁又能知道？

再者，我以为写小说就是作者与读者聊天，用陕西话说就是"谝闲传"，不是与陌生人谝，而是和朋友谝。古今中外、天南海北、魔幻玄虚、志异怪味……啥都可以谝，但不可用教训人的口气，不要扮演教主的角色，谝者高兴，听者愉悦，如此而已。如果作者自己的信仰、思想、学养在聊天中能被读者欣赏，甚至愉快地接受，那他就是高手。我一直在朝这个方向努力。

据说现在有种说法，作家只想着把故事讲好是没出息的表现。若是如此，我这辈子注定是个没出息的人。

土匪的故事几乎都带有传奇色彩，跌宕曲折，甚至荒诞离奇，把这些写出来一定会有读者的，我充满着自信。可这样的作品能不能出版，我却很不自信。我无意为土匪树碑立传，只是想再现一下历史，让后来者知道我们的历史中曾有过这么一页。

已经做了充分的准备，那就写吧，写出来再说吧。

# 二

我开始动笔了，时在1994年年底。

小说写得很顺利，心中的人物在我的笔下跃然纸上，我随着这些人物的喜怒哀乐而情绪起伏。不该死的人要死了，我的心很沉痛，甚至落泪；该死的人却活着，我很是愤怒，却又无可奈何。有时心静下来，我会为自己感到可笑。人常说看戏流泪，替古人担忧；我这是写书流泪，替书里人伤心。

后来许多读过我"关中匪事"作品的朋友都说我写的土匪很有人性，甚至很善良，不让人痛恨。我在翻阅大量史料时发现，许多土匪，甚至书中记载的很残暴的匪首并不是天生就是坏人。譬如一个杀人如麻的匪首却十分孝敬他的老娘，老娘的话对他来说犹如圣旨。他老娘吃斋念佛，他只要是陪着老娘吃饭，决不动荤，甚至滴酒不沾。还有一个匪首是个孤儿，吃百家饭长大，后来闯荡江湖当了山大王，但凡遇到乞丐他都要给予施舍。在两千多年的儒家文化的熏陶和教育下，与人为善已成为国人做人的基本准则。善良本分、安贫乐道的中国农民是不会轻易走上犯上作乱的道路的。他们深知做盗匪是极不光彩的，不仅会遗臭万年，而且会累及后辈儿孙。不到万不得已时，他们宁可去死，也不愿走上违法之路去抢劫掠财。

土匪谈不上有政治性的阶级觉悟，但朴素的阶级感情还是有的。这种感情促使有的匪伙始终把行动目标对准财主富绅。显然，这样的匪伙头领的正义感和对地方的责任意识比较强烈。他们虽为匪人，但人的良知和古朴的人道精神却潜移默化地影响着他们的情绪或行为。关于盗跖对"盗亦有道"的诠释他们不见得通晓，但对"盗亦有道"的本身含义，他们是明白并有所体会的。于是，出现一些行事"仁义"的土匪就不足为奇，也给污名秽行的土匪行为带来些许亮色。

纵观中华民族的历史，匪患泛滥于社会失序、国家分裂、遍地烽火狼烟的乱世，净化于国家统一、强盛的社会环境里。匪患兴起作乱于乱世，平息于盛世，这是历史的结论，毋庸置疑。

写到大约一半时，一天，我摇着轮椅去西农大校园闲游解闷。首次写长篇，烧脑劳神又费力。那时没有电脑，用手写，写完一章，手指头僵硬得都伸不直，得放松放松。也是巧，路上邂逅一位文友。闲聊时，他问我在写什么，手中有没有长篇稿子，他有一位在西安的姓王的朋友在做一套"黄土地文化丛书"，需要长篇稿子，我便说了正在写的长篇。他把这个信息反馈给他在西安的朋友。一星期后，我收到了王某人的约稿信，信中言辞十分恳切，让我尽快把书稿完成，他帮我出版。有人约稿，自然是大好事，我便夜以继日赶写书稿。其间，我心存疑虑，因为写的是匪事题材，我怕不好把握，便写了封信给王，并讲了小说的故事梗概。王对书稿十分感兴趣，三天里我接连收到他的两封来信，信中言辞由急切变为迫不及待，让我赶紧把稿子赶出来，他不日派人来取。未等我复信，取稿的人来了，是某出版社的一位编辑，还带着王的一封亲笔信。是时，书稿只写了一多半，还未誊清。给还是不给，我很是犹豫。来人说，王说了，不必另誊，把毛稿带去就行，王用电脑帮我打。我还是犹豫不决。来人又说，王和他都是扶风人，他们都是乡党，还有啥不放心的。我这才把写好的稿子交给来人。

不几天，王又来信催稿。一月后，我完成了全部书稿，托人带给王。几天后，我收到王的信，信中他对书稿大加赞赏，说是有朋友看上了书稿，愿帮忙向出版社推荐，让我写一份二百字简历，并附上一张彩照、一张黑白照以及身份证复印件和两份委托书一并寄予他。我一一照办。

此后，我耐心地等待佳音传来，但迟迟不见任何消息。实在等不及了，我去信询问，却没有回音。就在我焦急不安之时，王突然来到我家，和他同来的有他的一位朋友和西北农林科技大学印刷厂的段厂长。

这是我和王第一次见面。王给我的印象很不错，他年长我十多岁，戴一副眼镜，颇有学者风度，说话嗓音洪亮，谈吐虽粗俗却不失风趣幽默，像是性情中人。闲谈中我得知他是扶风绛帐人，曾在陕北某县任文化馆馆长，现在在做图书出版方面的工作。绛帐距我家乡仅二十里地，不用套近乎，我们也是乡党。对这样一个人，我没有理由不相信他。

王告诉我，他在做一套"黄土地文化丛书"，都是长篇小说，我的书稿他仔细阅读了，可以肯定地说，是这套丛书的领衔之作，而且有朋友很看好此书稿，愿帮忙出版，但嫌单薄了些，还提出了修改意见，让多增加些有可读性的东西。临走时他再三说，一定要按他的意见修改。

我便下功夫修改书稿，但没有完全按王的意思去改。我实在写不出他建议的故事和情节。书稿改好后，我托人给王带去，期盼着好消息。

1996年2月，我收到了王的来信，告诉我书稿已交给朋友，让我放心。这无疑是个好消息。

此后却再没有消息。王让我放心，可我怎能放心得下？书稿就是我的"孩子"，把"孩子"交给别人，谁能放心得下？焦急之中我多次写信给王，询问情况。王没有回信，只是让人带口信给我，说书稿一直在洽谈中，让我耐心等待。我别无他法，只好耐心等待。

然而，还是一直没有消息。我失去了耐心，频频去信询问（那时家里没有装电话，即使装电话，也不知向何处打），并托朋友去问，却不见回音。在我不断的催问下，1997年5月上旬，王回老家探亲，顺便来到我家，告诉我书稿出版要等到明年。我说，既然如此，那就算了，把书稿还我吧。王摇动三寸不烂之舌，说书稿仍在洽谈中，让我不要太心急。尽管我对他的人格已经产生了怀疑，可天生面软，不好再说啥，只好再相信他一次。

王此次走后，如泥牛入海。我感到情况不妙，多次托朋友向王索要书稿，王每次都以"书稿仍在洽谈中"回绝我。我拿他实在没办法，搞得都没了脾气。

# 第二十二章　书稿遭劫

## 一

这里必须说一下我的一位挚友——付士山。

记得那是1988年秋季的一天，家里来了两位年轻人，说是慕名拜访我。其中一位十七八岁，农村娃的装束，却留着长发，有点鬈曲，没有梳理，乱糟糟的。他很腼腆，甚至有点羞涩，话语不多，完全是个中学生模样。他就是付士山。

贺绪林与付士山（右为付士山）

闲聊时他说还在上高中，喜欢文学，写诗，写得很多，发表得却很少。我明白又遇到了一个文学发烧友。那一天，我们谈的都是有关文学的话题，他读书很多，见解独特，具有思想性。我在心中感叹：后生可畏，未来可期。果然，等到他高中毕业那年，我无意中在中央人民广播电台的一档当红栏目《今晚八点半》中，听到付士山为悼念著名作家路遥去世写的一首长诗《路遥遥》，其悲切感人的诗句让我也潸然泪下……

过了几年，他负笈他乡。再次来访时，他已经在西安一家企业编报纸，业余写诗。他拿出他编的报纸给我看，报纸办得很不错，图文并茂；还有副刊，刊有他自己的诗作，看得出来，写作视野已经逐渐打开，文笔也成熟不少，我心里为他高兴。

此后，他每来杨凌就一定来看望我，一来二往，我们成了无话不谈的忘年交。

小付在那家企业不仅显露出自己的才华，更收获了爱情，同时也为他以后的事业发展积累了丰富的经验。而我也因为结识了他，在文学创作前行的道路上有了强大的动力和帮助。

再后来，他去《华商报》做记者，并一直在媒体行业闯荡，直到自己创业，但一直没有再听到关于他写作的消息，为此我一直为他抱憾。如今他事业有成，已是新浪陕西互联信息服务有限公司总经理，我为他感到骄傲。

2022年10月的一天，小付发来一组他新近的诗作《巨大的故乡（组章）》，让我批评指正。好多年没有读到他的作品了，我当晚挑灯夜读，深深被他的作品震撼。他搁笔多年，重新拿起了笔，非但笔力未减，与他早期的诗作相比，文字更加成熟老到，我甚感欣慰！

这都是后话，下面接着前文说。

1998年，我创作的戏剧小品《瓜女子》在陕西春节文艺晚会演出获了一等奖，4月，我应邀去陕西电视台领奖。借此机会，我下决心一定要找到王，跟他要回书稿。到西安住下后，我给挚友小付打电话，是时他在《华商报》做记者，我请他帮我找王。小付先是给王打电话（王第二次来我家，留下一个电话号码），可一直没人接。无奈之中，小付陪我去省委南院（王留的地址）找王，找到的地方是楼梯下的一个小屋，而且上了锁。小付扒着门从门缝往里瞧，里边空空如也，好像没有住人。我们无功而返。后来听说王在陕西省文联上班，第二天我和小付又去陕西省文联找王，还是没找着。小付不甘心，不屈不挠地打王留下的那个电话号码。王最终露面了，来到了我的住处。他说："书稿弄丢了。"

我犹如当头挨了一闷棍，辛辛苦苦写了一部书稿，拖了好几年，他竟然说"弄丢了"！我觉得自己被一个无赖当猴耍了，真想对准他的蒜头鼻子打一拳。可那时我气哑了，一时竟无话可说，更别说动手了。我涂鸦多年，没有多大成绩，为此十分苦恼。对这部书稿我寄托着莫大的希望，什么都想到了，就是没想到会弄丢。我只觉得心中的希望化为泡影，真想放声大哭。苍天不佑我啊！

小付在一旁十分气愤，问他怎么办。他看出我俩火气很大，便说愿做经济赔偿。事已至此，我和小付能拿他有什么办法？我不能在西安久待，加之行动不便，便全权委托小付处理这件事。

回家不久，小付来信告我，他给王打电话打不通，找人找不见，不知该咋办。古语云："言而无信，不知其可也。"对这样一个不讲诚信的人，我又能有啥办法呢？后来，小付费了不少周折，帮我找到了王。王说有两个法子让我选择：一是赔偿两千元了结此事；二是让我重写，他负责联系出版社出书。是时，我穷困潦倒，两千块钱可以改变一下我的困境，可我还是选择了第二条。作者写书，最大的愿望是出版面世。事情到了这一步，我还没有把王往太坏的方面想。

当时，由于王催得太急，我把底稿交给了他，现在重新写完全是凭着记忆。凡是有过创作经验的人都知道，创作是需要灵感的，而灵感稍纵即逝。重写时没有了最初的冲动和灵感，因此原稿中许多精彩的情节无法全部再现出来，至今回想起来我都十分痛心。

废寝忘食劳作了三个多月，总算把书稿重新写了出来。我立即给王去信，这次他倒没食言，让我交给西北农林科技大学的印刷厂打印（他和该厂有业务联系，而我家距该厂仅二里地），说他已跟该厂的段厂长说妥了。段厂长我认识，便按照王说的办理了。

三稿校完后，我亲自去找段厂长，请他带信给王，催王尽快联系出版社出书。几天后我去杨陵，途经西农大邂逅段厂长，他告诉我信带到了。我问王说什么了没有，段厂长说，王说正在联系出版社，一旦有出版社同意就能出版。

然而，此后一直没有消息。我的耐心是有限的，焦急不安之中又写信给王，但没有回音。我只好写信给小付。可小付也找不到王，王似乎从地球上消失了。小付比我更有耐心，接二连三地给王打电话，那种毅力就像是王跑到火星上去也要把他找回来。王在小付的毅力面前败了阵，他最终接了电话。没想到王在电话中完全是一副流氓无赖的嘴脸，说他不记得这件事了，没有印象了。小付跟他吵了起来，他竟然出言不逊，骂小付狗逮老鼠多管闲事。小付告知我时十分气愤，说王是个流氓，以后他永远不愿再见这个人。挚友受辱全是为了我，为此我常怀内疚和不安。我想，我再见到王一定要指着鼻子骂一句："死狗赖皮！"可我至今再没见到过这个龌龊的人。我和小付的想法一样，永远不愿再见这个人。

后来，小付给我出主意，东方不亮西方亮，不要在一棵树上吊死，把书稿寄给其他出版社试一试。此时我心灰意冷，让小付看着办。小付便把书稿寄给北京"布老虎丛书"编辑部。该丛书编辑孟吟冰打来电话说，对书稿很是欣赏，但与他们编辑出版的丛书不对路，只能忍痛割爱。她又说，她把书稿推荐给人民文学出版社，人民文学出版社是一流出版社，只要稿子质量好就能出。

这是个既让人沮丧又让人振奋的消息。这时我已经神经麻木，对这个消息抱着无所谓的态度。小付却抱着极大的信心，打电话与孟老师联系。他得知孟老师把书稿推荐给了人民文学出版社的何启治老师，赶紧给我打电话，让我给何老师写信说明情况。我当即给何老师写了一封长信，信中谈了创作这部长篇的初衷和过程。

大约一周后，我收到了何老师的回信。何老师在信中说他还没看到书稿，给我谈了当前出版界的不景气现状，还说了在人民文学出版社出书的不易。何老师的措辞尽管很委婉，但还是给我刚刚燃烧起的心火泼了凉水。我明白，不是谁都可以在人民文学出版社出书的。

没料到，仅仅过了三天，我又收到了何老师的信。何老师在信中说他看到书稿了，书稿写得很不错，叙事的生动流畅和文笔的老到成熟让他惊喜，人民文学出版社决定出版，但要我有足够的耐心等待，并要我给他一个固定电话，好与我联系。那时家里很穷，装不起电话。我借用邻居的电话与他联系。他一接电话就说："你把电话挂了，我给你打过去。"当时我感动得热泪盈眶，何老师远在北京，却还惦记着一个只见过一面的钟情文学的残疾人的困苦。我放下电话，心情久久不能平静。与王和王的朋友相比，何老师的人品和情操是何等高尚！

几天后，我接到何老师的电话，他告诉我《昨夜血雨》这个书名不好，更名为《昨夜风雨》。他已退休，是返聘上班的。书稿的责编是李建军，他是陕西富县人，主管西北地区书稿。何老师问过李建军，说是明年一季度发稿。

高兴啊！但书未出版，我的心还是悬在嗓子眼。

2002年4月14日，我收到了责编李建军寄来的图书出版合同，两份。大喜过望啊！我一直悬着的心终于落下了。我随后电话与李建军联系，从李建军的话中我听得出，出版社寄希望于电视剧拍摄后能火爆，书也就能大卖。我也盼着能如此。

2000年年初书稿送到何老师手中，今日才拿到出版合同，两年之久啊，真是好事多磨啊！不管前景如何，先签了合同再说，我的心里也踏实了，可以告慰父母和嫂子！

2002年12月17日，我收到了责编李建军寄来的50册样书。1993年，我曾出过一本书——《远方有堆黄土》，印刷质量极差，我一直羞于对人说。如今，终于拿到了人生中真正意义上的第一本书，且是人民文学出版社出版的，那一刻的激动和兴奋至今令我难忘。手捧着散发着墨香的书，我只觉得眼眶湿润起来，心潮逐浪高……

心情平静下来，仔细看样书，印刷质量不错，但封面设计不行，黑白相间的底色，两片飘落的枫叶，一部长篇小说搞得跟散文集似的——我是不是太挑剔了？

十多年后，在北京参加一个文学活动，我见到了李建军，闲聊中说起此事，李建军给我表达了歉意。

在夜深人静之时，我常常情不自禁地会想起这些往事。那时，伤残使我对生活已无多大信心。彷徨之中，创作成为我的精神支柱，但成功的彼岸却距我太遥远，我虽然屡败屡战，但心火渐熄。倘若何老师没有来我家给我鼓励，倘若没有他的扶持帮助，倘若那个中篇又被"枪毙"，我也许不会再舞文弄墨，也许我的生命早已枯萎凋零。那个中篇的发表给我即将沉沦的心灵打了一针强心剂，使我再次搁浅的生命的航船又升起了风帆。现在这部书稿又经何老师之手出版问世，是上苍冥冥之中的安排，还是好事多磨，让我体验体验人生的况味？是兼而有之吧。

再说回小付吧，我年长他十六岁，但这并不影响我们的友情，我们是忘年交，在事业上他给了我真诚的、无与伦比的帮助。在等待与人民文学出版社签订出版合同期间，他又将我的书稿推荐给西安华人影视公司的老总。书稿被慧眼看中，老总赵安是爽快人，当即拍板签了改编合同。可以这样说，如果没有小付不遗余力的帮助，《昨夜风雨》也许还是一沓写了字的稿纸而已。至今，我对小付没有说过"谢"字，我觉得"谢"字太俗了，不能表达我的心意，更不能表达我们之间真挚的友情。

与何启治老师和小付相比，王的所作所为实在太龌龊、太下作！我有时也想，王好歹也算个文化人，品格为何如此卑劣？我还想，王那时也许真有难处，如果他实话实说，我一定不会为难他的，谁都不可能包打天下嘛。可又一想，龙生九种，九种各异；十个指头伸出来也不一般齐。我们的生活之所以丰富多彩，是因为真与假、善与恶、美与丑共存。倘若大家都是圣人，都是诚信君子，那么我们的文艺作品也会变得枯燥乏味没意思。这么一想，我也就释然了。

说心里话，那时我对老王又气又恨。如今我不但不气他不恨他，反而有点感激他。那时如果他给我把书出了，很可能会被弄歪，也不可能会被影视公司看中改编成电视剧。在这里重新提及，只是回首以往，记录我的经历，没有指责他的意思。

# 二

时光荏苒，往事已成追忆。没想到的是，丁酉年孟夏，我在北京又一次见到了何启治老师。陕西、北京、黑龙江、辽宁、湖北五省市残疾人作家在北京举办读书创作交流联谊会，我有幸参加。联谊会聘请何老师来讲课。

何老师已八十一岁高龄，但丝毫不显老，腰不塌背不驼，红光满面，精神矍铄。他微笑着俯下身握着我的手，问我的境况，我一一作答。

开讲之前，何老师谈起与我的相识，并回忆他当年签发我那个中篇的过程。何老师的记忆力超强，思维十分清晰。他说他那时刚到《当代》做编辑，是编辑部主任龙世辉把我的稿子交给他的。龙世辉老师如今已作古，在此，我向龙老师在天之灵深深鞠一躬！

我的命运不幸也有幸，不幸的是受伤致残，幸运的是遇到何老师、龙老师这样的贵人扶助。我的不幸可能是上苍的失误，我的幸运是上苍在弥补失误。

上次见面，何老师来也匆匆，去也匆匆。这次见面，有了深入交谈的机会，我这才知道何老师的一些情况。何老师曾任人民文学出版社副总编辑、《当代》杂志主编、《中华文学选刊》创刊主编、中国作家协会（以下简称中国作协）中直工作委员会委员，退休后仍任《当代》杂志顾问、人文社专家委员会委员，系终身职业编辑。他一生都在为他人作嫁衣，看过的稿子无数，沙里淘金，《白鹿原》《古船》《大国之魂》《尘埃落定》等作品都是经他之手编发的。

最让何老师引以为豪的是他亲手编发了《白鹿原》。他对《白鹿原》极为推崇，1998年中央电视台《读书时间》栏目组在无锡举办活动，主持人现场采访他，让他举出二十年来自己最看重的一部书并略述理由，他说："作为一个文学编辑，二十年来我最看重的一部书就是陈忠实的《白鹿原》，理由就在于它所具有的惊人的真实感、厚重的历史感、典型的人物塑造和雅俗共赏的艺术特色。"

果然是大家眼光！我以为，时至今日，《白鹿原》依然是文学艺术的一座高峰！

时间匆匆，眨巴眼的工夫，两个多小时就过去了。讲课最后，何老师语重心长地告诫我们："文学之路不是容易走下去的，要有非凡的毅力和信心，要向经典学习，汲取经典作品的营养，努力攀登文学高峰。"

相见时难别亦难，临别时，我双手捧上我的拙作《贺绪林作品精选》送给何老师，请他指正，何老师回赠一本他的著作《朝内166：我亲历的当代文学》，并签"绪林览正"四个大字，令我诚惶诚恐。哪敢"正"，只有学习！

目送何老师离去的背影，我在心中默默地祝福：祝愿他老人家幸福、安康、长寿！

贺绪林、妻子邓亚苏与何启治老师合影（中间为何启治老师）

# 第二十三章　闪亮荧屏

## 一

在等待书出版期间，又有好消息传来。

2001年6月上旬，小付来电话，告诉我他把书稿的打印稿给了西安华人影视公司老总赵安，赵总非常感兴趣，但没有给个肯定话。由于嫂子刚过世，我心情很灰暗，听到这个消息，我灰暗的心情闪现出一丝亮光。

大约过了一周，小付又打来电话，告诉我一个特大喜讯，说赵总回了话，说了两个方案：一是让我来改编；二是买断我的电视剧改编权，他们找人改编。小付的意思让我找人合伙搞，这样不仅能做得好一些，也能增加我的收入。他知道这段时间我心情不好，根本没心思去做，所以让我找人合伙做。我说我实在没一点儿心思做，再者说，我们做了不知赵总能不能满意，如果不满意，那白费力气不说，还一个子儿见不到，干脆让人家去做，我急着用钱哩。

最终在小付的斡旋下，我以两万五千元卖了电视剧改编权。坊间传言说我卖了几十万，我听到后在心里叫了声："惭愧！"后来有次在陕西省作协开会，闲聊时陈忠实老师问我这事，我如实作答。陈老师叹息一声："唉，把你亏了！"

此后不久，小付给我电话，说赵总请庞一川做编剧，问我认不认识庞。我说知道庞，但不认识。

6月19日，小付陪着庞一川来到我家。庞一川，大高个儿，谢顶，健谈。闲聊中我知道他年长我一岁，关中人，原是西安电机厂职工，后来内退，曾当过记者、编辑，开过饭店，办过养牛场。可谓是"打小卖蒸馍，啥事都经过"。现在他是自由撰稿人，赵总聘他做编剧。言谈中他充满着自信，我被他的自信和热情鼓舞得热血沸腾。

小付有事，先行告辞。庞一川留下，他想和我再深入地谝谝。晚饭后我摇着轮椅车陪他在邻村西大寨转了一趟，我俩边走边闲谝，我给他介绍家乡的风物典故及风土人情，他听得津津有味。回到家后我们接着谝，那天晚上我们谝了很多，当然是围绕着作品中几个主要人物的故事。我把我准备写入下一部作品的故事毫无保留地告诉了他。谝到高潮处，他忍不住拍桌叫好。

第二天，我陪庞一川在村北的小沣河川道转了一圈。小沣河古称雍水，又称沣河。因与渭河由西北向东南几乎平行而流，渭大沣小，渭南沣北，渭前沣后，故此这一带居民称她为"后河"。小沣河发源于凤翔老爷岭，经岐山流入扶风，出扶风流入杨陵，再到武功汇漆水注入渭河。小沣河在远古时代一定是条波澜壮阔的大河，两岸那刀削斧劈般的黄土崖上至今还刻印着大水冲刷的痕迹。可以猜想，那时候滔滔河水冲破黄土高原的阻挡，一泻千里，奔流到海不复回，其磅礴气势肯定十分壮观。长天气转，而今沣河失去了往日的磅礴。然而，尽管时光流逝，川道依然展现着黄土高原苍凉雄浑的地貌。

我给庞一川说，我书中的许多故事就发生在这里。他笑着说："这就是土匪出没的地方，天高皇帝远嘛。"我俩都哈哈大笑。

当天下午，庞一川返回西安去写剧本。之后，我便开始动笔写我的第二部长篇《马家寨》，同时期待着电视剧的拍摄。

2001年11月上旬的一天，庞一川突然打来电话，告诉我剧本已完成，三十集，还说导演要见见我，明天来家。真是惊喜！我没想到进展这么快。

第二天中午十二时许，庞一川和西安华人影视公司老总赵安陪着导演张汉杰来到我家。张汉杰是岐山人，地道的关中汉子，曾师从张艺谋、滕文骥，在《黄河谣》《菊豆》《大红灯笼高高挂》等影片中担任助理导演和副导演。大家都是陕西关中人，对关中地区过去的事情都很了解，自然相谈甚欢。张导主要谈了墩子和喜凤这两个人物的性格，希望能让这两个人物的形象更加丰满，更加出彩，让观众喜爱。

庞一川把他写的分集提纲给了我一份，我浏览了一下，说实在话，感觉不怎么样，太平。我谈了我的意见。张汉杰说："我们来和你见面，就是想听听你的意见。你的意见很中肯，男、女主角的形象还是单薄了一些，需要修改，丰满人物形象。"

张汉杰又说，回去后他们就修改剧本，明年下半年准备开拍，估计三个月可以拍完，三个月后期制作，力争年底播出。我以为拍一部三十集电视剧需要很长的时间，至少需要一年吧，没想到三个月即可拍完。我又惊又喜！

真是美好的愿景！

我们一直聊到下午六时许，他们才告辞。

# 二

接下来是漫长的等待。小付在报社工作，消息灵通，不时地给我打来电话，告知电视剧拍摄的进展情况。一段时间他工作忙，没有消息，我心中焦急，却也不好打扰他。

到了年底，小付打来电话，告诉我电视剧拍摄好了，后期制作也完成了，三十集，他已拿到了样片。他原本打算春节回家专程给我送碟片，却不慎把脚崴了，走不了路，春节也不能回来，怕我着急，准备托人把碟片给我送回来。我说不着急，让他安心养伤。嘴里说不着急，其实我恨不得马上就能看到样片。

2003年2月24日，我收到小付托人送来的《关中匪事》碟片，迫不及待地借来了碟机，从上午九时看到晚上十二时，吃饭都"加班"。两天我就把三十集全部看完，觉得拍得相当不错，很抓人心，十分耐看。喜凤由田海蓉扮演，墩子由凌潇肃扮演，刘十三由刘立伟扮演，罗玉璋由赵纯阳扮演。几位演员的表演出彩到位，为这部作品增色不少，特别是片头曲的歌词用了书中的歌谣："他大舅他二舅都是他舅，高桌子低板凳都是木头。金疙瘩银疙瘩还嫌不够，天在上地在下你娃甭牛……"片头曲的曲子写得好，秦风秦韵，十分有味道。当然瑕疵也有不少，如道具的不真实、人物造型的走样、语言太现代化等，而且把原著想表达的思想没有完全表达出来。

我当即给张汉杰导演打了电话，向他表示祝贺并感谢，同时也谈了观后感。他说："你说得一满都对，可电视剧毕竟要迎合观众的口味，不然就没有了收视率。再者经费有限，道具只能从简。"仔细一想，也是啊，毕竟投资方是要挣钱的。

2003年6月6日晚，我打开电视机，忽然眼前一亮，陕西一套节目在播广告，说三十集电视连续剧《关中匪事》6月17日在陕西电视台一套黄金时段播出。广告的配乐就是后来唱响大江南北的片头曲："他大舅他二舅都是他舅，高桌子低板凳都是木头。金疙瘩银疙瘩还嫌不够，天在上地在下你娃甭牛……"平日里我最讨厌广告，可那天晚上的广告我是百看不厌。

6月17日的《华商报》以一个版面的篇幅刊登了《关中匪事》的剧情介绍，分为三个版块——《导演篇》《演员篇》《作者篇》，介绍该剧的出笼情况。《导演篇》介绍的是该剧的导演张汉杰；《演员篇》介绍的是该剧女一号田海蓉；《作者篇》介绍的是我，并配了一幅照片。应该说，

《华商报》的策划宣传搞得特别好，这是小付的功劳。

《关中匪事》播出后，反响强烈，这是我始料不及的。每晚黄金时间陕西电视台准时播出，正是农村吃晚饭时间，街道空无一人，大家都端着饭碗围在电视机前看《关中匪事》，片头曲刚一唱响，就有人跟着唱："他大舅他二舅都是他舅……"

那段时间我的手机铃声不断，家里记者不断，都是采访我的，特别是深圳电视台一个记者给我打来电话，言说《关中匪事》在深圳电视台播出收视率很高，他们7月1日重播，想对我进行电话采访，希望我能满足他。当然要满足，充满西部风情的《关中匪事》能在南国大都市热播，这也是我没想到的。那天下午我们通了两个多小时的电话，尽可能满足他的采访要求。

《关中匪事》确实具有西部片的特色。这部剧的色彩层次丰富，红与白包裹着的俏丽娘子、黑与灰构筑的高墙大宅、黄与紫纠缠的土匪窝子，整部剧情节跌宕起伏、色彩绚烂饱满，给观众酣畅淋漓的感觉。是时，各大报刊极力宣传，宣传词是"一个女人与四个男人的故事"，又称其为"中国版的《乱世佳人》"。一时间，《关中匪事》被圈内视为本年度的一匹荧屏黑马，在各地电视台播出时都引起极大的反响，备受观众瞩目。

7月5日，杨凌示范区管委会常务副主任孟建国专程来看望我，同来的还有杨凌示范区和杨陵区主管宣传的领导。孟主任高度评价了《昨夜风雨》（电视剧原著）在塑造人物，特别是在展现关中汉子阳刚之气方面很有特色，充分肯定了作品在方言运用上的成就。孟主任还说《昨夜风雨》的出版及据其改编拍摄的电视剧《关中匪事》的播映，不仅填补了本地区作者缺少长篇小说及作品改编电视剧的两项空白，更是对示范区文化建设一次有力的推动，对提升示范区的影响将产生巨大的作用。孟主任毕业于西安交通大学，在文学方面有很深的造诣。他的高度评价是对我极大的鼓励与鞭策。

交谈中，孟主任得知我生活中的困难，当即给随行的两级宣传部负责同志说："贺绪林把成绩搞出来了，你们不能只是吹喇叭，要解决一些他的实际困难问题。"

此后，我的一些困难很快得到了解决，这都多亏了孟主任。至今回忆起来，孟主任对我的关怀以及雷厉风行的工作作风，都令我十分感恩、敬佩。

7月9日，共青团陕西省委的刘邵安和西安电视台的《城市故事》栏目组的编导及主持人崔夜来到我家，为我录制节目——《关中汉子》，此前他们与我多次联系过。录制现场设在村口，乡亲们没见过录制场面，围得水泄不通。节目编导说他们就要这样的效果。半个小时的节目录制了整整一个下午。后来这期节目多次播出，反响很不错。

此后，咸阳电视台、杨凌电视台都来采访我、做节目。那段时间，除了中央电视台，全国各地的电视台几乎都在播出《关中匪事》，片头曲"他大舅他二舅都是他舅，高桌子低板凳都是木头。金疙瘩银疙瘩还嫌不够，天在上地在下你娃甭牛……"的歌谣唱响了大江南北。我忽然有了一种晕晕乎乎的感觉，似乎要飘起来。

《关中匪事》热播之后，我的头脑慢慢冷静下来。"神马都是浮云"，我还是我，体重都没增加一斤一两。我顿悟，竖子往往比英雄更易成名。我也清醒地意识到：文学之路道阻且长，行不能止。自己既然选择了这条道，就必须老老实实读书、学习，只有写出过硬的作品才不枉来这个世界走一遭。与文坛大家相比，我不过是在文学艺术的殿堂门口徘徊，未来的路还很遥远、曲折，甚至布满荆棘。我需要付出百倍的汗水，才有可能浇灌出好的收成。

"努力吧！"我给自己鼓劲、加油。

# 三

时间如白驹过隙，似乎眼一眨巴十五年就过去了。

2018年4月上旬，陕西电视台一套播广告，说《关中匪事》（后来更名为《关中往事》）陕西方言版即将搬上荧屏，4月15日晚八时播出，每晚三集连播。随后，我在微信朋友圈看到了预告片。作为这部电视剧的原著作者，我兴奋异常，当即把这则预告片转发至微信朋友圈，并转发给太白文艺出版社社长党靖先生，希望他能借风扬帆，再推销推销原著《兔儿岭》（《昨夜风雨》再版时更名为《兔儿岭》）。

这些年来，《关中匪事》电视剧不时在各家电视台重播，有着很强烈的反响。出门在外，朋友跟别人介绍我：这是作家贺某人。对方虽然脸上笑着，但看得出是应付。朋友见此情景马上补上一句"他是《关中匪事》的原著作者"，对方脸上的笑立即热烈起来，并会伸出手来，一副久仰的神态。应该说这部作品为我赢得了一点儿文名，满足了我可怜的自尊心和虚荣心。

时隔十五年，这部剧即将以方言版的形式再现荧屏，真的令人兴奋。说句不谦虚的话，我的"关中匪事"系列作品很是有看点：一是人物形象丰满鲜活，不仅书写了关中土匪的惊世传奇，更是一曲西府秦人的慷慨悲歌，官事、民事、匪事等多重事象的交错纠结，使"关中匪事"系列在凝重从容的个体叙事中，显现出壮阔而恢宏的史诗品格；二是故事传奇，情节张弛有致，悬念丛生，扣人心弦；三是方言运用得恰到好处。"作者对陕西方言在作品中的传神运用，无疑会对当代文学创作起到不可代替的启示作用。"著名文学评论家杨乐生如是说。

现在用关中方言演绎这部作品，说实在话，我的虚荣心猛地又泛滥了，当即把这则广告转发至微信朋友圈。果然，朋友们留言表示祝贺。

4月15日晚，我们一家人早早坐在电视机前，等候《关中匪事》（不好意思，我还是习惯说原来的剧名，其实改为《关中往事》挺好的）方言版播出。到了晚上八点，播出的却是另一部剧，我傻眼了，怎么回事啊？！没等回过神来，手机铃响了，我接通，一位朋友询问这是咋回事，我说我也不知道是咋回事。随后又有朋友接二连三打电话询问，他们既是朋友也是这部剧的铁杆粉丝，我说我自己也不知道是怎么回事，那个广告是在电视和微信朋友圈看到的。挂了电话，我抹了把额头冒出的冷汗，觉得自己欺骗了朋友。看来电视台的广告很不靠谱。记得前一年电视剧《白鹿原》在南方一家卫视播出时，宣传片播得很火爆，可到播时播了一集突然就停播了，那家电视台也没说停播的原因，大家胡乱猜测，说啥的都有。不过时隔不久，《白鹿原》还是播了。这么一想，我心中释然了。

第二天，太白文艺出版社编辑小崔给我打来电话，说社里准备借风扬帆，把《兔儿岭》再推一把，却不见方言版播出，问我知不知道为什么。我说不知道，让她去问电视台。时隔十分钟，小崔来电话告诉我：电视台说临时调整节目，具体几时播出还未定，但，肯定是要播的。

有了这个答复，我心里也安妥了些。其实，也没啥忐忑不安的。这次《关中匪事》改方言版，没人跟我说过；几时播出，也没人跟我打招呼。我这个原著作者早已被人遗忘了。这不仅是我的悲哀，更是文学的悲哀。这也罢了，关键是方言版没有如期播出，令我颜面尽失，如同五味瓶在胃里打翻。

4月26日，太白文艺出版社小崔给我发微信消息：贺老师，省台发布的消息《关中往事》5月2日起播出，希望这次时间准确。随后，她给我发来预告片。我打开预告片浏览，发现比上次的预告片多了许多内容，播出时间是5月2日起每晚八点，三集连播。这次我很冷静，只是给小崔回信：希望这次靠谱。我没有转发朋友圈，但心里还是充满期待。

5月2日晚八点，我打开电视机，转到陕西一套。这次很靠谱，《关中往事》准时播出。还是原来的片子，但重新剪辑为四十集，加了许多广告，而且配音很糟糕，说的陕西话很不地道，如同一碗杨凌蘸水面少了油泼辣子，很不是滋味。

这些不说也罢。

# 四

这些年，电视连续剧《关中匪事》在全国数十家电视台重复播出，不仅广获反响，而且使我的"关中匪事"系列作品有了更为广泛的读者群。常有人问我："《关中匪事》中的刘十三是不是我们那里的谁谁谁？墩子是不是我们那里的谁谁谁？喜凤是不是我们那里的谁谁谁？那个民团司令是不是我们那里的谁谁谁？……"且不说杨陵土著，武功人这么问我，扶风人这么问我，周至人这么问我，岐山人、凤翔人也这么问我。我真不知该怎么回答才好。问我者不乏搞文学创作的，他们忘记了一个本不该忘记的问题：文学作品的人物是虚构的（纪实作品除外），他们是集张三李四王五赵六于一身，不可能是某个真实的人。文学作品中的人物可能有原型，也可能没原型。譬如《三国演义》《水浒传》的主要人物都有原型，但不是史料记载的真实人物。再譬如《西游记》，唐僧的人物原型是唐代高僧，俗姓陈名祎，法号玄奘，又称玄奘法师、三藏法师、玉华法师；孙悟空、猪八戒、沙和尚则是吴承恩老先生杜撰的。

我作品中的人物和故事都是听来的，大多是真人真事，当然讲故事的人难免加盐添醋，我在创作时，自然而然地会加进许多虚构的东西。小说家言，当不得真。

《兔儿岭》这部长篇作品我在动笔时将其命名为《昨夜血雨》，2002年人民文学出版社的编辑将其更名为《昨夜风雨》，嫌《昨夜血雨》这个名字血腥味太浓。随后该部作品由西安华人影视公司拍摄为三十集电视连续剧，更名为《关中匪事》。

此前我已经先后完成了《马家寨》和《卧牛岗》。两部书稿完成后，为出版犯难之际，我想到了一个人，她是《城市经济导报》的总编赵平方女士。2003年6月的一天，她来采访我，给我留下了极深刻的印象。她容貌端庄秀丽，谈吐不俗，没有漂亮女人的傲气，更没有当官者的盛气凌人。她言语亲切，态度和蔼，很有亲和力，是一位非常优秀的知识女性。她说有什么忙需要帮就说，她会尽力而为的。我便给她打电话，请她帮忙。她很爽快地答应了，说她来想想办法，让我耐心等待。

不多时日，她来电话告诉我已经联系了一家出版社，只是出版社社长在外地学习，回来就联系我。

就在这期间，《知音》杂志的记者正月（笔名）来采访我。那天我们聊了一下午，谈到我手中的两部书稿，他说他可以帮我联系出版此书。

过了十多天，2003年11月27日，正月带着出版界的朋友来跟我谈我的作品出版事宜。他们说是要先看看我的新作，我便把新作《马家寨》和《卧牛岗》的前半部分打印稿给了他们，并再三言明：必须两天内给我回话。

正月的朋友是商州人，面相和善，说话和气，不似狡诈之徒。他很看好书稿，如约给了我准信儿，决定出版我的书，包括《昨夜风雨》。我当即电告挚友小付，委托他代我签合同，时间是2003年12月30日。

几天后，赵平方打电话给我，说她联系的出版社要与我签合同。我说已与其他出版社签了合同，并向她道歉。她说没事，不用道歉，书能出版就好，并向我祝贺。对她，我心怀内疚。

说来也是好事多磨。因种种原因，正月的朋友最后把我的三部书稿的出版权转让给太白文艺出版社。太白文艺出版社当然很看好这套书，特别是责编屈立华女士，审稿后对书稿大加赞赏，说她从业以来很少看到这样的好书稿。太白文艺出版社把这三部"关中匪事"作品以"关中匪事"系列命名打包出版，并把《昨夜风雨》更名为《兔儿岭》，于2005年年初隆重推出。这套书有几十幅版画插图，图文并茂，印刷精美，很受读者欢迎。

小付趁热打铁，利用他的人脉，联系了《陕西日报》《西安晚报》《华商报》《三秦都市报》《阳光报》等十几家新闻媒体，为这套书召开新书发布会暨座谈会。小付专程接我去西安参加会议。会议在西安睿辰文化传播有限责任公司举行，太白文艺出版社时任副总编段宪文、编辑室主任张继全、编辑屈立华、著名文艺评论家仵埂等二十余人出席了座谈会。会议气氛十分热烈，大家畅所欲言，对这套书给予了很高的评价，同时也指出了不足，意见中肯而坦诚。

新书发布会暨座谈会开得相当成功，宣传了这套书，为这套书打开了市场销路，出版的图书很快就告罄。随后，太白社把这套书换了封面并重新装帧印刷。但我个人认为这次的封面设计和装帧远不如第一版，令人惋惜。

《马家寨》写的是渭北高原马家寨马、冯两族素有积怨，马家后生马天寿垂涎冯家大户冯仁乾的小妾，莽撞冒犯引来杀身大祸，幸得同村"永寿堂"大夫金大先生拼力相救。天寿逼上北莽山落草成寇与冯家对峙，掳小妾、砸店铺、抢钱粮。冯家串通地方驻军借剿匪之名血洗马家寨，五百余乡民以血肉身躯勇护家园……

《卧牛岗》讲述了富家子弟秦双喜探家途中误入匪窝，与匪首之女玉凤一见倾心，卧牛岗上情意绵绵。秦掌柜得罪恶绅，恶人勾结保安团，秦家惨遭灭门之灾，卧牛岗上血雨腥风，玉凤逃命途中又救双喜。两个失去亲人的孤男寡女三上卧牛岗，誓与恶势力拼争到底……

曾有不少的朋友和读者问过我：《马家寨》和《卧牛岗》的故事也十分惊心动魄，很有画面感，不弱于《兔儿岭》，为什么没有被拍成电视剧？如果拍成电视剧收视率一定会更高更火。其实，有好几家影视公司找过我，希望能将其改编成电视剧。然而都由于种种不可言说的原因而搁浅，令人扼腕叹息。

再后来，我完成了长篇小说《最后的女匪》，2007年由北京的文化艺术出版社出版。

至此，我的"关中匪事"系列长篇完成了四部。

# 第二十四章　幸福港湾

## 一

荏苒岁月颓。

似乎转眼之间，几十年就过去了，我忽然觉得我应该成个家。此前我好多次都想过这个事，曾有女子找上门来表示愿意嫁给我，被我拒绝了。给我写求爱信的女子更多，也被我一一拒绝了。是我择偶条件高吗？不、不，别的不说，就我的身体状况，别人能看上我，我就烧高香了。可我为啥要拒绝呢？我只是在想，那些女子只是在报刊上看到有关我的报道，对我的实际情况并不了解，如果草率地结合在一起，能长久吗？

身体已经伤得这么重，我不想再让心灵受伤。我期盼着能找到一个真心爱我的女子，我一直在等待。

还真让我等到了，我感谢命运！

这也许是一个美丽的意外，抑或上天弥补对我的失误。可我坚定地认为她是上天派来的使者——她就是我的妻子邓亚苏。天使的到来让我的生活充满了阳光。

其实，她也是一个命运不幸的人，她在婚姻上严重受挫，且伤得不轻。离婚后她在寻求自己的幸福。我们是两条轨道上的行星，是上天安排我们相遇，而且碰撞出美丽的火花。

此生，我非常不幸，又非常幸运，因为我有了她。她选择了我，我选择了她，我们是患难与共、生死不渝的亲人，她给了我生活的希望，是陪我走过人生坎途的伴侣。最初，我们走在一起似乎被所有的人不看好，包括她的亲人和我的亲人。也是的，我身患重残，能给予她幸福吗？我扪心自问，不能有确切的答案。然而，面对世俗的质疑，她还是坚定不移地选择了我，这需要多大的勇气和胆量！我深知，为了我，她承受着世俗的眼光和巨大的压力，做出了极大的牺牲。因此，对她，我怀着一种难以言说的感恩之心。

那年我们走在一起不久，因生活所迫客居古城。城市的消费远远高于农村，而我的工资低得可怜，再者，我们还得做长远的打算，因此必须精打细算。为了节省开支，我们租了城中村一户人家五楼的一个小屋，租金是不高，可我的腿脚不便，上下楼都要妻子背。一个女人背着一个男人上五楼，自然招来许多目光，那些目光有惊诧、有叹息，甚至有羡慕，但更多的是敬佩。

每每背我上下楼，妻子都要喘息半天。五楼呀，上下都得背，一个壮小伙都不一定能行，妻子也是仗着她年轻身体好。一天，一位朋友来看望我，见妻子背我，便上前说："让我背一回。"途中他歇了两次，上到五楼房间，气喘吁吁，满头大汗。好半天他才喘匀气，由衷地对我妻子说："嫂子，我服你了，你是巾帼不让须眉，女中豪杰！"

此后，我实在不落忍她受这份苦，说咱们不省这个钱了，租个平房吧。在我再三坚持下，我们租了另一家的平房。

过日子妻子是一把好手，她把一日三餐打理得井井有条。早餐和晚餐很简单，咸菜、稀饭、馒头。稀饭自己煮，馒头自己蒸，时不时变变花样，馒头改为包子或花卷，只有咸菜是买的。中午大多吃面条，隔三岔五吃顿米饭。为了让我吃得可口，她在面条上尽可能地变花样，她最拿手的是家乡的旗花面和蘸水面，而我最喜欢吃的就是这两样。

一次吃早饭时，我笑着说："咱这日子都是你省下的。"

她也笑着说："过日子就得省，细水长流。"

"你是个好媳妇。"我表扬她。

"接受你的表扬。"她说着就笑，我也跟着她笑。

日子虽说过得很清苦，但我们很快乐。

冬去春来，转眼到了夏天。

那年夏天特别闷热。古城像个大火炉，四面八方都在冒火，我们租住的小屋仿佛是个小蒸笼。买不起空调，我们买了台电风扇解暑，但风扇作用不大，还是全身冒汗。我正在写一个长篇，那时还没有电脑，我光着膀子，伏案写作。她在我身边放了盆凉水，时不时地拧个湿毛巾让我擦擦汗。

晚上我们把凉席铺在地板上，躺在地板上才觉得舒服一些。我的腿不好，她怕我受凉，半夜起来又给我身子下铺上褥子。我不愿麻烦她，说这事我能自理，不让她起来。她说："以前没有我那是没奈何，现在我在你身边，我就得把你照管好。"

我拉住了她的手，紧紧地握着……

# 二

秋天到了，黄叶飘满古城。

窗外的风景很好，我很想出去走走，但又不愿给妻子添麻烦。妻子看出我的心思，便说："咱们去大雁塔逛逛，听说音乐喷泉美得很。"

在古城住了大半年，我们一次也没去过大雁塔。不是不想去，是不能也。我坐着轮椅，公交车是挤不上去的；打车吧，花不起那个钱。

"咱们走着去。"妻子把鞋带往紧系了系。

我们住的地方离大雁塔有二十几里地，一个来回就是半百里。我想着就头大，连连摇头。

"你不是说过风景在路上嘛，咱们就边走边看风景，午饭在街上吃。"妻子推着我的轮椅就要出门。

我说："那就把水带上，我喝不惯瓶装水。"

妻子笑了："我也喝不惯。"说着，她给水杯装满水，挎在了肩上。

那天我们早上八点出发，晚上八点回家，十二个小时，行程超过了五十里地。回来躺在床上，妻子累成了一摊泥。我知道她腿疼，便揉着她的小腿肚子，心疼地说："今儿个又让你受累了。"

她看着我只是笑，笑得有点儿傻……

那年的除夕我们是在古城度过的。古诗云："独在异乡为异客，每逢佳节倍思亲。"望着窗外飞舞的雪花，我自思，我年过半百，事业无大成，却漂泊在外，一片孤独寂寞的阴霾从心底油然而生。这时，一位挚友发来贺年短信，是首诗，诗曰："瑞雪积丰门，闲阳照景深。又到换岁时，围炉思故人。笑酌一杯酒，遥举香可闻。"醇香如酒的诗句又勾起了我的思乡之情。

妻子见我情绪不高，过来挨着我坐下，问我怎么了。我笑了一下，说没什么，好着哩。除夕夜是团圆夜，我不想让她不快。她不再说什么，打电话给同样客居古城的同乡小何夫妇。片刻工夫，小何夫妇翩然而至。妻子做了几样菜，拿出黄桂稠酒温热后摆上桌。他乡有故知，我们把酒叙友情，举杯共祝新年好运。此时此刻，我心里的不快也一扫而光。

吃喝正酣，忽闻爆竹声声。其时不到六点，天光乍暗还明。在家乡是万家灯火后才放爆竹的，古城人怎么这么早就放爆竹？也太心急了些。也许应了那句俗话："十里乡俗不同。"古城自有古城的风俗习惯。爆竹声不绝于耳，我笑道："城里人就是有钱，拿钱买听响声闹着玩哩。"

小何两口子来城里打工已有多年，已见怪不怪。小何说道："这才是开头，老鼠拉木锨，大头在后头哩。去年我们住在西安高新区，那爆竹响了整整一夜，震得人耳朵嗡嗡地响，直发麻。第二天那爆竹皮扫成堆，用卡车拉哩！"

吃着喝着闲谝着，妻子不时地加菜、添酒，忙得不亦乐乎。不觉到了晚上八点钟，一年一度的春节联欢晚会开演了。春晚已经办了好多年，看得多了，大伙儿也挑剔了，总觉得年年都不尽如人意，甚至有人疾呼不要再办下去了。我认为春晚不可少，如果真的不再办春晚了，那么除夕的年夜饭我们盘中的饺子味儿就会淡许多。春晚这道大菜端上了桌，那就敞开吃吧。

子夜时分，客人告辞。我握着妻子的手深情地说："今年这个除夕夜我本以为会很寂寞，却让你整得很有意思，我不会忘记的，只是让你受累了。"

妻子笑道："看你说得，咱们是夫妻，只要你高兴我就高兴。"

# 三

2008年5月12日下午两点，思草兄（杨凌示范区文联的副主席）给我送来他新出的散文集《瓜之园》。我们在客厅正聊着他的新书，忽然我觉着轮椅晃荡起来，似乎有人要把轮椅掀翻。坐在沙发上的思草兄也晃了一下，愕然地望着我，问怎么了。我并没意识到地震——1976年我遭遇过一次地震，时隔三十二年，已经淡忘了，我笑着说："我们四楼在搞装修。"他说："不对，装修咋能整出这么大的动静。"话音未落，地板晃动起来，他惊叫起来："地震！"便噌的一下站起了身。

在屋里的妻子（那天老家来了一位乡亲，妻子在里屋陪着她拉家常）也惊叫着："地震了！"她赤着脚跑了出来，背起了我。思草兄以少有的敏捷行动打开了屋门（此时开门最为关键）。那位乡亲扶着背我的妻子，踉踉跄跄，如同在船上行走。下楼梯时动静更大了，我看见思草兄站稳不住，幸好他把着楼梯扶手才没跌倒。他慌而不乱，麻利地打开了单元门。

他们簇拥着负重的妻子来到马路中央，惊魂未定。我于心不忍，让妻子把我放在马路边。妻子说危险，怎么也不肯放下我。后来我们不约而同地想到了思草兄停在路边的车（惊慌中我们竟然忘了他的车），说是让我坐在车里岂不是更安全。于是，大伙儿把我安顿在思草兄的车里。那时妻子背着我走了百十米，长达十多分钟。事后她说当时并没觉着累，到了晚上只觉得腿酸腰疼，全身的肌肉都在作痛。

手机信号恢复了，我们这才知道四川汶川发生了强烈地震。坐在车里，我看到小区的居民扶老携幼聚集在安全的地方，大伙儿相互帮助，互致问候。虽然同住一个小区，但平日里大伙儿相互之间很少来往，见面只是点点头而已。此时此刻，大伙儿开始相互关切地问这问那，似乎是多年不见的老朋友。在灾难面前，大伙儿突然亲近起来，人与人之间拉近了距离。地震突袭，人心凝聚。目睹此情此景，我感慨多多。

遥想1976年唐山大地震，那次地震虽也是7.8级（汶川地震初定为7.8级，后确认为8.0级），但陕西的震感并不强烈，我几乎没有什么感觉，只看到电灯和门闩在轻微地晃动。乡友迎国帮我在院子里搭了一个简易防震棚，年迈的母亲白天黑夜守在身边照顾我，在危难的时刻，无私伟大的母爱给了我莫大的温暖和慰藉。

这次地震远比1976年那次地震来得突然，来得厉害，妻子却临危不惧、慌而不乱，把我的安危放在第一位，置自己的安危于不顾，赤脚背我下楼逃生。其情其景不仅令我动容，也令小区的居民动容。思草兄在他的博文中记述了这件事，感叹道："绪林，有福啊！"我也觉得有此贤妻，是我莫大的福分。

接下来几天余震不断，特别是5月25日下午四点二十一分，四川青川又发生6.4级余震。是时，我正在书桌前整理东西，轮椅动了一下，我意识到又地震了，急忙唤妻子。她睡着了，猛然惊醒，翻身而起，鞋都不穿就背我下楼。后来，安顿我坐在"三蹦子"（汽油动力带篷三轮车）车厢。这次余震不过十几秒钟，动静远没有上次厉害，但也吓人不轻。再后来，妻子在小区对门一个废弃的代销店铁皮房南边选择了搭防震棚的地方，随后又去买篷布、竹竿等物。是时天下着雨，时大时小，妻子来回忙碌着，雨水把她的衣服都浇透了。我给弟弟岁仓打电话让他来帮忙搭棚，电话打不通，又发短信。一小时后，他赶过来，此时已下午六时许。他帮着妻子冒雨搭好了防震棚，这时夜幕也拉开了。

躺在防震棚里的床上，听着雨打篷布的声音，别有一番滋味在心头。此次天灾着实让人受惊不小，所幸有惊无险。

妻子冒险回家做了晚饭端来，我草草吃了晚饭，倒头去睡，却迟迟不能成眠。看着身边熟睡的妻子，我感慨万端。在这危难之际，是她用柔弱的肩膀挑起了家的重担，她实在是太累了啊！

感慨之际，忽然嗅到一股尿臊味。原来这个地方是小区门口麻将馆的"选手"们解手之地，此时竟然成了我们的栖身之所。非常时期，也就顾不了太多了。借着路灯，隐约看得见铁皮房墙上写的字。仔细再看，粉笔字写得潇洒苍劲，显然不是一般的人所为，且抄录的是陆游的《卜算子·咏梅》：

驿外断桥边，寂寞开无主。已是黄昏独自愁，更著风和雨。

无意苦争春，一任群芳妒。零落成泥碾作尘，只有香如故。

这么好的词竟然写到此处，不知"二班"的同志是何用意？再仔细看，还有两行字："麻将馆贵宾专用地，荡气回肠的生命赞歌。"看到此，我不禁哑然失笑，"二班"的同志不仅书法好且有文化，不过把聪明才智用错了地方，糟蹋了陆游的好词，却给此时避难的我增加了一点儿乐趣。

夜渐深，我也进入了梦乡……

后来，一位朋友来家闲聊，话题说到汶川大地震。朋友说他的办公室在二楼，地震时他正在伏案写东西，忽然办公桌抖动起来，他立刻就意识到地震了。他慌忙往楼下跑，途经一楼时他使劲地拍一楼的办公室门，给里边的同事们报信。事后他说他很内疚，当时没有去叫三、四楼的同事，幸好那天有惊无险，不然的话他会内疚一辈子的。

大难来临，逃生是人的本能。有道是"夫妻本是同林鸟，大难来时各自飞"，可妻子在紧急关头并没有抛下我而去逃命，这让我感动不已。事后我跟她说："那天要是真的楼塌了，把咱俩砸在里边，你不后悔吗？"

妻子说："后悔啥，要真的那样，那是咱俩的命。"

# 四

2008年7月3日是个特殊的日子，这一天奥林匹克圣火在我的家乡杨凌传递，而我是火炬手之一。虽然天气预报说是阴天，但天气晴朗，阳光灿烂。老天爷给力呀！好心情加上好天气，很容易让人兴奋激动。

一大清早，妻子就陪着我奔火炬手集结点，因为观看圣火传递的人太多，道路被严格管制了。前一天晚上由于心情太激动，我子夜时分才入睡，觉得刚迷糊过去就被妻子喊醒了。所有东西都准备好后，我们就匆忙上路，生怕迟到了会被取消火炬手的资格。妻子比我还着急，似乎火炬手是她不是我。幸亏我胸前戴着火炬手的牌子，才没被拦在外边。就这，二里多路我赶了半个多小时。

在集结地点，火炬手们聚在一起，谈论着即将开始的圣火传递，人人心情激动，神采飞扬，并拍照留念。是啊，这样的百年盛会也未必能赶上一回，可我们赶上了！我们是幸运儿，能不激动？能不兴奋？

不大会儿，我们上了火炬投放车（我在四号车上）。在车上，北京奥组委的工作人员给火炬手们发放了火炬，车上顿时响起一片欢呼之声。我仔细看手中的火炬，造型呈中国传统纸卷轴状，使用锥体曲面异型一次成型技术制造，在漆红色"祥云"图案的陪衬下越发显得高雅华丽，质地是轻薄的高质量铝合金，重985克，长72厘米，十分轻盈。火炬的下半部分用塑胶漆喷涂，手感很舒适。火炬燃料为丙烷，燃烧时间为15分钟，零风速下火焰高度为25厘米至30厘米。真可谓巧夺天工。

身穿"火凤凰"运动服，手擎祥云火炬，尽管火炬还没有点燃，但还是给人不一般的感觉，一个字：爽！

北京奥组委有规定，为了确保火炬手们的安全，圣火传递期间不让带任何东西上车。这样一个难忘时刻，不能拍照留念真是遗憾。正在惋惜遗憾之时，工作人员拿出相机给我和妻子拍照。给他留联系方式时，他见我字写得不俗，问我是不是教师，我说我的职业与教师有点接轨。听说我是《关中匪事》的作者，他竟然十分激动，要和我拍照合影。我前面的司机师傅更是兴奋异常，原来他是我们的陕西乡党，拿出笔记本一定要我签名留念。我挥笔写下了一行字："与奥运同行。"

性格和命运使然，我是个不轻易激动的人。可当手中的祥云火炬被点燃的那一刻，我全身的血液顿时沸腾起来。我原以为"点燃激情，传递梦想"只是写在纸上的口号，可此时此刻才真切地感觉到这不只是口号，这是一种实实在在的精神，就在我眼前。手中的火炬在熊熊燃烧，道路两旁挥动旗子的人群在狂喊："北京加油！中国加油！奥运加油！"

百年奥运，终于梦圆。怎能不令人欢欣鼓舞！怎能不令人激动兴奋若狂！在模拟演练时，辅导人员曾多次告诫火炬手们，在其他地方曾有火炬手跑到终点又往回跑，完全昏了头，让大伙儿一定要保持镇定。那时我觉得好笑，此时此刻身临其境，才明白辅导人员的告诫并不多余。在这欢声雷动的时刻，谁能镇定下来？

我强抑着激动的情绪，尽可能地使自己保持镇定，低声对推轮椅的陪护跑手说："咱们跑慢一点儿。"小伙子自然明白我的意思，当然也不愿意快跑，笑着点点头。

一棒火炬手只有68米路程，就是走，一分多钟也就到头了。我觉得还没有来得及享受这份激情、这份荣耀、这份幸福，就到了交接点。

接棒的火炬手是刘庆，我们是朋友。他也是北京2008年奥林匹克火炬接力境内传递陕西杨凌段组委会办公室主任。他单腿跪地，双手高举祥云火炬。他这一颇有特点的接火动作让我再次受到了感动。我完全明白，他这是对奥运圣火的尊重，同时也是对残疾人的尊重。

我双手高擎火炬，点燃了他手中的火炬。两支火炬熊熊燃烧着，我们手掌相击，紧紧地握在一起。

刘庆举着火炬向前跑去，我退到路边，心潮却久久不能平静……

2008年7月3日，奥林匹克圣火在杨凌传递，火炬手贺绪林与火炬手刘庆接火（单腿跪地，双手高举祥云火炬者为刘庆）

2008年3月24日，北京奥林匹克运动会圣火在希腊古奥林匹亚遗址点燃，象征着"和平、友谊、平等"的奥林匹克圣火，拉开了2008年北京奥林匹克运动会的精彩序幕。其间发生了汶川大地震，使我们的国家和民族经受了前所未有的考验。奥林匹克圣火传递到今天，我觉得我们不只是在传递奥林匹克的体育精神，更多的是在传递十三亿人民凝聚起来的中国力量，在传递中华民族不屈不挠的奋斗精神。

奥林匹克圣火渐渐远去，奔向北京。作为一名奥运会火炬手，我虽然只跑了68米路程，但这短短的路程在我人生的旅程中却是一个极其辉煌的亮点，是我一生中最为精彩的一幕。生命中有了这一次经历，我感到无比荣光、无比自豪。这份荣光和自豪更有妻子邓亚苏的一份！

## 五

2008年7月13日，我们的女儿降生了，我们有了爱情的结晶。新的生命无疑是上苍赐予我们的小天使，给我们的生活增添了无与伦比的欢乐和幸福。看着小天使可爱的脸庞，我们夫妻心里充满了阳光。

女儿满月时，我给她写了几行文字：

你第一次哭泣

是我们等待很久的好消息

你第一次微笑

带来盼望已久的温暖阳光

女儿一天天长大，我们爱在心里，笑在脸上。

2013年中秋夜，有云无月，实在有点儿煞风景。妻子却一如往年，在阳台摆上月饼、水果，焚上一炷香，遥拜躲在云后的圆月。女儿在一旁帮着妈妈忙活，她们母女神情虔诚、肃穆。我在一旁静静地坐着，心里默念："人有悲欢离合，月有阴晴圆缺，此事古难全。但愿人长久，千里共婵娟。"

　　罢了，回到客厅，女儿忽然说："爸爸妈妈，我给你们跳个舞。"

　　真是求之不得。我按响音乐，是女儿最爱的《荷塘月色》。女儿随着音乐翩翩起舞，虽然舞姿稚嫩，但我却觉得是世间最优美的。

　　一曲终了，女儿回到她妈妈身边。我看着她们母女亲昵之态，说："将来孩子上了大学，你怎么舍得？"

　　妻子说："就让她上西农大。"

　　女儿说："我要当医生。"

　　妻子问："为啥？"

　　女儿说："我要给爸爸看病，让他走路。"

　　妻子的泪水夺眶而出。

　　女儿说："妈妈，你怎么哭了？"

　　妻子把女儿紧紧抱在怀中，说："妈妈是高兴，我娃长大了。"

　　我的眼睛也潮湿了。女儿的这句话让我看到未来的生活充满了阳光，充满着甜蜜。我要好好地活着。为女儿付出再多再多，我们心甘情愿，无怨无悔。

　　时光似水，眨眼又是一年。前一年的中秋夜有云无月，今年天公更不作美，绵绵秋雨浇灭了月光，但女儿给我们的感动比去年更多。

　　虽说没有月光，但妻子的祭月活动一如既往。月饼及各样水果女儿一一摆上阳台，妻子点燃香烛，母女俩虔诚地对空遥拜，女儿稚声稚气地说："月亮公公，请你吃我家的月饼，可甜啦。"我一如既往地坐在一旁看着她们，心里很甜。

　　罢了，一家人边嗑瓜子边看电视。

　　忽然，女儿说："妈妈，我给你洗脚吧。"

　　妻子有足癣，晚上常常要洗脚。妻子以为女儿说着玩，笑道："好吧，你洗。"

没料到女儿端来半盆水，当真给她妈洗了起来，边洗边问："妈妈，舒服吗？"

妻子是个爱动感情的人，早已热泪盈眶了，连声说："舒服，舒服，好舒服。"

女儿说："你生我算生对了吧？"

妻子说："生对了，生对了。"

女儿说："我长大了还要给你洗澡呢。"

妻子心中最柔软的地方被女儿击中了，她一把把女儿抱在怀中，泪水流了一脸。我明白那是喜悦的泪水。

女儿转脸又对我说："爸爸，我也给你洗洗脚。"

我说："太晚了，就不洗了。"

女儿说："那明天晚上我给你洗吧。"

看着孩子一天天长大，一天天懂事，我们喜悦满怀。虽说我们一天天在老去，但希望在一天天增长、强大，无与伦比！

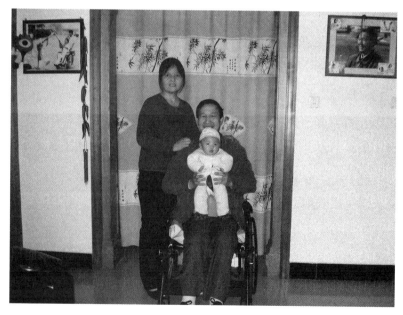

女儿百日照

# 六

女儿十岁生日时，我给她写了几句话：

亲爱的宝贝：

不知不觉你已经十岁了，十年来，这是爸爸妈妈第一次给你写信，也不是我们工作忙，主要是我们生活在一起，每天都叨叨你，怕你烦。

宝贝，你知道吗，你的第一声啼哭，像清晨的鸟叫，给我们带来了无尽的欢乐；你第一次叫爸爸妈妈，我们幸福的泪水夺眶而出；你第一次蹒跚走路，让我们看到了未来的幸福。看着你一天天长大，我们爱在心里，笑在脸上。你病了、哭了，令我们心碎；你犯了错，我们呵斥你，甚至骂你打你，但痛的是我们的心。你在学习中取得的点滴进步都让我们感到欣慰。我们不苛求你有多么好的成绩，但是希望你努力用功，持之以恒，坚持不懈。宝贝，爸爸妈妈告诉你，你不是世界上最漂亮的女孩，但在爸爸妈妈眼里，你是最美的、最棒的女孩。我们还要告诉你，在你遇到困难、受到挫折时，爸爸妈妈是你最坚强、最可靠的后盾。我们还要给你说，爸爸妈妈为有你这样的宝贝女儿而自豪。爸爸妈妈不希望你能成为最优秀的女孩，但希望你是最健康、最快乐、最阳光的女孩。

祝你生日快乐！

爸爸妈妈为你祝福！

2018年7月13日

# 七

女儿小升初，参加军训，第一次离开家，我便给她写了几句寄语：

梓青：

　　这个名字是爸爸给你起的学名，但爸爸从来没叫过，都是喊你的乳名。这个寄语开头，我思之再三，觉得用学名为好。因为你是初中生了，由孩子成长为少年，在这里再称呼你的乳名（在家里另当别论），怕你不高兴。

　　小升初是你人生中的一个里程碑。接到学校发来的军训通知，你妈妈就开始为你做准备工作，买衣服、买碗筷、买盆子……买一切要买的东西，甚至买了你不需要的东西。慈母之爱由此可见一斑。

　　这次军训是你长这么大第一次离开爸爸妈妈独自放飞。爸爸妈妈虽然有点儿不放心，但很高兴。小鸟长大了就要离开窝巢，蓝天才是它们的天堂。屋檐下的燕雀不会有什么出息，鸿鹄的志向在万里长空。有道是：不经历风雨，哪能看到彩虹？只有在风雨中经受磨炼，翅膀才能更加有力，才能搏击长空。

　　这次军训也是你人生迈出的第一步，未来的路还很漫长。有了这次军训的锻炼，爸爸妈妈相信你一定会有前所未有的收获，在今后的人生道路上不畏艰难，勇敢前行。

　　军训之后将进入紧张的学习之中。爸爸妈妈希望你能珍惜美好年华，少玩手机，少看电视，合理安排自己的生活，努力学习，将来能有所成就，有所作为。

　　梓青，你十岁时，爸爸给你写过一封信，在信中爸爸说：你不是世界上最漂亮的女孩，但在爸爸妈妈眼里，你是最美的、最棒的女孩。我们还要告诉你，在你遇到困难、受到挫折时，爸爸妈妈是你最坚强、最可靠的后盾。

这里，爸爸重复说这些，是对你永远的祝福！

爱你的爸爸妈妈

# 八

有道是："男以女为室，女以男为家。"这虽是古语，但我不认为全对。在我看来，妻子就是我的家，没有妻子就没有我的家。

我的家是一个可以为我遮风避雨的地方，是一个可以给我温暖、希望的地方，更是我幸福的港湾，让我享受到无尽的欢乐。有首歌唱得好：

爱是你我

用心交织的生活

爱是你和我

在患难之中不变的承诺

爱是你的手

把我的伤痛抚摸

爱是用我的心

倾听你的忧伤欢乐

这世界，我来了

任凭风暴旋涡

正是你爱的承诺

让我看到那阳光闪烁

爱拥抱着我

我能感觉到它的抚摸

就算生活给我无尽的苦痛折磨

我还是觉得幸福更多


　　每每听这首歌曲，我就禁不住热泪盈眶。我感谢上天给了我一个家，我更感谢我的妻子邓亚苏撑起了这个家。

# 第二十五章　签约作家

## 一

2007年12月18日，天寒地冻，雪花飞舞。西安雍村饭店二楼的会议大厅却温暖如春，陕西省作协文学院成立暨首届签约作家大会在此隆重举行。陕西文学界的大咖和文友济济一堂，欢声与笑语齐飞。我有幸忝列文学院首届签约作家，几分兴奋几分惶恐。兴奋的是自己有幸忝列其中，惶恐的是自己只是个文坛小卒。

首届签约作家共十四位——吴克敬、冷梦、贺绪林、寇挥、周瑄璞、唐卡、杜文娟、杨莹、庞文梓、鹤坪、李春平、王晓云、范怀智、弓保安。

陕西各大媒体对文学院成立暨首届签约作家大会进行了全方位宣传报道，其中，《华商报》在2007年12月19日中提到：

> 作家签约制即作家与文学院所签订创作合同进行创作，是新时期以来作家协会对作家管理的有益探索，众多省份已经施行多年。
>
> 陕西作为文坛重镇，省作协对外省作家签约制进行了考察和探索，酝酿许久后，终于在昨日上午举行新闻发布会。省作协主席贾平凹宣布陕西文学院正式成立。省委宣传部副部长晏朝与陕西省作协党组书记雷涛共同为陕西文学院揭开了"红盖头"。

陈忠实、贾平凹担任陕西文学院名誉院长，专业作家王观胜任院长，王维亚任副院长。

昨日文学院成立后的第一项举措，便是与陕西的第一批签约作家签约，在报名的全省300多名中青年作家中，经层层筛选，最后确定了14名作家签约。文学院在选定首批签约作家时，不仅考虑作家作品的质量，并且对作家的创作潜力也进行了深入考察。在昨日签约的14位作家中，既有文坛老将吴克敬、冷梦、贺绪林等，也有近几年成长起来的新锐李春平、王晓云、周瑄璞等。

签约作家不是专业作家，没有工资。签约作家自报选题进行创作，文学院对受聘作家实行的是后期扶助政策，在作者完成选题后，文学院视其作品情况，给予出版、宣传等资助。对作品获得国家级及省级奖项的，还会给予一定的奖励。作家签约期满一年时，还可按规定申报专业技术职称。但在签约期内，文学院每月只发给签约者一定的通联费，而对没有固定工作或者有其他特殊情况的将给予一定的生活补贴。

签约期为三年，每月可领取七百元的生活补贴，虽然不多，但也毕竟解决了一点儿困难，让我心里感到踏实一些，能静下心来搞创作。

文学院院长王观胜和我们十四位作家签约。拿到签约书的那一刻我真的有点儿小激动，尽管在接到通知时已经激动过一次。做签约作家自然是很风光的事，然而我也很有压力。此前写作没有谁给我定任务，我的创作是随心所欲的，能写多少是多少。可签约是有任务的，必须报选题，还要是长篇小说。压力虽说很大，可我对自己很有信心。我报的选题是长篇小说《野滩镇》，这也是我的第五部"关中匪事"系列长篇，我在签约之前已经写好了大纲。"机会都是留给有准备的人的"，我很认可这个理儿。

经过一年的努力，2008年年底，我完成了长篇小说《野滩镇》，自我感觉良好。果然，该作被省作协列入"陕西省重大文化精品项目——西风烈·陕西百名作家集体出征"丛书。这套丛书评审委员会由陈忠实、贾平凹担任主任，委员有肖云儒、李星、畅广元、李国平、韩鲁华、杨乐生、段建军、刘炜评等人，集合了陕西文坛评论界几乎所有的重量级人物。我的《野滩镇》由李星、杨乐生两位老师负责审评。

时任中国小说学会副会长、茅盾文学奖评委的李星老师的审评语是：

> 《野滩镇》是贺绪林"关中匪事"系列中的第五部小说，经过数十年的创作实践和人生历练，他的这部小说写得如此之好：白描式的语言，朴素、简洁、舒畅；人物身份及人物关系拿捏得准确、老到；情节张弛有致，时而惊心动魄、扣人心弦，时而诗情画意、柔情融融。20世纪30年代关中农村的社情民俗、自然风光凸显了作者对故乡一草一木的浑厚情感。

西北大学教授、评论家、西安市作家协会副主席杨乐生的审评语是：

> 贺绪林积近三十年小说写作之功力，致力于关中民间文化的书写，显然是艺术上的有心人。《野滩镇》成功地塑造了刀客英雄彭大锤的艺术形象，展现了一个草莽英雄从除暴安良走上革命道路富于传奇色彩的惊险生命历程。从一个侧面展现出了20世纪中国波谲云诡的历史风云。作品情节紧凑，悬念丛生，人物形象丰满鲜活，再现了中国城乡半个多世纪老百姓的生存状态。作者对陕西方言在作品中的传神运用，无疑对当代文学创作起到了不可替代的启示作用。

我深知两位老师的过誉之词是对我的鞭策和鼓励，对此我一直心怀感激。

《野滩镇》是我的"匪事"系列小说的第五部。坦率地讲，此前我与太白社的领导和编辑打交道时总是心怀敬畏，忐忑不安，究其原因是底气不足，丑媳妇怕见公婆。而这一次打交道，我心怀的是感动和感激。2009年年初，我的书稿交到社里不久，就得到了肯定的答复。当年七月份，在陕西省文学艺术界联合会代表大会上我见到了党靖社长，党社长平易近人，待我如同老朋友，热情地告知我项目的进展情况。他说我的书稿已列入第一批出版，让我放心，社里一定尽最大的努力把每一本书做好，让作者和读者都满意。

　　众所周知，一部作品从写作到出版，不仅凝聚着作者的心血和汗水，同时也凝聚着编辑的心血和汗水。据我所知，"西风烈"这项文学出版工程是巨大烦琐的，太白社倾全社之力运作，工作做得扎实细致，有条不紊，而且很有力度。第一批书出版后，恰逢杨凌农业高新科技成果博览会（以下简称杨凌农高会），社里马不停蹄，立即在杨凌农高会举办《野滩镇》的签名售书活动，随后又与省作协联合在宝鸡召开了长篇小说创作座谈会暨"西风烈"丛书新书首发式，并在宝鸡"万邦书城"举办了签名售书活动。如此大的宣传力度是以前从没有过的。

　　那次出书使我和太白文艺出版社的许多编辑以及领导成为朋友。在与他们的相交相知中，我深深地感到太白文艺出版社有精于业务、务实做事的好领导，有一支年富力强、高素质的编辑队伍，他们十分敬业，勤勤恳恳、任劳任怨地甘为他人作嫁衣。是时我已出书九本，有人民文学出版社出的，有作家出版社出的，但这本《野滩镇》装帧大气、印刷精美，让我最满意。

　　至此，我创作出五部"关中匪事"系列长篇小说——《兔儿岭》《马家寨》《卧牛岗》《最后的女匪》《野滩镇》。

　　2015年，太白文艺出版社把我的五部"关中匪事"系列长篇小说合称为"关中枭雄"，以前所未有的力度隆重推出。此前，我接到党靖社长的电话，跟我商谈出版事宜，他很看好这套书，对这套书给予了很高的评价。坦率地讲，我很是激动兴奋。一次推出一位作家的五部长篇，在太白文艺出版社是罕见的，太白社给了我这个荣誉，我打心底里感激。这也是这套系列长篇的第三版，随后又给全国各地图书馆配书，再次再版印刷。

"关中枭雄"系列长篇小说的出版是我人生旅途的一个里程碑，我深深感谢太白文艺出版社给了我曾经紫红闪亮的高光时刻。

"关中枭雄"系列长篇小说再版之际，我给这套书写了个总序，全文录于下：

## 序

"关中枭雄"系列长篇迄今我写了五部，依次是——《兔儿岭》《马家寨》《卧牛岗》《最后的女匪》《野滩镇》。

第一部是1994年动笔写的，1995年8月份完稿，交给了一个朋友，没想到被他弄丢了。各种沮丧的滋味只有自己知道，幸亏我的承受力还可以，没有崩溃，而是选择重振旗鼓，花了三四个月时间重新写出。2002年人民文学出版社出版了这部作品，书名为《昨夜风雨》。等待出版期间，此书被西安华人影视公司改编为三十集电视连续剧《关中匪事》（又名《关中往事》），在全国热播，广获反响。片头曲"他大舅他二舅都是他舅，高桌子低板凳都是木头……"唱红了大江南北。这是我始料不及的，也给了我极大的鞭策和鼓励。

随后，我一鼓作气写了《马家寨》和《卧牛岗》。2005年年初，太白文艺出版社把这两部作品连同《昨夜风雨》（更名为《兔儿岭》）一并隆重推出，产生了一定的影响。

2006年，我完成了《最后的女匪》，2007年由北京文化艺术出版社推出。

2008年，我完成了《野滩镇》，此作被列入"陕西省重大文化精品项目——西风烈·陕西百名作家集体出征"，2010年由太白文艺出版社出版。

"关中枭雄"系列小说讲述的都是关中匪事。陕西关中闹匪是20世纪50年代以前的事了，我出生于20世纪50年代，从没见过土匪，书中的故事都是听来的。土匪的首领几乎都是世之枭雄，不乏智勇杰出的人物，譬如书中的刘十三、马天寿、秦双喜、郭鹞子、彭大锤……他们称得上是真正的关中汉子，之所以为匪，并非他们所愿，是有其社会根源的。

我的故乡在陕西关中杨凌。杨凌，本称"杨陵"，曾是农神后稷教民稼穑之地，现在发展成为国家唯一的农业高新技术产业示范区，便改陵为"凌"，意在高翔。根据此系列书中的《兔儿岭》改编的电视剧《关中匪事》在全国各地电视台热播后，常有人问我：这块圣地怎么会出土匪呢？甚至有人怀疑我在瞎编。这些朋友对杨凌的历史只知其一，不知其二。杨凌位于关中西部，南濒渭水，北依莽塬，西带长川，东控平原，原本是富饶之地。民国十八年（1929年），关中地区遭了前所未有的大年馑，旱灾、蝗虫加瘟疫，死人过大半，十室九空，富饶之乡变成了荒僻之壤，土地也变得荒芜贫瘠，很难养人。有道是："饭饱生余事，饥寒生盗贼。"此话不谬。贫瘠的土地长不出好庄稼，却盛产土匪，当然，书中涉及的地域不仅仅局限在今杨凌，而是包括整个关中西府的黄土地。

还有人以为我是土匪的后代。在这里我郑重声明：我家祖祖辈辈都是纯朴忠厚的良民，以农为本，种田为生，从没有人干过杀人放火抢劫的勾当；而且我家曾数次遭土匪抢劫，我的父亲和伯父都是血性硬汉，舍命跟土匪拼争过。那一年父亲和伯父因家务事吵了架，分开另过，土匪趁机而入，经过父亲住的门房时，土匪头子对几个匪卒说："这家伙是个冷娃，把他看紧点儿！"随后直奔伯父住的后院。响动声惊醒了伯父，伯父便喊一家人赶紧下了窨子，他手执谷杈守在门口，摞倒了一个匪卒，随后跳下了窨子。至今许多老人跟我讲起往事，都对父亲兄弟俩赞不绝口，说他们兄弟俩都是真汉子。

然而，我的家族中确实有人当过土匪，被乡亲们唾骂不已，这也让我心怀内疚感到难堪。有句俗话说："养女不笑嫁汉的，养儿不笑做贼的。"虽是俚语，却很有哲理。谁都希望自己的儿女成龙成凤，可谁又能保证自己的儿女不去做贼为匪？家乡一带向来民风剽悍，几乎每个村寨都有为匪之人，都流传着关于土匪的传奇故事。追根溯源，这些为匪者或好吃懒做，或秉性使然，或贫困所迫，或逼上梁山……尽管他们出身不同，性情各异，可在人们的眼里他们都不是良善之辈。我无意为他们树碑立传，只是想再现一下历史，让后来者知道我们的历史中曾有过这么一页。

"关中枭雄"系列小说迄今写了五部，不管哪一部，您看过三页还觉得不能吸引眼球的话，就把书扔了吧，免得耽搁您的时间。

这不是广告词，是心里话。


好了，不啰唆了，您看书吧。


贺绪林
2014年仲秋

这五部作品不仅仅是关中枭雄的惊世传奇，更是一曲西府秦人的慷慨悲歌。官事、民事、匪事等多重事象的交错纠结，使"关中枭雄"系列在凝重从容的个体叙事中，显现出壮阔而恢宏的史诗品格。国仇、家仇、情仇等叙事主线使小说中的不同人物之间有了非同寻常的命运对接，他们和她们的对接使作品充满了埋伏、对抗和出人意料的跌宕。那些因时世遭际和个人命运的不同凡响，赋予男人的血腥、豪放、仗义，以及女人的万种风情，构成了"关中枭雄"系列独具魅力的精彩看点。

不谦虚地说，我以为我的作品一定会比我的生命活得更长久。

## 二

此后，我创作了长篇小说《人在江湖》，这是我至今唯一的都市题材的长篇。是时，农民工讨要工钱成为社会热点问题，依法讨薪在很多情况下因为历时太久、成本过高等而并不实际。因此，民间追债讨薪人应运而生。这部小说以此为题材，讲述了都市中特殊职业人的复杂生活，同时展现了农民工这一弱势群体的生存现状。书中的男女主人公都是生活在底层的小人物，他们生活得很艰辛，很悲苦，也很无奈，但他们却没有丧失希望和信心，而是憧憬着美好的未来。

2013年，我再次被陕西文学院聘为签约作家（第三届签约作家），签约作品为长篇小说《爱情并不如烟》。最初我把这部长篇命名为《1970年代的爱情》，责编对"1970年代"不感冒，让我改个名。责编的意见不能不听，于是我将其改名为《爱情并不如烟》。

这部小说初稿写于20世纪80年代末90年代初，我当时是凭着一股激情写的，有点"为了忘却的记忆"的意思。书中许多人和事都是自己看到和听到的，甚至有些事是自己亲身经历的。完稿后一直在抽屉里放着，一放就快二十年。

2009年下半年，我整理旧书稿时把它翻了出来，觉得还有点儿意思，但毕竟写于十多年前，笔力稚嫩（现在我的笔力仍然稚嫩），需要好好修改修改。在修改期间，我又去写了另一部书，故耽搁至今。

　　最初修改时，我觉得书稿毛病太多，最好推翻重写，可又觉得这样一来工程量太大，也违背了"为了忘却的记忆"的初衷，最终，我选择保留初稿的风貌。这样也许会使作品流于肤浅，但不违背自己的初衷。一部原本是四五十万字的作品被我打了个五六折，这是我的懒惰，也是我思想的不深刻。

　　书名曰《爱情并不如烟》，但凡读过该书的读者一定能看得出作者不是在写爱情，而是在写爱情以外的其他东西。

　　此后不久，陕西广播电台把《爱情并不如烟》录制为三十二集广播剧，多次播出。最初陕广的老师跟我谈录制的事，我不以为意。都什么年代了，谁还会听收音机？没想到听众很多，远超我的意料。一次回老家，许多乡亲都说在收音机里听到了我写的书，言者兴奋，闻者激动。那一刻我觉得自己是个"人物"了。

　　唉，都是虚荣心在作祟。其实我依然是我。

## 三

　　行文至此，我不能忘记乡党雷涛。称他"乡党"是我高攀了，那时他是陕西省作协党组书记、常务副主席，正厅级文化官员，可他也是文化学者、书法家、作家。

　　在签约大会之前我就与他相识。

　　2007年9月16日至18日，陕西省作协第五次作家代表大会在西安召开，我有幸出席，并在这次大会上当选省作协理事。

　　我去会务组报到时，在宾馆大厅见到了雷涛。当时他任省作协党组书记、常务副主席。我们是第一次见面，他握着我的手，一脸微笑地说："乡党，啥都好吗？"看来，他是知道我的。

周围的人看着我们都感到莫名其妙，因为大伙儿都知道他是武功人，我是杨陵人。他笑道："杨陵自古到今都归武功管辖，只是近年才分了家。尽管杨凌现在是副部级示范区，追根溯源它只是武功的一个公社。"大伙儿笑了，我紧张的心情也一下子就放松了。

我说："啥都好着呢。"

他说："有啥困难就言传，咱们作协帮你解决。"

这不是客套话，而是实在话。我只觉得浑身上下暖洋洋的。

那次会议临结束时他问我："常来西安吗？"

我说："不常来。"

他说："那就住几天，逛一逛。"

我以为他只是随口说说，没想到会议结束后，时任作协创联部副主任的王晓渭给我说："雷书记给我交代了，我给你把房间定下了，在咱们作协的宾馆，你走时给我打声招呼就行了。"

那一夜虽然让我有种宾至如归的感觉，我却久久不能成眠，总觉得一股暖流在我心中激荡……

文学现在已经完全边缘化了，也有人说文学不再神圣。但我以为文学是一盏永不熄灭的神灯，她让人们看到前进的方向和道路，特别是我们残疾人，更需要文学的滋养、慰藉和安抚，从中汲取力量、勇气和信心。

众所周知，现在创作难，出书更难。据我所知，许多很有名气的作家的书稿都被锁在抽屉里，成为"抽屉文学"。名家尚且如此，何况我们这些身有残疾的无名作者。我身边的很多残疾作家朋友，以宗教般的狂热与文学结缘，把文学创作当作自己毕生的追求。出书是他们的梦想，他们忍受着常人难以忍受的苦痛，在困顿中煎熬，呕心沥血、点灯熬油地写作。书写成了却不能出版，还有比这让人更揪心、更痛心的事吗？

此后不久，我去省作协参加一个会议，见到雷书记，我跟他谈了出书的困难，特别是身体有残疾的作家出书更是困难的问题。他神情严肃地说："我一定想法帮助你们解决这些困难。"

他说到做到。2010年陕西省作协专门召开表彰会，对优秀残疾人作家进行了表彰，并颁发了奖金，不仅从精神上给我们以鼓励，更是从物质上帮助我们前行。

2011年12月25日，陕西文学基金会成立了。雷涛亲自担任陕西文学基金会理事长，在成立大会的致辞里明确表示，基金会就是要解决处于社会底层的作者创作难、出书难的问题。我们残疾人作家自然包括在其中。果真如此，我们残疾人作家成为基金会首批资助的对象。在成立大会上，时任省作协秘书长、基金会副理事长的王芳闻女士与西安高新园林企业家朱西京先生资助的三位作家——我、刘爱玲、杨柳岸当场签了约。

我深知雷书记是陕西作协的掌门人，还有许多比这更重要的工作要去做。同时他也是作家、书法家，还要创作，他的时间是宝贵的。而且，在这个浮躁的时代，谁还愿意做这些出力不讨好的事情？他却乐此不疲，毫无怨言。如果没有一颗博大的爱心和责任心，是很难做成做好这样的善事的。

那些年去省作协开会、参加活动，我都带着妻子、女儿——孩子小，离不开妈妈，每次他都要逗逗孩子，嘘寒问暖，让我感到了亲人般的温暖。

我邀他有空来杨凌，他笑道："一定要去，就住在你家，吃你媳妇擀的面，放上绿菜油辣子。"我说："么麻达，咱就咥蘸水面。"

他曾好几次来杨凌，但都因工作行程安排得太满，无暇来我家。我至今还欠着他一顿蘸水面。

癸巳暮秋，应《作家报》之邀，我参加了2013年第二届中国作家新创作论坛暨"楚韵南漳"金秋笔会，雷书记也应邀而至。虽然他已调离省作协，可他一如既往地关注关心着文学。闲聊时他说以前工作实在太忙，没有去杨凌看我，话语中竟有歉疚之意。

我笑道：“我还欠你一顿蘸水面哩，等着你来吃。”

他说：“我一定来吃，多放些绿菜油辣子。”

妻子在一旁笑着说：“么麻达。”

一阵爽朗的大笑在屋里回荡……

# 第二十六章　作品研讨

一棵野百合在秋日里遭受了早霜的突然袭击，受尽了严冬风雪的蹂躏和摧残，但根没有死去，在春天里破土发芽，在夏日里绽放。虽然它只有星星般的一点色彩，没有秀顾丰满、招人喜爱的姿容，但它尽自己所能，默默地吐出一丝淡淡的清香，给百花园增添了些许芬芳。

2015年7月25日，陕西省作协、杨凌示范区党工委宣传部在杨凌召开了"杨凌文学暨贺绪林创作研讨会"。中国作协副主席、陕西省作协主席贾平凹，陕西省作协党组书记、常务副主席蒋惠莉，著名评论家李国平、畅广元、韩鲁华、仵埂、段建军、王维亚等，齐聚杨凌国际会展中心，出席研讨会。杨凌示范区党工委副书记郭建树致辞，对各位文学大咖的到来表示热烈的欢迎。

盛夏的阳光很是火热，研讨会会场的气氛更是热烈。各位文学大咖济济一堂，畅所欲言，各抒己见。各位师长、朋友对我的"关中枭雄"系列长篇小说给予了充分的肯定，并提出了希望和要求。

贾平凹如是说：

> 这一次到杨凌开这个会，我特别高兴，得到通知以后觉得
> 一定得去。绪林的创作是非常丰富的，他还有别的方面的东西。
> "枭雄"系列基本上是他的几部长篇，这几部长篇的内容基本都
> 是差不多的，今天的会重点也在这个方面，别的谈得相对来说少

点。当时我首先想到，关于一个作家，在我的阅读和认识里边，贺绪林是一位非常有才华的作家，20世纪80年代就开始写作，可以说是老作家，因为几十年一直在创作，一直在写，可以说是陕西文坛一位主要的作家，也是一个柱子吧，已经写了四百多万字，而且后劲无穷，我感觉越写还越老到一些，就这一点我觉得非常令我敬重，我非常喜爱和欣赏。

创作是以六十年为单元，也就是说以一生为事业。人一般情况就是活到六七十岁、七八十岁，一辈子的事情。文坛上有好多好多作家，他的某一部作品、某一篇文章写得非常有才华，非常好，拉长之后他有时就不行了。我觉得绪林能这么长时间地写，写的水平还非常高，这个恒久性我觉得是非常不容易的，这件事情发生在绪林身上更不容易。

前不久我和很重要的一个领导在谈这个事情，他说作家一方面要有苦难，一方面要用生命来写作。我觉得他这两点说得非常好。一是你有了苦难的经历，你才有东西要写，写的时候投入你全部的生命，就像陕西当代作家路遥、忠实呀，都是这样过来的，他们起码证明了这一点。当然绪林也是这样，因为他的苦难除了社会给他的贫困和各种情况外，还有身体的原因给他带来的苦难，这个苦难一直到现在都还在折磨着他。这些事情对生命来说不是好事情，但从另一个角度来讲，对于创作写作是极好的事情。再一点，他挚爱文学，坚持写作，也可以说他把对文学的热爱当成了一种兴趣，也可以说这是他对人生、对生活无奈的一种表达方式，更可以说这是一种生存的需要。从这个角度来说，他是全新的、从生命的角度来写作，也可以说他这个人活到世上就是为写作而来的。

再一点，绪林还写了好多其他小说和散文随笔，在以后开其他讨论会的时候讨论他的随笔散文，我们就可以有更多的话题来谈这个问题。今天主要是谈这个"枭雄"系列。这个系列我读了以后很有感觉，因为前不久我读了外国很有名的一位作家的一部长篇，名叫《失忆年代》。《失忆年代》写的是对一个年代的反思和控诉。绪林这个系列写的是枭雄，他是写中国而且是写关中，写了一个年代，兵荒马乱的年代，这样一个年代是容易出枭雄的，有正史意义上的枭雄，也有野史意义上的枭雄。从现代意义来讲，正史上的枭雄就被称为英雄，野史意义上的枭雄就被称为土匪。如果超越社会阶段、阶级和派系的话，从长远来看实际上是一回事情，不管他成为英雄还是土匪，实际上对一个人来讲也是一样的。他这个系列写出了一个年代，同时也写出了一系列人物。每一部书的主人公你看上去都是形象鲜明，而且都是能够起风云的人物，很传奇，很有特点，很有张力。我阅读的时候就想到了这样一个事情：我当时看张爱玲小说的时候很有感触，张爱玲一生都在写《红楼梦》的片段。她虽然没有写出《红楼梦》，但她写的是曹雪芹的初稿和文学记录那样的片段式作品。看绪林这一系列这么多的土匪、这么多的枭雄人物出现的时候，我脑子里就在想《水浒传》，不是说绪林就能写出《水浒传》，而是说他作品中塑造出来的基本上是梁山上或者还没有到梁山前的人物故事。实际上《水浒传》就是写每一个人的成长过程，最后上到梁山，一百零八将中好多人都没有故事了，大多数都是上山之前的事情。

再一个，这个系列又写出了人性的恶善与丑美这方面的东西。之所以被称为枭雄，肯定有他存在的合理性和社会背景等各方面的原因吧。当然，每一个人物出来的时候都有长处和短处，他在人性的善与恶、美与丑方面还是写得非常丰富的，这是这个系列的另一个特点。

还有两个特点，一个就是这些作品写出了关中的风土人情。在我看来，关中题材的作品不管短的长的，风土人情写得比较痛快的，写得比较美的而且比较硬朗的，我觉得绪林这个系列掌握得比较好，而且他给这样的风土人情的作品增加了好多东西。他里边牵扯到好多方面，就连逢年过节这些东西都写得非常到位，而且作品的那种很丰腴的感觉就出来了。另一个特点就是，他写出了民间丰富的方言口语。我觉得他对关中的方言表现得最充分，而且特别多，特别硬朗，特别有趣。他写的那几句唱词之所以能被到处传唱，也是这方面的原因。我觉得这个系列在这几个方面写得非常好。

再一个我要强调的是：绪林确实是一个写故事的高手，他写的故事特别传奇，特别吸引人。我也写过土匪，一般的土匪一定要写出传奇的地方，我写的是四个小中篇，绪林写了五个长篇，每一部故事都不雷同，这是很不容易的。能写这么多故事的人确实不多，而且写得引人入胜，情节大起大落、错综复杂、收放自如，让你读起来放不下，我觉得这点很好。还有一点，我觉得有说书的干练和痛快。绪林写的是最基层的、民间的，就是说书的传奇性的继承传统方面的成分还是非常多的。再一个，笔墨也是非常硬朗的，也比较美。我记得有人说过这样的话，一个人你是什么样的心态，你就拥有什么样的健康。他是把心态和健康拉到一块儿讲。从这个角度来讲，你是什么心性就出什么文章。我觉得虽然绪林行动不便，但是他内心是硬气的、大方的、豪爽的，他是个能量比较大的人。

我再谈另外两个方面，比较有意思。为啥绪林热衷于写这种题材？他又没当过土匪，家族也没有当土匪的经历，而且身体又不方便，他为什么能不停地写那个东西？一般情况下，身体不方便的人会写些哀愁的、哀怨的东西，这个靠近灵魂的方面，史铁生的路子更适应，但是绪林却把土匪的行为写得特别豪放。我心里就琢磨：他这个人看起来行动不便，实际上他内心有英雄和草莽情结，就是这样一个人。我想，他前世可能就是个土匪。这是我想的一点。

再一点，我想到了这样一个问题，大家现在普遍对咱的抗日题材的电视剧不满意。当时我也琢磨这个事情，实际上编剧和导演是把抗日题材作为一个框式来创作，这样我就想到了绪林为什么写土匪。他写土匪不是说写土匪，就像香港的金庸写武侠不是在写武侠，或者绪林只是把这变成一种写作的框式，用这个模子来经营"我"的东西，实际上我觉得这就有意思了。把抗日题材当作一种框式来写，土匪、武侠都是形式，实际上是在写文化、人性、生活等方面的东西。我生病住院时，几乎都是凌晨两三点还在病床上看金庸的小说，小说中有常规武侠小说里的打打杀杀，但他写的也是对人生的一种看法，而不仅仅是写那些侠士。绪林写土匪也不是给土匪树碑立传，而是借这种框式来抒发他生命的一种豪放、豪爽气的东西，这个我说不清，但我能感觉到这个意思。从这个角度我再说两三句，绪林在故事的精彩和传奇方面做得很好，但是如果后边再要创作，要向人生的意义或者哲理方面掘进，使作品在社会和审美这个层次上再能提高。因为现在大家读完后还不是很满足，读完以后就好像故事完了，应该引起大家更多的思考。比如说金庸写武侠小说，他也是借武侠这个框式来创造他的一个艺术世界，但他里边有很多中国传统哲理的东西。再一方面，它有唯美的东西，写得特别有意思，语言上、作品境界上也特别有意思，包括《新儿女英雄传》，你读完以后会觉得写得特别有意义也特别美。现在大家一说有意思没意思首先是从政治上来谈了，政治又不是大政治，是一种眼下的政治，一种时令性的社团式的政治。这种政治不是从大的方面考虑问题，但从金庸的作品里你能感觉到他脑子里边没有这些概念，他都是从人生方面来谈的。对金庸作品的评价也是仁者见仁，智者见智。绪林这个系列以后再要写，需在境界这方面再扩大一些，而不是仅仅围绕土匪他一生做了些啥，这土匪你已经写得很精彩了。我衷心期盼能从他的下一部作品中看到这样的东西。

讲到这我基本就讲完了。再一次向绪林表示祝贺！

**陕西省作协党组书记、常务副主席蒋惠莉说：**

贺绪林是我们陕西省的优秀作家，身残志坚，笔耕不辍。多年来，他不仅坚持自己创作，且对残疾人文学创作做出了很大贡献。他是一位饱含深情的执笔者，以匪事为题，写出了关中大地上的一段段警世传奇、慷慨壮歌。"关中枭雄"系列小说独具特色，其中由《兔儿岭》改编的电视剧《关中匪事》的影碟甚至被作为礼物赠送给外宾，可见其深刻的影响力和文化传播价值。

该系列小说故事性强，情节张弛有度，悬念丛生，高潮迭起，带给读者极好的阅读享受，且人物形象鲜活，刻画了一系列有血有肉的人物，反映了深刻的人性。作品在小说的叙事和语言风格上也有鲜明的特点，尤其是陕西方言的运用十分自如，反映了作者深厚的文字功底，对关中风土人情的熟悉和了解，以及对这片土地的热爱。

**著名文艺评论家、西安音乐学院教授仵埂先生说：**

贺绪林的创作在陕西作家群里是独树一帜的，他创作的时间很长，也准备得很早，作品也有了一些广泛的影响。特别是他的"匪事"系列作品被拍成电视剧，影响更大，他也成了社会关注度很高的一位作家。

　　他是从1994年开始对民国时期的土匪故事产生兴趣的，并且陆续写出《兔儿岭》《马家寨》《卧牛岗》三部。其中第一部《兔儿岭》被改编为电视剧《关中匪事》，播出之后，影响甚大。2006年后，他又陆续写了两部同类型作品——《最后的女匪》《野滩镇》。2015年6月，太白文艺出版社将他前后所写的这五部作品一并推出，取名为"关中枭雄"系列。

　　在"关中枭雄"系列中，我着重以《野滩镇》和《最后的女匪》作为考察对象，来论述贺绪林"匪事"系列作品的特征、价值和意义。《野滩镇》还是沿袭《兔儿岭》肇端的路径，写得更圆熟、更吸引人。《最后的女匪》在创作上亦有一些变化和突破。"关中枭雄"系列的阅读促使我对贺绪林整个"匪事"系列作品的叙事伦理进行思考。这种类型的小说有着它的一个源远流长的传统，这个传统被作者在长期的艺术修炼中掌握了，运用得较为得法，门径熟稔，所以取得了良好的创作成绩。

　　该系列作品对中国传统"匪事"类题材有独到的把握和见解。好莱坞的西部片也是以匪事为主，中国古代文学，如司马迁的《游侠列传》等亦为此类题材，这是一种在特定历史条件下，对不完善的国家意识形态的民间情绪化宣泄和表达。贺绪林小说中的"对抗性冲突"，区别于许多传统戏剧中的"欺凌性冲突"，如《野滩镇》中的彭大锤，侠肝义胆，快意恩仇，让读者感到痛快，有宣泄情感的功能，并能唤起人的深思。

陕西文艺评论家协会副主席畅广元先生说：

　　读了两部绪林的作品，我说四句话：身是残疾身，胸怀凌云志；盼国正官清，谱写枭雄史。他的作品里有个商会会长叫许云卿。许云卿是当地的首富，在总结人生经验时说"国正天心顺，官清民自安"。看到这里，我就想到绪林写"枭雄"系列的原因。他盼望的是国正官清民安，国不正官不清民难安，枭雄崛起是当然。这五部作品警示我们，国要正，官要清。国不正、官不清，则民不安，国将危矣。

陕西文学院院长，诗人、作家王维亚说：

　　《周易》上讲："天行健，君子以自强不息；地势坤，君子以厚德载物。"它是将阴阳学讲的两个方面结合在一起，就是说做人做事你光努力是不行的，你要把这个事做成就必须要从做人上下功夫，你要有那个"厚德"才能把这个"物"载起来，你光去努力做事是做不成的。所以我认为说这个作品的时候得说人。我与绪林兄这么多年的交往，他给我留下了三个印象：第一个，人比较正。所谓正，就是清正、中正等意思，就是常说的那个中正无私，跟他交往、谈话时就觉得他有是非观，有坚守。第二个就是这个人比较淡。淡就是淡泊的意思。八年前我到过他家，条件不咋的，屋里空空荡荡。之前他一直在农村小院住着，一直是潜心创作。写小说真的不容易，在种种文学门类中，小说在我个人来看最缠人，我个人对写小说有一种畏惧感，觉得那是一件太不容易的事情。所以我内心感觉到绪林兄那么投入，也不求其他方面的利益，就像《论语》上说的，"一箪食，一瓢饮，在陋巷，人不堪其忧，回也不改其乐"。他就是有这么一种境界。第三点就是人比较静。就是心归一处地做这个事情。而且我可以很坦率地说，我跟他作为朋友，我没有把他当作一个身体上有残疾的人。我思想上没有这个概念，在人格上他是健全的，劳动是完整的，创造是完整的。至于身体上那是另外一回事，我心里一直是这样感觉、这样认识的。

下来我就说说读后感吧，他一下子拿出来五部小说，真的是让我非常吃惊。这种劳动真是值得尊重的，真是值得庆贺的。《兔儿岭》我是一口气把它读完的，两个下午，就是坐到沙发上盘着腿在那儿读。我认为现在的人写那个年代，总有一种隔膜感。但是读绪林兄的这种小说很接近那个时代，没有那种生疏隔离感。就是说他那讲话也好，叙事状物也好，方方面面是符合那个时代的。其实我是把它当作历史来读的，看关中这一带发生的事很有一种阅读享受。绪林兄的故事很好地反映了民国时代。绪林兄一定程度上在写儒家文化的一些东西，那种忠、义、仁等方方面面的东西，实际上在匪的身上都有体现。那种讲话是算数的。刘十三说："把你的腿拿回去要给谁交代？"许云卿说："我把我的腿给你，给你以后你就不能再惹我了。"刘十三说没问题。一直到小说的结尾，刘十三说话都是算数的，实际上他在匪的身上宣扬、褒奖这一种文化的东西。

西北大学文学院院长、著名评论家段建军说：

贺绪林小说里的故事我小时候都听过。我是武功人，他的小说把武功这一带男子汉身上所具有的血性写得非常充足，也十分感人。他写的匪就像个匪，雄就像个雄，不管是个体的生存也好，还是一个家族的生存也好，还是一个村庄的生存也好。

当人处于丛林环境的时候，假如他还讲丛林以外的法则，那就是自取灭亡，不想生存。所以贺绪林小说里的一些东西，他对男性身上野性的挖掘是相当充分，也是相当有力，而且他对小说里人物的安排，对他们的生存奋斗层次性的排列是非常有意思的，他按照类型小说的方式把人物的性格推向极致，是感性的极致、血性的极致，也是非常有意义和有价值的。所以读他的小说，你会感觉小说非常有力、非常痛快，也非常能打动人。

当然要写这个土匪枭雄，最好还是加一些浪漫传奇的色彩，这浪漫传奇的色彩其实我觉得就是枭雄故事里边与生俱来的东西，怎样让它审美地浪漫起来、审美地传奇起来，也是今后在进一步打造这个故事的时候所需要增加的东西。

西安建筑科技大学教授、当代文学研究中心主任、博士生导师韩鲁华说：

贺绪林的"关中枭雄"系列小说是传奇演义里的里程碑式作品，采用中国传统的"说古今"的叙事方式，在社会历史和民间传奇的基础上，将传奇性、民间性和演义性充分融合，演绎出一个个精彩的故事，十分吸引人。

小说是"官、匪、民、兵"的故事结构，讲述了当时社会四股力量的恩怨纠葛，反映了那个时代的特征以及深刻人性。人物形象突出，血性十足，尤其是《兔儿岭》中的墩子和《野滩镇》中的彭大锤，刻画得极为成功。小说抓住了一个动乱的时代，将每一方面都写到极致，充分展现了关中人的文化性格。

贺绪林将自己过去出版的"匪事"题材五部长篇加以修改，

以"关中枭雄"系列为总题出版，起码在体量上给人以浩瀚之感。他已经完成了一次创作上阶段性的艺术建构。他因其特殊题材叙事，在陕西当代文学中独具风貌，但更高的艺术殿堂等待着他。

研讨会由李国平主持，他是茅盾文学奖评委、《小说评论》主编、陕西省作协副主席，他说：

> 绪林的创作以侠士、侠客、土匪见长，这些在他的创作中掩映着。"关中枭雄"系列小说是对乡土文化及社会历史的影射。中国作家对土匪的书写有悠久的传统，曾经的狭义化审美到了新时期进一步扩展，形成了学术思潮、人文思潮。贺绪林的小说源于他自身对社会和历史的感觉，折射出乡土生活的历史性格。"匪事"类小说也体现了中国社会的眼界，以及对特定时代的认识和欣赏。
>
> 绪林是典型的传承了这一传统并发扬光大的一位作家。绪林以一个创作者的身份，源于他对社会历史的感知，自觉不自觉地敏感地呼应了某种社会思潮，他的创作折射出了乡土中国的历史性格和人文性格，切入了隐秘的中国历史、中国现实，也切入了中国社会的演进变革的一角。

几位文学大家如此评价我的作品，我深知这是对我的厚爱、鼓励和鞭策。我在《野滩镇》的后记中写过这样的话：

> 我的作品也许没有多高的思想水准，也许没有多大的政治价值，也许没有强烈的时代感，但我是用深情之笔饱蘸着激情的热

血，来状描过去那个年代生存在这片黄土地上的关中汉子和关中女人，以及秦风秦韵。我以素朴和宏阔的叙事，驾驭所图摹和展现的"关中匪事"，不仅是一部"关中土匪"的惊世传奇，更是一曲秦人的慷慨壮歌。我坚信我的作品有弘扬中华民族传统美德的旨意，有益于世道人心。相信读者一定能从中看到这些。

再者，我以为写小说就是作者与读者聊天，用陕西话说就是"谝闲传"，不是与陌生人谝，而是和朋友谝。古今中外、天南海北、魔幻玄虚、志异怪味……啥都可以谝，但不可用教训人的口气，不要扮演教主的角色，谝者高兴，听者愉悦，如此而已。如果作者把自己的信仰和思想能在聊天中让读者欣赏，甚至愉快地接受，那就是高手。我一直在朝这个方向努力。


还要说的是，此前我打电话邀请陈忠实先生出席研讨会，当时陈老师已染恶疾住院治疗，他在电话中说我送他的书收到了，向我表示祝贺。每每念及，热泪盈眶。

2016年4月29日，陈老师仙逝，我写了一篇缅怀文章，全文如下：

### 永远的陈忠实

4月29日是个黑色的日子。

早晨起来，我打开手机看着微信，一条触目惊心的消息映入眼帘：今晨七时四十分左右，中国作协副主席、陕西作协名誉主席、著名作家、茅盾文学奖获得者陈忠实，因病在西京医院去世，享年七十三岁。

虽然我知道陈老师罹患重疾已有一年之久，但还是不能相信。网上常有虚假信息传播，我希望这一条消息是假的。可我的希望落空了，原因是陕西省作家协会随后发了讣告。

只觉得一阵心痛。多好的一位老人，说走就走了……

想写点啥，却神思恍惚，脑子里尽是陈老师往日笑谈的身影……

此时此刻，我从书架上取出《白鹿原》坐在书桌前，手里翻动着书页，思绪一片翻腾，回忆与陈老师交往的种种……

1993年《白鹿原》面世，轰动文坛，一时洛阳纸贵。我托朋友在西安买了一本《白鹿原》，一连读了三遍，感叹："咋就写得这么好！"就想见见陈忠实。

其实，此前我曾与陈忠实老师见过多次面，只是心虚没敢上前说话。尽管在1987年我的短篇小说《黄虎》和他的短篇小说《到老白杨树背后去》刊发在同一期《延河》（第4期）上，这是我的作品首次上《延河》，心中兴奋之情满满，但我深知自己是文坛无名小卒，而他的名字闪光耀眼，我心还是虚的。陈老师不仅是陕西文坛的一棵大树，也是中国文坛的一颗巨星。他那布满皱纹的脸上写满了沧桑，也凝聚着睿智。一部《白鹿原》不仅是他百年后的枕头，更是当代文坛的一座高峰。面对这座高峰，我这个无名小卒哪能不心虚？

2002年7月28日，杨凌示范区文联、作协成立，请来了时任陕西省作协主席的陈忠实。会上他认出了我，叫着我的名字，握住我的手，嘘寒问暖，一口的秦腔，溢满着亲切。这是我第一次和他面对面说话，他笑我也笑，他说话我点头，我的模样很傻，可他似乎并不觉得我傻，这个我从他的神情和眼神中可以看出。

那时照顾我生活的嫂子刚刚去世，陈老师问我现在和谁生活，我说和侄子。他沉吟半晌，说："要成个家，生活会好一些。"关切之情溢于言表。

三年后我去省作协参加一个会，妻子陪着我，我们在会上见到了陈老师。陈老师握着我妻子的手连声说"好、好、好"。午饭时我们和陈老师在一个餐桌用餐，令我没想到的是，陈老师端起酒杯给我妻子敬酒："谢谢你把绪林照顾得这么好！"妻子没经过这样的场面，加之不善言辞，只是感动得眼里泪光闪闪。

回到住处，妻子跟我说："咻老汉那么大的名气，咋没一点儿架子？"

我说："那叫大家风范。"

不久，杨凌一位作家出了本诗集，开研讨会时，邀请陈老师参加。吃饭时，他扫了一眼饭桌问我："你媳妇咋没来？"我说："来咧，在外边。"他说："赶紧叫来。"我说："她不好意思，不愿来。"他说："说的啥话？给她打电话，就说她不来今儿的席就不开。"

不大会儿工夫，妻子进来了。陈老师埋怨说："来了咋能不吃饭？赶紧坐，赶紧坐。"说着他端起酒杯给妻子敬酒。妻子诚惶诚恐又站了起来，红着脸不知说啥才好。陈老师说："你是个实诚人，不要客气。我还是要谢谢你，你把绪林照顾得这么好。"

在座的人都很感动，我尤甚。妻子照顾我是她的责任，可陈老师每次见面都要感谢她，而且是由衷的，怎能不让我动容？我心底翻滚着一股热浪，久久不息……

2011年陕西文学基金会成立，大会礼品中有一本是陈老师的书。会后许多人拿着他的书围着他签名。我的轮椅不能靠前，便让妻子拿着书也去请陈老师签名。陈老师拿着书问妻子我在哪里，妻子指了我一下，陈老师冲我笑了笑，埋头签名。片刻工夫，妻子拿回了书，我翻开一看，"供绪林一笑，陈忠实"。

陈老师是大家，亦是我的文学前辈，写下这样的话，实在令我诚惶诚恐，汗颜不已。但陈老师的谦虚由此可见一斑。

2013年5月，省作协召开第六次作代会，我再次见到了陈老师。一次会后，许多人和陈老师合影留念，我也想和陈老师照一张。陈老师被很多人围着，一个个排队照着。等照完了，我转动轮椅，准备靠近陈老师，没想到陈老师快步走过来，把我的轮椅转正，贴着轮椅的轱辘蹲了下去。我恍然一惊，赶紧伸出手臂扶陈老师起来。会务组的女孩子见此情景，匆忙去搬椅子。

椅子搬过来了，陈老师坐在我身边，紧紧地握住我的手。我心底再次涌起一股热浪……

作代会结束了，大伙儿都准备打道回府。在电梯里，我和陈老师相遇了。电梯里人多，我们只是打了个招呼。等电梯到了大厅，他让我先下，随后他出了电梯，走出几步，又忽然转回身来对我说："需要我帮啥忙就说，不要有啥顾虑。"那一刻我觉得我的眼眶湿润了。我知道，那是感动得。

这次作代会，陈老师继续担任陕西省作协名誉主席。虽然这不是什么谜底，没有任何悬念，但公布的那一刻，与会的文学同人们都给了他最热烈、最持久的掌声。

作家都是有个性的，轻易不会浪费自己的掌声。一个人能赢得他们这么热烈、持久的掌声，反映出这个人的人格魅力和他业绩的伟大！

去年我的"关中枭雄"系列长篇小说出版，省作协在杨凌召开我的作品研讨会。我想请陈老师出席研讨会，便打电话给省作协副主席、《小说评论》主编李国平说了我的愿望。国平老弟说，陈老师因病住院，来不了。这真是天大的遗憾！也是在这时我才知道了他的病况。

几天后，我去省作协给出席研讨会的评论家送书，自然给陈老师也送了一套（那时他还在医院，书托人转交）。

研讨会后，我给陈老师发去一则短信："您好，陈老师！送您的书收到了吧？想请您出席我的作品研讨会，国平说您的身体欠佳，住院。不知您康复了吗？感谢您对我一直的关心！祝您早日康复！"

几分钟后，陈老师给我打来了电话，声音虚弱，说他的病情不太好，又说祝贺我的五部作品出版，连说了两遍。我说想去看看他。他说大夫不让见人。我说让他多保重，祝他早日康复。他又说，祝你作品出版。

挂了电话，我的心情很沉重。从电话中听声气，他的身体很虚弱。我相信吉人自有天相，可怎么也没料到这是我和陈老师的最后一次通话。此后给他发过几次问安短信，他没有回。西安的朋友不时给我传来消息，说陈老师在康复中，情况还不错。春节后我还看到他出席活动的网络视频，从面容上看，他似乎还胖了些。我很高兴，默默地为他庆幸、祝福。

怎么也没想到他会走，而且这么快。

手捧着沉甸甸的《白鹿原》，看着作者像，我禁不住黯然泪下……

在网上看到上海女作家潘向黎纪念陈老师的文章——《忆陈忠实，一位用血写作的作家》，其中有这么一段话："一个名作家，不一定是文学史范畴里的好作家；一个好作家，也不一定是日常意义上的好人。但是陈忠实，他是位真正的名作家，更是一位真正的好作家。难得的是，他还是一位真正的好人。"

诚哉斯言！

现在都说文学创作有高原没高峰，我以为《白鹿原》就是一座高峰，一座当代文学的丰碑！行笔至此，脑子里忽然闪出臧克家的诗句："有的人活着，他已经死了；有的人死了，他还活着。"

人生自古谁无死，有《白鹿原》做枕，先生可以安息了。

先生的名字将与《白鹿原》永存！

2016年5月2日

2013年5月6日，出席陕西省第六次作家协会会员代表大会，贺绪林、
妻子邓亚苏和陈忠实老师合影（右为陈忠实老师）

# 贺绪林主要作品发表、出版年表

●中篇小说《生活之树常绿》刊于1983年《当代》第2期增刊《新人新作专号》。

●短篇小说《悔》刊于1983年第5期《长安》杂志，1985年被陕西电视台改编为电视剧。

●2002年出版长篇小说《昨夜风雨》（人民文学出版社）。

●2003年出版长篇影视文学《关中匪事》（作家出版社）。这部作品被拍为三十集电视剧，在全国数十家电视台播放，广获反响。

●2004年，散文《遥寄天国的家书》获陕西省作家协会、陕西省残疾人联合会举办的陕西省残疾人散文、诗歌大赛一等奖。

●2005年出版长篇小说"关中匪事"三部曲——《兔儿岭》《马家寨》《卧牛岗》（太白文艺出版社）。

●中篇小说《兰女》刊于2005年《人民文学》增刊，并获《人民文学》"爱与和平"征文优秀奖。

●2007年出版长篇小说《最后的女匪》（文化艺术出版社）。

●2008年出版散文集《生命的浅唱》（中国文联出版社）。

●中篇小说《永远的朋友》刊于2008年第1期《延安文学》，此作收入《延安文学200期作品选·中篇小说卷》。

●2010年出版长篇小说《人在江湖》(华夏出版社)。

●2010年出版长篇小说《野滩镇》（太白文艺出版社）；2011年

被陕西广播电台录制为三十四集节目，在《小说长廊》栏目多次播出；2010年获第十三届北方十三省、市文艺图书一等奖；2013年获第二届中国作家创作论坛创新奖。

●短篇小说《北山狼之死》刊于2010年第12期《延河》，此作收入《陕西文学六十年作品选（1954—2014）·短篇小说卷》。

●2012年出版中短篇小说集《女俘》（太白文艺出版社）。

●2013年出版长篇小说《爱情并不如烟》（西北大学出版社），获陕西省首届"奋进文学奖"一等奖；2014年，被陕西广播电台录制为三十二集广播剧，在《小说长廊》栏目多次播出。

●2015年出版"关中枭雄"系列长篇小说五部——《兔儿岭》《马家寨》《卧牛岗》《最后的女匪》《野滩镇》（太白文艺出版社），获第十七届北方十五省、市文艺图书三等奖。

●中篇小说《柳絮儿》刊于2014年第6期《延安文学》，并收入《2014陕西文学年选·小说卷》。

●短篇小说《瓜客老乔》刊于2015年第6期《延河》，获当年《延河》最受读者欢迎奖。

●中篇小说《讨债者》刊于2016年第1期《延河》。

●2016年出版散文集《贺绪林作品精选》（华夏出版社），2018年获第二届"丝路散文奖"。

●2017年出版散文集《仰望后稷》（西安出版社）。

●2017年主编《杨凌文学丛书·小说卷》（西安出版社）。

●2017年主编《杨凌文学丛书·散文集》（西安出版社）。

●中篇小说《黑杀口》刊于2018年第11期《延河》。

●中篇小说《碎事官司》刊于2020年第5期《延河》。

●2020年出版中短篇小说集《贺绪林乡土文学作品集》（西北农林科技大学出版社）。

# 贺绪林年表

贺绪林，男，汉族，陕西杨陵（今归杨凌农业高新技术产业示范区管辖）人，生于1953年10月13日（农历九月初六）。

● 1959年9月—1963年7月，在杜寨村初级小学读书。

● 1963年9月—1965年7月，在武功县张家岗小学（西北农学院附小）读书。

● 1965年9月—1968年10月，在武功县杨陵中学读书。

● 1968年10月回乡务农。

● 1969年4月—6月，在宝鸡峡水利工地做民工。

● 1970年10月，被推荐到武功县杨陵中学读高中。

● 1970年12月14日（农历十一月十八），父亲病逝。

● 1971年4月—6月，在宝鸡峡水利工地做民工。

● 1971年9月，重回武功县杨陵中学继续读高中。

● 1974年1月15日，高中毕业，回乡务农。

● 1974年9月11日，给家里拉电灯线时，不幸受伤致残。

● 1977年，开始学习写作。

● 1980年，寓言《香瓜》刊发在《陕西青年》第8期，得稿酬四元。

● 1981年12月12日（农历十一月十七），母亲病逝。

● 1983年，中篇小说《生活之树常绿》刊发在《当代》第2期增刊《新人新作专号》上。

●1983年，短篇小说《悔》刊发在第5期《长安》杂志。

●1984年，加入陕西省作家协会。

●1985年，《悔》被陕西电视台拍为电视剧，编导为丁玉清。

●1985年9月，出席陕西省文学艺术界联合会举办的陕西省首届青年文艺创作座谈会。

●1985年12月，出席陕西省作家协会举办的首届陕西省青年作家创作会。

●1986年4月，参加《三月风》杂志在杭州举办的笔会。

●1987年1月6日，出席咸阳市首届作家代表会，当选为咸阳市作协副主席。

●1987年5月7日，出席咸阳市首届文学艺术界联合会代表大会，当选为主席团委员。

●1989年，被评为杨陵区"十杰青年"。

● 1998 年 11 月，陕西电视台《周末俱乐部》栏目"文坛光点"版块为其录制一期访谈节目，邀请赵熙、商子雍、叶涛三位老师做嘉宾。

●2001年5月20日（农历四月二十八），嫂子康桂芳病逝。

●2002年7月28日，出席杨凌示范区首届文代会和作代会，在大会上当选为杨凌示范区作家协会主席、文学艺术界联合会副主席。时任陕西省作家协会主席的陈忠实先生参加了大会。

●2002年11月，与同事创办文学双月刊《杨凌文苑》。

●2003年6月17日，长篇小说《昨夜风雨》改编为三十集电视连续剧《关中匪事》（又名《关中往事》），在陕西电视台首播。

●2003年7月，西安电视台录制题为《关中汉子》的电视节目。

●2005年，结婚。

●2005年，加入中国作家协会。

●2005年，荣获杨凌示范区"真情故事"十佳人物。

●2007年7月12日—25日，去中国作协杭州创作之家度假。

●2007年9月7日，出席陕西省作家协会第四届常务理事扩大会议。

●2007年9月16日—18日，出席陕西省作家协会第五次作家代表大会，在这次大会上当选为陕西省作家协会理事。

●2007年12月18日，出席陕西省作家协会文学院成立暨首届签约作家大会，被聘为陕西作家协会文学院首届签约作家。

●2008年7月3日，作为北京奥林匹克运动会火炬手在杨凌示范区传递奥林匹克圣火。

●2008年7月13日，女儿出生。

●2009年8月，出席陕西省第四届自强模范表彰会，获"自强模范"称号。

●2010年，获陕西省优秀残疾人作家一等奖。

●2010年7月26日—28日，出席陕西省第五次文学艺术界联合会代表大会。

●2010年11月13日，参加陕西省作家协会在宝鸡召开的长篇小说创作座谈会暨"西风烈"丛书新书首发式，会后参加了"陕西作家重走灵官峡"活动，再后来参加了在万邦书城举办的签名售书活动。

●2011年1月21日，参加太白文艺出版社举办的"陕西省重大文化精品项目——西风烈·陕西百名作家集体出征"丛书首发式新闻发布会，在会上作为代表发言。

●2011年4月13日—14日，作为采风团成员参加陕西省著名作家走进杨凌采风活动。

●2011年12月4日，杨凌示范区作家协会第二届会员代表大会召开，在本届大会连任杨凌示范区作家协会主席。

●2013年4月24日，以陕西省作家协会第五届理事、杨凌示范区作家协会主席的身份参加陕西省作家协会五届二次理事扩大会。

●2013年，被评为"全省优秀残疾人文化工作者"。

●2013年5月6日—8日，作为杨凌示范区作家协会代表团团长和第五届理事出席陕西省第六次作家协会会员代表大会，在大会上再次当选为陕西省作家协会理事。

●2013年10月22日，出席陕西省作家协会第三次签约大会，在本次大会上再次被聘为签约作家。

●2014年，出席陕西省第五届自强模范表彰会，再次荣获"自强模范"称号。

●2015年7月25日，陕西省作家协会、杨凌示范区党工委宣传部在杨凌示范区召开"杨凌文学暨贺绪林创作研讨会"。

●2016年9月9日，杨凌示范区文学艺术界联合会第二次代表大会召开，在本次大会上当选为杨凌示范区文学艺术界联合会主席。

# 跋

受伤致残至今已近半个世纪，夜静更深，我常常无法入眠。回首走过的路，感慨万千。那些艰难的岁月就像一场噩梦，似乎现在都结束了，但是，能过去吗？有人说过：幸福结束的同时，可能也就过去了，但苦难可以结束，却无法过去。此话言之有理。你可能会忘记曾经吃过的山珍海味，但不可能忘记流过的血和泪，皆因苦难曾经深入你的骨髓，令你痛不欲生。

少年时代的我曾有过许多彩色的梦想，唯独没想到会写书当作家，是命运之神把我逼上梁山，让我今生今世与笔墨相伴。从牙牙学语到蹒跚学步，从童年到少年，从学校到农村，从风华正茂到受伤致残，再到走上创作之路，几十年光阴似乎很漫长，却又十分短暂。

一路走来，坎坎坷坷，跌跌撞撞，总算没有倒下。我在文学中找到了另一种站立的方式，其实也就是获得了精神上的站立。文学使我能够鼓起勇气，正视现实，以残缺的生命面对厄运，粉碎苦难，让我活得有尊严。

我多少次想过，如果我没有受伤致残，我会不会去写作？答案是否定的。因为受伤之前我并不喜爱文学，甚至都不懂什么是文学。那时看文学书籍纯粹是看热闹，"狗看星星一片明"。我走上文路是被命运所逼的。这么说我应该感谢命运，可我真的无法感谢，我的命运太凄惨太悲凉了。如果有来生，我只愿一生健健康康、平平安安，做一个普普通通的老百姓。

我多少次想过，如果我不识字，会不会从头去学习写作？如果我不去写作，我很可能早就死了；即使活着，也可能活得不如狗。如果没有文学，我只不过是人世间众多命运不幸者中的一个，悄无声息地生，悄无声息地死，甚至可能悲惨地死去。我早已把写作当作我生命中最重要的部分，从未想过要放弃它。我以为只有写作才能让我感受到自己生命的存在，因此，我用文字摇响了自己生命的铃铛，喊出了自己的声音，也因此让我的生命有了价值，让我活得更有尊严。我坚信这些文字能让我更久地活着。

这部书，写的都是我走过的路和过往的事。到了这把年纪，与年轻人不能比现在和将来，我拥有的都是"从前"，特别是我认为我的从前是值得书写的，当然还可以用来喟叹，甚至从喟叹中汲取点什么。生活很苦很艰辛，但只有走下去、活下去，才会有转机。生活艰苦，除了坚强，别无选择。

我们来到这个世界，没有人与你签约：让苦难远离你，让你只享受阳光、雨露。我们睁眼看到的是父母为你营造的世界，还有死神与你默默签约：你最终会走向墓地。长大后我们会明白：人生之路，最应享受的是一路上的风景，尽管有时风景很糟糕，甚至惨不忍睹。

人生只有结果，没有如果。尼采说过："就算人生是幕悲剧，我们也要有声有色地去演，不要失掉悲剧的壮丽和快慰。"我以这句名言为座右铭。

> 假如生活欺骗了你，
> 不要悲伤，不要心急！
> 忧郁的日子里须要镇静：
> 相信吧，快乐的日子将会来临！

心儿永远向往着未来；

现在却常是忧郁。

一切都是瞬息，

一切都将会过去；

而那过去了的，

就会成为亲切的怀恋。

普希金这首诗歌我铭记在心中。

众所周知，文学创作之路是条狭窄的路，崎岖坎坷，布满荆棘。即使在文学已经边缘化的今天依然如此。然而，命运还是让我选择了她。

当厄运突然降临的时候，生命被可怕的黑暗和绝望吞噬着，几乎所有的罹难者的精神都濒临崩溃的边缘。已故著名残疾人作家史铁生说过："在科学的迷茫之处，在命运的混沌之点，人唯有乞灵自己的精神……"为了从精神上拯救自己，很多残疾朋友选择了文学。我亦如此。

文学现在已经完全边缘化了，也有人说过，文学不再神圣。但我以为文学是一盏永不熄灭的神灯，有着不可磨灭的光芒，可以照亮人们前进的方向和道路，特别是我们残障人，更需要文学的滋养、慰藉和安抚，以从中汲取力量、勇气和信心。

每个人的生命都有终点，但生命的过程却截然不同。残疾人的生命过程更是坎坷不平，布满荆棘。我艰难前进，迎难而上，不屈不挠，希望自己有缺憾的生命能放射出火花，哪怕只是一点微弱的火星子。

生命虽有缺憾，我的内心依然美丽；生活虽多坎坷，我的精神依然前行；身体虽然有残障，我的梦想依然飞扬。文豪契诃夫说过：

"大狗要叫，小狗也要叫。"我是小狗，是身体有残障的小狗，但我也要叫。我希望自己的声音能被人们听见，能不被忽视；希望自己的劳动有所收获，能被社会承认。希望是一件美好的东西，而美好的东西是永远不会消逝的。

我是农民的儿子、黄土地的儿子。我的灵魂和肉体同这块古老贫瘠的土地连在一起。命运之神令我今生今世选择了以笔墨为生，冥冥之中我似乎接受了来自祖先们的委托——用文字为脚下这块土地，为生活在这块土地上的男人们女人们树碑立传。我希冀后世的人们能从我的笔下看清楚他们的面容，能听到他们曾经的歌唱；希冀他们能在我的笔下得到永生，也希冀我的生命能因此而活得更长久。我一直为此而努力。我相信有一分耕耘就会有一分收获。一路写来，没想到把自己"写"成了一个"家"。不是骄傲，是欣慰。

迄今，我发表各类文学作品500余万字，多次获各类文学奖项。出版有散文集《生命的浅唱》《仰望后稷》《贺绪林作品精选》，中短篇小说集《女俘》《贺绪林乡土文学作品集》，长篇小说《昨夜风雨》《人在江湖》《爱情并不如烟》，以及"关中匪事"系列长篇小说——《兔儿岭》《马家寨》《卧牛岗》《最后的女匪》《野滩镇》。根据《兔儿岭》改编的三十集电视连续剧《关中匪事》（又名《关中往事》）广获反响，根据书中歌谣"他大舅他二舅都是他舅，高桌子低板凳都是木头，金疙瘩银疙瘩还嫌不够，天在上地在下你娃甭牛……"创作的片头曲也唱响了大江南北……

命运之神给了我一个生命的冬天，也让我迎来了生活的春天。生活开始向我微笑了，但我并不敢乐观。我清楚地知道脚下的道路荆棘丛生、崎岖坎坷，一旦失去勇气和信心，路便到了尽头。

回首过往，我生于忧患年代。父母养育我成人，送我上学，教我做人；父亲在我十七岁时病故，四年后我受伤致残；母亲照顾我七年，老天爷不忍看她受苦受累，把她召唤去了；母亲走后，我嫂子走进我的生活，照顾我二十年，无微不至、任劳任怨，却不幸病故。这是我心中永远的痛。

特别要说的是，危难之时，我遇到了一位贤惠善良的女人，这是一个美丽的意外，抑或上天弥补对我的失误。可我坚定地认为她是上天派来的使者——她就是我的妻子邓亚苏。此后，我们有了儿子、女儿。现在儿子已娶妻生子，孙子天真烂漫、活泼可爱；女儿茁壮成长，已是亭亭玉立的大姑娘，且学业有很大进步。他们是我的希望和未来。后浪涌起，浪花灿烂，我甚感欣慰。

在事业上，我遇到了许多好人。第一位当说是付士山。他小我十六岁，我们是忘年交，是这位小老弟在我的至暗时期给予我极大的帮助与支持，让我走出了生活的阴影。每每念及，感激之情油然而生。第二位是何启治老师，没有他的帮助和关注，我真不知能不能在文学创作这条路上坚持走下去。还有商子雍、丁玉清、赵熙、陈忠实、雷涛、王启儒等老师，他们在我心中是神一样的存在。

我是一棵遭到早霜摧残的无名小草，渴望春光的温暖，渴望雨露的滋润。霜天过后，我感受到了阳光的温暖。我感恩所有帮助我的人，他们给了我无限的温暖，甚至阳光雨露；我感恩照耀我的每一缕阳光，让我的生命蓬勃旺盛，气象峥嵘；我感恩文学，文学让我活得有尊严，有自信，同时也让我的生命有了意义和价值；我感谢所有关注和关爱我的朋友，有了朋友们的关注和关爱，我在前行的路上就有了信心和力量，也会走得更远。愿阳光普照，洒满每一个角落。

如今我的生命已进入暮年，没了不切实际的幻想，没了好高骛远的企望，每迈一步，都踏在现实的土壤上。今生今世能否寻见失落的梦，我也不再苛求，犹如一个愚呆的农人，只管耕耘，不问收获。我知道自己是汪洋中的一条破船，只要在风浪中不沉没就应该知足。

静下心去想，其实人生并非姹紫嫣红才算春天，有时，素心淡雅也会有一种恒久的芬芳。若有一天，在清风明月间，推开一扇斑驳的门扉，看韶华渐远、繁华落幕，还能轻拥经历，怀抱暖香，回看到一个简单的自己，便是时光深处最美的懂得。

　　我以笔为刀，披荆斩棘，奋力前行，走出生命的至暗。

　　用苏轼的词句作结吧："料峭春风吹酒醒，微冷，山头斜照却相迎。回首向来萧瑟处，归去，也无风雨也无晴。"

2022年10月16日初稿

2023年2月19日二稿